中国文化文学经典文丛

世说新语

【南朝宋】刘义庆/撰　　孙建军/主编

吉林文史出版社

图书在版编目（CIP）数据

世说新语 /（南朝宋）刘义庆撰. -- 长春 : 吉林文史出版社, 2016.12（2024.6重印）
（中国文化文学经典文丛 / 孙建军主编）
ISBN 978-7-5472-3076-3

Ⅰ. ①世… Ⅱ. ①刘… Ⅲ. ①笔记小说－中国－南朝时代 Ⅳ. ①I242.1

中国版本图书馆CIP数据核字(2016)第134422号

SHISHUO XINYU
书　　名：世说新语

撰　　者：（南朝宋）刘义庆
主　　编：孙建军
责任编辑：高冰若
封面设计：韩东坡
出版发行：吉林文史出版社
地　　址：长春市福祉大路5788号
邮　　编：130117
电　　话：0431-81629352
网　　址：www.jlws.com.cn
印　　刷：三河市燕春印务有限公司
开　　本：920mm × 1280mm　1/16
印　　张：34
字　　数：380千字
版　　次：2016年12月第1版　2024年6月第6次印刷
书　　号：ISBN 978-7-5472-3076-3

定　　价：88.00元

目　录

德行第一…… 001
言语第二…… 025
政事第三…… 077
文学第四…… 090
方正第五…… 140
雅量第六…… 175
识鉴第七…… 198
赏誉第八…… 213
品藻第九…… 268
规箴第十…… 302
捷悟第十一…… 316
夙惠第十二…… 321
豪爽第十三…… 326
容止第十四…… 332
自新第十五…… 347
企羡第十六…… 349
伤逝第十七…… 352
栖逸第十八…… 361
贤媛第十九…… 369
术解第二十…… 388
巧艺第二十一…… 394

宠礼第二十二…………………………………………………… 400
任诞第二十三…………………………………………………… 403
简傲第二十四…………………………………………………… 429
排调第二十五…………………………………………………… 439
轻诋第二十六…………………………………………………… 468
假谲第二十七…………………………………………………… 482
黜免第二十八…………………………………………………… 492
俭啬第二十九…………………………………………………… 497
汰侈第三十……………………………………………………… 501
忿狷第三十一…………………………………………………… 508
谗险第三十二…………………………………………………… 513
尤悔第三十三…………………………………………………… 516
纰漏第三十四…………………………………………………… 525
惑溺第三十五…………………………………………………… 530
仇隙第三十六…………………………………………………… 535

德行第一

一

陈仲举言为士则，行为世范，登车揽辔，有澄清天下之志。为豫章太守，至，便问徐孺子所在，欲先看之。主簿白："群情欲府君先入廨。"陈曰："武王式商容之间，席不暇暖。吾之礼贤，有何不可！"

【译文】

陈蕃的言谈和行为是士人的准则，是世间的典范，登上公车，手执缰绳，怀抱扫除奸佞使天下重归于清平的志向。出任豫章太守时，他刚到治所便打听徐稚的住所，打算先去探望他。主簿禀报说："大家都希望府君您先进官署。"陈蕃说："周武王即位之后，座席都还没坐暖，即刻就到商容的住处去拜访致敬。我尊重贤人，不先进官署，又有什么不对呢！"

二

周子居常云："吾时月不见黄叔度，则鄙吝之心已复生矣！"

【译文】

周乘常常说："我若数月不见黄宪，那么庸俗贪鄙的念头就又滋长出来了。"

三

郭林宗至汝南，造袁奉高，车不停轨，鸾不辍轭；诣黄叔度，乃弥日信宿。人问其故，林宗曰：“叔度汪汪如万顷之陂，澄之不清，扰之不浊。其器深广，难测量也。”

【译文】

郭泰到汝南拜访袁阆，车子尚未停稳就走了；拜访黄宪，竟然留宿两天。别人问他原因，他说：“叔度好比那万顷广阔的池湖，不会因为澄清它而显清澈，也不会因为搅扰它而显浑浊。他的气量又深又广，实在难以测量。”

四

李元礼风格秀整，高自标持，欲以天下名教是非为己任。后进之士有升其堂者，皆以为登龙门。

【译文】

李膺风度秀雅，品性严整，自视很高，他想要把天下正定名分、判断是非作为自己的使命。后辈的读书人，有能够进入李膺家厅堂得到他的教诲的，都认为是登上龙门了。

五

李元礼尝叹荀淑、钟皓曰：“荀君清识难尚，钟君至德可师。”

【译文】

李膺曾赞叹荀淑、钟皓说："荀君高明的见识难以超过；钟君高尚的道德，可为良师。"

六

陈太丘诣荀朗陵，贫俭无仆役，乃使元方将车，季方持杖后从，长文尚小，载著车中。既至，荀使叔慈应门，慈明行酒，余六龙下食，文若亦小，坐著膝前。于时太史奏："真人东行。"

【译文】

太丘县长陈寔拜访朗陵侯相荀淑，因为家境贫穷俭朴，没有仆人可供役使，于是便让长子陈纪赶车，少子陈谌拿着手杖在车后跟从。孙子陈群还年幼，就坐在车上。到了荀家，荀淑叫第三个儿子荀靖迎接客人，第六个儿子荀爽给客人斟酒，其余六个儿子负责上菜，孙子荀彧也还小，坐在荀淑膝上。当时太史上奏："有真人往东去了。"

七

客有问陈季方："足下家君太丘有何功德而荷天下重名？"季方曰："吾家君譬如桂树生泰山之阿，上有万仞之高，下有不测之深；上为甘露所沾，下为渊泉所润。当斯之时，桂树焉知泰山之高，渊泉之深？不知有功德与无也。"

【译文】

有人问陈谌："令尊太丘长有什么功业和德行，

而享有天下如此大的名声呢？”陈谌说：“我父亲就好比生长在泰山山坳里的一棵桂树，上有万丈高峰，下有不可测量的溪谷；上面受到甘甜雨露的沾溉，下面又有深邃泉水的滋润。在这种时候，桂树怎么知道泰山有多高，渊泉有多深呢？我不知道我父亲有没有功德啊。”

八

陈元方子长文，有英才，与季方子孝先各论其父功德，争之不能决。咨于太丘，太丘曰：“元方难为兄，季方难为弟。”

【译文】

陈纪的儿子陈群，有杰出的才智，与陈谌的儿子陈忠各自论颂自己父亲的事业和品德，互相争论而不能决断。于是便去问祖父陈寔，陈寔说：“元方难为兄，季方难为弟，二人功德难分高下。”

九

荀巨伯远看友人疾，值胡贼攻郡，友人语巨伯曰：“吾今死矣，子可去。”巨伯曰：“远来相视，子令吾去，败义以求生，岂荀巨伯所行邪？”贼既至，谓巨伯曰：“大军至，一郡尽空，汝何男子，而敢独止？”巨伯曰：“友人有疾，不忍委之，宁以我身代友人命。”贼相谓曰：“我辈无义之人，而入有义之国。”遂班军而还，一郡并获全。

【译文】

荀巨伯去远方探望生病的朋友，正遇到外族强盗来攻打郡城，朋友对荀巨伯说："我今天活不成了，您快离开吧。"荀巨伯说："我从远方来看您，您却让我离开，败坏道义而苟且偷生，这难道是我荀巨伯所能做的吗？"强盗到后，对荀巨伯说："我们大军一到，满城人都逃光了，你是什么样的男子汉，竟然敢独自留下？"荀巨伯说："朋友生病了，不忍心抛下他，宁愿我自己代朋友去死。"强盗互相议论说："我们这些不懂道义的人，却进入了讲道义的国家！"于是就撤军回去了，全城也因此都得以保全。

一〇

华歆遇子弟甚整，虽闲室之内，严若朝典；陈元方兄弟恣柔爱之道。而二门之里，两不失雍熙之轨焉。

【译文】

华歆对待晚辈非常严格，即使是闲暇时在家里，也要像在朝堂上参加典礼一样庄严恭敬。陈纪兄弟之间则温和友爱地相处。华家和陈家不同的相处之道，却又都不失其和谐安乐之度。

一一

管宁、华歆共园中锄菜，见地有片金，管挥锄与瓦石不异，华捉而掷去之。又尝同席读书，有乘轩冕过门者，宁读如故，歆废书出看。宁割席分坐，曰："子非吾友也！"

【译文】

管宁与华歆一同在园中锄地种菜，看到地上有一小片金子，管宁照样挥锄，视金子如同瓦片、石头一样，华歆却把金子捡起来扔掉。管宁和华歆二人又曾经同坐在一张席子上读书，有官员乘坐华丽的马车从门外经过，管宁照样读书，而华歆扔下书本跑出去看。于是管宁割断席子与华歆分开来坐，说："你不是我的朋友！"

一二

王朗每以识度推华歆。歆蜡日尝集子侄燕饮，王亦学之。有人向张华说此事，张曰："王之学华，皆是形骸之外，去之所以更远。"

【译文】

王朗常常推崇华歆的见识度量。华歆曾在年终祭祀百神的时候，召集子侄一同宴饮，王朗也学着这样做。有人向张华说起此事，张华说："王朗学华歆，都只是学外在的皮毛，这样他与华歆的距离反而更加远了。"

一三

华歆、王朗俱乘船避难，有一人欲依附，歆辄难之。朗曰："幸尚宽，何为不可？"后贼追至，王欲舍所携人。歆曰："本所以疑，正为此耳。既已纳其自托，宁可以急相弃邪？"遂携拯如初。世以此定华、王之优劣。

【译文】

华歆和王朗二人一同乘船逃难，有一个人要求搭船和他们去，华歆予以拒绝。王朗说："船中还有地方，为什么不让他搭船？"后来有贼兵追来，王朗就想丢下那个所带的人。华歆说："我本来所担心的就是这件事。如今既然已经容纳了他，难道要因为事态紧急就把他丢下了吗？"于是便像当初那样，仍携带着这个人。世人根据这件事来评定华歆与王朗的优劣。

一四

王祥事后母朱夫人甚谨。家有一李树，结子殊好，母恒使守之。时风雨忽至，祥抱树而泣。祥尝在别床眠，母自往暗斫之；值祥私起，空斫得被。既还，知母憾之不已，因跪前请死。母于是感悟，爱之如己子。

【译文】

王祥侍奉后母朱夫人非常的恭敬。家里有一棵李树，结的李子特别好，后母经常叫他去看守李树。有时候风雨突至，王祥就抱着树哭泣。王祥曾在另一张床上睡觉，后母暗中拿刀去砍他，碰巧王祥当时因小便起床出去了，后母一刀只砍在被子上。王祥回来后，知道后母非常恨他，便跪在后母面前，请求处死自己。后母因此受到感动而醒悟过来，从此疼爱王祥就像疼爱自己的亲生儿子一样。

一五

晋文王称阮嗣宗至慎，每与之言，言皆玄远，未尝臧否人物。

【译文】

晋文王司马昭说，阮籍的为人极其小心谨慎，每次和他谈话，其言论都很玄妙而深远，从来没有评论过他人的长短得失。

一六

王戎云："与嵇康居二十年，未尝见其喜愠之色。"

【译文】

王戎说："和嵇康相处的二十年，从没见他脸上有过喜悦或是怨恨的神色。"

一七

王戎、和峤同时遭大丧，俱以孝称。王鸡骨支床，和哭泣备礼。武帝谓刘仲雄曰："卿数省王、和不？闻和哀苦过礼，使人忧之。"仲雄曰："和峤虽备礼，神气不损；王戎虽不备礼，而哀毁骨立。臣以和峤生孝，王戎死孝。陛下不应忧峤，而应忧戎。"

【译文】

王戎与和峤同时遭遇大丧，两人都以孝顺著称。王戎瘦骨如柴，精神萎顿，卧床不起，和峤痛哭流涕，礼数周到。武帝对刘毅说："你常去看望王戎、和峤吗？

听说和峤的哀伤痛苦超过了礼数，真令人担忧。”刘毅说：“和峤虽然礼数周到，人的精神元气并没有受损；王戎虽然礼数不周，但其哀伤毁损身体，以致只剩下一把骨头了。我以为和峤尽孝不会影响性命，而王戎的过度哀伤会危及性命。所以陛下不必为和峤担心，而应为王戎担忧。”

一八

梁王、赵王，国之近属，贵重当时。裴令公岁请二国租钱数百万，以恤中表之贫者。或讥之曰：“何以乞物行惠？”裴曰：“损有余，补不足，天之道也。”

【译文】

梁王和赵王都是皇帝的近亲，在当时堪称位尊权重。中书令裴楷每年都要求从两个王爷封地的租税中拿出几百万钱，用于救济中表亲戚中的贫寒者。有人讥讽他说：“为什么要用乞讨来的钱来施恩惠呢？”裴楷说：“减损有余，补救不足，这正是奉行天道啊。”

一九

王戎云：“太保居在正始中，不在能言之流；及与之言，理中清远。将无以德掩其言？”

【译文】

王戎说：“太保王祥处在正始年间，不在擅长清谈的一类人物之列；等与他谈论时，他所说的道理无不恰到好处，清雅而又深远。莫非是因为他的德行过高，从而掩盖了他善于清谈的才能吗？”

二〇

王安丰遭艰，至性过人。裴令往吊之，曰“若使一恸果能伤人，濬冲必不免灭性之讥。”

【译文】

王戎遇到父母的丧事，哀痛之情超过普通人。裴楷去吊唁，说：“如果极度悲哀真的能伤害人的身体，那么王戎必定免不了要受到违背圣人教诲的讥讽了。”

二一

王戎父浑，有令名，官至凉州刺史。浑薨，所历九郡义故，怀其德惠，相率致赙数百万，戎悉不受。

【译文】

王戎的父亲王浑，有很好的名声，官做到了凉州刺史。王浑死时，他辖下各个郡的老部下与旧将，无不怀念他的仁德恩惠的，相继送来办丧事的费用几百万钱，王戎全都没有接受。

二二

刘道真尝为徒。扶风王骏以五百匹布赎之，既而用为从事中郎。当时以为美事。

【译文】

刘宝曾经是服劳役的犯人，扶风王司马骏用了五百匹布将他赎出来，任用他为从事中郎。当时的人们将这件事传为美谈。

二三

王平子、胡毋彦国诸人，皆以任放为达，或有裸体者。乐广笑曰："名教中自有乐地，何为乃尔也？"

【译文】

王澄、胡毋辅之等人，都认为任性放纵是通达，甚至还有赤身裸体的人。乐广笑他们说："名教之中本来就有快乐的地方，为什么要像你们这样子呢？"

二四

郗公值永嘉丧乱，在乡里，甚穷馁。乡人以公名德，传共饴之。公常携兄子迈及外生周翼二小儿往食，乡人曰："各自饥困，以君之贤，欲共济君耳，恐不能兼有所存。"公于是独往食，辄含饭著两颊边，还，吐与二儿。后并得存，同过江。郗公亡，翼为剡县，解职归，席苫于公灵床头，心丧终三年。

【译文】

郗鉴遭遇永嘉之乱时，家乡非常穷困饥饿。乡人因为郗鉴有名望有德行，便轮流供给他吃的东西。郗鉴常常带侄儿郗迈和外甥周翼两个孩子一起去吃，乡人说：

“我们各家都饥饿穷困，只是因为您是贤德之人，所以大家想办法周济您罢了，恐怕不能够同时再养活这两个孩子。”于是郗鉴独自一人去吃饭，把饭含在腮帮子里，回到家里，再吐出来给两个孩子吃。后来这两个孩子都活下来了，一起渡长江南下。郗鉴死的时候，周翼正在剡县县令任上，听说此事，立即辞职回乡，在郗鉴灵床前铺上草垫守孝，服心丧整整三年。

二五

顾荣在洛阳，尝应人请，觉行炙人有欲炙之色，因辍己施焉。同坐嗤之。荣曰：“岂有终日执之，而不知其味者乎？”后遭乱渡江，每经危急，常有一人左右己。问其所以，乃受炙人也。

【译文】

顾荣在洛阳时曾经应友人的邀请赴宴，在宴席上，发觉端送烤肉的人有想尝尝烤肉味道的神色，于是便停下不吃，把自己的一份烤肉送给那个人。同席的人都笑话顾荣。顾荣说：“哪有整天端送烤肉，而不知道烤肉滋味的人呢？”后来他遭遇八王之乱而南渡长江，每逢遇到危急的时刻，常有一个人帮助自己。问那人为什么这样帮他，原来那人就是当初接受烤肉的人。

二六

祖光禄少孤贫，性至孝，常自为母炊爨作食。王平北闻其佳名，以两婢饷之，因取为中郎。有人戏之者曰：“奴价倍婢。”祖云：“百里奚亦何必轻于五羖之皮邪！”

【译文】

祖纳年少的时候，孤苦贫穷，天性极为孝顺，常常亲自为母亲烧火做饭。王乂听到祖纳的好名声，就把两个婢女送给他，并且还选用他做中郎。有人对祖纳开玩笑说："男奴的身价高过女奴的一倍。"祖纳说："百里奚的身价又怎么会比五张黑公羊皮轻贱呢？"

二七

周镇罢临川郡还都，未及上住，泊青溪渚，王丞相往看之。时夏月，暴雨卒至，舫至狭小，而又大漏，殆无复坐处。王曰："胡威之清，何以过此！"即启用为吴兴郡。

【译文】

周镇被免去临川郡守职务，返回都城的途中，还没来得及上岸住宿，将船停泊在青溪渚，王导便去看望他。当时正当夏天，突然下起了暴雨，周镇的船特别狭小，而且雨水漏得厉害，没有能坐的地方了。王导说："胡威以清廉闻名，也超不过周镇这样的情形了。"随即举用周镇任吴兴太守。

二八

邓攸始避难，于道中弃己子，全弟子。既过江，取一妾，甚宠爱。历年后，讯其所由，妾具说是北人遭乱，忆父母姓名，乃攸之甥也。攸素有德业，言行无玷，闻之哀恨终身，遂不复畜妻。

【译文】

邓攸当初避难的时候，在半路中丢弃了自己的亲生儿子，保全了弟弟的儿子。过江后，邓攸娶了一个小妾，非常宠爱她。多年以后，邓攸问起小妾的来历，小妾说她是北方人，回忆父母的姓名竟然是邓攸的外甥女。邓攸向来德行高尚，功业卓著，言行没有丝毫的污点，知道小妾竟然是自己的外甥女后，终生感到悲哀悔恨，从此便不再纳妾。

二九

王长豫为人谨顺，事亲尽色养之孝。丞相见长豫辄喜，见敬豫辄嗔。长豫与丞相语，恒以慎密为端。丞相还台，及行，未尝不送至车后。恒与曹夫人并当箱箧。长豫亡后，丞相还台，登车后，哭至台门；曹夫人作簏，封而不忍开。

【译文】

王悦为人谨慎恭顺，侍奉双亲总是和颜悦色，曲尽孝道。王导见到王悦就高兴，见到王恬就生气。王悦与王导说话，常把谨慎小心、细密周到看作是最根本的事。王导回尚书省衙署，每次王导走的时候，王悦没有不送到车子后面的。王悦常与母亲曹夫人一起收拾箱子。王悦死后，王导回尚书省衙署，登上车后，直哭到尚书台门口；曹夫人整理箱笼时，把儿子生前收拾过的箱子封起来，再也不忍心打开。

三〇

桓常侍闻人道深公者，辄曰："此公既有宿名，加先达知称，又与先人至交，不宜说之。"

【译文】

桓彝听到有人议论法深和尚，就说："这位深公已久负盛名，再加上前辈们都赞扬称许他，且又与先父是至交的朋友，因此不该议论他。"

三一

庾公乘马有的卢，或语令卖去。庾云："卖之必有买者，即复害其主，宁可不安己而移于他人哉？昔孙叔敖杀两头蛇以为后人，古之美谈。效之，不亦达乎？"

【译文】

庾亮所乘的马中有一匹的卢马，有人劝他把这匹马卖掉。庾亮说："我卖掉此马，必定有人买它，那又害了它的新主人。难道可以因为这匹马对自己不利，就把祸害转移给别人吗？从前孙叔敖杀死两头蛇，以保护后人，成为古来的美谈。我学习他不卖凶马去害人，不也算是通晓事理的吗？"

三二

阮光禄在剡，曾有好车，借者无不皆给。有人葬母，意欲借而不敢言，阮后闻之，叹曰："吾有车，而使人不敢借，何以车为？”遂焚之。

【译文】

阮裕闲居剡县时，曾经有一辆好车，凡有人来借，没有一个不借的。有人要安葬母亲，想借车子可又不敢开口，阮裕后来听说了此事，叹息说：“我有车子，却使人不敢借用，要这车子还有什么用呢？”于是他就把车子烧掉了。

三三

谢奕作剡令，有一老翁犯法，谢以醇酒罚之，乃至过醉而犹未已。太傅时年七八岁，著青布绔，在兄膝边坐，谏曰：“阿兄，老翁可念，何可作此！”奕于是改容曰：“阿奴欲放去邪？”遂遣之。

【译文】

谢奕当剡县县令时，有一位老者犯了法，谢奕罚他喝烈酒，以致使老者醉酒过量，但谢奕还是不肯罢休。谢安当年才七八岁，穿着青布裤子，坐在兄长膝旁，劝道：“阿哥，老人家挺可怜的，怎么可以这样做呢？”谢奕的脸色因此缓和下来，说：“阿弟是想放他走吗？”于是就把老人打发走了。

三四

谢太傅绝重褚公，常称：“褚季野虽不言，而四时之气亦备。”

【译文】

谢安非常看重褚裒，曾经称赞说："褚季野虽然不说，可是心里明白是非，就像那四季的气象一样，无不具备。"

三五

刘尹在郡，临终绵惙，闻阁下祠神鼓舞，正色曰："莫得淫祀！"外请杀车中牛祭神，真长答曰："'丘之祷久矣。'勿复为烦。"

【译文】

刘惔在丹阳郡尹任上，临终的时候，气息奄奄，听到楼下传来祭祀神灵击鼓舞蹈的声音，便神色严厉地说："不要做违反礼制的祭祀！"外面有人请求杀掉驾车的牛来祭祀。刘惔说："我也好像孔子讲的那样，'祈祷已经很久了'。不要再做那些麻烦的事了。"

三六

谢公夫人教儿，问太傅："那得初不见君教儿？"答曰："我常自教儿。"

【译文】

谢安夫人教导儿子，她问太傅谢安："怎么从来不见您教导过儿子呢？"谢安回答说："我常常以自己的言行来教导儿子。"

三七

晋简文为抚军时，所坐床上尘不听拂，见鼠行迹，视以为佳。有参军见鼠白日行，以手板批杀之，抚军意色不说。门下起弹，教曰："鼠被害尚不能忘怀，今复以鼠损人，无乃不可乎？"

【译文】

简文帝任抚军大将军的时候，所坐坐榻上的尘灰不让拂拭，看见有老鼠在上面爬过的痕迹，反而认为很好。有位参军看见老鼠白天爬出来，就用手板把它打死，抚军因此很不高兴。下属起来弹劾这位参军，抚军告谕说："老鼠被打死，尚且不能忘怀，现在又因为老鼠的事而伤害人，岂不是更不应该吗？"

三八

范宣年八岁，后园挑菜，误伤指，大啼。人问"痛邪"？答曰："非为痛，身体发肤，不敢毁伤，是以啼耳。"宣洁行廉约，韩豫章遗绢百匹，不受；减五十匹，复不受。如是减半，遂至一匹，既终不受。韩后与范同载，就车中裂二丈与范云："人宁可使妇无裈邪？"范笑而受之。

【译文】

范宣八岁的时候，一次在后园挑菜，不小心弄伤了手指，就大哭起来。有人问他："痛吗？"他答道："不是为了痛，因为身体发肤，不敢损伤，因此才哭的。"范宣品行高洁，为人廉洁俭朴，豫章太守韩伯送他一百匹绢，他不肯接受；韩伯减为五十匹，他还是不肯接受。就这样一再减半，一直减到只剩一匹，最后他还是不肯接受。韩伯后来与范宣同乘一辆车，就在车中撕下两丈绢给范宣，说：“一个人怎么能让自己的妻子没有裤子穿呢？”范宣才笑着收下了绢。

三九

王子敬病笃，道家上章，应首过，问子敬：“由来有何异同得失？”子敬云：“不觉有余事，唯忆与郗家离婚。”

【译文】

王献之病危，按照道教的规矩，病人请道士代其上表祈求神灵除病消灾，并应当自己主动陈述罪过。道士问他：“你一直以来都有什么过失？”献之说：“我不觉得有什么其他的事情，只想起与郗家离婚的事情。”

四〇

殷仲堪既为荆州，值水俭，食常五碗盘，外无余肴。饭粒脱落盘席间，辄拾以啖之。虽欲率物，亦缘其性真素。每语子弟云：“勿以我受任方州，云我豁平昔时意，今吾处之不易。贫者士之常，焉得登枝而捐其本！尔曹其存之。”

【译文】

殷仲堪就任荆州刺史后，正遇上水灾，年成歉收，他吃饭的时候常常只用五碗盘装菜，此外就没有什么荤菜了。吃饭时如有饭粒掉在桌子上，他总是捡起来吃掉。他这样做虽然是想要做大家的表率，却也是源于他本性质朴。殷仲堪常告诫子弟说："不要因为我担任了大州的长官，就可以抛弃往日的生活本分，我现在仍然没有改变。清贫是士人的本分，哪里能做了官就丢掉做人的根本呢？你们一定要牢记我的话！"

四一

初，桓南郡、杨广共说殷荆州，宜夺殷觊南蛮以自树。觊亦即晓其旨。尝因行散，率尔去下舍，便不复还，内外无预知者。意色萧然，远同斗生之无愠。时论以此多之。

【译文】

当初，桓玄与杨广共同劝说殷仲堪，应当夺取殷觊的南蛮校尉之职与所辖地区，来树立扩大自己的势力范围。殷觊也明白他们的意图。殷觊借着出外行散的机会，就离开了自己的宅舍，便不再回来，里里外外没有一个人预先知道此事。他的意态神色很安详，就像春秋时的令尹子文，虽然被罢职却没有怒色一样。当时的舆论都因此而赞扬他。

四二

王仆射在江州，为殷、桓所逐，奔窜豫章，存亡未测。王绥在都，既忧戚在貌，居处饮食，每事有降。时人谓为"试守孝子"。

【译文】

王愉在江州刺史任上时，被殷仲堪、桓玄发兵驱逐，狼狈逃向豫章，生死不明。王绥在京城听到父亲的消息后，既忧伤满面，又在起居饮食方面有所节制，当时的人们称他为“试守孝子”。

四三

桓南郡既破殷荆州，收殷将佐十许人，咨议罗企生亦在焉。桓素待企生厚，将有所戮，先遣人语云：“若谢我，当释罪。”企生答曰：“为殷荆州吏，今荆州奔亡，存亡未判，我何颜谢桓公！”既出市，桓又遣人问：“欲何言？”答曰：“昔晋文王杀嵇康，而嵇绍为晋忠臣。从公乞一弟以养老母。”桓亦如言宥之。桓先曾以一羔裘与企生母胡，胡时在豫章，企生问至，即日焚裘。

【译文】

南郡公桓玄打败荆州刺史殷仲堪后，收捕了殷仲堪的将领僚属十多人，咨议参军罗企生也在其中。桓玄一向优待企生，当他打算处决一些人的时候，先派人告诉企生说：“你如果向我认罪，我一定免你一死。”企生回答道：“我作为殷荆州的属吏，如今他逃亡在外，生死不明，我有什么脸面向桓公谢罪！”当企生已经绑赴刑场时，桓玄又派人去问企生还有什么话要说，企生答道：“过去晋文王杀嵇康，而后来他的儿子嵇绍却成为晋室的忠臣。因此我想请桓公留下我一位弟弟侍奉老母。”桓玄答应企生的要求饶恕了他的弟弟。桓玄先前曾经送给企生母亲胡氏一件黑羊皮袍子，当时胡氏在豫章郡，当企生被杀的消息传来时，胡氏当天就把那件袍子烧掉了。

四四

王恭从会稽还，王大看之。见其坐六尺簟，因语恭：“卿东来，故应有此物，可以一领及我。”恭无言。大去后，即举所坐者送之。既无余席，便坐荐上。后大闻之，甚惊曰：“吾本谓卿多，故求耳。”对曰：“丈人不悉恭，恭作人无长物。”

【译文】

王恭从会稽回来以后，王忱去探望他。王忱看到王恭坐着一条长六尺的竹席，便对他说：“你从东边来，所以应该还有这种物品，可以送一条给我。”王恭没有作声。王忱走了以后，王恭就把所坐的竹席送给了他。王恭没有多余的席子，于是就坐在草垫子上。后来王忱听说了此事，十分惊异地说：“我原本以为你有很多，才向你要的。”王恭答道：“这是您老不了解我，我向来没有多余的物品。”

四五

吴郡陈遗，家至孝。母好食铛底焦饭，遗作郡主簿，恒装一囊，每煮食，辄贮录焦饭，归以遗母。后值孙恩贼出吴郡，袁府君即日便征。遗已聚敛得数斗焦饭，未展归家，遂带以从军。战于沪渎，败，军人溃散，逃走山泽，皆多饥死，遗独以焦饭得活。时人以为纯孝之报也。

【译文】

吴郡陈遗在家极为孝顺。他的母亲喜欢吃锅底的焦饭，陈遗任职州郡主簿时，常带一只口袋，每次煮饭，总是把焦饭储存起来，回家送给母亲。后来遇到孙恩进攻吴郡，袁山松当天即出征讨伐。陈遗已经储存了几斗的焦饭，还没来得及送回家，就带着这袋焦饭，跟着军队出发了。沪渎一战失败，官兵溃散逃到山林水泽中，大都饿死，只有陈遗靠着所带的焦饭活了下来。当时人都认为这是由于他纯孝所得的好报。

四六

孔仆射为孝武侍中，豫蒙眷接。烈宗山陵，孔时为太常，形素羸瘦，著重服，竟日涕泗流涟，见者以为真孝子。

【译文】

孔安国任孝武帝侍中的时候，受到过孝武帝的关怀宠遇。孝武帝死的时候，孔安国当时任太常，他的身体素来瘦弱，穿了重孝，整日眼泪鼻涕不断，看到的人都认为他是真孝子。

四七

吴道助、附子兄弟居在丹阳郡后，遭母童夫人艰，朝夕哭临，及思至，宾客吊省，号踊哀绝，路人为之落泪。韩康伯时为丹阳尹，母殷在郡，每闻二吴之哭，辄为凄恻，语康伯曰："汝若为选官，当好料理此人。"康伯亦甚相知。韩后果为吏部尚书，大吴不免哀制，小吴遂大贵达。

【译文】

吴坦之、隐之兄弟二人住在丹阳郡府的后面，遭遇母亲的丧事，早晚都祭拜痛哭。守孝期间，宾客来吊唁慰问的时候，他们更是大哭顿足，哀痛欲绝，就连过路人听了都为之落泪。韩康伯当时任丹阳尹，他的母亲殷氏住在郡舍里，每当听到兄弟二人的哀哭声，都要为他们感到悲痛，她对康伯说："你若当了选官，应当好好照顾他们。"康伯对他们的事情也很了解。后来康伯果然当上了吏部尚书，可是哥哥坦之因为哀伤过度而死，弟弟隐之最终成为了显贵的大官。

言语第二

一

边文礼见袁奉高，失次序。奉高曰："昔尧聘许由，面无怍色，先生何为颠倒衣裳？"文礼答曰："明府初临，尧德未彰，是以贱民颠倒衣裳耳。"

【译文】

边让见到袁阆的时候，显得手忙脚乱。袁阆说："古时尧帝聘请许由的时候，许由面无愧色，先生你为什么这样慌乱呢？"边让回答道："明府刚刚莅任，如帝尧般的德行尚未显现出来，所以我才会这样慌乱啊。"

二

徐孺子年九岁，尝月下戏，人语之曰："若令月中无物，当极明邪？"徐曰："不然。譬如人眼中有瞳子，无此必不明。"

【译文】

徐稚九岁的时候，曾在月光下玩耍，有人对他说："如果月亮中什么东西都没有，会更明亮吧？"徐稚说："不是这样的。这好比人的眼睛中有瞳仁，若是没有这个，眼睛必定不明亮。"

三

孔文举年十岁，随父到洛。时李元礼有盛名，为司隶校尉，诣门者，皆俊才清称及中表亲戚乃通。文举至门，谓吏曰：“我是李府君亲。”既通，前坐。元礼问曰：“君与仆有何亲？”对曰：“昔先君仲尼与君先人伯阳有师资之尊，是仆与君奕世为通好也。”元礼及宾客莫不奇之。太中大夫陈韪后至，人以其语语之。韪曰：“小时了了，大未必佳。”文举曰：“想君小时，必当了了。”韪大踧踖。

【译文】

孔融十岁的时候，跟随父亲到达洛阳。当时李膺享有很高的名望，登门造访的，只有杰出的有高雅名声的人，以及亲戚才让通报进门。孔融到了李府门前，对守门吏说：“我是李府君的亲戚。”通报进门后，孔融坐下。李膺问孔融：“您和我是什么亲戚关系呢？”孔融答道：“过去我的祖先仲尼与您的先人伯阳有师生之谊，所以我与您就是老世交了。”李膺及宾客听了孔融的话无不感到他很聪明。太中大夫陈韪晚到，有人把孔融的话告诉他。陈韪说：“小的时候聪明伶俐，长大后不见得就出众。”孔融说：“想来您小的时候，想必是聪明伶俐的了！”陈韪听了，感到非常尴尬。

四

孔文举有二子，大者六岁，小者五岁。昼日父眠，小者床头盗酒饮之。大儿谓曰：“何以不拜？”答曰：“偷，那得行礼！”

【译文】

孔融有两个儿子，大的儿子六岁，小的儿子五岁。有一天，他们的父亲在睡午觉，小儿子在父亲床头偷酒来喝。大儿子说："为什么不先行礼？"小儿子答道："偷酒喝，哪里还要行礼！"

五

孔融被收，中外惶怖。时融儿大者九岁，小者八岁，二儿故琢钉戏，了无遽容。融谓使者曰："冀罪止于身，二儿可得全不？"儿徐进曰："大人岂见覆巢之下，复有完卵乎？"寻亦收至。

【译文】

孔融被逮捕，朝廷内外都很惶恐惧怕。当时，孔融的大儿子九岁，小儿子八岁，他们两个照样做琢钉的游戏，完全没有一点儿惊慌的神色。孔融对派来逮捕他的人说："希望罪过只在我一人之身，两个儿子能否保全性命呢？"两个儿子从容上前对父亲说："父亲难道见过打翻的鸟窝下还有完好的鸟蛋吗？"随即，来逮捕他们的人也到了。

六

颍川太守髡陈仲弓。客有问元方："府君何如？"元方曰："高明之君也。""足下家君何如？"曰："忠臣孝子也。"客曰："《易》称：'二人同心，其利断金；同心之言，其臭如兰。'何有高明之君而刑忠臣孝子者乎？"元方曰："足下言何其谬也！故不相答。”客曰：“足下但因伛为恭，而不能答。”元方曰：“昔高宗放孝子孝己，尹吉甫放孝子伯奇，董仲舒放孝子符起。唯此三君，高明之君；唯此三子，忠臣孝子。”客惭而退。

【译文】

颍川太守对陈寔施了髡刑。有客人问陈寔的儿子陈纪说：“颍川太守为人怎么样？”陈纪说：“是高明的府君。”又问：“您父亲怎么样？”陈纪说：“是忠臣孝子。”客人说：“《易经》里有句名言说：‘两个人一条心，如同锋利的刀可以斩断坚硬的金属；两个人心意相投，团结一致，则其香气犹如兰草一样芬芳。’哪有高明的府君，会对忠臣孝子施刑的呢？”陈纪说：“您的话是何等的荒谬啊！因此我不予回答。”客人说：“您只不过是像本身驼背就装成是恭敬一样，而实际上是不能回答。”陈纪说：“古代殷高宗放逐孝子孝己，尹吉甫放逐孝子伯奇，董仲舒放逐孝子符起。这三位做父亲的，都是高明的人，而三个儿子也都是忠臣孝子。”那人听后，很惭愧地走了。

七

荀慈明与汝南袁阆相见，问颍川人士，慈明先及诸兄。阆笑曰：“士但可因亲旧而已乎？”慈明曰：“足下相难，依据者何经？”阆曰：“方问国士，而及诸兄，是以尤之耳。”慈明曰：“昔者祁奚内举不失其子，外举不失其仇，以为至公。公旦《文王》之诗，不论尧、舜之德而颂文、武者，亲亲之义也。《春秋》之义，内其国而外诸夏。且不爱其亲而爱他人者，不为悖德乎？”

【译文】

荀爽与汝南袁阆相见，袁阆问到颍川郡都有哪些以才德知名的人士，荀爽首先提到自己的几位兄长。袁阆笑道："才德之士只能靠有亲属关系才能扬名吗？"荀爽说："您责难我，所依据的是什么？"袁阆说："我方才问的是一国的才德之士，您却只说自己的几位兄长，因此才责怪你的。"荀爽说："从前祁奚荐举人才的时候，对内不回避自己的儿子，对外不回避自己的仇人，大家都认为他公正无私。周公《文王》之诗，不提尧舜的功德，而专颂文王、武王，这是合乎热爱亲人的大义的。《春秋》记事的原则，是把周王室尊为亲人，把华夏族其他诸侯国当作外人。再说不爱自己的亲人而爱其他人，难道不是违背道义的吗？"

八

祢衡被魏武谪为鼓吏，正月半试鼓。衡扬枹为《渔阳掺檛》，渊渊有金石声，四坐为之改容。孔融曰："祢衡罪同胥靡，不能发明王之梦。"魏武惭而赦之。

【译文】

祢衡被曹操贬为击鼓的小吏，在正月十五日这天，大会宾客试鼓。祢衡举起鼓槌击奏《渔阳掺檛》的曲子，鼓声中，仿佛有钟磬一样的声响，深沉凝重，满座宾客听了，无不为之动容的。孔融说："祢衡的罪过跟傅说相同，却不能启发您的求贤之梦。"曹操听了感到惭愧，于是赦免了祢衡。

九

南郡庞士元闻司马德操在颍川，故二千里候之。至，遇德操采桑，士元从车中谓曰："吾闻丈夫处世，当带金佩紫，焉有屈洪流之量，而执丝妇之事。"德操曰："子且下车。子适知邪径之速，不虑失道之迷。昔伯成耦耕，不慕诸侯之荣；原宪桑枢，不易有官之宅。何有坐则华屋，行则肥马，侍女数十，然后为奇？此乃许、父所以慷慨，夷、齐所以长叹。虽有窃秦之爵，千驷之富，不足贵也。"士元曰："仆生出边垂，寡见大义，若不一叩洪钟、伐雷鼓，则不识其音响也。"

【译文】

南郡庞统听说司马徽住在颍川，特地从两千里外赶去拜候他。到了那里，正遇到司马徽在采桑叶。庞统在车上对司马徽说："我听说大丈夫生在世上，就应当佩带金紫做大官，哪有委屈自己宏大的志向度量，而去做蚕妇做的事呢？"司马徽说："您请先下车。您只知道走小路快捷，却不担心有迷路的危险。古代伯成子高宁愿回家耕种，也不羡慕诸侯的荣耀；原宪虽住陋屋，也不愿换取大官的豪宅。哪里有住在华丽的屋中，出行就骑高头大马，身旁围绕着侍女数十位，然后才算是与众不同的呢？这也就是许由、巢父慷慨辞让天下的原因，也就是伯夷、叔齐长叹的来由。即使有吕不韦那样从秦国窃取的爵位，有齐景公那样拥有四千匹马的巨富，也是不值得尊敬的。"庞统说："我生在边远偏僻的地方，很少听到大道理，如果不是今天叩响大钟，敲打雷

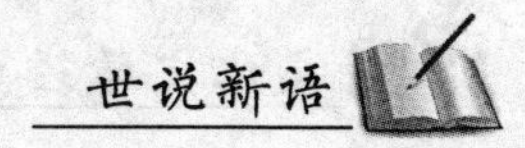

鼓，也就不会知道它的音响了！”

一〇

刘公幹以失敬罹罪。文帝问曰：“卿何以不谨于文宪？”桢答曰：“臣诚庸短，亦由陛下网目不疏。”

【译文】

刘桢因为不敬而获罪。曹丕问他：“你为何不谨慎遵奉法规？”刘桢说：“臣下实在是庸才，见识短浅，但也是由于陛下您的法网过密不宽啊。”

一一

钟毓、钟会少有令誉，年十三，魏文帝闻之，语其父钟繇曰：“可令二子来。”于是敕见。毓面有汗，帝问：“卿面何以汗？”毓对曰：“战战惶惶，汗出如浆。”复问会：“卿何以不汗？”对曰：“战战栗栗，汗不敢出。”

【译文】

钟毓、钟会兄弟俩少年的时候就有美好的名声，钟毓十三岁时，魏文帝曹丕听说了他们俩，就对他们的父亲钟繇说：“可以叫你的两个儿子来见我。”于是下令诏见。进见时，钟毓脸上有汗，曹丕问道：“你脸上为什么流汗？”钟毓回答：“我胆战心惊，不安恐慌，所以汗出如浆。”曹丕又问钟会：“你为什么不流汗？”钟会回答：“我心惊肉跳，颤抖恐惧，连汗也不敢出了。”

一二

钟毓兄弟小时，值父昼寝，因共偷服药酒。其父时觉，且托寐以观之。毓拜而后饮，会饮而不拜。既而问毓何以拜，毓曰："酒以成礼，不敢不拜。"又问会何以不拜，会曰："偷本非礼，所以不拜。"

【译文】

钟毓兄弟二人小时候，遇到他们的父亲钟繇睡午觉，就一起趁机偷酒喝。钟繇当时正好醒过来，便假装睡觉观察他们。钟毓行了礼以后再喝酒，钟会喝了酒以后不行礼。过后不久，钟繇起来问钟毓为什么行了礼再喝酒，钟毓说："酒是用来完成礼节的，我不敢不行礼。"又问钟会为什么不行礼，钟会说："偷酒喝本来就不合礼节，所以我不行礼。"

一三

魏明帝为外祖母筑馆于甄氏，既成，自行视，谓左右曰："馆当以何为名？"侍中缪袭曰："陛下圣思齐于哲王，罔极过于曾、闵。此馆之兴，情钟舅氏，宜以'渭阳'为名。"

【译文】

魏明帝为外祖母在甄府建造了一座馆舍。建成后，亲自去察看，问左右随从："这馆舍该叫什么名字才好？"侍中缪袭说："陛下圣明的思虑与贤明的君王相同，孝心无穷无尽，远远超过了曾参和闵子骞。这座馆舍的兴建倾注了对舅家的深情厚谊，所以应当用‘渭阳’来命名。”

一四

何平叔云：“服五石散，非唯治病，亦觉神明开朗。”

【译文】

何晏说：“服食五石散，不仅仅可以治病，同时也使得神志清楚，情绪畅快。”

一五

嵇中散语赵景真：“卿瞳子白黑分明，有白起之风，恨量小狭。”赵云：“尺表能审玑衡之度，寸管能测往复之气。何必在大，但问识如何耳。”

【译文】

嵇康对赵至说：“你的眼睛黑白分明，有白起的风度，遗憾的是眼睛狭小了些。”赵至说：“一尺长的表尺可以察知浑天仪的度数，寸把宽的竹管就能测量乐音的高低。因此，不必在乎大小，只要看他见识怎么样就成了。”

一六

司马景王东征，取上党李喜以为从事中郎。因问喜曰：“昔先公辟君不就，今孤召君，何以来？”喜对曰：“先公以礼见待，故得以礼进退；明公以法见绳，喜畏法而至耳。”

【译文】

司马师东征的时候，招致上党李喜为从事中郎。到任时，司马师问李喜："从前先父曾经征召您为官，您推辞不肯就职；现在我征召您，您为什么肯来了呢？"李喜答道："您先父按礼来对待我，所以我只能够按礼来取舍；而您用法令来约束我，我只是害怕犯法才来的啊。"

一七

邓艾口吃，语称"艾艾"。晋文王戏之曰："卿云'艾艾'，定是几艾？"对曰："'凤兮凤兮'，故是一凤。"

【译文】

邓艾说话有口吃的毛病，对人说话自称时，总是说"艾……艾……"司马昭同邓艾开玩笑说："你说'艾艾'，究竟有几个艾啊？"邓艾答道："'凤兮凤兮'，也仅是一只凤啊。"

一八

嵇中散既被诛，向子期举郡计入洛。文王引进，问曰："闻君有箕山之志，何以在此？"对曰："巢、许狷介之士，不足多慕！"王大咨嗟。

【译文】

嵇康被杀以后，向秀被郡守荐举，与上计吏一起到京都洛阳。司马昭召见向秀，问道："听说你不肯出仕，而有隐居之志，为什么又会出现在这里呢？”向秀回答道：“巢父、许由同是洁身孤高之人，不值得赞许仰慕！”司马昭听了，大为赞赏。

一九

晋武帝始登阼，探策得一。王者世数，系此多少。帝既不说，群臣失色，莫能有言者。侍中裴楷进曰：“臣闻天得一以清，地得一以宁，侯王得一以为天下贞。”帝说，群臣叹服。

【译文】

晋武帝即位的时候，用蓍草占卜所得数字是“一”。帝王家相传能有多少代，与占卜得到数字的多少相关联。晋武帝知道了就很不高兴，群臣也都惊慌失色，没有一个人能说出话来。侍中裴楷上前说：“我听说，天得到一就会清明，地得到一就会安宁，侯王得到一就会成为正统。”晋武帝听了很高兴，群臣听了都很赞叹佩服。

二〇

满奋畏风。在晋武帝坐，北窗作琉璃屏，实密似疏，奋有难色。帝笑之。奋答曰：“臣犹吴牛，见月而喘。”

【译文】

满奋怕风。一次他侍坐在晋武帝旁，北窗有琉璃屏风，实际上是密不透风很严实的，可是看起来似乎稀疏透风，故满奋不免面露难色。晋武帝就笑话他，满奋说：“我就像吴地的牛一样，看见月亮就喘起气来。”

二一

诸葛靓在吴，于朝堂大会。孙皓问：“卿字仲思，为何所思？”对曰：“在家思孝，事君思忠，朋友思信。如斯而已！”

【译文】

诸葛靓在吴国时，一次在朝堂上参与大朝会。孙皓问他：“你的字叫仲思，那么所思的是什么呢？”诸葛靓答道：“我在家所思的是尽孝道，在朝侍奉君主所思的是尽忠，与朋友交往所思的是诚信，就是这些罢了。”

二二

蔡洪赴洛，洛中人问曰：“幕府初开，群公辟命，求英奇于仄陋，采贤俊于岩穴。君吴楚之士，亡国之余，有何异才而应斯举？”蔡答曰：“夜光之珠，不必出于孟津之河；盈握之璧，不必采于昆仑之山。大禹生于东夷，文王生于西羌。圣贤所出，何必常处。昔武王伐纣，迁顽民于洛邑，得无诸君是其苗裔乎？”

【译文】

蔡洪赴京城洛阳，洛阳人问他：“现在衙署刚刚设立，诸大臣受命选拔人才，在百姓中求取英俊杰出之士，在隐居山林者中吸纳贤德能干之人。你是吴地南方人，不过是个亡国遗民，有什么杰出才能，敢来参加这次荐举贤才的盛事？”蔡浩回答说：“夜光珠不一定都产于孟津河水中；握在手上满满一把的玉璧，也不一定就出自昆仑山上；大禹出生在东夷，周文王出生在西羌。圣贤所诞生的地方，何必有固定的场所呢。古时武王讨伐殷纣王，把殷朝顽劣的遗民迁到了洛阳，莫非你们就是那些人的后代吗？”

二三

诸名士共至洛水戏，还，乐令问王夷甫曰：“今日戏，乐乎？”王曰：“裴仆射善谈名理，混混有雅致；张茂先论《史》《汉》，靡靡可听；我与王安丰说延陵、子房，亦超超玄著。”

【译文】

许多名士一同到洛水边游玩，回来后，乐广问王衍：“你们今天去游玩，高兴吗？”王衍说：“裴仆射善于高谈名理，雄辩滔滔，很有高雅的意致；张茂先论说《史记》《汉书》，细致动听；我与王安丰说起季札和张良来，也颇为超脱，深远玄妙。”

二四

王武子、孙子荆各言其土地人物之美。王云：“其地坦而平，其水淡而清，其人廉且贞。”孙云：“其山嶵巍以嵯峨，其水泙渫而扬波，其人磊砢而英多。”

【译文】

王济和孙楚各自夸赞说自己家乡的土地与人物之美好。王济说：“我家乡的土地辽阔平整，河水甜美而清纯，那里的人廉洁又公正。”孙楚说：“我家乡的山势险峻而巍峨，河水浩淼而扬波，那里的人才能卓越杰出而众多。”

二五

乐令女适大将军成都王颖，王兄长沙王执权于洛，遂构兵相图。长沙王亲近小人，远外君子，凡在朝者，人怀危惧。乐令既允朝望，加有婚亲，群小谗于长沙。长沙尝问乐令，乐令神色自若，徐答曰：“岂以五男易一女？”由是释然，无复疑虑。

【译文】

乐广的女儿嫁给大将军成都王司马颖，司马颖的兄长沙王司马乂当时在洛阳执掌朝政，于是双方出兵交战都想制服对方。长沙王司马乂亲近小人，把小人当作自己人，疏远君子，把君子当成外人，凡是在朝做官的，人人都心怀不安与恐惧。乐广在朝廷上既有很高的声望，又加上和成都王司马颖有姻亲的关系，一班小人便在长沙王跟前说他的坏话。长沙王曾责问乐广，乐广神色坦然，从容回答说：“难道我要用五个儿子来换一个女儿吗？”听到此话，长沙王放下心来，不再猜疑乐广了。

二六

陆机诣王武子，武子前置数斛羊酪，指以示陆曰：“卿江东何以敌此？”陆云：“有千里莼羹，但未下盐豉耳。”

【译文】

陆机去拜访王济，王济案上放着几十斗羊酪，他指着羊酪给陆机看，说：“你们江东有什么吃的东西可以比得过羊酪吗？”陆机回答说：“我们江东千里湖的莼羹与此相似，只是还没有加上咸豆豉而已。”

二七

中朝有小儿，父病，行乞药。主人问病，曰：“患疟也。”主人曰：“尊侯明德君子，何以病疟？”答曰：“来病君子，所以为疟耳。”

【译文】

西晋有一个男孩，他父亲病了，便去讨药。主人询问病情，男孩说：“生的是疟疾病。”主人说：“你父亲是有美德的君子，为什么会患上疟疾呢？”男孩回答道：“它来使君子生病，这就是它被称为疟疾的原因啊。”

二八

崔正熊诣都郡，都郡将姓陈，问正熊：“君去崔杼几世？”答曰：“民去崔杼，如明府之去陈恒。”

【译文】

崔豹去拜见都郡太守，郡太守姓陈，问崔豹说：“你上距崔杼有几代？”崔豹答道：“我距崔杼的世代，和您上距陈恒的世代差不多。”

二九

元帝始过江，谓顾骠骑曰："寄人国土，心常怀惭。"荣跪对曰："臣闻王者以天下为家，是以耿、亳无定处，九鼎迁洛邑。愿陛下勿以迁都为念。"

【译文】

晋元帝刚刚渡过长江时，对顾荣说："寄住在他人的国土，心里常常怀有惭愧之感。"顾荣跪下来对答道："我听说帝王把天下看为家，因此殷商先建都在耿邑，后至亳邑，没有固定的地方，夏禹所铸九鼎到周武王时也迁到了洛邑。所以希望陛下不要把迁都的事惦念在心上。"

三〇

庾公造周伯仁，伯仁曰："君何所欣说而忽肥？"庾曰："君复何所忧惨而忽瘦？"伯仁曰："吾无所忧，直是清虚日来，滓秽日去耳。"

【译文】

庾亮前往拜访周颉，周颉说："你有什么喜悦的事，使你突然发胖了呢？"庾亮说："那你又有什么忧愁悲痛的事，使你忽然瘦下去了呢？"周颉说："我没有什么可忧伤的，只是清静虚无之志一天天地增加，污浊肮脏的思虑一天天地减少而已。"

三一

过江诸人，每至美日，辄相邀新亭，藉卉饮宴。周侯中坐而叹曰："风景不殊，正自有山河之异！"皆相视流泪。唯王丞相愀然变色曰："当共戮力王室，克复神州，何至作楚囚相对！"

【译文】

过江避难的那些人，每逢风和日丽的好天气，总是相邀一起到新亭去，坐在草地上聚会饮酒。有一天，周顗在座中感叹说："这里的风景没有什么两样，只是山河有了变化！"大家听了周顗的话，都对视流泪。只有王导脸色变得很不高兴道："我们应当同心协力辅佐王室，恢复中原，怎么至于像楚囚那样相对流泪呢！"

三二

卫洗马初欲渡江，形神惨顇，语左右云："见此芒芒，不觉百端交集。苟未免有情，亦复谁能遣此！"

【译文】

卫玠想要渡江避乱时，面容凄苦，神情忧伤，对身边的人说："看到如此广阔浩渺的长江，我不禁百感交集。只要有感情的话，一个人面对此景此情，又怎么能排遣得了呢！"

三三

顾司空未知名，诣王丞相。丞相小极，对之疲睡。顾思所以叩会之，因谓同坐曰："昔每闻元公道公协赞中宗，保全江表。体小不安，令人喘息。"丞相因觉，谓顾曰："此子珪璋特达，机警有锋。"

【译文】

顾和还没有出名的时候，有一天去拜见丞相王导，王导当时很困倦，竟对着他打瞌睡。顾和考虑用什么方法才能与他问答交谈，于是就对同座的人说："过去我听族叔元公说起王丞相曾经协同帮助中宗，保全了江南，现在丞相贵体小有不适，实在令人焦急啊。"王导听了便醒过来，评论顾和说："这人才德可贵，机灵敏捷，词锋犀利。"

三四

会稽贺生，体识清远，言行以礼。不徒东南之美，实为海内之秀。

【译文】

会稽贺循先生，禀性清雅，见识高远，一言一行都合乎礼。他不只是东南优异的人才，也是海内优秀的人才。

三五

刘琨虽隔阂寇戎，志存本朝，谓温峤曰："班彪识刘氏之复兴，马援知汉光之可辅。今晋祚虽衰，天命未改，吾欲立功于河北，使卿延誉于江南，子其行乎？"温曰："峤虽不敏，才非昔人，明公以桓、文之姿，建匡立之功，岂敢辞命！"

【译文】

刘琨虽然与东晋王朝中间隔着戎族敌寇，但他心中总不忘朝廷。刘琨对温峤说："班彪当年知道刘氏汉朝必能复兴，马援深知汉光武帝值得辅佐。现在晋朝的国运虽然衰落，但天命并没有改变。我想在黄河以北建功立业，想让你在长江以南为我称扬传播名声，您会去吗？"温峤说："我虽然不聪明，才能也比不上班彪、马援等前人，您以齐桓公、晋文公那样的气度，要建立匡复晋朝的伟大功业，我怎么敢推辞使命呢！"

三六

温峤初为刘琨使来过江。于时江左营建始尔，纲纪未举。温新至，深有诸虑。既诣王丞相，陈主上幽越、社稷焚灭、山陵夷毁之酷，有黍离之痛。温忠慨深烈，言与泗俱，丞相亦与之对泣。叙情既毕，便深自陈结，丞相亦厚相酬纳。既出，欢然言曰："江左自有管夷吾，此复何忧！"

【译文】

温峤作为刘琨的使者渡江而来。当时江东的东晋王朝刚刚开始创建，法度法令等都没有订立。温峤刚到江东时，内心对这种情况忧虑重重。不久他便去拜访王导，向他诉说了怀、愍二帝先后被囚禁流放，社稷宗庙被焚毁，帝王陵墓被夷为平地等惨酷情况，表现出亡国之痛。温峤忠诚愤慨，深沉刚烈，说话时涕泪交流，王丞相也与他一起相对落泪。温峤叙述情况完毕后，就诚恳地诉说与丞相结交之意，丞相也真挚地酬答接纳他的心愿。温峤辞别丞相出来后，很高兴地说："我们江东已经有了管仲一样的贤相，这还有什么可忧虑的！"

三七

王敦兄含为光禄勋。敦既逆谋，屯据南州，含委职奔姑孰。王丞相诣阙谢。司徒、丞相、扬州官僚问讯，仓卒不知何辞。顾司空时为扬州别驾，援翰曰：“王光禄远避流言，明公蒙尘路次，群下不宁，不审尊体起居何如？”

【译文】

王敦之兄王含任光禄勋一职，王敦起兵谋反后，率兵占据姑孰，王含丢弃官职到姑孰投奔王敦。王导是王敦的族弟，到宫门前请罪。当时司空、丞相兼任扬州刺史，诸府僚属去问候时，匆忙之下不知该怎么说才好。顾和当时担任扬州别驾，拿起笔来写道：“王光禄远远地避开流言，您却为此在道途中奔忙受累，众下属十分不安，不知贵体日常起居怎么样？”

三八

郗太尉拜司空，语同坐曰：“平生意不在多，值世故纷纭，遂至台鼎。朱博翰音，实愧于怀。”

【译文】

太尉郗鉴被授予司空时，和同座的人说：“我生平的愿望并不高，只是遇到了这动荡不定的时世，才升到三公的高位，就像西汉朱博一样徒有虚名而已，内心实在有些惭愧。”

三九

高坐道人不作汉语。或问此意，简文曰："以简应对之烦。"

【译文】

高座法师不说汉语。有人问这样做的用意是什么，简文帝说："这是为了省去应酬对答的麻烦。"

四〇

周仆射雍容好仪形。诣王公，初下车，隐数人，王公含笑看之。既坐，傲然啸咏。王公曰："卿欲希嵇、阮邪？"答曰："何敢近舍明公，远希嵇、阮！"

【译文】

周顗的态度落落大方，仪表堂堂，外表美好。他去拜见王导，刚下车，扶着几个人走路，王导含笑看着他。周顗坐定后，态度随便满不在乎地啸咏起来。王导说："您想追慕嵇康、阮籍吗？"周顗答道："我哪敢舍弃近处明公您的榜样，而去追慕遥远的嵇康、阮籍呢！"

四一

庾公尝入佛图，见卧佛，曰："此子疲于津梁。"于时以为名言。

【译文】

庾亮曾经到过佛寺，看见卧佛，说："这位先生为普度众生而疲劳了。"当时人都认为这句话是名言。

四二

挚瞻曾作四郡太守、大将军户曹参军，复出作内史，年始二十九。尝别王敦，敦谓瞻曰：“卿年未三十，已为万石，亦太蚤。”瞻曰：“方于将军少为太早，比之甘罗已为太老。”

【译文】

挚瞻曾经做过四个郡的太守以及大将军王敦的户曹参军，后又调动出任内史，年纪才二十九岁。挚瞻曾向王敦告别，王敦对他说：“你年纪未满三十岁，已经做到万石大官，也太早了点儿吧。”挚瞻说：“我和将军您比起来稍稍早了些，可和甘罗比已经是太老了。”

四三

梁国杨氏子九岁，甚聪惠。孔君平诣其父，父不在，乃呼儿出。为设果，果有杨梅。孔指以示儿曰：“此是君家果。”儿应声答曰：“未闻孔雀是夫子家禽。”

【译文】

梁国有一杨家的孩子才九岁，非常聪明有智慧。一次孔坦去拜访他父亲，其父不在家，就叫孩子出来。孩子为客人摆设果品，果品中有杨梅。孔坦指着杨梅给孩子看，说道：“这是你们家的家果。”孩子随声答道：“我没听说过孔雀是先生家的家禽。”

四四

孔廷尉以裘与从弟沈，沈辞不受。廷尉曰："晏平仲之俭，祠其先人，豚肩不掩豆，犹狐裘数十年，卿复何辞此？"于是受而服之。

【译文】

孔坦送给堂弟孔沈一件皮衣，孔沈推辞不肯接受。孔坦说："古代晏婴的节俭是出了名的，他祭祀先人时，用作祭品的猪蹄膀没有装满一豆，可也穿了三十年的狐皮外衣，你又何必推辞穿皮衣呢？"于是孔沈接受了皮衣，穿在身上。

四五

佛图澄与诸石游，林公曰："澄以石虎为海鸥鸟。"

【译文】

佛图澄与石勒、石虎兄弟有交往，支遁说："佛图澄把石虎当作海鸥鸟一样看待。"

四六

谢仁祖年八岁，谢豫章将送客，尔时语已神悟，自参上流。诸人咸共叹之，曰："年少，一坐之颜回。"仁祖曰："坐无尼父，焉别颜回？"

【译文】

谢尚八岁时，他父亲谢鲲带着他送客，那时他在言谈中已表现出超群的领悟能力，已跻身于名流之列。在座的人都赞美他说："小小年纪，已是一座之中的颜回！"谢尚说："座中如果没有孔子，怎么能识别颜回呢？"

四七

陶公疾笃，都无献替之言，朝士以为恨。仁祖闻之，曰："时无竖刁，故不贻陶公话言。"时贤以为德音。

【译文】

陶侃病危的时候，没有讲过一句有关劝善规过、兴利除弊等大事的话语，朝中官员都为此感到遗憾。谢尚听到后说："现在朝中没有像竖刁那样的小人，所以陶公就不必留下遗言。"当时的才德人士都认为这句话有见识。

四八

竺法深在简文坐，刘尹问："道人何以游朱门？"答曰："君自见其朱门，贫道如游蓬户。"或云卞令。

【译文】

竺法深在司马昱府上做客，刘惔问他："和尚为什么与富贵人家交往？"法深回答道："在您看来是富贵人家，而在我眼里却以为在与贫寒人家交往没什么两样。"有人说是卞壶发问的。

四九

孙盛为庾公记室参军，从猎，将其二儿俱行，庾公不知。忽于猎场见齐庄，时年七八岁，庾谓曰：“君亦复来邪？”应声答曰：“所谓‘无小无大，从公于迈’。”

【译文】

孙盛当庾亮的记室参军时，曾跟随庾亮一起去打猎，孙盛带着他的两个儿子，庾亮事先不知道。忽然在猎场上见到孙盛的小儿子齐庄，当时齐庄只有七八岁大，庾亮对他说：“你也来了吗？”齐庄应声回答道：“这就是古诗所说的‘无大无小，从公于迈’啊。”

五〇

孙齐由、齐庄二人小时诣庾公。公问齐由何字，答曰：“字齐由。”公曰：“欲何齐邪？”曰：“齐许由。”齐庄何字，答曰：“字齐庄。”公曰：“欲何齐？”曰：“齐庄周。”公曰：“何不慕仲尼而慕庄周？”对曰：“圣人生知，故难企慕。”庾公大喜小儿对。

【译文】

孙潜、孙放兄弟二人小时候去拜见庾亮，庾亮问孙潜字什么，孙潜答道：“字齐由。”庾亮说：“你想要向什么人看齐呢？”孙潜说：“向许由看齐。”庾亮又问孙放字什么，孙放答道：“字齐庄。”庾亮说：“要向什么人看齐？”齐放答道：“向庄周看齐。”庾亮说：“为什么你不仰慕孔子，而仰慕庄子呢？”齐放答道：“孔子是圣人，是生而知之的天才，所以难以仰慕。”庾亮非常喜欢弟弟孙放的回答。

五一

张玄之、顾敷是顾和中外孙，皆少而聪惠，和并知之，而常谓顾胜，亲重偏至，张颇不惬。于时，张年九岁，顾年七岁。和与俱至寺中，见佛般泥洹像，弟子有泣者，有不泣者。和以问二孙。玄谓："被亲故泣，不被亲故不泣。"敷曰："不然。当由忘情故不泣，不能忘情故泣。"

【译文】

张玄之和顾敷分别是顾和的外孙和孙子，两人小时候都很聪明，顾和对他们都很赏识，但顾和又常说顾敷略胜过张玄之，因此对顾敷特别亲近偏爱，张玄之对此颇为不服。这时，张玄之九岁，顾敷七岁，一次顾和带他们到寺庙里，看到卧佛像，佛身边的弟子有的在哭泣，有的没有哭，顾和就问两位孙辈原因何在。张玄之说："得到佛亲近的弟子就在哭泣，没有得到佛亲近的所以就不哭。"顾敷说："不是这样的。应当是不动情的人不哭，不能忘情的人才哭。"

五二

庾法畅造庾太尉，握麈尾至佳。公曰："此至佳，那得在？"法畅曰："廉者不求，贪者不与，故得在耳。"

【译文】

庾法畅拜见庾亮的时候，手里拿的拂尘极其好。庾亮说："这拂尘好极了，何以还能留在你手上呢？"法畅说："廉洁的人不会向我索要，贪婪的人我也不会给他，所以能留在我手中。"

五三

庾稚恭为荆州，以毛扇上武帝，武帝疑是故物。侍中刘劭曰："柏梁云构，工匠先居其下；管弦繁奏，钟、夔先听其音。稚恭上扇，以好不以新。"庾后闻之，曰："此人宜在帝左右。"

【译文】

庾翼当荆州刺史的时候，把羽毛扇进献给武帝，武帝怀疑此扇是用过的旧物。侍中刘劭说："柏梁台是高耸入云的伟大建筑，但是建造该台的工匠先在里面住下来的；管弦合奏的乐声，也是钟子期和夔这样知音的乐官首先听到的。庾翼进献这把羽扇是因为它好，而不在于新不新。"庾翼听到这些话便说："像这样的人适合在皇帝的身边。"

五四

何骠骑亡后，征褚公入。既至石头，王长史、刘尹同诣褚。褚曰："真长，何以处我？"真长顾王曰："此子能言。"褚因视王，王曰："国自有周公。"

【译文】

骠骑将军何充去世后，朝廷征召褚裒入都。褚裒到达石头城后，王蒙、刘惔一同来拜见他。褚裒说："真长，你看朝廷会如何安排我啊？"刘惔看着王蒙说："这位先生很善言辞。”褚裒于是看着王蒙，王蒙说：“国中本来就有周公那样的人在。”

五五

桓公北征，经金城，见前为琅邪时种柳，皆已十围，慨然曰：“木犹如此，人何以堪！”攀枝执条，泫然流泪。

【译文】

桓温北征前燕的时候，路过金城，看到自己以前当琅邪内史时所种的柳树，都已长成十围粗的大树了，感慨地说：“树木都尚且如此，作为人怎能忍受这岁月的流逝啊！”他攀着树枝手执柳条，禁不住流下泪来。

五六

简文作抚军时，尝与桓宣武俱入朝，更相让在前。宣武不得已而先之，因曰：“伯也执殳，为王前驱。”简文曰：“所谓‘无小无大，从公于迈’。”

【译文】

简文帝当抚军大将军的时候，曾经与桓温一起上朝，他们互相谦让，都要对方走在前面。桓温不得已只好走在前面，于是说：“手上拿着殳，为王打前锋。”简文帝说：“这就是所谓的‘无小无大，从公于迈’了。”

五七

顾悦与简文同年，而发蚤白。简文曰：“卿何以先白？”对曰：“蒲柳之姿，望秋而落；松柏之质，经霜弥茂。”

【译文】

顾悦和简文帝同岁，但顾悦的头发很早就变白了。简文帝说：“你的头发为什么白得比我早呢？”顾悦回答道：“我是蒲柳一样的资质，秋天一到，树叶就掉落了；您是松柏一般的质地，经历了秋霜反而更加茂盛。”

五八

桓公入峡，绝壁天悬，腾波迅急，乃叹曰：“既为忠臣，不得为孝子，如何！”

【译文】

桓温进入三峡，看见两岸高耸的峭壁悬在空中，下有奔腾汹涌的波涛迅猛疾流，于是叹息道：“我既然做了忠臣，就不能当孝子了，有什么办法呢！”

五九

初，荧惑入太微，寻废海西；简文登阼，复入太微，帝恶之。时郗超为中书，在直。引超入曰：“天命修短，故非所计。政当无复近日事不？”超曰：“大司马方将外固封疆，内镇社稷，必无若此之虑。臣为陛下以百口保之。”帝因诵庾仲初诗曰：“志士痛朝危，忠臣哀主辱。”声甚凄厉。郗受假还东，帝曰：“致意尊公，家国之事，遂至于此。由是身不能以道匡卫，思患预防。愧叹之深，言何能喻！”因泣下流襟。

【译文】

当初荧惑星进入太微垣不久，海西公就被废去了皇位；等到简文帝即位的时候，荧惑星再次进入太微垣，简文帝非常厌恶这种不祥的征兆。当时郗超作为中书侍郎刚好在宫内值班。简文帝便把郗超叫进来说："天命有长短，这本不是我所能考虑的。只是不知会再发生前些时候的废立之事吧？"郗超说："大司马正要对外巩固边疆，对内安定社稷，必定不会有这样的打算的。我愿用全家百口人的性命为陛下担保。"简文帝于是吟诵庾阐的诗句道："志士痛朝危，忠臣哀主辱。"声音十分凄凉。后来郗超被准假东去会稽探亲，简文帝说："请代我向令尊致意，国家社稷的事竟然到了这种地步。这是因为我不能坚持正道来纠正过失错误，保卫社稷国家，思虑祸患而预先防范。我深感惭愧，感慨不已，用语言怎能说清呢！"说完，简文帝泪如雨下，沾湿衣襟。

六〇

简文在暗室中坐，召宣武。宣武至，问上何在。简文曰："某在斯！"时人以为能。

【译文】

简文帝坐在暗室中，召见桓温。桓温来了，问皇上在哪里。简文帝说："我在这里。"当时人认为简文帝善于言辞，很有才能。

六一

简文入华林园，顾谓左右曰：“会心处不必在远。翳然林水，便自有濠、濮间想也，觉鸟兽禽鱼自来亲人。”

【译文】

简文帝进到了华林园，回头对身边的随从说：“领略大自然的韵致不一定要跑到远处寻求，置身于这郁郁葱葱幽深的林木与水流的怀抱之中，便会令人自然思慕庄子所追求的濠、濮间逍遥自在的境界了，觉得飞鸟走兽、鸣禽游鱼都会主动来与人亲近。”

六二

谢太傅语王右军曰：“中年伤于哀乐，与亲友别，辄作数日恶。”王曰：“年在桑榆，自然至此，正赖丝竹陶写。恒恐儿辈觉，损欣乐之趣。”

【译文】

谢安和王羲之说：“人到了中年，常为哀伤情绪而伤怀，每当与亲友离别，总会难过几天。”王羲之说：“人到了晚年，自然会有这种情景，正需要依赖音乐来陶冶性情，抒发忧思。只是怕子侄们知道了，会减少欣喜快乐的情趣。”

六三

支道林常养数匹马。或言道人畜马不韵。支曰："贫道重其神骏。"

【译文】

支道林和尚常常养有几匹马。有人说和尚养马不太风雅。支道林说："我看重的是它神采焕发的姿态。"

六四

刘尹与桓宣武共听讲《礼记》。桓云："时有入心处，便觉咫尺玄门。"刘曰："此未关至极，自是金华殿之语。"

【译文】

刘惔与桓温一同听讲《礼记》。桓温说："时常有打动人心的地方，于是感觉距离最高境界很近了。"刘惔说："这还没有涉及最高的境界，只不过是儒生的老生常谈而已。"

六五

羊秉为抚军参军，少亡，有令誉，夏侯孝若为之叙，极相赞悼。羊权为黄门侍郎，侍简文坐。帝问曰："夏侯湛作《羊秉叙》，绝可想。是卿何物？有后不？"权潸然对曰："亡伯令问夙彰，而无有继嗣；虽名播天听，然胤绝圣世。"帝嗟慨久之。

【译文】

羊秉曾任抚军参军，年纪轻轻就死了，享有美名，夏侯湛为他写叙，极力赞美并表示哀悼。羊权是黄门侍郎，在简文帝身旁侍候。简文帝问道："夏侯湛写的《羊秉叙》，非常值得赞赏。他是你的什么人？有后代吗？"羊权流着泪回答道："他是我故世的伯父，一向美名卓著，但他没有后代；他的名声虽然传到了皇上您的耳中，却在这圣明之世绝了后。"简文帝听了后，久久地嗟叹感慨。

六六

王长史与刘真长别后相见，王谓刘曰："卿更长进。"答曰："此若'天之自高'耳。"

【译文】

王蒙与刘惔二人分别后再相见，王蒙对刘惔说："你在学问和品行上更有进步了。"刘惔回答说："这就好像天一样，原本就是高的罢了。"

六七

刘尹云："人想王荆产佳，此想长松下当有清风耳。"

【译文】

刘惔说："人们都想象王微很好，这就像想象高大的松树下该当有清风一样。"

六八

王仲祖闻蛮语不解，茫然曰："若使介葛卢来朝，故当不昧此语。"

【译文】

王蒙听不懂南方方言，他茫无头绪地说："假若让介葛卢来朝见，说不定会明白这种话。"

六九

刘真长为丹阳尹，许玄度出都，就刘宿，床帷新丽，饮食丰甘。许曰："若保全此处，殊胜东山。"刘曰："卿若知吉凶由人，吾安得不保此！"王逸少在坐，曰："令巢、许遇稷、契，当无此言。"二人并有愧色。

【译文】

刘惔任丹阳尹的时候，许询到京城，去他那住宿。床帐帷幕既新又华丽，饮食丰盛且味美。许询说："如果能够保全这样的住处，享受这般的生活，那么就远远胜过在东山隐居的生活了。"刘惔说："你知道如果吉凶祸福都由人自己来决定的话，我怎么能不保全这个住处呢？"王羲之当时也在座，说："如果当年的高士巢父、许由遇到稷、契那样的明君，也许不会说出这样的话来。"许询和刘惔听了，都面有惭色。

七〇

王右军与谢太傅共登冶城，谢悠然远想，有高世之志。王谓谢曰："夏禹勤王，手足胼胝；文王旰食，日不暇给。今四郊多垒，宜人人自效，而虚谈废务，浮文妨要，恐非当今所宜。"谢答曰："秦任商鞅，二世而亡，岂清言致患邪？"

【译文】

右军将军王羲之与太傅谢安一起登上冶城，谢安悠闲自在地沉湎于遐想中，似有超世脱俗的志趣。王羲之说："夏禹为国事操劳，手脚都长了茧子；周文王整天忙于政事，到晚上才吃上饭，没有一点儿空闲时间。现在战事不断，每个人都应该为国效力，如果空谈荒废了政务，浮华的文风妨碍了国事，恐怕就与当前国势不适应吧。"谢安答道："秦用商鞅实行严刑峻法，可仅仅两代就灭亡了，这难道是清谈造成的祸患吗？"

七一

谢太傅寒雪日内集，与儿女讲论文义。俄而雪骤，公欣然曰："白雪纷纷何所似？"兄子胡儿曰："撒盐空中差可拟。"兄女曰："未若柳絮因风起。"公大笑乐。即公大兄无奕女，左将军王凝之妻也。

【译文】

太傅谢安在一个寒冷的雪天把一家人聚集到一起，给儿女们讲论文章的义理。一会儿雪下得又大又急，谢安兴致勃勃地说："这白雪纷飞像什么呢？"侄子谢朗说："好比是把盐撒到空中一样。"侄女谢道韫说："还不如说是柳絮凭借风势在空中起舞。"谢安听了大笑，感到十分高兴。这位侄女就是谢安长兄谢无奕的女儿，左将军王凝之的妻子。

七二

王中郎令伏玄度、习凿齿论青、楚人物，临成，以示韩康伯，韩康伯都无言。王曰："何故不言？"韩曰："无可无不可。"

【译文】

北中郎王坦之让伏滔、习凿齿两人评论青州、荆州两地的历史人物，将近完成时，便拿给韩康伯去看，韩康伯什么话都没说。王坦之说："为什么不说话？"韩康伯说："他们的评论无所谓对与不对。"

七三

刘尹云："清风朗月，辄思玄度。"

【译文】

刘惔说："每逢清风朗月的时候，总是会令人思念玄度。"

七四

荀中郎在京口，登北固望海云："虽未睹三山，便自使人有凌云意。若秦、汉之君，必当褰裳濡足。"

【译文】

荀羡在京口的时候，登上北固山遥望东海，说道："我虽然没有亲眼看到海上的三座神山，就仿佛有直上云霄的想法。如果像秦始皇和汉武帝那样追求长生不老的皇帝置身于此，一定会撩起衣裳下海去找神仙了。"

七五

谢公云："圣贤去人，其间亦迩。"子侄未之许。公叹曰："若郗超闻此语，必不至河汉。"

【译文】

谢安说："圣贤与普通人的距离也是很近的。"他的子侄们都不赞同他的观点。谢安叹道："如果郗超听到我说的话，一定不会以为是不着边际、不可凭信的空话的。"

七六

支公好鹤，住剡东岇山。有人遗其双鹤，少时翅长欲飞，支意惜之，乃铩其翮。鹤轩翥不复能飞，乃反顾翅垂头，视之如有懊丧意。林曰："既有凌霄之姿，何肯为人作耳目近玩？"养令翮成，置使飞去。

【译文】

支道林喜爱养鹤，住在剡县东面的岇山上。有人送给他一对小鹤，不久鹤的翅膀长硬了想飞起来，支道林心里舍不得它们，便剪短它们的翅膀。鹤张开翅膀却不再能飞了，就回过头看着翅膀，低垂下头来，看上去好像懊丧的样子。支道林说："它们既然有直上云霄的姿质，怎么肯被人们当作就近观赏的玩物呢？"于是把鹤喂养到翅膀长好后，就放它们飞翔而去了。

七七

谢中郎经曲阿后湖，问左右："此是何水？"答曰："曲阿湖。"谢曰："故当渊注渟著，纳而不流。"

【译文】

谢万经过曲阿后湖的时候，问左右随从："这是什么水？"随从答道："这是曲阿湖。"谢万说："所以是深水流入停滞于此，只能容纳而不能流动的了。"

七八

晋武帝每饷山涛恒少。谢太傅以问子弟，车骑答曰："当由欲者不多，而使与者忘少。"

【译文】

晋武帝每次赐给山涛的东西总是很少。谢安问子弟们这件事，谢玄回答说："想来是因为接受的人想要的不在多，从而使赠送的人也忘了所送的东西少了。"

七九

谢胡儿语庾道季："诸人莫当就卿谈，可坚城垒。"庾曰："若文度来，我以偏师待之；康伯来，济河焚舟。"

【译文】

谢朗对庾龢说："大家也许会到你这里来清谈，你可得加固自己的防线啊。"庾龢说："若是王坦之来，我就出动偏师，用出其不意的方法来对付他；如果是韩伯来，我就只能渡河焚舟和他决一死战了。"

八〇

李弘度常叹不被遇。殷扬州知其家贫，问："君能屈志百里不？"李答曰："《北门》之叹，久已上闻；穷猿奔林，岂暇择木？"遂授剡县。

【译文】

李充经常感叹自己生不逢时得不到赏识提拔。殷浩知道他家境贫困，问他："你能不能屈就，到一个百里小县去呢？"李充答道："我有像《北门》那样贫穷不得志的感叹，早就让您听闻了；如今我就像一只穷途末路的猿猴逃奔到树林一样，哪里还顾得上去择木而栖呢？"于是殷浩就授他为剡县县令之职。

八一

王司州至吴兴印渚中看，叹曰："非唯使人情开涤，亦觉日月清朗。"

【译文】

王胡之到吴兴印渚去观赏，赞叹道："这里的景色不仅使人心情开朗清爽，也令人感到日月都清亮明朗起来。”

八二

谢万作豫州都督，新拜，当西之都邑，相送累日，谢疲顿。于是高侍中往，径就谢坐，因问：“卿今仗节方州，当疆理西蕃，何以为政？”谢粗道其意。高便为谢道形势，作数百语。谢遂起坐。高去后，谢追曰：“阿酃故粗有才具。”谢因此得终坐。

【译文】

谢万出任豫州都督，刚接到任命，要向西到治所芜湖去，送行者连日不断，他觉得疲劳不堪。这时候侍中高崧来到谢万处，径直走到谢万身旁坐下，便问：“你现在手执符节为地方长官，将代朝廷治理西部屏障的地区，有什么施政打算？”谢万简单地说了一些想法。高崧便向谢万讲了当时的形势，长达数百言。谢万于是起身恭坐倾听。高崧走了以后，谢万回想说：“阿酃这人原本就有几分才能。”谢万也因此能始终奉陪不倦。

八三

袁彦伯为谢安南司马，都下诸人送至濑乡。将别，既自凄惘，叹曰：“江山辽落，居然有万里之势！”

【译文】

袁宏出任谢奉的司马时，京城的朋友们送他直至濑乡。临别的时候，本来就已经感到怅惘的他，至此不自觉地感叹道：“江山如此辽远空旷，的确有万里之势。”

八四

孙绰赋《遂初》，筑室畎川，自言见止足之分。斋前种一株松，恒自手壅治之。高世远时亦邻居，语孙曰："松树子非不楚楚可怜，但永无栋梁用耳！"孙曰："枫柳虽合抱，亦何所施？"

【译文】

孙绰创作了《遂初赋》来寄托自己的情怀，在畎川修建了一所房屋居住，自己说是懂得了知止和知足的本分。房前种了一棵松树，经常亲自动手培土养育它。高柔当时也与他相邻而居，对孙绰说："小松树并非不娇弱可爱，只是永远不能用作栋梁而已啊！"孙绰说："枫树、柳树虽长得有两臂围拢那么粗，又能有什么用处呢？"

八五

桓征西治江陵城甚丽，会宾僚出江津望之，云："若能目此城者，有赏。"顾长康时为客在坐，目曰："遥望层城，丹楼如霞。"桓即赏以二婢。

【译文】

桓温把江陵城修建得非常壮丽，他聚集众多宾客僚属们来到长江边渡口，眺望江陵景色，说道："如果有人能恰当地点评此城，重重有赏。"顾恺之当时作为客人也在座中，随口品题说："遥望江陵，如昆仑之层城；红楼高耸，灿如彩霞。"桓温听了，立即赏给他两个婢女。

八六

王子敬语王孝伯曰："羊叔子自复佳耳，然亦何与人事，故不如铜雀台上妓。"

【译文】

王献之对王恭说："羊叔子虽然很好，但与我们这些人又有什么关系呢，所以还不如铜雀台上的歌舞妓能让人赏心悦目。"

八七

林公见东阳长山曰："何其坦迤！"

【译文】

支道林看到东阳的长山时说："这山是多么平坦而又绵长啊！"

八八

顾长康从会稽还，人问山川之美，顾云："千岩竞秀，万壑争流，草木蒙笼其上，若云兴霞蔚。"

【译文】

顾恺之从会稽回来，人们问他那里的山川风光有多美丽，顾恺之说："那里千峰竞相比高，万条溪流泉水争着奔流而下，山上草木茂盛，犹如涌动的云彩，放射出灿烂的霞光。"

八九

简文崩，孝武年十余岁，立，至暝不临。左右启："依常应临。"帝曰："哀至则哭，何常之有！"

【译文】

简文帝逝世，当时孝武帝才十几岁，立为皇帝，他直至黄昏也不去吊唁。左右侍从禀告说："按照常礼应当去吊唁了。"孝武帝说："悲哀到极点自然就会哭的，有什么常礼可说！"

九〇

孝武将讲《孝经》，谢公兄弟与诸人私庭讲习。车武子难苦问谢，谓袁羊曰："不问则德音有遗，多问则重劳二谢。"袁曰："必无此嫌。"车曰："何以知尔？"袁曰："何尝见明镜疲于屡照，清流惮于惠风？"

【译文】

孝武帝将要讲论《孝经》，谢安、谢石兄弟与其他几位开始是在家里讨论研习。车胤为反复多次向谢氏兄弟提问请教而感到不好意思，对袁乔说："不去问他们吧，怕他们的真知灼见会有所遗漏，多去问他们吧，就要反复增加二谢的辛劳。"袁乔说："你一定不要为这些而有所疑虑。"车胤说："你怎么知道是这样的呢？"袁乔说："你哪里见过明亮的镜子会因为反复照而疲倦，清澈的水流会害怕和风的吹拂呢？"

九一

王子敬云："从山阴道上行，山川自相映发，使人应接不暇。若秋冬之际，尤难为怀。"

【译文】

王献之说："在山阴道上行走，山景水色交相辉映，美景繁多，令人眼花缭乱，来不及观赏。如果是在秋冬之交，那美丽的景色更是令人难以忘怀。"

九二

谢太傅问诸子侄："子弟亦何预人事，而正欲使其佳？"诸人莫有言者，车骑答曰："譬如芝兰玉树，欲使其生于阶庭耳。"

【译文】

谢安问他的子侄们："子侄们又何尝需要过问政事，为什么总想培养他们成为优秀子弟？"大家都没有说话，谢玄回答道："这就好比芝兰玉树，总想使它们生长在自家的庭院中啊。"

九三

道壹道人好整饰音辞。从都下还东山，经吴中。已而会雪下，未甚寒，诸道人问在道所经。壹公曰："风霜固所不论，乃先集其惨澹；郊邑正自飘瞥，林岫便已皓然。"

【译文】

道壹和尚喜欢修饰言辞，话语往往富于音韵。他从京都回到东山，途经吴郡。不久遇上下雪，天气还不太冷，和尚们问他路上所经过的地方景物如何。道壹说："路上的风霜不必说，雪珠下时竟是天色无光。城郊内外雪花飞扬，洁白的大雪覆盖着林木山峦一片白茫茫的景色。"

九四

张天锡为凉州刺史，称制西隅。既为苻坚所禽，用为侍中。后于寿阳俱败，至都，为孝武所器。每入言论，无不竟日。颇有嫉己者，于坐问张："北方何物可贵？"张曰："桑椹甘香，鸱鸮革响。淳酪养性，人无嫉心。"

【译文】

张天锡任凉州刺史，在西部边陲地区自称为君主。不久他便为苻坚擒获，任为侍中。后来在寿阳与苻坚一起被打败，辗转到了东晋都城，受到孝武帝的器重。他每次入宫谈论，没有不是一整天的时候。当时有一些嫉妒他的人，就在座上问张天锡："北方有什么东西可贵的？"张天锡说："桑椹又甜又香，猫头鹰振翅作响；淳厚的奶酪怡养人性，人们没有嫉妒之心。"

九五

顾长康拜桓宣武墓，作诗云："山崩溟海竭，鱼鸟将何依。"人问之曰："卿凭重桓乃尔，哭之状其可见乎？"顾曰："鼻如广莫长风，眼如悬河决溜。”或曰：“声如震雷破山，泪如倾河注海。”

【译文】

顾恺之去祭拜桓温墓，作诗谓：“高山崩塌，大海枯竭，飞鸟游鱼，失去依靠。”别人问他说：“你如此依靠看重桓温，那么你去吊唁的情景可以向我们描绘一下吗？”顾恺之说：“我哭时鼻息如旷野之上的大风，眼泪如瀑布一般急流而下。”也有说法是：“哭声像惊雷般震破山岳，眼泪如倾泻的河水般注入大海。”

九六

毛伯成既负其才气，常称：“宁为兰摧玉折，不作萧敷艾荣。”

【译文】

毛玄自负自己很有才华，常常宣称：“宁可做被摧残的香兰，被打碎的美玉，也不做开花的艾蒿。”

九七

范甯作豫章，八日请佛有板，众僧疑，或欲作答。有小沙弥在坐末，曰：“世尊默然，则为许可。”众从其义。

【译文】

范甯出任豫章太守时，在四月初八佛诞日那天恭请佛像，将礼佛之文写在木简上，众和尚见了有些疑惑，也有和尚以为要对礼佛之文做回答。坐在末座的小和尚说："佛祖沉默不说话，就是许可的意思。"大家都同意他的意见。

九八

司马太傅斋中夜坐，于时天月明净，都无纤翳，太傅叹以为佳。谢景重在坐，答曰："意谓乃不如微云点缀。"太傅因戏谢曰："卿居心不净，乃复强欲滓秽太清邪？"

【译文】

有一天夜里，司马道子在书斋中闲坐，当时天空清朗，月光皎洁，万里无云，司马道子为这绝好的景色而赞叹不已。谢重当时在座，答话道："我认为还不如有一些云彩点缀天空更美。"司马道子就跟谢重开玩笑说："你啊心地不清净，竟想强要玷污这清朗的天空吗？"

九九

王中郎甚爱张天锡，问之曰："卿观过江诸人，经纬江左轨辙，有何伟异？后来之彦，复何如中原？"张曰："研求幽邃，自王、何以还；因时修制，荀、乐之风。"王曰："卿知见有余，何故为苻坚所制？"答曰："阳消阴息，故天步屯蹇，否剥成象，岂足多讥？"

【译文】

王中郎十分器重张天锡，问他道："你看渡江南下的这些人，规划江东的法度有什么独到的地方？后起的才德之士与中原人士比较又怎么样啊？"张天锡说：

“深入研究，努力探求，从王导、何充以来就一直是这样；根据时势制定法令，则是荀顗、荀勖、乐广的风范。”王坦之说：“你的知识见解绰绰有余，却为何被苻坚制服呢？”张天锡答道：“凡事皆有阴阳盛衰，故国运出现危难，出现了不通衰败的迹象，这难道也值得多加嘲讽吗？”

一〇〇

谢景重女适王孝伯儿，二门公甚相爱美。谢为太傅长史，被弹，王即取作长史，带晋陵郡。太傅已构嫌孝伯，不欲使其得谢，还取作咨议，外示縶维，而实以乖间之。及孝伯败后，太傅绕东府城行散，僚属悉在南门，要望候拜。时谓谢曰：“王甯异谋，云是卿为其计。”谢曾无惧色，敛笏对曰：“乐彦辅有言：‘岂以五男易一女。’”太傅善其对，因举酒劝之曰：“故自佳，故自佳。”

【译文】

谢重的女儿嫁给王恭的儿子，两位亲家公关系和睦。谢重做太傅司马道子的长史时，被人陷害弹劾，王恭即请谢重做自己的长史，并且兼任晋陵郡的太守。当时司马道子已与王恭结怨，不想让谢重跟随王恭，就再让谢重回来做咨议，表面上显示挽留人才之意，实际上是计划用这个办法来离间他们的关系。等到王恭起兵被打败后，司马道子绕东府城行散时，部属们都到南门迎接拜候。当时司马道子对谢重说：“王甯谋反，听说是你为他出谋划策的。”谢重听后却毫无畏惧之色，收起手板对答道：“乐广曾经说过这样一句话：‘难道用五个儿子去换一个女儿吗？’”司马道子认为他的对答非常有道理，于是举杯为谢重劝酒，说：“你本来就好，本来就好。”

一〇一

桓玄义兴还后，见司马太傅，太傅已醉，坐上多客，问人云：“桓温来欲作贼，如何？”桓玄伏不得起。谢景重时为长史，举板答曰：“故宣武公黜昏暗，登圣明，功超伊、霍，纷纭之议，裁之圣鉴。”太傅曰：“我知，我知。”即举酒云：“桓义兴，劝卿酒！”桓出谢过。

【译文】

桓玄从义兴回来后，去拜见司马道子。司马道子当时已经喝得酩酊大醉了，座上有很多客人，问大家说：“桓温晚年要谋反，是这样吗？”桓玄听到此话，拜伏在地上不敢起来。谢重时任长史，举起手板答道：“已故世的宣武公罢黜昏君废帝，拥立圣明之君简文帝，他的功劳超过伊尹、霍光。对那些乱七八糟的传言，希望能得到太傅英明的鉴识来裁决。”司马道子说：“我知道，我知道。”随即拿起酒杯说：“桓义兴，我敬你一杯酒。”桓玄离席向司马道子谢罪。

一〇二

宣武移镇南州，制街衢平直。人谓王东亭曰：“丞相初营建康，无所因承，而制置纡曲，方此为劣。”东亭曰：“此丞相乃所以为巧。江左地促，不如中国。若使阡陌条畅，则一览而尽；故纡余委曲，若不可测。”

【译文】

桓温把治所移到南州以后，所修建的街道平坦笔直。有人和王珣说：“丞相当初修建京城建康时，没有什么现成的东西可以用来沿袭继承，所以修建布置得纡回曲折，比起南州来就差了。”王珣说：“这正是丞相设计的巧妙所在。江东地方狭窄，不像中原地区辽阔。如果把街道造得笔直通畅，就会一眼看到底；有意把街道造得纡回曲折，那就会令人感到幽深莫测了。”

一〇三

桓玄诣殷荆州，殷在妾房昼眠，左右辞不之通。桓后言及此事，殷云：“初不眠，纵有此，岂不以‘贤贤易色’也？”

【译文】

桓玄去拜访殷仲堪，殷仲堪当时在小妾房内午睡，左右侍从十分为难不肯为他通报。桓玄后来说起这件事，殷仲堪说：“我原本没有睡，即使睡了，难道不能做到“贤贤易色”了吗？”

一〇四

桓玄问羊孚：“何以共重吴声？”羊曰：“当以其妖而浮。”

【译文】

桓玄问羊孚：“为什么大家都看重吴声歌曲？”羊

孚说："大概大家都认为它们又婉转动听又轻柔吧。"

一〇五

谢混问羊孚："何以器举瑚琏？"羊曰："故当以为接神之器。"

【译文】

谢混问羊孚："为什么孔子说子贡为'器'时要举出瑚琏呢？"羊孚说："当然因为它是用来迎接神灵的器具的关系。"

一〇六

桓玄既篡位后，御床微陷，群臣失色。侍中殷仲文进曰："当由圣德渊重，厚地所以不能载。"时人善之。

【译文】

桓玄篡位做皇帝后，他的坐榻稍微有点儿下陷，群臣都十分惊恐。侍中殷仲文进言道："这大概因为圣上德行深重，就连厚重的大地也承载不起吧。"当时人都认为他的话说得很合适。

一〇七

桓玄既篡位，将改置直馆，问左右："虎贲中郎省应在何处？"有人答曰："无省。"当时殊忤旨。问："何以知无？"答曰："潘岳《秋兴赋叙》曰：'余兼虎贲中郎将，寓直散骑之省。'"玄咨嗟称善。

【译文】

桓玄篡位当了皇帝后，准备重新布置值班官署，就问他的下属："虎贲中郎的衙署应该设在哪里？"有个人回答道："没有这个官署。"当时这样回答是十分违背圣意的。桓玄问："你怎么知道没有呢？"这人回答道："潘岳的《秋兴赋叙》说：'我兼任虎贲中郎将，寄住在散骑省值班。'"桓玄听了赞叹他答得很好。

一〇八

谢灵运好戴曲柄笠，孔隐士谓曰："卿欲希心高远，何不能遗曲盖之貌？"谢答曰："将不畏影者未能忘怀？"

【译文】

谢灵运喜欢戴曲柄斗笠，孔淳之对他说："你有仰慕高洁旷远的情操，为何不能抛掉曲盖状的形貌呢？"谢灵运答道："难道像那个害怕影子的人始终念念不忘影子吗？"

政事第三

一

陈仲弓为太丘长，时吏有诈称母病求假，事觉，收之，令吏杀焉。主簿请付狱考众奸，仲弓曰：“欺君不忠，病母不孝。不忠不孝，其罪莫大。考求众奸，岂复过此！”

【译文】

陈寔当太丘县令时，属吏中有一人谎称自己的母亲生病要求请假，事情后来被发觉，陈寔就逮捕他，下令把他杀掉。主簿请求把他交付狱吏考问看看，是否还有其他更多的犯罪事实。陈寔说：“欺骗长官，就是不忠的行为，谎称母病，就是不孝的行为。不忠不孝的人，他的罪行没有比这更大的了。考问其他的犯罪事实，难道还能超过这个大罪吗？”

二

陈仲弓为太丘长，有劫贼杀财主，主者捕之。未至发所，道闻民有在草不起子者，回车往治之。主簿曰：“贼大，宜先按讨。”仲弓曰：“盗杀财主，何如骨肉相残？”

【译文】

陈寔任太丘县县长的时候，有强盗劫财害命，主管官吏捕获了强盗。陈寔前去处理，还没到出事的地点，半路就听说有家老百姓生下孩子不肯养育，便掉头去处理这件事情。主簿说："杀人事大，应该先查办。"陈寔说："强盗杀人劫财，怎么比得上骨肉相残这件事重大。"

三

陈元方年十一时，候袁公。袁公问曰："贤家君在太丘，远近称之，何所履行？"元方曰："老父在太丘，强者绥之以德，弱者抚之以仁，恣其所安，久而益敬。"袁公曰："孤往者尝为邺令，正行此事。不知卿家君法孤，孤法卿父？"元方曰："周公、孔子，异世而出，周旋动静，万里如一。周公不师孔子，孔子亦不师周公。"

【译文】

陈纪十一岁的时候，去拜候袁公。袁公问他说："令尊在太丘为官，远近都称赞他是个好官，不知他都实行了哪些措施？"陈纪道："家父在太丘时，对强者用恩德来安抚他们，对于弱者用仁义来安抚他们，让他们都能够安居乐业，时间久了，人们就更加敬重他了。"袁公说："我曾经做过邺县县令，也正是实行了这些措施。不知道是令尊效法我，还是我效法令尊？"陈纪说："周公和孔子出现在不同的时代，所做的一些事，虽相隔遥远，却是一样的。周公没有仿效孔子，孔子也没有仿效周公。"

四

贺太傅作吴郡，初不出门，吴中诸强族轻之，乃题府门云："会稽鸡，不能啼。"贺闻，故出行，至门反顾，索笔足之曰："不可啼，杀吴儿。"于是至诸屯邸，检校诸顾、陆役使官兵及藏逋亡，悉以事言上，罪者甚众。陆抗时为江陵都督，故下请孙皓，然后得释。

【译文】

贺邵当吴郡太守时，起初终日不出门，吴郡各个豪门世族都看不起他，府门题字谓："会稽鸡，不能啼。"贺邵听到后，故意出门，到了府门口回过头来看，要来笔补上两句谓："不可啼，杀吴儿。"贺邵于是就前往顾、陆各个豪族子弟们的驻地与居所，察看他们驱使官兵服劳役以及藏匿逃亡农户等情况，把事实情况都上报给朝廷，因此而获罪的人很多。陆抗当时担任江陵都督，为此特地从驻地顺流而下找到孙皓求情，然后才得以赦免。

五

山公以器重朝望，年逾七十，犹知管时任。贵胜年少若和、裴、王之徒，并共宗咏。有署阁柱曰："阁东有大牛，和峤鞅，裴楷鞦，王济剔嬲不得休。"或云潘尼作之。

【译文】

山涛因在朝廷上名声很好而受到器重，年纪过了七十，还在负责朝中官员的任免事宜。一些显贵而年轻的官员如和峤、裴楷、王济这些人都对他十分钦佩。有人在尚书省官署的柱子上题字："官署东面有大牛，和峤是牛颈上的鞅，裴楷是牛后部的鞦，王济纠缠不得休。"有人说，这字是潘尼写的。

六

贾充初定律令，与羊祜共咨太傅郑冲。冲曰："皋陶严明之旨，非仆暗懦所探。"羊曰："上意欲令小加弘润。"冲乃粗下意。

【译文】

贾充当初拟定法令时，与羊祜一起向太傅郑冲征求意见。郑冲说："皋陶制定法令时的严肃公正之意，不是我这样愚昧无能的人所能完全体会的。"羊祜说："上头的意思是想让你稍加扩充润色。"郑冲于是就简单地说了自己的一些意见。

七

山司徒前后选，殆周遍百官，举无失才，凡所题目，皆如其言。唯用陆亮，是诏所用，与公意异，争之，不从。亮亦寻为贿败。

【译文】

山涛前后两次任职选官，所选几乎遍及百官，选用的人没有一个是不合适的，凡是他所评论过的人都像他描述的一样。只有一个陆亮，是皇帝下诏任用的，与山涛的意见不同，山涛为此争辩进谏过，皇帝不听。没过多久陆亮便因为受贿而被罢官。

八

嵇康被诛后，山公举康子绍为秘书丞。绍咨公出处，公曰：“为君思之久矣。天地四时，犹有消息，而况人乎！”

【译文】

嵇康被杀后，山涛举荐嵇康的儿子嵇绍担任秘书丞。嵇绍便与山涛商议是否去当官。山涛说：“我为你考虑很久了。天地有一年四季，还有阴晴寒暑的变化，何况是人心呢！”

九

王安期为东海郡，小吏盗池中鱼，纲纪推之。王曰：“文王之囿，与众共之。池鱼复何足惜！”

【译文】

王承任东海郡太守时，有小吏偷了水池里的鱼，主簿追查这件事。王承说：“古时文王的苑囿都能与百姓共同享用，小小的池鱼又有什么值得吝惜的！”

一〇

王安期作东海郡，吏录一犯夜人来。王问：“何处来？”云：“从师家受书还，不觉日晚。”王曰：“鞭挞甯越以立威名，恐非致理之本。”使吏送令归家。

【译文】

王承任东海郡太守时，郡吏逮捕了一个违犯宵禁令的人。王承问他："从哪里来的？"那人回答："从老师家听课读书回家，不知不觉间天已晚了。"王承说："鞭打像甯越那样的苦读的学者来树立威名，恐怕不是达到治理的根本方法。"便派郡吏把那人送回家去。

一一

成帝在石头，任让在帝前戮侍中钟雅、右卫将军刘超。帝泣曰："还我侍中！"让不奉诏，遂斩超、雅。事平之后，陶公与让有旧，欲宥之。许柳儿思妣者至佳，诸公欲全之。若全思妣，则不得不为陶全让，于是欲并宥之。事奏，帝曰："让是杀我侍中者，不可宥！"诸公以少主不可违，并斩二人。

【译文】

晋成帝被苏峻劫持在石头城后，任让当着成帝的面杀了护卫在他身边的侍中钟雅和右卫将军刘超。当时成帝哭道："还我侍中！"任让根本不理会小皇帝的命令，还是杀了刘超和钟雅。苏峻叛乱平定后，陶侃与任让原有老交情，想要赦免他。跟随苏峻作乱的许柳之子许永才貌极好，朝廷的大臣们都想保全他。但是如果想要保全许永，就不得不为陶侃保全任让，于是就想同时赦免这两个人。此事上奏成帝，成帝说："任让是杀我侍中的人，不可赦免！"诸位大臣认为年幼皇帝的话不能违抗，就把两个人一起杀了。

一二

王丞相拜扬州，宾客数百人并加沾接，人人有说色。唯有临海一客姓任及数胡人为未洽。公因便还到过任边，云："君出，临海便无复人。"任大喜说。因过胡人前，弹指云："兰阇！兰阇！"群胡同笑，四坐并欢。

【译文】

王导被任为扬州刺史时，来了很多宾客，全都受到他的亲切接待，人人都面带笑容。只有临海一位姓任的来宾和几位胡人脸上没有愉快的神情。王导于是找个机会到任姓客人身边说："您要是出来做官，临海就不再有什么贤人了。"任姓客人听了大为高兴。王导随即便到了胡人前，弹着手指说："兰阇！兰阇！"几位胡人听了这赞誉之言便都笑了，四座宾客都非常高兴。

一三

陆太尉诣王丞相咨事，过后辄翻异，王公怪其如此。后以问陆，陆曰："公长民短，临时不知所言，既后觉其不可耳。"

【译文】

陆玩到王导那里去请示处理公务，说好的事过后经常被推翻改变，王导奇怪陆玩为什么这样。后来问陆玩，陆玩说："您见识长，我见识短，当时不知道自己应该说些什么，可是事后才觉得那样做是不正确的罢了。"

一四

丞相尝夏月至石头看庾公，庾公正料事。丞相云：“暑，可小简之。”庾公曰：“公之遗事，天下亦未以为允。”

【译文】

丞相王导曾在夏天到石头城去看望庾冰，庾冰正在处理政事。王导说：“大热的暑天，政事不妨稍稍少处理一些。”庾冰说：“您清静不办事，天下人也未见得认为这样做合适呢。”

一五

丞相末年，略不复省事，正封箓诺之。自叹曰：“人言我愦愦，后人当思此愦愦。”

【译文】

王导晚年，很少处理政务，仅仅在封好的簿籍文书上画诺。他自己叹息说：“人们都说我糊涂，后代人可能还会思念这种糊涂呢。”

一六

陶公性检厉，勤于事。作荆州时，敕船官悉录锯木屑，不限多少。咸不解此意。后正会，值积雪始晴，听事前除雪后犹湿，于是悉用木屑覆之，都无所妨。官用竹，皆令录厚头，积之如山。后桓宣武伐蜀，装船，悉以作钉。又云，尝发所在竹篙，有一官长连根取之，仍当足，乃超两阶用之。

【译文】

陶侃本性检点、认真，工作勤恳。他任荆州刺史时，命令造船的官员把木屑全部收集起来，不管多少都要。属下都不明白他的用意。后来正月初一聚会时，正好碰到接连下雪刚刚放晴，听事堂前台阶上雪后很是湿滑，于是陶侃命人全部用木屑盖在上面，这样人们进进出出一点儿也不觉得妨碍了。官府要用毛竹时，陶侃总是命人把锯下的毛竹根收集起来，堆得如山一样。后来桓温讨伐蜀中的成汉，装配船只的时候，全部用这些毛竹根做成钉子来用。又听说，陶侃曾征调当地的竹篙，有一位主管官员，连毛竹根一起拔出来，就把毛竹根当成竹篙的铁足。陶侃知道了就把这位官员连升两级加以重用。

一七

何骠骑作会稽，虞存弟謇作郡主簿，以何见客劳损，欲白断常客，使家人节量择可通者。作白事成，以见存。存时为何上佐，正与謇共食，语云："白事甚好，待我食毕作教。"食竟，取笔题白事后云："若得门庭长如郭林宗者，当如所白。汝何处得此人？"謇于是止。

【译文】

何充担任会稽内史的时候，虞存的弟弟虞謇正担任郡主簿，因为何充平日里会见宾客太多，劳累过度，就想禀告何充拒绝会见一般的客人，让下属斟酌选择应该见的客人才通报。他写成禀报文书，先拿去给虞存看。虞存当时担任何充的重要僚属，正和虞謇一起吃饭，他告诉虞謇说："这个呈文很好，等我吃完饭再做批示。"吃完饭，虞存拿过笔来在文书后写道："如果能找到一个像郭林宗那样的人做门亭长，一定照所陈述的意见办。可是你到哪里去找这样的人？"虞謇于是就此不提他的建议了。

一八

王、刘与林公共看何骠骑，骠骑看文书，不顾之。王谓何曰："我今故与林公来相看，望卿摆拨常务，应对玄言，那得方低头看此邪？"何曰："我不看此，卿等何以得存？"诸人以为佳。

【译文】

王蒙、刘惔和支道林一同去探望何充，何充正在看文书，没有时间搭理他们。王蒙对何充说："我现在特地与林公一起来探望，希望您能把日常事务先放在一边，与我们一道来谈论玄理。您怎么还在埋头看这些东西不理我们呢？"何充说："我要是不看这些文书，你们这些人又怎么能生存呢？"大家认为何充说得好。

一九

桓公在荆州，全欲以德被江、汉，耻以威刑肃物，令史受杖，正从朱衣上过。桓式年少，从外来，云："向从阁下过，见令史受杖，上捎云根，下拂地足。"意讥不著。桓公云："我犹患其重。"

【译文】

桓温在荆州刺史任上的时候，一心想用恩德来加惠江、汉地区的百姓，认为用威力刑法惩治人是可耻的，令史受到杖刑的处罚时，木棒也只是从红衣上轻轻一带而过。桓式当时尚且年幼，从外边进来，便说：“刚才我路过官署，看到令史受杖刑，那木棍高高地举起像是捎带到云根，轻轻地落下，又像是拂过地面。”意思是讽刺根本没有打着令史。桓温说：“我还怕打得太重了。”

二〇

简文为相，事动经年，然后得过。桓公甚患其迟，常加劝勉。太宗曰：“一日万机，那得速！”

【译文】

简文帝做丞相时，很多事务处理起来总是要经过一年的时间才能完成。桓温为他办事的缓慢而感到担忧，常常加以劝告勉励。简文帝说：“每天都有那么多的事情等着办理，我哪里能够快得起来啊！”

二一

山遐去东阳，王长史就简文索东阳，云：“承藉猛政，故可以和静致治。”

【译文】

山遐离开东阳太守之任后，王蒙去向简文帝要求继任，说：“凭借前任严厉的措施，我自然可以用宽和的、清静无为的办法使得社会安定。”

二二

殷浩始作扬州，刘尹行，日小欲晚，便使左右取襆。人问其故，答曰："刺史严，不敢夜行。"

【译文】

殷浩刚做扬州刺史时，刘惔要去外地，看到太阳即将下山，他就让左右随从去拿衣被行李。有人问他这样做的缘故，他答道："刺史严明得很，我不敢夜间行路。"

二三

谢公时，兵厮逋亡，多近窜南塘下诸舫中。或欲求一时搜索，谢公不许，云："若不容置此辈，何以为京都？"

【译文】

谢安执政的时候，经常有士兵与仆役逃亡，多数就藏在秦淮河南塘下的船只中。有人想请求谢安同时搜索所有的船只，谢安不允许这么做，说："如果不能容纳安置这些人，怎么能算是京城呢？"

二四

王大为吏部郎，尝作选草，临当奏，王僧弥来，聊出示之。僧弥得，便以己意改易所选者近半。王大甚以为佳，更写即奏。

【译文】

王忱当吏部郎时，曾草拟过一份选任官员的名单草稿，即将上奏时，正好王珉来，就随意地拿出来给王珉看。王珉拿到名单后，就按自己的意思改动了近一半的所选官员。王忱认为改得很有道理，于是重新写定后即上奏朝廷。

二五

王东亭与张冠军善。王既作吴郡，人问小令曰："东亭作郡，风政何似？"答曰："不知治化何如，唯与张祖希情好日隆耳。"

【译文】

王珣与张玄关系很好。王珣任吴郡太守后，有人问王珉说："东亭担任郡太守，那里的民风和政绩怎么样？"王珉答道："我不知道他的民风政绩怎么样，只知他与张祖希的情谊一天比一天深厚罢了。"

二六

殷仲堪当之荆州，王东亭问曰："德以居全为称，仁以不害物为名。方今宰牧华夏，处杀戮之职，与本操将不乖乎？"殷答曰："皋陶造刑辟之制，不为不贤；孔丘居司寇之任，未为不仁。"

【译文】

殷仲堪将到荆州任刺史时，王珣问道："德行完备称之为德，不伤害人就称之为仁，现在你要去治理荆州重镇，处于掌握生杀大权的职位上，这与你原本主张的操守不是相违背吗？"殷仲堪回答说："皋陶制定了用刑法治罪的制度，不能算不贤德；孔子担任司寇的职位，不能算不仁爱。"

文学第四

一

郑玄在马融门下，三年不得相见，高足弟子传授而已。尝算浑天不合，诸弟子莫能解。或言玄能者，融召令算，一转便决，众咸骇服。及玄业成辞归，既而融有“礼乐皆东”之叹，恐玄擅名而心忌焉。玄亦疑有追，乃坐桥下，在水上据屐。融果转式逐之，告左右曰：“玄在土下水上而据木，此必死矣。”遂罢追。玄竟以得免。

【译文】

郑玄在马融门下学习，三年都见不到老师，仅由马融的高足弟子传授知识而已。马融曾用浑天仪测算日月星辰的位置，但是与实际情况不相符，众多弟子也都不能解决。有人说郑玄能算得出来，马融便让他来推算，郑玄把栻盘一转便解决了问题，大家全都惊讶佩服。等到郑玄学业完成辞别老师回归家乡，马融随即慨叹礼和乐的中心都将要转移到东方去了，担心郑玄会独享盛名，心里很忌恨他。郑玄也怀疑有人来追他，便坐在桥底下，抓着木屐浮在水面上。马融果然转动栻盘推算出郑玄的去向来追赶他。然后告诉随从说：“郑玄在土下水上又靠着木头，这是必死之兆了。”于是就停止了追赶，郑玄竟然因此得以免祸。

二

郑玄欲注《春秋传》，尚未成。时行与服子慎遇，宿客舍。先未相识，服在外车上与人说己注《传》意，玄听之良久，多与己同。玄就车与语曰："吾久欲注，尚未了。听君向言，多与吾同，今当尽以所注与君。"遂为《服氏注》。

【译文】

郑玄想注释《左传》，还没来得及完成。在一次外出的时候，与服虔相遇，两人同时住进一家客栈里。先前两人并不认识，服虔在店外的车上与别人说起自己注《左传》的大意，郑玄听了很长时间，觉得他的见解多数与自己相同。郑玄就靠近车子对服虔说："我很久以来就想注《左传》，没有完成。刚听您所说，很多见解与我相同，我应该把自己所作的注释送给您。"于是服虔完成了《服氏注》。

三

郑玄家奴婢皆读书。尝使一婢，不称旨，将挞之，方自陈说，玄怒，使人曳著泥中。须臾，复有一婢来，问曰："胡为乎泥中？"答曰："薄言往愬，逢彼之怒。"

【译文】

郑玄家里的奴婢都读书。郑玄曾经差遣一个婢女做事，做的事不合他的心意，要鞭打她。这婢女正要说明事情的经过，郑玄发怒，派人将她扔到泥水中。过了一会儿，又有一个婢女来，问道："你为何在泥中？"那婢女答道："薄言往愬，逢彼之怒。"

四

服虔既善《春秋》，将为注，欲参考同异。闻崔烈集门生讲传，遂匿姓名，为烈门人赁作食。每当至讲时，辄窃听户壁间。既知不能逾己，稍共诸生叙其短长。烈闻，不测何人，然素闻虔名，意疑之。明蚤往，及未寤，便呼："子慎！子慎！"虔不觉惊应，遂相与友善。

【译文】

服虔擅长《左传》，将为之作注，想要参考比较各种意见。听说崔烈聚集门生讲《左传》，便隐姓埋名，去给崔烈门人当用人替他们做饭。每当到了崔烈讲授时，他就在门外偷听。随后得知崔烈所说并没有超过自己的地方，就逐渐同崔烈的门生谈论他所说的短处与长处。崔烈听到后，一时间猜测不到他是什么人。但他之前听说过服虔的名声，心里怀疑是他。第二天一早崔烈就去服虔处，趁着他没有睡醒，就喊道："子慎！子慎！"服虔听到不自觉地惊醒过来答应，两人因此成了好朋友。

五

钟会撰《四本论》始毕，甚欲使嵇公一见。置怀中，既定，畏其难，怀不敢出，于户外遥掷，便回急走。

【译文】

钟会撰写《四本论》刚完成，很想让嵇康看一看。他把文章放在怀里，已经来到了嵇康的住所门口，又害怕见了面被他当面责问，就不敢把放在怀里的文章拿出来当面给他，只是在门外远远地扔进去，就回转身急忙跑了。

六

何晏为吏部尚书，有位望，时谈客盈坐。王弼未弱冠，往见之。晏闻弼名，因条向者胜理语弼曰："此理仆以为极，可得复难不？"弼便作难，一坐人便以为屈。于是弼自为客主数番，皆一坐所不及。

【译文】

何晏任吏部尚书时，有很高的地位和声望，到他家来清谈的宾客常常座无虚席。王弼还不满二十岁时，去拜见他。何晏听说过王弼的名气，就把先前所说的最精妙的玄理逐条告诉王弼说："这道理我觉得就是玄理的最高境界了。你能够再加以驳难吗？"王弼就一条条地予以反驳，满座宾客都觉得何晏理亏。于是王弼就自问自答，反复几次下来，他所说之理都是在座者所难以达到的。

七

何平叔注《老子》始成，诣王辅嗣，见王注精奇，乃神伏，曰："若斯人，可与论天人之际矣。"因以所注为《道》《德》二论。

【译文】

何晏注《老子》刚刚完成，去拜访王弼，看到王弼的注释极其精微独到，便心悦诚服地说：“像这样的人，可以与他讨论天人之间的关系问题了。”于是便把自己所注称为《道》《德》二论。

八

王辅嗣弱冠诣裴徽，徽问曰：“夫无者，诚万物之所资，圣人莫肯致言，而老子申之无已，何邪？”弼曰：“圣人体无，无又不可以训，故言必及有；老、庄未免于有，恒训其所不足。”

【译文】

王弼二十岁左右时去拜见裴徽，裴徽问他说：“所谓‘无’是万物生长的根据，圣人没有发表意见，而老子不断地加以申说，这是为什么？”王弼说：“圣人认为‘无’是本体，可是‘无’又不能解释清楚，所以说到‘无’时必定涉及‘有’；老子、庄子也免不了说到‘有’因此只能去解释‘无’所含词义的不足之处。”

九

傅嘏善言虚胜，荀粲谈尚玄远，每至共语，有争而不相喻。裴冀州释二家之义，通彼我之怀，常使两情皆得，彼此俱畅。

【译文】

傅嘏擅长谈论玄虚之理的佳妙境界，荀粲的言论崇尚玄奥深远之理。每到两人一起清谈说理时，总是争论不休而不能互相理解。裴徽就能够解释两人清谈的含义，沟通彼此之间的心意，常常使双方的心意契合，彼此都感到非常满意。

一〇

何晏注《老子》未毕，见王弼自说注《老子》旨。何意多所短，不复得作声，但应诺诺。遂不复注，因作《道德论》。

【译文】

何晏注释《老子》，还没有完成，遇到王弼说起自己注释《老子》的意旨。何晏发现自己的见解有许多不足之处，不能再开口说话，只是“诺诺”连声而已。于是他不再注释，就写了《道德论》。

一一

中朝时有怀道之流，有诣王夷甫咨疑者。值王昨已语多，小极，不复相酬答，乃谓客曰：“身今少恶，裴逸民亦近在此，君可往问。”

【译文】

西晋时，有些向往道家玄学的人，其中有一位去拜访王衍咨询疑难问题。正遇到王衍前一天谈话已经很多了，身心俱疲，不想再与客人应酬谈话了，便对来客说：“我今天身体不适，裴逸民也住在附近，您可以去问他。”

一二

裴成公作《崇有论》，时人攻难之，莫能折，唯王夷甫来，如小屈。时人即以王理难裴，理还复申。

【译文】

裴颜撰写《崇有论》，当时一些主张“贵无说”的人便来驳斥诘责他，没有一个人能够说服他，只有王衍来和他辩论时，似乎使他稍感理亏。于是“贵无说”者便用王衍说的道理来诘难裴颜，可是这时他的理论又显得头头是道了。

一三

诸葛厷年少不肯学问，始与王夷甫谈，便已超诣。王叹曰：“卿天才卓出，若复小加研寻，一无所愧。”厷后看《庄》《老》，更与王语，便足相抗衡。

【译文】

诸葛厷年轻时，不肯向他人虚心学习求教，刚开始与王衍谈论时，就已经达到超越一般人的境界。王衍感叹道：“您天才超绝，如再稍加学习钻研，就再也不会有什么遗憾了。”诸葛厷听到后就拜读了《庄子》《老子》，再去与王衍谈论，便足够与王衍相抗衡争高下了。

一四

卫玠总角时，问乐令梦，乐云：“是想。”卫曰：“形神所不接而梦，岂是想邪？”乐云：“因也。未尝梦乘车入鼠穴，捣齑啖铁杵，皆无想无因故也。”卫思“因”经日不得，遂成病。乐闻，故命驾为剖析之，卫即小差。乐叹曰：“此儿胸中当必无膏肓之疾。”

【译文】

卫玠童年的时候问乐广，人为什么会做梦。乐广说：“梦是有所思才有的。”卫玠说：“形体与精神没有接触的东西也会在梦里出现，难道是有所思造成的吗？”乐广说：“总是有关联的。人从来不会梦见乘着车子进入鼠穴，把菜末捣碎却吃进铁棒，这些都是没有所思、没有关联的缘故。”卫玠就去琢磨“关联”，一整天也没琢磨出来，就得病了。乐广听说后，特意命人驾车去为他分析解释这个问题，卫玠的病即刻有所好转，乐广感叹说：“这孩子心里一定不会得无法医治的病。”

一五

庾子嵩读《庄子》，开卷一尺许便放去，曰：“了不异人意。”

【译文】

庾子嵩诵读《庄子》的时候，展开书卷才一尺多就放下了，说：“完全没有什么与我不同的想法。”

一六

客问乐令“旨不至”者，乐亦不复剖析文句，直以麈尾柄确几曰：“至不？”客曰：“至。”乐因又举麈尾曰：“若至者，那得去？”于是客乃悟服。乐辞约而旨达，皆此类。

【译文】

有位客人问乐广“旨不至”是什么意思，乐广也不解释文句的含义，只是用拂尘尾敲击小桌子说：“到达了吗？”客人说：“到达了。”乐广又举起拂尘说：“如果到达的话，又怎么能离开呢？”于是这位客人就领悟过来表示佩服。乐广的言辞简单而意思表示得十分清楚，都是这类例子。

一七

初，注《庄子》者数十家，莫能究其旨要。向秀于旧注外为解义，妙析奇致，大畅玄风，唯《秋水》《至乐》二篇未竟，而秀卒。秀子幼，义遂零落，然犹有别本。郭象者，为人薄行，有俊才，见秀义不传于世，遂窃以为己注。乃自注《秋水》《至乐》二篇，又易《马蹄》一篇，其余众篇，或定点文句而已。后秀义别本出，故今有向、郭二《庄》，其义一也。

【译文】

当初，注释《庄子》的有几十家，没有一家能探索到它的要领。向秀在旧注之外为其解释义理，精妙地分析其奇特的道理，大大地张扬了玄理之风。只是《秋水》《至乐》两篇注释尚未完成，向秀就去世了。向秀之子当时年幼，不能完成父业，其所阐述的《庄子》义理因此散佚，但还有另外的抄本。郭象其人，为人品行不端，但有过人的才智，看到向秀的解义之作不传于世，便剽窃过来作为自己的注释。他于是自己注释《秋水》《至乐》两篇，又改换了《马蹄》一篇的注释，其余各篇，只是把文字句读修改一下而已。后来向秀解义之作的另一个本子找到并流传开来，所以现在有向秀、郭象两种《庄子》注本，它们的内容是一样的。

一八

阮宣子有令闻，太尉王夷甫见而问曰："老庄与圣教同异？"对曰："将无同。"太尉善其言，辟之为掾。世谓"三语掾"。卫玠嘲之曰："一言可辟，何假于三！"宣子曰："苟是天下人望，亦可无言而辟，复何假一！"遂相与为友。

【译文】

阮修有很好的名声。太尉王衍见到他就问道："老、庄与儒家学说是相同还是不同？"阮修答道："也许是相同的吧！"王衍认为他说得好，就任用他做僚属。当时人称阮修为"三语掾"。卫玠嘲笑他道："只需说一个字就可以被任命为官，何必凭借三个字呢？"阮修道："如果是天下所敬仰之人，也可以一字都不用说就被任用，又何必再多说一个字呢？"两人于是成为朋友。

一九

裴散骑娶王太尉女，婚后三日，诸婿大会，当时名士，王、裴子弟悉集。郭子玄在坐，挑与裴谈。子玄才甚丰赡，始数交，未快；郭陈张甚盛，裴徐理前语，理致甚微，四坐咨嗟称快。王亦以为奇，谓诸人曰："君辈勿为尔，将受困寡人女婿。"

【译文】

裴遐娶了王衍的女儿，婚后的第三天，几个女婿在一起聚会，众多的名士与王、裴两家的子弟全都聚集在一起了。郭象在座，带头与裴遐清谈。郭象才华横溢，开头几次交锋，尚未令人拍手称快；郭象谈论铺陈张扬气势很盛，而裴遐则缓缓地梳理说过的话题，义理情趣都很精妙，四座宾客一致赞叹，无不称快。王衍也为之称奇，就对大家说："你们不要再辩论了，不然就要被我女婿困住了。"

二〇

卫玠始度江，见王大将军。因夜坐，大将军命谢幼舆。玠见谢，甚说之，都不复顾王，遂达旦微言，王永夕不得豫。玠体素羸，恒为母所禁。尔夕忽极，于此病笃，遂不起。

【译文】

卫玠当初渡江南下的时候，去拜会王敦。于是夜坐清谈，王敦召来谢鲲。卫玠看到谢鲲，非常高兴，都不再回头去理睬王敦了，就与谢鲲通宵达旦地清谈玄理，王敦整夜都未能插上话。卫玠体质向来瘦弱，母亲经常禁止他清谈。这天夜里他忽然劳累过度，因此病势沉重，终于病重不治。

二一

旧云，王丞相过江左，止道声无哀乐、养生、言尽意三理而已，然宛转关生，无所不入。

【译文】

过去传说：王导渡江到了南方后，只谈论声无哀乐、养生、言尽意这三个方面的玄理论题而已。但是这三个论题已间接关系到人的一生，几乎是无所不包的。

二二

殷中军为庾公长史，下都，王丞相为之集，桓公、王长史、王蓝田、谢镇西并在。丞相自起解帐带麈尾，语殷曰："身今日当与君共谈析理。"既共清言，遂达三更。丞相与殷共相往反，其余诸贤略无所关。既彼我相尽，丞相乃叹曰："向来语乃竟未知理源所归。至于辞喻不相负，正始之音，正当尔耳。"明旦，桓宣武语人曰："昨夜听殷、王清言，甚佳，仁祖亦不寂寞，我亦时复造心，顾看两王掾，辄翣如生母狗馨。"

【译文】

殷浩出任庾亮的长史时，从荆州东下京城，王导为他举行集会，桓温、王蒙、王述、谢尚等都在座。王导亲自起身解下挂在帐带上的拂尘，对殷浩说："我今天要与您一起谈论辨析玄理。"他们便一起清谈，一直谈到了三更天。王导与殷浩两个人辩论激烈，其余几位名士毫无插嘴的余地。他们彼此都已把道理说尽后，王导叹息道："一向谈论玄理，竟然还不知道玄理的本源在什么地方。至于辞语之意比喻的运用并不违背，正始之音，正应当是如此的吧。"第二天早晨，桓温对人说：

“昨夜听殷、王清谈，非常美妙。仁祖也不感到寂寞，我也常常有所领悟。回头看两位王姓属官，眨着眼就像那怕生的母狗一样。”

二三

殷中军见佛经，云：“理亦应阿堵上。”

【译文】

殷浩见到佛经，说：“玄理也应包含在这里面。”

二四

谢安年少时，请阮光禄道《白马论》，为论以示谢。于是谢不即解阮语，重相咨尽。阮乃叹曰：“非但能言人不可得，正索解人亦不可得！”

【译文】

谢安年轻时，请阮裕讲解《白马论》，阮裕就写了一篇论说的文章给谢安看。当时谢安没有立即理解阮裕的话，就一再询问务求详尽的理解。于是阮裕感叹道：“现在不仅能讲授清楚的人找不到了，就是寻求解释的人也难以找到了。”

二五

褚季野语孙安国云：“北人学问，渊综广博。”孙答曰：“南人学问，清通简要。”支道林闻之，曰：“圣贤固所忘言。自中人以还，北人看书，如显处视月；南人学问，如牖中窥日。”

【译文】

褚裒对孙盛说：“北方人做学问，深厚广博而且融会贯通。”孙盛答道：“南方人做学问，清楚通达，简明扼要。”支道林听到后说：“圣贤之人本来就只须意会无须言辞。从中等以下的人来看，北方人看书，好像在敞亮的地方看月亮；南方人做学问，好像透过窗户看太阳。”

二六

刘真长与殷渊源谈，刘理如小屈，殷曰：“恶！卿不欲作将善云梯仰攻？”

【译文】

刘惔与殷浩谈论玄理，刘惔的道理稍稍处于下风，殷浩说：“怎么你不想造一架好的云梯来仰攻呢？”

二七

殷中军云：“康伯未得我牙后慧。”

【译文】

殷浩说：“韩伯没有能够领会我的言外之意境。”

二八

谢镇西少时，闻殷浩能清言，故往造之。殷未过有所通，为谢标榜诸义，作数百语，既有佳致，兼辞条丰蔚，甚足以动心骇听。谢注神倾意，不觉流汗交面。殷徐语左右：“取手巾与谢郎拭面。”

【译文】

谢尚年轻的时候，听闻殷浩善于清谈，便特地去拜访他。殷浩没有过多地阐发，只是为谢尚揭示许多义理启发，说了几百句话，不但谈吐举止有风致，加以辞藻丰富多采，足以激动人心，骇人听闻。谢尚听时全神贯注，集中注意力，不知不觉地汗流满面。殷浩从容地对左右侍从说："拿手巾来给谢郎擦擦脸。"

二九

宣武集诸名胜讲《易》，日说一卦。简文欲听，闻此便还，曰："义自当有难易，其以一卦为限邪？"

【译文】

桓温召集许多名流讲解《周易》，每天解说一卦，简文帝本来要去听的，听说每天只讲一卦就回来了，说："义理自然应当是有难有易的，怎么能以一天只说一卦为限定呢？"

三〇

有北来道人好才理，与林公相遇于瓦官寺，讲《小品》。于时竺法深、孙兴公悉共听。此道人语，屡设疑难，林公辩答清析，辞气俱爽。此道人每辄摧屈。孙问深公："上人当是逆风家，向来何以都不言？"深公笑而不答。林公曰："白旃檀非不馥，焉能逆风？"深公得此义，夷然不屑。

【译文】

有位北方来的和尚喜欢谈论玄理，和支道林在瓦官寺相遇，讲解《小品经》。当时竺潜、孙绰都去听讲。这位和尚的话中，经常会设下疑难问题，支道林辩论对答清晰，言辞气概都很爽朗。这位和尚每次总是受挫屈服。孙绰问竺潜："上人应当是逆风而进的人，刚才为什么一句话也不说呢？"竺潜笑而不答。支道林说："白檀木并非不香，但是逆风怎么能够闻到它的香气呢？"竺潜听到这样的话，泰然自若，毫不在意。

三一

孙安国往殷中军许共论，往反精苦，客主无间。左右进食，冷而复暖者数四。彼我奋掷麈尾，悉脱落，满餐饭中，宾主遂至莫忘食。殷乃语孙曰："卿莫作强口马，我当穿卿鼻！"孙曰："卿不见决鼻牛，人当穿卿颊！"

【译文】

孙盛到殷浩住处共同谈论，两人展开激烈的辩论，主客之间毫无隔阂。左右侍从送上饭菜，冷了再热，热了再冷反复多次。双方对辩时都奋力挥动拂尘，拂尘都脱落下来，饭菜中都掉满了毛，宾主双方竟直到傍晚都忘了吃饭。殷浩就对孙盛说："您不要做硬嘴的马，我要穿你的鼻子了。"孙盛说："您不见决鼻牛吗，人家要穿您的面颊了。"

三二

庄子《逍遥篇》，旧是难处，诸名贤所可钻味，而不能拔理于郭、向之外。支道林在白马寺中，将冯太常共语，因及《逍遥》。支卓然标新理于二家之表，立异义于众贤之外，皆是诸名贤寻味之所不得。后遂用支理。

【译文】

《庄子·逍遥游》过去一直是难解之篇，众多知名贤士一直钻研玩味，但是他们所说的义理都不能超越郭象和向秀之外。支遁在白马寺中，与冯怀一起谈论，便谈到了《逍遥游》。支遁在郭象、向秀二家之外，卓越地揭示新的义理，在众名流之外提出了特异的赏析，都是各位知名贤人探索时所不能得到的。后人于是就采用支遁所阐明的义理。

三三

殷中军尝至刘尹所，清言良久，殷理小屈，游辞不已，刘亦不复答。殷去后，乃云："田舍儿强学人作尔馨语！"

【译文】

殷浩曾到刘尹那里，两人清谈了很久，殷浩所说有些理亏，但他还是说些毫无根据不着边际的话，说个不停，刘惔不再加以答辩。殷浩走了以后，刘惔就说："乡巴佬也硬要学人家讲这样的话！"

三四

殷中军虽思虑通长，然于才性偏精，忽言及“四本”，便若汤池铁城，无可攻之势。

【译文】

殷浩虽然在思辨考虑方面全都擅长，但对才性关系上的见解尤为精到，有时无意之间说到《四本论》，就像坚固难攻的汤池铁城一样，几乎找不到攻击的机会。

三五

支道林造《即色论》，论成，示王中郎，中郎都无言。支曰：“默而识之乎？”王曰：“既无文殊，谁能见赏？”

【译文】

支遁作《即色论》，完成后，给王坦之看，王坦之一句话都不说。支遁说：“默默地记在心里吗？”王坦之说：“既然没有文殊菩萨在这里，谁还能被赏识呢？”

三六

王逸少作会稽，初至，支道林在焉。孙兴公谓王曰：“支道林拔新领异，胸怀所及乃自佳，卿欲见不？”王本自有一往隽气，殊自轻之。后孙与支共载往王许，王都领域，不与交言。须臾支退。后正值王当行，车已在门，支语王曰：“君未可去，贫道与君小语。”因论《庄子·逍遥游》。支作数千言，才藻新奇，花烂映发。王遂披襟解带，留连不能已。

【译文】

王羲之任会稽内史，刚到任上，支遁正在那里。孙绰对王羲之说："支道林标新理立异义，心里所考虑的实在美妙，您想见他吗？"王羲之原本就有满腹俊逸的气概，很轻视支遁。后来孙绰与支遁一起乘车到王羲之的住处，王羲之总是保持距离，不跟支遁交谈。一会儿支遁告退。当时王羲之刚准备外出，车子已备好在门口，支遁对王羲之说："请不要走，我想与您稍讲几句话。"于是就谈论《庄子·逍遥游》，支遁讲了洋洋数千言，才思文采新鲜奇特，如繁花烂漫，交相辉映。王羲之于是敞开衣襟，解开衣带，不再出门，不忍离去。

三七

三乘佛家滞义，支道林分判，使三乘炳然。诸人在下坐听，皆云可通。支下坐，自共说，正当得两，入三便乱。今义弟子虽传，犹不尽得。

【译文】

三乘是佛教教义中很难理解的部分，支遁予以分析辨别，使得三乘的教义非常明显。众人在下边座位上听讲，都说能够通晓。支遁走下座来，各人便一起来解说，但也只能懂得两乘，进入三乘就乱了。现今的三乘教义，弟子们虽然仍在传承，但还是不能全部理解。

三八

许掾年少时，人以比王苟子，许大不平。时诸人士及支法师并在会稽西寺讲，王亦在焉。许意甚忿，便往西寺与王论理，共决优劣，苦相折挫，王遂大屈。许复执王理，王执许理，更相覆疏，王复屈。许谓支法师曰："弟子向语何似？"支从容曰："君语佳则佳矣，何至相苦邪？岂是求理中之谈哉？"

【译文】

许询年轻的时候，人们都把他比作王脩，许询很不高兴。当时很多名士以及支遁都在会稽的西寺清谈，王脩也在那里。许询心中很不服气，便去西寺与王脩辩论玄理，一定要决出个胜负来。两人相互之间都竭尽全力要打败对方，王脩于是大受挫折。许询又持王脩的道理，王脩则持许询的道理，再一次互相反复辩论，王脩又一次输了。许询对支遁说："我刚才的言辞怎么样？"支遁不慌不忙地说："您的言辞好是好的，但何至于苦苦相逼呢？这哪里是探求真理的谈法啊？"

三九

林道人诣谢公，东阳时始总角，新病起，体未堪劳，与林公讲论，遂至相苦。母王夫人在壁后听之，再遣信令还，而太傅留之。王夫人因自出，云："新妇少遭家难，一生所寄，唯在此儿。"因流涕抱儿以归。谢公语同坐曰："家嫂辞情慷慨，致可传述，恨不使朝士见！"

【译文】

支遁去拜访谢安，谢朗当时还在童年，刚刚病好，身体还经不起劳累，他和支遁一起研讨、辩论玄理，以至于互相辩驳毫不相让。他母亲王夫人在壁后听到后，两次派人传话让他回去，但谢安却留住他不放。王夫人于是亲自出来说："我年轻时家门就遭到不幸，一生希望都寄托在这个孩子身上了。"就流着泪抱儿子回去了。谢安对在座的人说："家嫂言辞情意都十分感人，最值得传扬称道，可惜不能让朝中人士听见！"

四〇

支道林、许掾诸人共在会稽王斋头，支为法师，许为都讲。支通一义，四坐莫不厌心；许送一难，众人莫不抃舞。但共嗟咏二家之美，不辩其理之所在。

【译文】

支遁和许询等人一起在会稽王的静室里，支遁为法师，许询为都讲，讲解佛经。每当支遁阐明一条义理，满座人无不感到心满意足；每当许询提出一个疑难问题，众人莫不高兴地手舞足蹈。大家只是共同赞美两人讲解唱诵的美妙，并不去分辨他们所说所诵的义理具体是什么。

四一

谢车骑在安西艰中，林道人往就语，将夕乃退。有人道上见者，问云："公何处来？"答云："今日与谢孝剧谈一出来。"

【译文】

谢玄在为他的父亲守丧期间，支遁去他家与他清谈，将近傍晚才告退。有人在路上遇见他，问道：“您从哪里来？”支遁答道：“今天是与谢孝子畅谈一番回来的。”

四二

支道林初从东出，住东安寺中。王长史宿构精理，并撰其才藻，往与支语，不大当对。王叙致作数百语，自谓是名理奇藻。支徐徐谓曰：“身与君别多年，君义言了不长进。”王大惭而退。

【译文】

支遁刚从会稽出来，住在京城东安寺中。王蒙预先构思了精深的玄理，并且选好了富有才情、文采的言辞，到支遁那里与支遁谈论玄理，却不能与其匹敌。王蒙叙述旨趣事理，说了几百句，自以为是玄理中的奇妙言辞。支遁慢条斯理地说：“我与您分别多年，看来你在义理、言辞两方面全都没有长进。”王蒙大感惭愧地告退了。

四三

殷中军读《小品》，下二百签，皆是精微，世之幽滞。尝欲与支道林辩之，竟不得。今《小品》犹存。

【译文】

殷浩读《小品经》，在书中有很多疑难的地方，他加了二百个书签做标记，都是些精妙微细、世人感到深奥难通的问题。他曾经想与支遁辩论这些问题，竟然未能如愿。现在那部《小品经》还保存了下来。

四四

佛经以为祛练神明，则圣人可致。简文云："不知便可登峰造极不？然陶练之功，尚不可诬。"

【译文】

佛经认为去除烦恼，修炼智慧，就可以成佛了。简文帝说："不知道是否立刻就可以达到登峰造极的境界吗？可是陶冶修炼的功效，还是不可以抹杀的。"

四五

于法开始与支公争名，后情渐归支，意甚不分，遂遁迹剡下。遣弟子出都，语使过会稽。于时支公正讲《小品》。开戒弟子："道林讲，比汝至，当在某品中。"因示语攻难数十番，云："旧此中不可复通。"弟子如言诣支公。正值讲，因谨述开意，往反多时，林公遂屈，厉声曰："君何足复受人寄载来！"

【译文】

于法开当初与支遁争名，后来大家的想法渐渐倾向于支遁，他心里很不服气，便离开会稽到了剡县。他派弟子法威到京都去，告诉弟子要经过会稽。当时支遁正在讲《小品经》。于法开告诫弟子说："道林正在宣讲佛经，等你到了那里时，该当讲到某一品了。"于是就为弟子演示驳斥非难的问题有几十个回合，并说："过去这里面的问题不可能比我讲得更明白了。”弟子按照他的话去拜访支遁。正好碰到支遁在宣讲，于是他就小心地陈述了于法开的意见，与支遁反复论辩很久，支遁终于败下阵来，厉声说：“您何苦又受人指使呢！”

四六

殷中军问：“自然无心于禀受，何以正善人少，恶人多？”诸人莫有言者。刘尹答曰：“譬如写水著地，正自纵横流漫，略无正方圆者。”一时绝叹，以为名通。

【译文】

殷浩问：“大自然本来无心授予人某种品性，为何偏偏是善人少，恶人多呢？”众人没有一个回答的。刘惔回答说：“譬如把水倾倒在地上，仅仅是自然地四处纵横流淌，却没有一处恰好是方的或圆的形状。”当时人极为赞赏此话，认为是名言。

四七

康僧渊初过江，未有知者，恒周旋市肆，乞索以自营。忽往殷渊源许，值盛有宾客，殷使坐，粗与寒温，遂及义理。语言辞旨，曾无愧色，领略粗举，一往参诣，由是知之。

【译文】

康僧渊刚刚过江的时候，没有什么人了解他，他经常出入集市，靠乞讨自谋营生。一天他突然到殷浩那去，正遇到殷家宾客盈门，殷浩让他入座，稍稍与他寒暄几句，便讲到了玄学名理的论题。康僧渊在言谈中，不管是有深刻领会的，还是粗略提出的义理，都是他一向深入钻研过的。正是由于这次清谈，大家才了解了他。

四八

殷、谢诸人共集，谢因问殷：“眼往属万形，万形来入眼不？”

【译文】

殷浩、谢安诸人一起聚会，谢安便问殷浩：“人们用眼睛去看一切物象，一切物象是否就会进入人的眼睛里呢？”

四九

人有问殷中军：“何以将得位而梦棺器，将得财而梦矢秽？”殷曰：“官本是臭腐，所以将得而梦棺尸；财本是粪土，所以将得而梦秽污。”时人以为名通。

【译文】

有人问殷浩：“为什么将要得到官职，就会梦见棺材？将要得到钱财，就会梦见粪便等秽物？”殷浩说：“官职本是发臭腐烂之物，所以将得到的时候，就会梦见棺材尸体；钱财本是粪土一样，所以将得到的时候，就会梦见污秽之物。”当时人都认为这是名言。

五〇

殷中军被废东阳，始看佛经。初视《维摩诘》，疑般若波罗密太多；后见《小品》，恨此语少。

【译文】

般浩被削职为民住在东阳，才开始看佛经。初看《维摩诘经》时，为“般若波罗密”这话太多而疑惑不解，后来读了《小品经》，已经了解了这句话的意旨，又因为这话语太少而感到遗憾。

五一

支道林、殷渊源俱在相王许，相王谓二人：“可试一交言。而才性殆是渊源崤函之固，君其慎焉！”支初作，改辙远之，数四交，不觉入其玄中。相王抚肩笑曰：“此自是其胜场，安可争锋！”

【译文】

支遁、殷浩都在相王司马昱府中。司马昱对他们两个人说：“你们可以试着辩论玄理，可是才性关系问题恐怕是渊源的坚固堡垒，您可要谨慎啊！”支遁刚开始辩论的时候，改变话题远远避开才性问题。但是交锋了几个回合以后，不知不觉地被引入了殷浩所擅长的玄理范围中。司马昱拍着支遁的肩膀说：“这本来就是殷浩所擅长的话题，你怎么能与他争锋斗强呢！”

五二

谢公因子弟集聚，问：“《毛诗》何句最佳？”遏称曰：“昔我往矣，杨柳依依；今我来思，雨雪霏霏。”公曰：“讦谟定命，远猷辰告。”谓此句偏有雅人深致。

【译文】

谢安趁着子弟们聚会的时候，问："《毛诗》里哪句最好？"谢玄称引道："昔我往矣，杨柳依依；今我来思，雨雪霏霏。"谢安说："讦谟定命，远猷辰告。"认为这句最具高雅之人的深远情意。

五三

张凭举孝廉，出都，负其才气，谓必参时彦。欲诣刘尹，乡里及同举者共笑之。张遂诣刘。刘洗濯料事，处之下坐，唯通寒暑，神意不接。张欲自发无端。顷之，长史诸贤来清言，客主有不通处，张乃遥于末坐判之，言约旨远，足畅彼我之怀，一坐皆惊。真长延之上坐，清言弥日，因留宿至晓。张退，刘曰："卿且去，正当取卿共诣抚军。"张还船，同侣问何处宿，张笑而不答。须臾，真长遣传教觅张孝廉船，同侣惋愕。即同载诣抚军，至门，刘前进谓抚军曰："下官今日为公得一太常傅士妙选。"既前，抚军与之话言，咨嗟称善，曰："张凭勃窣为理窟。"即用为太常博士。

【译文】

张凭被荐为孝廉以后，到京都去，他凭借自己的才气，认为必定能置身于当时才学名流之列。他想去拜访刘惔，他的同乡和一同被举荐的人都笑话他。张凭于是就去拜访刘惔，刘惔正在洗濯处理一些事务，就把他安排在下座，只是与他寒暄了几句，神情意态之间并没有把他放在眼里。张凭想自己引出话题却没有头绪。不久，王蒙等众名士都来清谈，主客双方有不通的地方，张凭就远远地在下座加以分析评判，言语简要而含意深远，足以使彼此之间的胸怀感到舒畅痛快，满座宾客都很惊讶。刘惔就请张凭到上座来坐，清谈了一整天，于是又留他住了一夜。天亮，张凭告辞，刘惔说：“您暂且回去，我即将邀请您同去拜访抚军。”张凭回到船上，同伴们问他在哪里住宿，张凭笑而不答。不多久，刘惔派了郡吏来找张凭的船，同伴们都怅叹惊讶。刘惔就和张凭同乘一辆车去拜访抚军大将军司马昱。到了门口，刘惔先进去对抚军说：“我今天为您觅得一位太常博士的最佳人选。”张凭就上前拜见，抚军与他谈话，赞叹称好，说：“张凭才华横溢，是义理渊薮之所。”立即任用他为太常博士。

五四

汰法师云：“六通、三明同归，正异名耳。”

【译文】

汰法师说：“‘六通’‘三明’是同一归向，只是名称不同罢了。”

五五

支道林、许、谢盛德共集王家，谢顾谓诸人：“今日可谓彦会。时既不可留，此集固亦难常，当共言咏，以写其怀。”许便问主人：“有《庄子》不？”正得《渔父》一篇。谢看题，便各使四坐通。支道林先通，作七百许语，叙致精丽，才藻奇拔，众咸称善。于是四坐各言怀毕，谢问曰：“卿等尽不？”皆曰：“今日之言，少不自竭。”谢后粗难，因自叙其意，作万余语，才峰秀逸，既自难干，加意气拟托，萧然自得，四坐莫不厌心。支谓谢曰：“君一往奔诣，故复自佳耳。”

【译文】

支遁、许询、谢安等是品德高尚之士，他们共同聚集在王蒙家，谢安环顾四座对大家说：“今天可说是群贤聚会。时光既不可挽留，这样的聚会当然也难常有，大家应当一起来谈论吟咏，以抒写各自的怀抱。”许询就问主人王蒙：“有《庄子》吗？”主人拿来《庄子》正好翻到《渔父》一篇。谢安看到题目，就请四座各自阐发见解发表高论。支道林先讲解，说了七百来句后，说解义理精妙优美，才情辞藻新奇拔俗，大家都同声称好。于是四座之人各抒己见，完了以后，谢安问道：“诸位尽兴说完了吗？”诸人都说：“今天所说，很少有言不尽意的。”谢安随后粗略地加以驳难，于是就叙述了自己的意见，说了万余言，文才秀逸，既难以反驳，加上情意有所比拟、寄托，潇洒自如，令满座名士无不心悦诚服。支遁对谢安说：“您说的话要言不烦，境界高深，所以自然佳妙无比。”

五六

殷中军、孙安国、王、谢能言诸贤，悉在会稽王许，殷与孙共论《易象妙于见形》，孙语道合，意气干云。一坐咸不安孙理，而辞不能屈。会稽王慨然叹曰：“使真长来，故应有以制彼。”即迎真长，孙意已不如。真长既至，先令孙自叙本理。孙粗说己语，亦觉殊不及向。刘便作二百许语，辞难简切，孙理遂屈。一坐同时拊掌而笑，称美良久。

【译文】

殷浩、孙盛、王蒙、谢尚等善于清谈的众名士，都在会稽王司马昱处聚会。殷浩与孙盛一起谈论《易象妙于见形》这篇文章。孙盛所说与义理相结合，意气高昂。满座名士都不同意他所说之理，但言辞上又不能使之屈服。会稽王感慨地叹息道：“如果真长在这里，就应该有办法制服他。”随即派人去迎接刘惔，孙盛感到自己不如刘惔。刘惔到后，先让孙盛自己叙述原来的义理。孙盛简单地讲述了自己的意见，也感觉大大比不上先前所说的。刘惔于是就讲了两百多语，论述和质疑都很简明、贴切，孙盛理亏就被折服了。满座名士同时拍掌而笑，赞美不已。

五七

僧意在瓦官寺中，王苟子来，与共语，便使其唱理。意谓王曰：“圣人有情不？”王曰：“无。”重问曰：“圣人如柱邪？”王曰：“如筹算。虽无情，运之者有情。”僧意云：“谁运圣人邪？”苟子不得答而去。

【译文】

僧意在瓦官寺中，王脩过来，与他一起谈论，请他率先发表玄理。僧意对王脩说：“圣人有感情吗？”王脩道：“没有。”又问道：“圣人像柱子吗？”王脩说：“像筹码，虽然没有感情，运用它的人却是有感情的。”僧意道：“那又是谁来运用圣人的呢？”王脩回答不出来，就离开了。

五八

司马太傅问谢车骑："惠子其书五车，何以无一言入玄？"谢曰："故当是其妙处不传。"

【译文】

司马道子问谢玄："惠施著书有五车之多，为什么没有一个字是写玄理的呢？"谢玄说："或许是因为其中的奥妙之处没有流传下来吧。"

五九

殷中军被废，徙东阳，大读佛经，皆精解，唯至事数处不解。遇见一道人，问所签，便释然。

【译文】

殷浩被罢官废为庶人后，隐居于东阳，大量阅读佛经，都能精通理解，只有读到表示"名相"的术语时不能理解。后遇见一位僧人，向他请教做有记号的疑问之处，心中的疑惑便消除了。

六〇

殷仲堪精核玄论，人谓莫不研究。殷乃叹曰："使我解'四本'，谈不翅尔。"

【译文】

殷仲堪精心考察研究玄学理论，人们说没有什么是他研究不了的。殷仲堪却感慨地说："假使我能够解释'四本'，我的谈论就不仅仅是现在这样了。"

六一

殷荆州曾问远公："《易》以何为体？"答曰："《易》以感为体。"殷曰："铜山西崩，灵钟东应，便是《易》耶？"远公笑而不答。

【译文】

殷仲堪曾经问慧远："《周易》以什么为本体？"慧远答道："《周易》以感应为本体。"殷仲堪说："铜山在西边崩塌了，灵钟在东边就有感应，这就是《周易》吗？"慧远笑着没有回答。

六二

羊孚弟娶王永言女，及王家见婿，孚送弟俱往。时永言父东阳尚在，殷仲堪是东阳女婿，亦在坐。孚雅善理义，乃与仲堪道《齐物》，殷难之。羊云："君四番后当得见同。"殷笑曰："乃可得尽，何必相同。"乃至四番后一通。殷咨嗟曰："仆便无以相异！"叹为新拔者久之。

【译文】

羊孚弟羊辅娶王永言的女儿为妻，等到王家要见女婿的时候，羊孚送弟弟一同到王家。当时王永言的父亲东阳太守王临之还在世，殷仲堪是王临之的女婿，也在座。羊孚极善谈论玄理，就与殷仲堪谈《庄子·齐物论》，殷仲堪反驳了羊孚的作品。羊孚说："您到了四个回合后就会与我的见解相同了。"殷仲堪笑道："我会一直辩到底，为什么一定要见解相同呢？"等辩难到四个回合以后，见解竟然相通。殷仲堪叹息说："我实在提不出什么不同的见解了。"他久久地为羊孚新颖特出的见解而慨叹。

六三

殷仲堪云："三日不读《道德经》，便觉舌本间强。"

【译文】

殷仲堪说："三天不读《道德经》，就觉得舌根发硬。"

六四

提婆初至，为东亭第讲《阿毗昙》。始发讲，坐裁半，僧弥便云："都已晓。"即于坐分数四有意道人，更就余屋自讲。提婆讲竟，东亭问法冈道人曰："弟子都未解，阿弥那得已解？所得云何？"曰："大略全是，故当小未精核耳。"

【译文】

僧加提婆初到京都的时候，在东亭侯王珣家为他讲《阿毗昙》。开讲后，才到中途，王珉就说："我全都明白了。"随即就在座上分出几位有见识的僧人，另外到其他屋中由自己来讲解。提婆讲完后，王珣问法冈和尚道："我都不能全部理解，他阿弥哪里就能都懂了呢？他到底懂了多少？"法冈说："大体上他都讲对

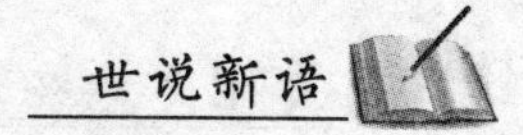

了，只是小部分还不能精细详尽地理解而已。”

六五

桓南郡与殷荆州共谈，每相攻难。年余后但一两番。桓自叹才思转退，殷云：“此乃是君转解。”

【译文】

桓玄与殷仲堪一起谈论，每每互相辩驳。过了一年多以后再谈论时，只不过辩驳诘难一两次而已。桓玄感叹是自己的才思不断减退，殷仲堪说：“这是您理解力逐渐提高之故。”

六六

文帝尝令东阿王七步中作诗，不成者行大法。应声便为诗曰：“煮豆持作羹，漉菽以为汁。萁在釜下然，豆在釜中泣。本自同根生，相煎何太急！”帝深有惭色。

【译文】

魏文帝曹丕曾经命令东阿王曹植在七步之内作一首诗，如果作不成就要问死罪。曹植应声就作成一首诗，曰：“煮豆持作羹，漉菽以为汁。萁在釜下然，豆在釜中泣。本自同根生，相煎何太急！”魏文帝听后深感惭愧。

六七

魏朝封晋文王为公，备礼九锡，文王固让不受。公卿将校当诣府敦喻，司空郑冲驰遣信就阮籍求文。籍时在袁孝尼家，宿醉扶起，书札为之，无所点定，乃写付使。时人以为神笔。

【译文】

魏朝封晋文王司马昭为晋公，准备颁赐给他九锡之礼，司马昭坚决辞谢不肯接受。朝中文武百官将到他府中去劝谏，司空郑冲急忙派信使到阮籍处求他写一篇劝进的文章。阮籍当时在袁孝尼家，昨夜喝酒大醉之意尚未消退即被扶起身来，在木札上书写文稿，一字不改，写定交给来使。当时人都认为他是神来之笔。

六八

左太冲作《三都赋》初成，时人互有讥訾，思意不惬。后示张公，张曰："此二京可三，然君文未重于世，宜以经高名之士。"思乃询求于皇甫谧。谧见之嗟叹，遂为作叙。于是先相非贰者，莫不敛衽赞述焉。

【译文】

左思作《三都赋》刚完成时，当时就有人不断地加以讽刺诋毁，左思心里很不高兴。后来把赋拿给张华看，张华说："此赋可与《两都赋》《二京赋》鼎足而三。只是现在您的文名尚未能为世人了解，应该通过享有盛名之士的推荐才好。左思就去请教拜求皇甫谧，皇甫谧见了此赋后大为赞叹，就为之作叙。于是先前那些非议此赋者，没有一个不恭敬地赞美称扬它。

六九

刘伶著《酒德颂》，意气所寄。

【译文】

刘伶作《酒德颂》，将自己的意志情趣都寄托在其中了。

七〇

乐令善于清言，而不长于手笔。将让河南尹，请潘岳为表。潘云："可作耳，要当得君意。"乐为述己所以为让，标位二百许语。潘直取错综，便成名笔。时人咸云："若乐不假潘之文，潘不取乐之旨，则无以成斯矣。"

【译文】

尚书令乐广擅长清谈，但是不擅长写文章。他想辞去河南尹职务，便请潘岳替他写奏章。潘岳说："我可以写，但是必须知道您的意图。"乐广便给他说明自己决定让位的原因，说了二百来句话。潘岳把他的话径直拿来重新编排一番，便成了一篇名作。当时的人都说："如果乐广不借重潘岳的文辞，潘岳不用乐广的意思，就无法写成如此优美的文章了。"

七一

夏侯湛作《周诗》成，示潘安仁。安仁曰："此非徒温雅，乃别见孝悌之性。"潘因此遂作《家风诗》。

【译文】

夏侯湛写成《周诗》后，拿给潘岳看。潘岳说：“这诗不仅写得温文尔雅，且更加体现出孝悌的天性。”潘岳于是就写了《家风诗》。

七二

孙子荆除妇服，作诗以示王武子。王曰：“未知文生于情，情生于文？览之凄然，增伉俪之重。”

【译文】

孙楚为亡妻服丧期满以后，写诗拿给王济看。王济说：“不知道文采是由感情生发而来的，还是感情由文采表现而来的？看到了这首诗，感到凄凉，更是加深了夫妇间的深重情义。”

七三

太叔广甚辩给，而挚仲治长于翰墨，俱为列卿。每至公坐，广谈，仲治不能对；退，著笔难广，广又不能答。

【译文】

太叔广口才非常敏捷，而挚虞则擅长于写文章，两人都官居卿位。每次到公开聚会的场合，太叔广谈论的时候，挚虞不能答对，他回去后，就写文章反驳太叔广，太叔广又不能回答。

七四

江左殷太常父子并能言理，亦有辩讷之异。扬州口谈至剧，太常辄云："汝更思吾论。"

【译文】

东晋殷融和殷浩叔侄俩都能言玄谈理，但也有敏捷与迟钝的差异。殷浩的言谈最厉害，殷融总是说："你再想想我的道理。"

七五

庾子嵩作《意赋》成，从子文康见，问曰："若有意邪，非赋之所尽；若无意邪，复何所赋？"答曰："正在有意无意之间。"

【译文】

庾敳写成《意赋》后，被他的侄子庾亮看见，就问道："如果是有意的话，不是赋所能尽情表现得出来的；如果是无意的话，又要写赋做什么呢？"庾敳回答道："赋所表达的刚好在有意与无意之间。"

七六

郭景纯诗云："林无静树，川无停流。"阮孚云："泓峥萧瑟，实不可言。每读此文，辄觉神超形越。"

【译文】

郭璞诗有句说："林无静树，川无停流。"阮孚说："水深山高，林木萧瑟，实在难以形容。每当读到这类诗句，总会觉得精神与形体更为超凡脱俗。"

七七

庾阐始作《扬都赋》，道温、庾云："温挺义之标，庾作民之望。方响则金声，比德则玉亮。"庾公闻赋成，求看，兼赠贶之。阐更改"望"为"俊"，以"亮"为"润"云。

【译文】

庾阐开始撰写《扬都赋》，讲到温峤、庾亮时说："温峤树起道义的标准，庾亮为百姓所景仰。比拟声音就如同金钟发出的铿锵之声，比拟德行就如同宝玉似的透亮。"庾亮听说赋已写成，便请求拜读，并赠送财物给庾阐。庾阐就改换赋中的"望"字为"俊"字，改"亮"字为"润"字等等。

七八

孙兴公作《庾公诔》，袁羊曰："见此张缓。"于是以为名赏。

【译文】

孙绰写《庾公诔》，袁乔说："我终于见到了张弛有致，富有节奏感的好文章了。"这话被认为是当时的鉴赏名言。

七九

庾仲初作《扬都赋》成，以呈庾亮。亮以亲族之怀，大为其名价，云可三二京、四三都。于此人人竞写，都下纸为之贵。谢太傅云："不得尔。此是屋下架屋耳。事事拟学，而不免俭狭。"

【译文】

庚阐写成《扬都赋》后，把它呈送给庚亮看。庚亮出于同宗亲族的情意，抬高这篇赋的评价，说这篇赋简直可以与《东京》《西京》二赋鼎足而三，与《魏都》《蜀都》《吴都》三赋并列为四。于是人们都争相抄写，京城里的纸价也因此贵了起来。谢安说："不应如此。这叫作屋下架屋，只知重复模仿罢了。处处仿照学别人的，就不免内容贫乏，视野狭窄了。"

八〇

习凿齿史才不常，宣武甚器之，未三十，便用为荆州治中。凿齿谢笺亦云："不遇明公，荆州老从事耳！"后至都见简文，返命，宣武问："见相王何如？"答云："一生不曾见此人。"从此忤旨，出为衡阳郡，性理遂错。于病中犹作《汉晋春秋》，品评卓逸。

【译文】

习凿齿的史学才识不同寻常，桓温很赏识他，不到三十岁，就任命他为荆州治中。习凿齿在感谢信中也说："如果不是遇到明公，我只不过一辈子是个荆州的老从事罢了。"后来习凿齿到都城谒见了司马昱，回来复命，桓温问："见到了相王，你认为他怎么样？"他回答说："我一生中没有见过这样的人。"从这件事开始就引发了桓温的不满，被调出荆州任职衡阳郡守，于是他的精神恍惚了。在病中他还在写《汉晋春秋》，评论史实和人物，见识卓越不凡。

八一

孙兴公云：“《三都》《二京》，五经鼓吹。”

【译文】

孙绰说：“《三都赋》和《二京赋》，是宣扬五经的作品。”

八二

谢太傅问主簿陆退：“张凭何以作母诔，而不作父诔？”退答曰：“故当是丈夫之德，表于事行；妇人之美，非诔不显。”

【译文】

谢安问主簿陆退：“张凭为什么只写哀悼母亲的诔文，而不写哀悼父亲的诔文？”陆退回答说：“这应当是男人的德行，是从事业上来体现出来；而妇人的美德，没有诔文就不能得到表彰。”

八三

王敬仁年十三作《贤人论》，长史送示真长，真长答云：“见敬仁所作论，便足参微言。”

【译文】

王脩年仅十三岁时写了《贤人论》，他父亲王蒙把这篇文章送给刘惔看，刘惔答道："看到王脩所写的文章，就足够参悟精深的玄理了。"

八四

孙兴公云："潘文烂若披锦，无处不善；陆文若排沙简金，往往见宝。"

【译文】

孙绰说："潘岳的文章，灿烂如若披上锦缎一样，没有一处不好；陆机的文章如同排开沙子选金子，常常能发现珍宝。"

八五

简文称许掾云："玄度五言诗，可谓妙绝时人。"

【译文】

简文帝称赞许询的诗说："许询的五言诗，可以说是美妙无比，压倒了当下所有的诗人。"

八六

孙兴公作《天台赋》成，以示范荣期，云："卿试掷地，要作金石声。"范曰："恐子之金石，非宫商中声。"然每至佳句，辄云："应是我辈语。"

【译文】

孙绰写成《天台赋》后，拿给范启看，说："您试着把赋扔到地上，一定会发出金石之声。”范启说：“恐怕您说的金石之声，不是宫商角徵羽当中的中和之声。”但是每逢读到美妙的文句时，总是说：“这应当是我们这类人的语言。”

八七

桓公见谢安石作简文谥议，看竟，掷与坐上诸客曰：“此是安石碎金。”

【译文】

桓温看了谢安写的简文帝谥议，看完后，丢给在座的众多宾客说：“这是安石的短篇佳作。”

八八

袁虎少贫，尝为人佣载运租。谢镇西经船行，其夜清风朗月，闻江渚间估客船上有咏诗声，甚有情致，所诵五言，又其所未尝闻，叹美不能已。即遣委曲讯问，乃是袁自咏其所作《咏史诗》。因此相要，大相赏得。

【译文】

袁宏年轻时家境贫寒，曾经被人雇佣运送租粮。镇西将军谢尚乘船经过，那天夜里风清月明，他听到江中小洲边商船上传来吟诗声，很有情趣，所吟诵的五言诗，又是自己从来没有听到过的，便赞美不止。

谢尚立即派人把情况问清楚，原来是袁宏在吟诵自己作的《咏史诗》。于是就邀请袁宏来，大加赞赏，彼此很融洽。

八九

孙兴公云："潘文浅而净，陆文深而芜。"

【译文】

孙绰说："潘岳的文章虽然浅薄，但洁净；陆机的文章虽然深刻，但芜杂。"

九〇

裴郎作《语林》，始出，大为远近所传。时流年少，无不传写，各有一通。载王东亭作《经王公酒垆下赋》，甚有才情。

【译文】

裴启写《语林》，书刚问世，就被四处传阅。当时的名流和年轻人纷纷传抄，几乎人人都有一本。书中记载了王珣写的《经王公酒垆下赋》，很有才华。

九一

谢万作《八贤论》，与孙兴公往反，小有利钝。谢后出以示顾君齐，顾曰；"我亦作，知卿当无所名。"

【译文】

谢万写了《八贤论》，与孙绰反复争论，小有胜负。后来谢万拿文章给顾夷看，顾夷说：“我也写了一篇，所以知道您这一篇应该也没有什么可以值得称赞的。”

九二

桓宣武命袁彦伯作《北征赋》，既成，公与时贤共看，咸嗟叹之。时王珣在坐，云：“恨少一句。得‘写’字足韵当佳。”袁即于坐揽笔益云：“感不绝于余心，溯流风而独写。”公谓王曰：“当今不得不以此事推袁。”

【译文】

桓温要袁宏写《北征赋》，完成后，桓公与当时的名流一起鉴赏，大家都一致赞美此赋。当时王珣也在座，说：“可惜少了一句。如果能用‘写’字来补足韵脚应当更好。”袁宏马上在座中就拿起笔来加上去，道：“感不绝于余心，溯流风而独写。”桓温说：“当今不得不以这件事来推崇袁宏了。”

九三

孙兴公道：“曹辅佐才如白地明光锦，裁为负版绔，非无文采，酷无裁制。”

【译文】

孙绰说：“曹辅佐的文才好像名贵的白底子明光锦，裁成了服役者穿的裤子，并不是没有文采，实在是一点儿也没有加以裁剪修饰啊。”

九四

袁彦伯作《名士传》成，见谢公。公笑曰：“我尝与诸人道江北事，特作狡狯耳，彦伯遂以著书。”

【译文】

袁宏写成《名士传》后，拿去见谢安，谢安笑道：“我曾经和大家谈论江北的许多事情，只是觉得说着有趣罢了，袁宏竟然能够用来写成书。”

九五

王东亭到桓公吏，既伏阁下，桓令人窃取其白事。东亭即于阁下更作，无复向一字。

【译文】

王珣在桓温那里任掾属，他已经拜伏在官署前，桓温派人偷走他陈事的报告。王珣随即在官署前重写，其中没有一个字与先前被偷走的那份重复。

九六

桓宣武北征，袁虎时从，被责免官。会须露布文，唤袁倚马前令作。手不辍笔，俄得七纸，殊可观。东亭在侧，极叹其才。袁虎云：“当令齿舌间得利。”

【译文】

桓温北征时，袁宏当时也跟随出征，因事被责罚免去官职。恰巧急需写一篇紧急文书，就叫袁宏靠在马前让他写。袁宏手不停笔，瞬间就写好了七张纸，极其出色。王珣在旁边，非常赞叹他的文才。袁宏说："也应当让我在夸赞中得到一点儿奖赏啊。"

九七

袁宏始作《东征赋》，都不道陶公。胡奴诱之狭室中，临以白刃，曰："先公勋业如是，君作《东征赋》，云何相忽略？"宏窘蹙无计，便答："我大道公，何以云无？"因诵曰："精金百炼，在割能断。功则治人，职思靖乱。长沙之勋，为史所赞。"

【译文】

袁宏当初写《东征赋》时，一点儿都没有提到陶侃。陶范把他骗到一间小屋中，手执利刃对着他，说："先父长沙郡公有如此的丰功伟绩，你写《东征赋》，为什么不把他写进去？"袁宏感到困窘，没有办法，就回答："我是大大地称道了长沙郡公，怎么说一点儿没提呢？"于是就背诵道："精美的金属经过千锤百炼，能切割亦能切断任何物品。陶公的功德是安定人心，平定叛乱。长沙郡公的功勋，被史家所称赞。"

九八

或问顾长康："君《筝赋》何如嵇康《琴赋》？"顾曰："不赏者，作后出相遗；深识者，亦以高奇见贵。"

【译文】

有人问顾恺之："您的《筝赋》比嵇康的《琴赋》怎么样？"顾恺之说："不赏识的人，认为它是后出的就嫌弃它；深有见识的人，则认为它高妙新奇而予以重视。"

九九

殷仲文天才宏赡，而读书不甚广博，亮叹曰："若使殷仲文读书半袁豹，才不减班固。"

【译文】

殷仲文天生文才富赡，但读书不太广博，傅亮感叹说："如果殷仲文所读的书籍能有袁豹的一半，他的文才当不亚于班固。"

一〇〇

羊孚作《雪赞》云："资清以化，乘气以霏。遇象能鲜，即洁成辉。"桓胤遂以书扇。

【译文】

羊孚写的《雪赞》说："白雪凭借清爽而化生，乘着流动的大气而漫天纷飞。遇到不同的景象能使其鲜艳美丽，碰到洁白的东西能使其蓬荜生辉。"桓胤于是就把《雪赞》写在了扇子上。

一〇一

王孝伯在京行散，至其弟王睹户前，问："古诗中何句为最？"睹思未答。孝伯咏"所遇无故物，焉得不速老"："此句为佳。"

【译文】

王恭在京城服药后为发散药性，走到他弟弟王睹门前，问道："古诗中哪句最好？"王睹在思考未及回答。王恭吟咏"所遇无故物，焉得不速老"王恭说："这句最好。"

一〇二

桓玄尝登江陵城南楼云："我今欲为王孝伯作诔。"因吟啸良久，随而下笔，一坐之间，诔以之成。

【译文】

桓玄曾经登上江陵城的南楼，说："我现在要为王恭写一篇诔文。"先是吟咏歌啸了好久，然后就开始动笔，只是片刻工夫诔文就写成了。

一〇三

桓玄初并西夏，领荆、江二州、二府、一国。于时始雪，五处俱贺，五版并入。玄在听事上，版至，即答版后，皆粲然成章，不相揉杂。

【译文】

桓玄刚刚攻占荆、雍等西部地区时，领荆、江二州刺史，担任都督八州军事、后将军，还封有郡国。当时初降大雪，五个处所同时祝贺，五处贺笺一起送达。桓玄在厅堂上，贺笺一到，立即在贺笺后面起草复信，每封信都是下笔成章，内容互不混杂。

一〇四

桓玄下都，羊孚时为兖州别驾，从京来诣门，笺云："自顷世故睽离，心事沦蕰。明公启晨光于积晦，澄百流以一源。"桓见笺，驰唤前，云："子道，子道，来何迟！"即用为记室参军。孟昶为刘牢之主簿，诣门谢，见云："羊侯，羊侯，百口赖卿。"

【译文】

桓玄攻下京都后，羊孚当时任兖州别驾，从京都来到桓府拜访，在谒见信中说："自不久前因战乱分别，心事郁闷积聚。您在昏暗中开启了曙光，用清澈的水源澄清了百条浊流。"桓玄见了谒见信，赶快把他请上前来说："子道，子道，你为什么来得这么晚！"立即任命他为记室参军。孟昶当时担任刘牢之的主簿，登门向桓玄谢罪，见了羊孚就说："羊侯，羊侯，我全家老少百口的性命全靠您了！"

方正第五

一

陈太丘与友期行，期日中。过中不至，太丘舍去，去后乃至。元方时年七岁，门外戏。客问元方："尊君在不？"答曰："待君久不至，已去。"友人便怒，曰："非人哉！与人期行，相委而去。"元方曰："君与家君期日中。日中不至，则是无信；对子骂父，则是无礼。"友人惭，下车引之，元方入门不顾。

【译文】

陈寔与朋友约定时间一同外出，约好是在中午。过了中午还未到来，陈寔便不顾他自己走了，他走后朋友才赶来。陈纪当时只有七岁，正在门外玩耍。客人问陈纪："令君在家吗？"陈纪回答道："等了你好久不来，已经走了。"友人就大怒道："真不懂礼貌啊！与别人约定一起走的，却丢下别人自己走了。"陈纪说："您与我父亲约定的时间是中午。到了约定的时间不来，就是不讲信用；当着别人儿子的面骂他的父亲，就是无礼。"友人感到惭愧，就下车来拉他的手，陈纪却跑进大门不去理会他。

二

南阳宗世林，魏武同时，而甚薄其为人，不与之交。及魏武作司空，总朝政，从容问宗曰："可以交未？"答曰："松柏之志犹存。"世林既以忤旨见疏，位不配德。文帝兄弟每造其门，皆独拜床下。其见礼如此。

【译文】

南阳宗承，与曹操是同时代人，很看不起曹操的为人，不愿与曹操结交。等到曹操做了司空，总揽朝政，就委婉地问宗承道："你能不能同我结交啊？"宗承答道："我的松柏一样的志气仍然在。"宗承就因为违背曹操的旨意被排斥，官位与他的德行完全不符。曹丕与曹植兄弟每次到他家拜访，都各自拜在他的坐榻下。他受到的礼遇就像这样。

三

魏文帝受禅，陈群有戚容。帝问曰："朕应天受命，卿何以不乐？"群曰："臣与华歆服膺先朝，今虽欣圣化，犹义形于色。"

【译文】

魏文帝曹丕接受禅让登上帝位以后，陈群面带悲苦的神色。文帝问道："我顺应天命登上皇位，你怎么闷闷不乐？"陈群道："我和华歆都曾衷心拥戴汉朝，如今虽然欣逢圣明教化之治，但对前朝的情义还是不由自主地要流露出来。"

四

郭淮作关中都督，甚得民情，亦屡有战庸。淮妻，太尉王凌之妹，坐凌事当并诛。使者征摄甚急，淮使戒装，克日当发。州府文武及百姓劝淮举兵，淮不许。至期，遣妻，百姓号泣追呼者数万人。行数十里，淮乃命左右追夫人还，于是文武奔驰，如徇身首之急。既至，淮与宣帝书曰："五子哀恋，思念其母。其母既亡，则无五子；五子若殒，亦复无淮。"宣帝乃表，特原淮妻。

【译文】

郭淮担任关中都督时，深得民心，也经常立下战功。郭淮的妻子，是太尉王凌的妹妹，因王凌犯罪受株连应当一起处死。使者来捉拿她追得很急，郭淮便让她准备行装，按约定的日期出发。州府里的文武官员及百姓都劝郭淮起兵反抗，郭淮不答应。到了期限，他就打发妻子上路，百姓号哭追赶呼叫的有几万人。走了几十里地，郭淮就派人把夫人又追了回来，于是文武官员急忙奔驰而至，就像去营救即将被斩首的人那样紧急。妻子回来后，郭淮上书司马懿说："我的五个儿子哀痛眷恋，非常想念他们的母亲，他们的母亲如果死了，那么五个儿子也就没有了；五个儿子如果死了，也就不再有我郭淮了。"司马懿看到后就上表魏帝，特赦了郭淮的妻子。

五

诸葛亮之次渭滨，关中震动。魏明帝深惧晋宣王战，乃遣辛毗为军司马。宣王既与亮对渭而陈，亮设诱谲万方。宣王果大忿，将欲应之以重兵。亮遣间谍觇之，还曰："有一老夫，毅然仗黄钺，当军门立，军不得出。"亮曰："此必辛佐治也。"

【译文】

诸葛亮率军驻扎在渭水之滨，关中为之震动。魏明帝非常害怕司马懿出兵应战，就派辛毗任军师。宣王已经与诸葛亮隔着渭水对阵，诸葛亮千方百计设计诱骗对方出战。司马懿果然大怒，准备用重兵来应战。诸葛亮派间谍去探看对方的动静，间谍回来报告说："有一位老人，神情坚毅地手拿金斧，在军营门口站着，军队无法出来。"诸葛亮说："这人肯定是辛佐治了。"

六

夏侯玄既被桎梏，时钟毓为廷尉，钟会先不与玄相知，因便狎之。玄曰："虽复刑余之人，未敢闻命！"考掠初无一言，临刑东市，颜色不异。

【译文】

夏侯玄被捕戴上脚镣手铐后，当时钟毓担任廷尉，钟会早先和夏侯玄并没有什么交情，便乘机羞辱夏侯玄。夏侯玄说："我虽然已是受过刑的罪人，也不敢遵命！"对他刑讯逼供也根本不说一句话，解赴刑场将要行刑之时，依旧是面不改色。

七

夏侯泰初与广陵陈本善。本与玄在本母前宴饮，本弟骞行还，径入，至堂户。泰初因起曰："可得同，不可得而杂。"

【译文】

夏侯玄与广陵陈本是好友。陈本请夏侯玄一起在母亲跟前饮酒，陈本的弟弟陈骞外出回家，径直朝里走，路过母亲住的堂屋门口。夏侯玄于是就起身说："我可以与志趣相同者交往，但不能与不相投的人交往杂处。"

八

高贵乡公薨，内外喧哗。司马文王问侍中陈泰曰："何以静之？"泰云："唯杀贾充以谢天下。"文王曰："可复下此不？"对曰："但见其上，未见其下。"

【译文】

高贵乡公曹髦被杀后，朝廷内外议论纷纷。司马昭问侍中陈泰说："有什么办法能够使局势安定下来？"陈泰说："只有杀掉贾充来向天下人谢罪这个办法。"司马昭说："可以再想一个轻一点儿的办法吗？"陈泰答道："只有比这更重的处置，而不可能有比这更轻的处置了。"

九

和峤为武帝所亲重，语峤曰："东宫顷似更成进，卿试往看。"还，问："何如？"答云："皇太子圣质如初。"

【译文】

和峤为武帝所亲近敬重，武帝对和峤说："太子最近好像更加成熟长进了，你帮我去看一看。”和峤看了回来，武帝问他：“怎么样？”和峤答道：“太子的资质和当初一样没有什么长进。”

一〇

诸葛靓后入晋，除大司马，召不起。以与晋室有仇，常背洛水而坐。与武帝有旧，帝欲见之而无由，乃请诸葛妃呼靓。既来，帝就太妃间相见。礼毕，酒酣，帝曰：“卿故复忆竹马之好不？”靓曰：“臣不能吞炭漆身，今日复睹圣颜。”因涕泗百行。帝于是惭悔而出。

【译文】

诸葛靓后来到了晋朝，拜官大司马，他却不肯任职。因为他与晋朝王室有杀父之仇，所以常常背对洛水而坐不愿面向洛阳。他与武帝司马炎关系不错，武帝想见他又没有什么理由，就请诸葛妃把诸葛靓叫来。诸葛靓来后，武帝就到太妃这里来和他相见。见过礼后，大家畅快地饮酒，武帝说：“你还记得我们小时候一起玩耍的日子吗？”诸葛靓说：“我不能像豫让那样吞炭漆身为父报仇，所以今天得以再见到圣上的容颜。”说着涕泪满面。武帝于是就惭愧懊悔地回去了。

一一

武帝语和峤曰：“我欲先痛骂王武子，然后爵之。”峤曰：“武子俊爽，恐不可屈。”帝遂召武子，苦责之，因曰：“知愧不？”武子曰：“尺布斗粟之谣，常为陛下耻之！它人能令疏亲，臣不能使亲疏，以此愧陛下。”

【译文】

武帝对和峤说：“我想先痛骂王济一顿，然后再给他封爵位。”和峤道：“王济这人俊迈豪爽，恐怕不能使他屈服。”武帝就召见王济，果然狠狠地责骂了他一通，接着问他：“知道羞愧吗？”王济道：“每想到‘尺布斗粟’的民谣，我常常替陛下感到耻辱！别人能叫疏远的人亲近，我却不能使亲近的人疏远，为此我愧对陛下。”

一二

杜预之荆州，顿七里桥，朝士悉祖。预少贱，好豪侠，不为物所许。杨济既名氏雄俊，不堪，不坐而去。须臾，和长舆来，问：“杨右卫何在？”客曰：“向来，不坐而去。”长舆曰：“必大夏门下盘马。”往大夏门，果大阅骑，长舆抱内车，共载归，坐如初。

【译文】

杜预到荆州赴任，驻扎在七里桥，朝廷人士都来为他送行。杜预年轻时地位低微，好行侠义，得不到公众的赞许。杨济既是出身名门的杰出英俊之士，不能忍受这种情况，到了那里没有落座就走了，不一会儿，和峤来了，问道：“杨右卫将军在哪里？”有宾客说：“刚才来过，没有落座就走了。”和峤说：“他必定在大夏门下骑马游乐去了。”于是便前往大夏门，果然杨济在那里检阅骑兵。和峤就将杨济拉到车上，一起乘车回到七里桥，像当初那样坐下来参加宴饮。

一三

杜预拜镇南将军，朝士悉至，皆在连榻坐。时亦有裴叔则。羊稚舒后至，曰："杜元凯乃复连榻坐客！"不坐便去。杜请裴追之，羊去数里住马，既而俱还杜许。

【译文】

杜预担任镇南将军时，朝廷官员都来庆贺。当时入座的还有裴楷，羊稚舒后来才到，说："杜元凯竟然用连榻待客！"他没有入座就走了，杜预请裴叔则去追他，羊稚舒骑马走了几里地就停下了，接着就和裴叔则一起回到杜预家。

一四

晋武帝时，荀勖为中书监，和峤为令。故事，监、令由来共车。峤性雅正，常疾勖谄谀。后公车来，峤便登，正向前坐，不复容勖。勖方更觅车，然后得去。监、令各给车自此始。

【译文】

晋武帝时，荀勖担任中书监，和峤担任中书令。按照惯例，中书监和中书令平时是同乘一辆车的。和峤性格方正，常常痛恨荀勖的奉承讨好。后来官车来到，和峤就先上车，正对着前面端坐，车里就坐不下荀勖了。荀勖没办法只能重新找车，然后才能出发。为中书监和中书令各自提供一辆车子就是从此开始的。

一五

山公大儿著短帢，车中倚。武帝欲见之，山公不敢辞，问儿，儿不肯行。时论乃云胜山公。

【译文】

山涛的长子戴着一顶便帽，正靠在车中。武帝想召见他，山涛不敢替他推辞，就去问儿子，儿子不肯去。当时人评论就认为儿子胜过山涛。

一六

向雄为河内主簿，有公事不及雄，而太守刘淮横怒，遂与杖遣之。雄后为黄门郎，刘为侍中，初不交言。武帝闻之，敕雄复君臣之好。雄不得已，诣刘，再拜曰："向受诏而来，而君臣之义绝，何如？"于是即去。武帝闻尚不和，乃怒问雄曰："我令卿复君臣之好，何以犹绝？"雄曰："古之君子，进人以礼，退人以礼；今之君子，进人若将加诸膝，退人若将坠诸渊。臣于刘河内，不为戎首，亦已幸甚，安复为君臣之好？"武帝从之。

【译文】

向雄担任河内主簿时，有一件公事没有及时送到向雄处，太守刘淮很生气，便处以杖责并加革职。向雄后来担任黄门侍郎，刘淮担任侍中，起初两人互不说话。武帝听说此事，就命令向雄与刘淮恢复原来的关系。向雄没有办法，便前往刘淮那里，再拜行礼后说："我受皇帝的诏命而来，而原来我们之间的上下级情义已经断绝，你认为怎么样？”说完就走了。武帝听闻他们还是不和，就怒问向雄说：“我命你去恢复和睦的关系，为什么还是绝交呢？”向雄说：“古代的君子，按礼法举荐官员，也按礼法来贬退官员；现在的君子，举荐人时像要把他放在膝上似的疼爱，贬退人时像要把他推落深渊似的仇视。我对于刘河内，不做挑起事端者，就已是很幸运的了，怎么可能再去恢复上下级的旧好呢？”武帝只好随他去了。

一七

齐王冏为大司马，辅政，嵇绍为侍中，诣冏咨事。冏设宰会，召葛旟、董艾等共论时宜。旟等白冏：“嵇侍中善于丝竹，公可令操之。”遂送乐器，绍推却不受。冏曰：“今日共为欢，卿何却邪？”绍曰：“公协辅皇室，令作事可法。绍虽官卑，职备常伯，操丝比竹，盖乐官之事，不可以先王法服，为伶人之业。今逼高命，不敢苟辞，当释冠冕，袭私服，此绍之心也。”旟等不自得而退。

【译文】

齐王司马冏任大司马，辅理国政，嵇绍当时任侍中，到司马冏那里请示。司马冏安排了一个僚属的宴会，召来葛旟、董艾等人一起讨论当前政务。葛旟等人告诉司马冏说：“嵇侍中擅长乐器，您可以叫他演奏一下。”于是便送上乐器，嵇绍拒绝接受。司马冏说：“今天大家一起饮酒作乐，你为什么拒绝呢？”嵇绍说：“公辅助皇室，应该使大家做事能够有个榜样。我官职虽然卑下，也毕竟忝居常伯之位，吹弹演奏，本是乐官的事情，不能穿着官服来做乐工的事。我现在迫于尊命，不敢随便推辞，可是应该脱下官服，穿上便服。这是我的愿望。”葛旟等人自觉没趣，就退了出去。

一八

卢志于众坐问陆士衡：“陆逊、陆抗是君何物？”答曰：“如卿于卢毓、卢珽。”士龙失色。既出户，谓兄曰：“何至如此！彼容不相知也。”士衡正色曰：“我父、祖名播海内，宁有不知？鬼子敢尔！”议者疑二陆优劣，谢公以此定之。

【译文】

卢志在众人聚会的场合问陆机：“陆逊、陆抗跟你是什么关系？”陆机答道：“就像你和卢毓、卢珽的关系一样。”陆云听了大惊失色。出门之后，他对兄长说：“何必要弄成这样呢！他也许并不清楚我们的身世呢。”陆机严肃地说：“我们的父亲和祖父英名扬天下，他岂有不知之理？这鬼子鬼孙竟敢这样无理！”当时舆论对二陆的优劣难以分辨，谢安即根据此事来判定他们的优劣。

一九

羊忱性甚贞烈。赵王伦为相国，忱为太傅长史，乃版以参相国军事。使者卒至，忱深惧豫祸，不暇被马，于是帖骑而避。使者追之，忱善射，矢左右发，使者不敢进，遂得免。

【译文】

羊忱的性子非常正直刚烈。赵王伦任相国时，羊忱时任太傅长史，就下版诏授给羊忱以参相国军事之职。

使者突然来了，羊忱深怕受到牵连，都来不及给马加上鞍勒，就贴着马背骑上马逃走了。使者追他，羊忱善于射箭，就忽左忽右地放箭，使者吓得不敢继续追了，羊忱这才得以脱身。

二〇

王太尉不与庾子嵩交，庾卿之不置。王曰："君不得为尔。"庾曰："卿自君我，我自卿卿。我自用我法，卿自用卿法。"

【译文】

王衍和庾敳没什么交情，庾敳却不停地用"卿"来称呼他。王衍说："你不可以如此称呼我。"庾敳说："你自用君来称呼我，我自用卿来称呼你。我们各用各自的叫法。"

二一

阮宣子伐社树，有人止之。宣子曰："社而为树，伐树则社亡；树而为社，伐树则社移矣。"

【译文】

阮修欲伐土地庙旁的树，有人因他冒犯神灵而制止他。阮修说："如果土地神就是树，那砍伐了树，土地神就不存在了；如果树就是土地神，那砍伐了树，土地神也就搬走了。"

二二

阮宣子论鬼神有无者。或以人死有鬼，宣子独以为无，曰：

"今见鬼者云，著生时衣服，若人死有鬼，衣服复有鬼邪？"

【译文】

阮修谈论世间是否存在鬼神的问题，有人认为人死后有鬼，只有阮修认为没有，说："现在那些自称见到鬼的人，说鬼穿着生前的衣服，如果人死了有鬼，那衣服也有鬼吗？"

二三

元皇帝既登阼，以郑后之宠，欲舍明帝而立简文。时议者咸谓舍长立少，既于理非伦，且明帝以聪亮英断，益宜为储副。周、王诸公并苦争恳切。唯刁玄亮独欲奉少主，以阿帝旨。元帝便欲施行，虑诸公不奉诏，于是先唤周侯、丞相入，然后欲出诏付刁。周、王既入，始至阶头，帝逆遣传诏遏，使就东厢。周侯未悟，即却略下阶。丞相披拨传诏，径至御床前，曰："不审陛下何以见臣？"帝默然无言，乃探怀中黄纸诏裂掷之。由此皇储始定。周侯方慨然愧叹曰："我常自言胜茂弘，今始知不如也！"

【译文】

晋元帝登上帝位后，因为宠爱郑后，就想废掉长子司马绍改立郑后所生的司马昱为太子。当时舆论都认为舍弃长子改立幼子，在道理上不合伦常，并且司马绍聪明果断，更适宜立为太子。周顗、王导等诸位大臣都竭力恳切地争辩，只有刁协一人想拥戴幼主，以迎合元帝的心意。元帝非常想实施这个主意，又怕诸位大臣不肯接受诏令，就先叫周顗、王导入朝，然后准备拿出诏书交给刁协。周颉、王导进来后，刚走到台阶前，元帝预先派遣传诏者，让他们到东厢房去。周颉尚未反应过来，就倒退着下了台阶。王导则用手拨开传诏者，径直走到皇帝坐榻前说："不知道陛下为什么召见臣下？"元帝默然无言，就从怀里拿出黄色诏书来撕碎扔掉它。从此太子才确定下来。周颉这才感慨惭愧地叹道："我时常自认为胜过王导，现在才知道终究是不如他啊！"

二四

王丞相初在江左，欲结援吴人，请婚陆太尉。对曰："培塿无松柏，薰莸不同器。玩虽不才，义不为乱伦之始。"

【译文】

王导刚到江东时，想结交攀附吴地的士人，便去向陆玩请求通婚。陆玩回答他道："小土丘上长不出松柏这样的大树，香草和臭草不能放在同一个容器里。我虽然没有什么本事，但是在道义上也不能第一个做有违伦理的事。"

二五

诸葛恢大女适太尉庾亮儿，次女适徐州刺史羊忱儿。亮子被苏峻害，改适江虨。恢儿娶邓攸女。于时谢尚书求其小女婚。恢乃云："羊、邓是世婚，江家我顾伊，庾家伊顾我，不能复与谢裒儿婚。"及恢亡，遂婚。于是王右军往谢家看新妇，犹有恢之遗法：威仪端详，容服光整。王叹曰："我在遣女，裁得尔耳！"

【译文】

诸葛恢的大女儿嫁给太尉庾亮的儿子，二女儿嫁给徐州刺史羊忱的儿子。庾亮的儿子被苏峻杀害后，诸葛恢的大女儿改嫁江虨。诸葛恢的儿子娶了邓攸的女儿。当时尚书谢裒请求诸葛恢把小女儿嫁给自己的儿子。诸葛恢说：“羊家、邓家和我们是世代通婚的姻亲，江家是我顾念他，庾家是他顾念我，我家不能再与谢裒儿子结为婚姻了。”等到诸葛恢死后，两家才得以通婚。于是王羲之就去谢家看新娘子，新娘子还有诸葛恢留下的气度：行为举止端庄安详，仪容服饰华丽整齐。王羲之叹道：“我在嫁女儿时，能做到的也不过如此而已！”

二六

周叔治作晋陵太守，周侯、仲智往别。叔治以将别，涕泗不止。仲智恚之曰：“斯人乃妇女，与人别，唯啼泣！”便舍去。周侯独留，与饮酒言话，临别流涕，抚其背曰：“奴好自爱。”

【译文】

周谟赴任晋陵太守时，周顗、周嵩前去送别。周谟因为兄弟将要分别，忍不住痛哭流涕。周嵩对此很恼怒，说：“你怎么像个妇人一样，与人分别只知道哭哭啼啼的！”说完就先走了。周顗单独留下来，和周谟喝酒说谈，临别流着眼泪，拍着弟弟的背说：“小弟，你要好自珍重啊。”

二七

周伯仁为吏部尚书，在省内，夜疾危急。时刁玄亮为尚书令，营救备亲好之至，良久小损。明旦，报仲智，仲智狼狈来。始入户，刁下床对之大泣，说伯仁昨危急之状。仲智手批之，刁为辟易于户侧。既前，都不问病，直云：“君在中朝，与和长舆齐名，那与佞人刁协有情！”径便出。

【译文】

周颉担任吏部尚书时，一天晚上在吏部官署里突然发病，病情很危急。当时刁协任尚书令，想方设法全力营救病人，表现得极为亲密友好，过了很久周颉的病情才稍有减轻。第二天早上，通报了周嵩，周嵩慌忙赶来。刚刚进门，刁协就下了坐榻对着周嵩大哭起来，说了周颉昨天晚上病情危急的状况。周嵩听后就打了刁协一个巴掌，刁协退避到了门边。周嵩走到周面前，完全不问病情，直截了当地对周颉说：“你在洛阳时与和长舆齐名。怎么会与这个专门奉承人的刁协有什么交情！”说完就径直出来走了。

二八

王含作庐江郡，贪浊狼籍。王敦护其兄，故于众坐称：“家兄在郡定佳，庐江人士咸称之。”时何充为敦主簿，在坐，正色曰：“充即庐江人，所闻异于此！”敦默然。旁人为之反侧，充晏然神意自若。

【译文】

王含担任庐江郡太守时，贪污腐败，声名狼藉。王敦为了袒护他哥哥，特意在大庭广众中称赞道："家兄在郡内一定政绩很好，庐江的知名人士都称颂他。"当时何充担任王敦的主簿，也在座，严肃地说："我何充就是庐江人，所听到的与这个说法不一样！"王敦默不作声。旁边的人都为他担忧，何充却神态安详自如。

二九

顾孟著尝以酒劝周伯仁，伯仁不受。顾因移劝柱，而语柱曰："讵可便作栋梁自遇？"周得之欣然，遂为衿契。

【译文】

顾显曾经向周劝酒，周推辞不喝。顾显于是就转身向柱子劝酒，并对柱子说道："难道就可以把自己当作栋梁吗？"周顗听了很高兴，便和顾显成为情投意合的好朋友。

三〇

明帝在西堂，会诸公饮酒，未大醉，帝问："今名臣共集，何如尧、舜时？"周伯仁为仆射，因厉声曰："今虽同人主，复那得等于圣治！"帝大怒，还内，作手诏满一黄纸，遂付廷尉令收，因欲杀之。后数日，诏出周，群臣往省之。周曰："近知当不死，罪不足至此。"

【译文】

晋明帝在西堂，会集诸位大臣在一起饮酒，还没有大醉的程度，明帝问道：“今天名臣共集一堂，比起尧舜时的盛况如何？”当时周颉作为尚书左仆射，便高声说道：“如今虽然同为人主，又怎么能够与古时的太平盛世等同起来呢！”明帝大怒，回到内宫，亲手写了满满一张黄纸的诏书，就交给廷尉命令逮捕周颉，想因此杀了他。过了几天，又下诏书释放周颉，大臣们都去探望他。周颉说：近来我知道自己不应当死，我的罪过还不到死的地步。”

三一

王大将军当下，时咸谓无缘尔。伯仁曰：“今主非尧、舜，何能无过？且人臣安得称兵以向朝廷？处仲狼抗刚愎，王平子何在？”

【译文】

大将军王敦将要领兵东下京城，当时人都认为他没有理由这样做。周说：“如今的皇上不是尧舜，怎么能没有过错？况且臣下怎么能举兵反叛朝廷呢？处仲为人狂妄自大，倔强任性，那平子又到哪儿去了？”

三二

王敦既下，住船石头，欲有废明帝意。宾客盈坐，敦知帝聪明，欲以不孝废之。每言帝不孝之状，而皆云：“温太真所说。温尝为东宫率，后为吾司马，甚悉之。”须臾，温来，敦便奋其威容，问温曰："皇太子作人何似？"温曰："小人无以测君子。"敦声色并厉，欲以威力使从己，乃重问温："太子何以称佳？"温曰："钩深致远，盖非浅识所测。然以礼侍亲，可称为孝。"

【译文】

王敦领兵东下后，把船只停靠在石头城，有想要废黜明帝的想法。当宾客满座时，王敦知道明帝很聪明，就想用不孝的罪名废掉他，便常讲明帝不孝的事情，并一再称："这是温峤说的。温峤曾经当过东宫的卫率，后来做我的司马，很熟悉这些情形。"一会儿，温峤来了，王敦便拼命摆出威严的脸色，问温峤道："皇太子为人怎么样？"温峤说："小人无法估量君子。"王敦声色俱厉，想用威势迫使温峤顺从自己，就重新问温峤："你凭什么称太子好？"温峤说："太子学识广博精深，获致远大的前途，那不是我浅薄的见识所能估量的。但是他能按礼数来侍奉双亲，可以称得上是恪尽孝道。"

三三

王大将军既反，至石头，周伯仁往见之。谓周曰："卿何以相负？"对曰："公戎车犯正，下官忝率六军，而王师不振，以此负公。"

【译文】

王敦谋反后，到了石头城，周顗前去见他。王敦对周顗说："你为什么辜负我？"周顗回答道："您兴兵冒犯朝廷，我惭愧地率领六军迎战，只是王师不能奋勇杀敌，因此而辜负了您。"

三四

苏峻既至石头，百僚奔散，唯侍中钟雅独在帝侧。或谓钟曰：“见可而进，知难而退，古之道也。君性亮直，必不容于寇雠，何不用随时之宜，而坐待其弊邪？”钟曰：“国乱不能匡，君危不能济，而各逊遁以求免，吾惧董狐将执简而进矣！”

【译文】

苏峻的叛军到了石头城时，朝中百官四处逃散了，只有侍中钟雅一个人随侍在成帝身旁。有人对钟雅说：“作战时要见机而动，发现形势不对就快跑，这是自古以来的道理。您生性刚正不阿，必定不能为仇敌所宽容，何不采取权宜之计来应对，而要坐以待毙呢？”钟雅说：“国家混乱不能匡扶，君主危急不能救助，却各自退避以求免祸，我怕董狐就要拿竹简前来上朝记载了！”

三五

庾公临去，顾语钟后事，深以相委。钟曰：“栋折榱崩，谁之责邪？”庾曰：“今日之事，不容复言，卿当期克复之效耳。”钟曰：“想足下不愧荀林父耳。”

【译文】

庾亮在离开京城时，回头告诉钟雅今后的事情，将朝廷的重任委托他。钟雅说：“国家危在旦夕，是谁的责任呢？”庾亮说：“今天的事，不允许再说了，您应当期望打败叛军，收复京都的结果而已。”钟雅说：

“想来您不愧为荀林父那样的主帅吧。”

三六

苏峻时，孔群在横塘为匡术所逼。王丞相保存术，因众坐戏语，令术劝群酒，以释横塘之憾。群答曰：“德非孔子，厄同匡人。虽阳和布气，鹰化为鸠，至于识者，犹憎其眼。”

【译文】

苏峻叛乱时，孔群在横塘被匡术威胁过。丞相王导保全了匡术，一次趁众人在座说笑谈话时，王导叫匡术向孔群劝酒，来消除彼此之前在横塘时结下的仇怨。孔群回答说：“我的德行不如孔子，而遭遇的困厄却同孔子受到匡人的逼迫一样。虽然早春二月融和之气布撒大地，嗜杀之鹰鸟变为播谷之鸠，但对于能认出来的人来说，还是憎恶它的眼睛。”

三七

苏子高事平，王、庾诸公欲用孔廷尉为丹阳。乱离之后，百姓凋弊，孔慨然曰：“昔肃祖临崩，诸君亲升御床，并蒙眷识，共奉遗诏。孔坦疏贱，不在顾命之列。既有艰难，则以微臣为先，今犹俎上腐肉，任人脍截耳！”于是拂衣而去，诸公亦止。

【译文】

苏峻之乱平定后，王导、庾亮等大臣想任命孔坦为丹阳尹。那时正是战乱流离之际，老百姓生活困苦，孔坦感慨地说：“过去肃祖临终之时，诸位都亲临皇帝床前，一起蒙受皇上的关怀赏识，共同接受遗诏。孔坦我既疏远又微贱，不在接受遗诏之列。现在有了艰难，就把我这小臣放在最前面，我就像砧板上的一块碎肉，任凭别人切割罢了！”说完就拂袖而去，诸位大臣也就此作罢。

三八

孔车骑与中丞共行，在御道逢匡术，宾从甚盛，因往与车骑共语。中丞初不视，直云：“鹰化为鸠，众鸟犹恶其眼。”术大怒，便欲刃之。车骑下车，抱术曰：“族弟发狂，卿为我宥之！”始得全首领。

【译文】

孔愉与孔群一起同行，在御道上遇到了匡术，后面跟着很多宾客和随从，匡术便前去和孔愉说话。孔群开始不看匡术，只是说：“老鹰虽然变成了布谷鸟，其他鸟还是憎恶它的眼睛。”匡术听了勃然大怒，就想杀了他。孔愉下了车，抱着匡术说：“我的同族兄弟发疯了，您看在我的面子上就宽恕他吧！”孔群这才得以保全性命。

三九

梅颐尝有惠于陶公。后为豫章太守，有事，王丞相遣收之。侃曰：“天子富于春秋，万机自诸侯出，王公既得录，陶公何为不可放？”乃遣人于江口夺之。颐见陶公，拜，陶公止之。颐曰：“梅仲真膝，明日岂可复屈邪？”

【译文】

梅颐曾经对陶侃有过恩惠。后来梅颐担任豫章太守之时，出了事，王导派人逮捕了他。陶侃说："皇上年纪很轻，日常繁忙的公务都由大臣来定，王导既然能够逮捕梅颐，我陶侃为什么不能把他放掉？"他便派人在江口抢走梅颐。梅颐见到陶侃，跪拜，陶侃拦住了他。梅颐说："我梅仲真的双膝，明天还会向别人跪拜吗？"

四〇

王丞相作女伎，施设床席。蔡公先在座，不说而去，王亦不留。

【译文】

丞相王导安排了女伎表演歌舞，安排了坐榻席位。蔡谟事先就已在座，这时候却很不高兴地走了，王导也不挽留他。

四一

何次道、庾季坚二人并为元辅。成帝初崩，于时嗣君未定。何欲立嗣子，庾及朝议以外寇方强，嗣子冲幼，乃立康帝。康帝登阼，会群臣，谓何曰："朕今所以承大业，为谁之议？"何答曰："陛下龙飞，此是庾冰之功，非臣之力。于时用微臣之议，今不睹盛明之世。"帝有惭色。

【译文】

何充、庾冰二人同时担任辅政大臣。成帝刚驾崩，当时继位的储君尚未确定。何充想立嫡长子为帝，庾冰及朝臣的议论认为外来之敌正处于强盛时期，嫡长子年纪幼小，于是便立了康帝。康帝即位时，会见群臣，对何充说："我现在之所以能够继承大业，是谁的提议？"何充答道："陛下登上皇位，这是庾冰的功劳，不是我的提议。当时如果用了小臣的建议，那么今天就看不到现在的太平盛世了。"康帝听了面有惭愧之色。

四二

江仆射年少，王丞相呼与共棋。王手尝不如两道许，而欲敌道戏，试以观之。江不即下。王曰："君何以不行？"江曰："恐不得尔。"傍有客曰："此年少戏乃不恶。"王徐举首曰："此年少非唯围棋见胜。"

【译文】

江虨年轻时，丞相王导叫他一起来下围棋。王导的棋艺曾经比江虨相差两子左右，而这次他想与对方对等下棋，看看对方表现如何。江虨没有立即下子。王导说："你为什么不走？"江虨说："恐怕不能这样。"旁边有位宾客说："这位年轻人的棋艺却不错。"王导慢慢地抬头说："这位年轻人不只是以围棋的本领见长而已。"

四三

孔君平疾笃，庾司空为会稽，省之。相问讯甚至，为之流涕。庾既下床，孔慨然曰："大丈夫将终，不问安国宁家之术，乃作儿女子相问！"庾闻，回谢之，请其话言。

【译文】

孔坦病重，庾冰当时任会稽内史，前去探望他。庾冰问候的话极为周到，还为孔坦流了泪。庾冰离开坐榻后，孔坦感慨地说："大丈夫将死，你不问安邦定国的办法，却做出一般妇孺一样来问候我！"庾冰听到后，转身向孔坦道歉，恭请他说出临终遗言。

四四

桓大司马诣刘尹，卧不起。桓弯弹弹刘枕，丸迸碎床褥间。刘作色而起曰："使君，如馨地宁可斗战求胜？"桓甚有恨容。

【译文】

大司马桓温去拜访刘惔，刘惔躺着不起床，桓温就拿弹弓弹射刘惔的枕头，弹丸迸碎后掉在被褥之间。刘惔变了脸色起床说："使君怎么这样，难道打仗可以用这样的办法来求胜吗？"桓温脸色非常不满。

四五

后来年少多有道深公者，深公谓曰："黄吻年少，勿为评论宿士。昔尝与元明二帝、王庾二公周旋。"

【译文】

后辈年轻人有很多评论竺法深的。竺法深对他们说："黄口小儿，不要评论前辈名士。我过去曾经与元帝、明帝两位皇帝以及王导、庾亮两位前辈名士打过交道呢。"

四六

王中郎年少时，江虨为仆射，领选，欲拟之为尚书郎。有语王者，王曰："自过江来，尚书郎正用第二人，何得拟我！"江闻而止。

【译文】

王坦之年轻的时候，江虨担任尚书左仆射，负责掌管选取官员，准备提议他为尚书郎。有人告诉王坦之，王坦之说："自从过江以来，尚书郎选用的都是些第二流人物，怎么可能用我呢！"江虨听到后就再也不提此事了。

四七

王述转尚书令，事行便拜。文度曰："故应让杜、许。"蓝田云："汝谓我堪此不？"文度曰："何为不堪！但克让自是美事，恐不可阙。"蓝田慨然曰："既云堪，何为复让？人言汝胜我，定不如我。"

【译文】

王述调任尚书令，任命一下就立即授官。王坦之说："本来应该让位给杜、许吧。"王述说："你说我能胜任这职务吗？"王坦之道："为什么不能胜任！但是能够谦让自然是好事，礼节上恐怕是不可以缺少的。"王述感慨地说："既然说能胜任，又为什么谦让？别人说你胜过我，我说你终究还是不如我。"

四八

孙兴公作《庾公诔》，文多托寄之辞。既成，示庾道恩。庾见，慨然送还之，曰："先君与君自不至于此。"

【译文】

孙绰写了一篇《庾公诔》，文章中描述了很多深情厚谊之辞。文章写成后，拿给庾羲看。庾羲看了，很生气地送还给孙绰，说："先父与您，原本并没有如此深厚的情谊。"

四九

王长史求东阳，抚军不用。后疾笃，临终，抚军哀叹曰："吾将负仲祖。"于此命用之。长史曰："人言会稽王痴，真痴。"

【译文】

王蒙请求担任东阳郡太守，抚军司马昱不肯任命他。后来王蒙病重，将要离世了，抚军司马昱哀叹说："我恐怕是对不起仲祖了。"于是下令任用他。王蒙说："人说会稽王痴愚，还真的是痴愚啊。"

五〇

刘简作桓宣武别驾，后为东曹参军，颇以刚直见疏。尝听记，简都无言。宣武问："刘东曹何以不下意？"答曰："会不能用。"宣武亦无怪色。

【译文】

刘简任宣武侯桓温的别驾，后来担任东曹参军，因为性格刚烈正直受到排斥。有一次处理公文，刘简在一旁什么都不说。桓温问：“刘东曹你为什么不发表一点意见啊？”刘简答道：“想来是不会被采纳的。”桓温听了也没有责怪的神色。

五一

刘真长、王仲祖共行，日旰未食。有相识小人贻其餐，肴案甚盛，真长辞焉。仲祖曰：“聊以充虚，何苦辞？”真长曰：“小人都不可与作缘。”

【译文】

刘惔、王蒙一同出行，到晚上还没有吃饭。有个相识的小人送给他们饭食，菜肴很丰盛，刘惔推辞不吃。王蒙说：“暂且用来填饱肚子的，你又何必推辞！”刘惔说：“只要是小人全都不能与他们打交道。”

五二

王修龄尝在东山，甚贫乏。陶胡奴为乌程令，送一船米遗之。却不肯取，直答语：“王修龄若饥，自当就谢仁祖索食，不须陶胡奴米。”

【译文】

王胡之曾经在东山住过，生活十分贫苦。陶范当乌程县令时，送了一船米赠给他。王胡之退还不受，直率地回话说："我王修龄如果挨饿，自然会到谢仁祖那里讨吃的，我是不会要陶胡奴的米来吃的。"

五三

阮光禄赴山陵，至都，不往殷、刘许，过事便还。诸人相与追之，阮亦知时流必当逐己，乃遄疾而去，至方山不相及。刘尹时为会稽，乃叹曰："我入，当泊安石渚下耳，不敢复近思旷傍。伊便能捉杖打人，不易。"

【译文】

阮裕去参加成帝的葬礼。到了京都，不到殷浩、刘惔的住所去，参加过葬礼就回家了。许多名士一起去追赶他，阮裕也知道当时的名流一定会来追赶自己，便急速地离开了，一直到方山也没有赶上。刘惔当时正要到会稽任职，就叹息说："我东下进入会稽，应当把船停泊在安石住所旁的小洲岸边，不敢再靠近思旷身旁了。他即便能拿着拐杖来打人，也不容易打到了。"

五四

王、刘与桓公共至覆舟山看。酒酣后，刘牵脚加桓公颈。桓公甚不堪，举手拨去。既还，王长史语刘曰："伊讵可以形色加人不？"

【译文】

王蒙、刘惔与桓温一同到覆舟山去游览。饮酒之后，刘惔提起脚来架在桓温的脖子上。桓温难以忍受，举起手来把刘惔的脚拨开。回来之后，王蒙对刘惔说："他难道可以拿脸色给人看吗？"

五五

桓公问桓子野："谢安石料万石必败，何以不谏？"子野答曰："故当出于难犯耳。"桓作色曰："万石挠弱凡才，有何严颜难犯！"

【译文】

桓温问桓伊："谢安石料到谢万石必定会被打败，为什么不劝告他？"桓伊回答道："大概是由于不敢触犯吧。"桓温变了脸色说："谢万石是懦弱的庸才，有什么威严的辞色令人不敢触犯的呢！"

五六

罗君章曾在人家，主人令与坐上客共语。答曰："相识已多，不烦复尔。"

【译文】

罗含曾在别人家里做客的时候，主人让他与在座的宾客一起说话。罗含答道："相知已经很久了，不必再这么客套了。"

五七

韩康伯病，拄杖前庭消摇。见诸谢皆富贵，轰隐交路，叹曰："此复何异王莽时！"

【译文】

韩康伯病了，扶着拐杖在前院散步，看到谢安家族富贵荣华，门前车马轰响来往不绝，便感叹道："这和王莽当政的时候又有什么不同！"

五八

王文度为桓公长史时，桓为儿求王女，王许咨蓝田。既还，蓝田爱念文度，虽长大犹抱著膝上。文度因言桓求己女婚。蓝田大怒，排文度下膝，曰："恶见！文度已复痴，畏桓温面？兵，那可嫁女与之！"文度还报云："下官家中先得婚处。"桓公曰："吾知矣，此尊府君不肯耳。"后桓女遂嫁文度儿。

【译文】

王坦之当桓温长史的时候，桓温为自己的儿子向王坦之的女儿提亲，王坦之去同父亲蓝田侯王述商议。王坦之回到家后，王述非常怜爱王坦之，即使儿子长大成人了还是抱着将他放在膝上。王坦之便借机说了桓温为儿子向自己女儿求婚的事。王述听了大怒，把王坦之推下膝，说："我最不喜欢看见你犯傻了，你惧怕伤了桓温的面子吗？一个带兵打仗的人，怎么可以把女儿嫁给他呢！"王坦之回报桓温道："我家里先前已经给女儿找到夫家了。"桓温说："我知道了，这是令尊不肯罢了。"后来桓温的女儿便嫁给了王坦之的儿子。

五九

王子敬数岁时，尝看诸门生樗蒱，见有胜负，因曰："南风不竞。"门生辈轻其小儿，乃曰："此郎亦管中窥豹，时见一斑。"子敬瞋目曰："远惭荀奉倩，近愧刘真长。"遂拂衣而去。

【译文】

王献之几岁时，曾看家里门下人玩赌博游戏，见到要出现输赢的时候，就说："南风不竞。"门下人轻视他是个小孩子，便说："这位小郎也只是用管子偷窥豹子，只看到一点儿斑纹罢了。"王献之瞪大眼睛说："远一点儿的人我只愧对荀粲，近点儿的人我只愧对刘惔！"说完就拂袖而去。

六〇

谢公闻羊绥佳，致意令来，终不肯诣。后绥为太学博士，因事见谢公，公即取以为主簿。

【译文】

谢安听说羊绥这人很优秀，就请人向他致意并邀请他来，但他始终不肯登门拜访。后来羊绥做了太学博士，因有事见到谢安，谢安立即起用他当主簿。

六一

王右军与谢公诣阮公，至门，语谢："故当共推主人。"谢曰："推人正自难。"

【译文】

王羲之与谢安去拜见阮裕，到了阮裕家门口，王羲之对谢安说："我们应当一起推崇主人。"谢安说："推崇别人恰好是最难的事。"

六二

太极殿始成，王子敬时为谢公长史，谢送版，使王题之。王有不平色，语信云："可掷著门外。"谢后见王，曰："题之上殿何若？昔魏朝韦诞诸人，亦自为也。"王曰："魏祚所以不长。"谢以为名言。

【译文】

太极殿刚刚建成之时，王献之任谢安的长史，谢安令人把用作匾额的木板送来，让王献之书写。王献之露出不满的脸色，对使者说："可以把它扔在门外。"谢安后来见到王献之，说："把匾额挂上殿去书写怎么样？过去魏朝韦诞等人，也都写过的。"王献之说："这就是魏朝帝位不能长久的原因。"谢安认为这是名言。

六三

王恭欲请江卢奴为长史，晨往诣江，江犹在帐中。王坐，不敢即言，良久乃得及。江不应，直唤人取酒，自饮一碗，又不与王。王且笑且言："那得独饮？"江云："卿亦复须邪？"更使酌于王，王饮酒毕，因得自解去。未出户，江叹曰："人自量，固为难。"

【译文】

王恭想聘请江敳担任长史，一大早就前去拜访江敳，江敳还在床帐中没有起床。王恭坐在那里，不敢立即言明来意，等了很久才说了出来。江敳没有反应，只是叫人拿酒来，独自喝了一碗，也不给王恭喝。王恭边笑边说："怎么可以一人独自喝酒呢？"江敳说："您也需要喝吗？"就再叫人斟酒给王恭，王恭喝完了酒，借机脱身而去。王恭尚未出门，江叹息道："一个人能够有自知之明，原来是很难的。"

六四

孝武问王爽："卿何如卿兄？"王答曰："风流秀出，臣不如恭，忠孝亦何可以假人！"

【译文】

汉武帝问王爽："你和你的兄长相比怎么样？"王爽答道："论及风度优美出众，我不如王恭，至于忠孝，又怎么可以让给别人！"

六五

王爽与司马太傅饮酒。太傅醉，呼王为"小子"。王曰："亡祖长史，与简文皇帝为布衣之交。亡姑、亡姊，伉俪二宫。何小子之有？"

【译文】

王爽和司马道子一起喝酒。司马道子喝醉了，称呼王爽为“小子”。王爽说：“我先祖父长史，与简文帝是布衣之交。已去世的姑母和姐姐，是两宫的皇后。怎么能称为小子呢？”

六六

张玄与王建武先不相识，后遇于范豫章许，范令二人共语。张因正坐敛衽，王孰视良久，不对。张大失望，便去。范苦譬留之，遂不肯住。范是王之舅，乃让王曰：“张玄，吴士之秀，亦见遇于时，而使至于此，深不可解。”王笑曰：“张祖希若欲相识，自应见诣。”范驰报张，张便束带造之。遂举觞对语，宾主无愧色。

【译文】

张玄和王忱以前并不认识，后来在范宁那里遇到，范宁让两人一起说说话。张玄就整好衣襟正襟危坐，王忱却久久地注目细看张玄，没有答对。张玄感到非常失望，起身便要离开。范宁极力解劝他留下，张玄始终不肯留下来。范宁是王忱的舅父，就责备王忱说：“张玄是吴地士人中的优秀人物，也为时贤所赏识敬重，而你却使他难堪到了这种地步，很令人不可理解。”王忱笑道：“张玄如果真想与我相识，自然应当来见我。”范宁赶快把话报知张玄，张玄就穿戴整齐来拜访王忱。两人便饮酒对话，宾主两人都没有什么惭愧的神色。

雅量第六

一

豫章太守顾劭，是雍之子。劭在郡卒，雍盛集僚属，自围棋。外启信至，而无儿书，虽神气不变，而心了其故，以爪掐掌，血流沾褥。宾客既散，方叹曰："已无延陵之高，岂可有丧明之责！"于是豁情散哀，颜色自若。

【译文】

豫章太守顾劭，是顾雍的儿子。顾劭在郡守的任上过世的时候，顾雍正在大请同僚部属聚会，自己在下围棋。外面禀报信使来送信，却没有儿子的信，顾雍虽然神色不变，但心里已知道发生了什么事了，顾雍用指甲掐自己的手掌，掐得血流不止沾染了坐垫上的褥子。等到宾客都散去后，才叹息道："我已经没有季札那样的高尚旷达了，难道可以因丧子而哭瞎眼睛的而遭受责备吗！"于是顾雍就排除悲痛和哀伤的情绪，神色坦然自如。

二

嵇中散临刑东市，神色不变，索琴弹之，奏《广陵散》。曲终，曰："袁孝尼尝请学此散，吾靳固不与，《广陵散》于今绝矣！"太学生三千人上书，请以为师，不许。文王亦寻悔焉。

【译文】

嵇康将在东市被处死之时，神色不变。他要来琴，弹奏了一曲《广陵散》。弹完后，说：“袁孝尼曾经请求跟我学习弹奏此曲，当时我舍不得，便没有教授他，《广陵散》从此要绝传了！”之后太学生三千人向朝廷上书，请求以嵇康为师，不被准许。嵇康死后不久司马昭也后悔了。

三

夏侯太初尝倚柱作书，时大雨，霹雳破所倚柱，衣服焦然，神色无变，书亦如故。宾客左右皆跌荡不得住。

【译文】

夏侯玄曾经靠在柱子上写字，当时正下大雨，一声惊雷击破了他所靠的柱子，衣服都烧焦了，但他神色不变，依旧在那里写字。宾客和左右的人都被吓得东倒西歪控制不住自己。

四

王戎七岁，尝与诸小儿游。看道边李树多子折枝，诸儿竞走取之，唯戎不动。人问之，答曰：“树在道边而多子，此必苦李。”取之，信然。

【译文】

王戎七岁的时候，曾经与很多小孩子一起游玩。他们看到路边的李树上长满了成熟的李子，把树枝都要压断了。孩子们都争抢着跑过去摘李子，只有王戎一个人站着不动。有人问他，他答道："李树在路边却有这么多李子，说明这李子必定是苦李。"结果人们摘下李子来一尝，果真是苦的。

五

魏明帝于宣武场上断虎爪牙，纵百姓观之。王戎七岁，亦往看。虎承间攀栏而吼，其声震地，观者无不辟易颠仆，戎湛然不动，了无恐色。

【译文】

魏明帝在宣武场把老虎的爪牙包裹起来，让老百姓前来观看。王戎当时七岁，也前去观看。老虎忽然乘机攀住围栏大吼起来，吼声惊天动地，许多观看的人都被吓得退避跌倒的，王戎则安然不动，毫无恐惧之色。

六

王戎为侍中，南郡太守刘肇遗筒中笺布五端，戎虽不受，厚报其书。

【译文】

王戎担任侍中时，南郡太守刘肇送给他五匹竹筒中细布，王戎虽然没有接受，却写了书信表示深切感谢之意。

七

裴叔则被收，神气无变，举止自若。求纸笔作书。书成，救者多，乃得免。后位仪同三司。

【译文】

裴楷被逮捕，神态不变，举动和往常一样从容自若。他索取纸笔来写信。书信写成送出后，营救他的人很多，才得以免罪。后来他官位做到仪同三司。

八

王夷甫尝属族人事，经时未行。遇于一处饮燕，因语之曰："近属尊事，那得不行？"族人大怒，便举樏掷其面。夷甫都无言，盥洗毕，牵王丞相臂，与共载去。在车中照镜语丞相曰："汝看我眼光，乃出牛背上。"

【译文】

王衍曾经托付族人办事，过了好久也没有办好。后在一处宴会上喝酒时遇到，就对那位族人说："前些日子托付您办事，怎么还不去办呢？"族人听了大怒，便拿起食盒来扔到他的脸上。王衍一句话也不说，盥洗干净后，拉着王导的手臂，和他一同坐牛车离去。在车子里王衍照着镜子对王导说："你看我的眼光，竟超出牛背之上。"

九

裴遐在周馥所，馥设主人。遐与人围棋，馥司马行酒。遐正戏，不时为饮。司马恚，因曳遐坠地。遐还坐，举止如常，颜色不变，复戏如故。王夷甫问遐："当时何得颜色不异？"答曰："直是暗当故耳。"

【译文】

裴遐在周馥家中，周馥设宴当东道主。裴遐与宾客下围棋，周馥的司马依次给客人斟酒。裴遐正忙于下棋，没有及时喝酒。这位司马很生气，便把裴遐拉倒在地。裴遐回到座位上，举动如常，神色不变，继续下棋。王衍问裴遐："你当时怎么能做到神色一点儿也不变呢？"裴遐答道："他正是愚昧无知才会这么做的。"

一〇

刘庆孙在太傅府，于时人士多为所构。唯庾子嵩纵心事外，无迹可间。后以其性俭家富，说太傅令换千万，冀其有吝，于此可乘。太傅于众坐中问庾，庾时颓然已醉，帻堕几上，以头就穿取，徐答云："下官家故可有两娑千万，随公所取。"于是乃服。后有人向庾道此，庾曰："可谓以小人之虑，度君子之心。"

【译文】

刘舆在太傅司马越那里任职时，当时有很多人被他设计陷害，只有庾敳一人放纵心意在世事之外，所以没有什么理由可以利用。后来因为庾敳生性俭省而家里很富有，刘舆就劝说太傅向庾敳借钱一千万，希望他吝啬不借，在这里找到可乘之机除掉他。太傅在大庭广众下问庾敳借钱，庾敳当时已经喝得酩酊大醉，头巾掉在几案上，便用头凑上去戴起来，缓缓地回答说："我家里原有个两三千万，随便公等需要去拿就是。"这时刘舆才真的服了。后来有人向庾敳说到这件事，庾说："这就是所谓以小人之心，度君子之腹。"

一一

王夷甫与裴景声志好不同。景声恶欲取之，卒不能回。乃故诣王，肆言极骂，要王答己，欲以分谤。王不为动色，徐曰："白眼儿遂作。"

【译文】

王衍与裴邈志趣爱好不同。裴邈很厌恶王衍要任用自己，但最终不能改变王衍的主意。他便特意去拜访王衍，放言大骂王衍，要王衍答复自己，想借此来与王衍共同承受他人的指责。王衍不动声色，缓缓地说："翻白眼的家伙终于发作了。"

一二

王夷甫长裴成公四岁，不与相知。时共集一处，皆当时名士，谓王曰："裴令令望何足计！"王便卿裴。裴曰："自可全君雅志。"

【译文】

王衍大裴頠四岁，两人彼此关系不好。当时同在一处，都是当时的名士，有人对王衍说："裴令公的名望哪里值得一提！"王衍便用"卿"来称呼裴頠。裴頠说：

"我当然可以成全你高雅的情趣。"

一三

有往来者云："庾公有东下意。"或谓王公："可潜稍严，以备不虞。"王公曰："我与元规虽俱王臣，本怀布衣之好。若其欲来，吾角巾径还乌衣，何所稍严！"

【译文】

有来往于京都的人说："庾公有东下京都罢黜王导的意图。"有人对王导说："应当暗地里加以提防，以备不测。"王导说："我与元规虽然都是朝廷大臣，原本就有平民百姓之间的情谊。如果他想来，我即刻回到乌衣巷隐居，有什么可防备的！"

一四

王丞相主簿欲检校帐下。公语主簿："欲与主簿周旋，无为知人几案间事。"

【译文】

丞相王导的主簿要查核丞相府僚属的情况。王导对主簿说："我要与主簿交流一下，不需要知道人家处理公文案卷等事情。"

一五

祖士少好财，阮遥集好屐，并恒自经营，同是一累，而未判其得失。人有诣祖，见料视财物。客至，屏当未尽，余两小簏著背后，倾身障之，意未能平。或有诣阮，见自吹火蜡屐，因叹曰：“未知一生当著几量屐？”神色闲畅。于是胜负始分。

【译文】

祖约贪财，阮孚爱收集木屐，他们都常常亲自筹划制作，这两样对他们来说同样是一种毛病，因而未能判定他们的高下。有人去拜访祖约，看到他正在查点钱财。客人来了，他还没有收拾完，尚有两只小竹箱放在背后，便侧着身子遮挡住它们，意态上很是紧张。有人去拜访阮孚，看见他正在吹火给木屐上蜡，还感叹道：“不知道这辈子还能穿几双木屐？”说时神态安详适意。于是两人之间的高低优劣才得以见分晓。

一六

许侍中、顾司空俱作丞相从事，尔时已被遇，游宴集聚，略无不同。尝夜至丞相许戏，二人欢极，丞相便命使入已帐眠。顾至晓回转，不得快孰。许上床便咍台大鼾。丞相顾诸客曰：“此中亦难得眠处。”

【译文】

许璪、顾和都在丞相王导手下担任从事，当时都已被赏识重用，凡是参加游乐宴饮聚会等，看不出两人有什么不同。有一次晚上他们到王导家里游玩，众人玩得极其开心，王导便让他们到自己屋中睡觉。顾和直到天亮辗转反侧，难以熟睡。许璪一上床就呼呼入睡，鼾声大作。王导回头对其他宾客说：“这里也是难以安睡的地方。”

一七

庾太尉风仪伟长，不轻举止，时人皆以为假。亮有大儿数岁，雅重之质，便自如此，人知是天性。温太真尝隐幔怛之，此儿神色恬然，乃徐跪曰："君侯何以为此？"论者谓不减亮。苏峻时遇害。或云："见阿恭，知元规非假。"

【译文】

庾亮风度仪容身材高大，举止稳重，当时都认为他是假装出来的。庾亮有个大儿子只有几岁，是那种与生俱来的文雅稳重的气质，人们知道这是天性。温峤曾经躲藏在帐幔后面吓唬他，这孩子神色安定，竟然缓缓地跪下说："君侯为什么要做这样的事？"议论者认为他不比庾亮差。后他在苏峻起兵作乱时被害。有人说："见到阿恭的样子，就知道元规不是假装的。"

一八

褚公于章安令迁太尉记室参军，名字已显而位微，人未多识。公东出，乘估客船，送故吏数人投钱唐亭住。尔时吴兴沈充为县令，当送客过浙江，客出，亭吏驱公移牛屋下。潮水至，沈令起彷徨，问："牛屋下是何物？"吏云："昨有一伧父来寄亭中，有尊贵客，权移之。"令有酒色，因遥问："伧父欲食𫗦不？姓何等？可共语。"褚因举手答曰："河南褚季野。"远近久承公名，令于是大遽，不敢移公，便于牛屋下修刺诣公。更宰杀为馔，具于公前，鞭挞亭吏，欲以谢惭。公与之酌宴，言色无异，状如不觉。令送公至界。

【译文】

褚裒由章安县令升为太尉的记室参军，他的名声已很大但官位却还很低，人们还不认识他。当时他向东出发，乘的是商贩船，送行的几位属吏与他一起在钱塘驿亭投宿。这时候吴兴县人沈充任钱塘县令，遇到他送客过钱塘江，客人到了，亭吏就把褚裒赶出来移到牛屋里住。夜里潮水涌来，沈充睡不着起床不停地徘徊，问："牛屋里是什么人？"亭吏说："昨天有一个北方佬来亭中寄宿，因有尊贵的客人来了，暂时把他移到牛屋里。"沈充有了几分酒醉之意，便远远地问："北方佬要吃饼吗？姓什么？可过来一起聊聊啊。"诸裒就举手答道："河南褚季野。"远近的人早已久闻褚裒的大名，沈充这时便大为惊慌，不敢再劳动褚裒搬过来，直接在牛屋下写好帖子去拜见褚裒。而且宰杀禽畜准备酒食，摆放在褚裒面前，同时鞭打亭吏，想借此认错表示惭愧之意。褚裒和他一起喝酒吃饭，言谈神色没有什么异样，仿佛什么都没发生一样。沈充后来把褚裒一直送到了县界边。

一九

郗太傅在京口，遣门生与王丞相书，求女婿。丞相语郗信："君往东厢，任意选之。"门生归，白郗曰："王家诸郎，亦皆可嘉，闻来觅婿，咸自矜持。唯有一郎，在东床上坦腹卧，如不闻。"郗公云："正此好！"访之，乃是逸少，因嫁女与焉。

【译文】

郗鉴在京口时，派门生送信给王导，想在王家子侄中找一位当作女婿。王导对郗鉴的信使说："你到东厢房去，随便挑选一位。"这位门生回去，报告郗鉴说："王家诸位郎君，都值得称道，他们听说找女婿，各自都显得很拘谨。只有一位郎君，在床榻上袒胸裸腹地躺着，好像什么都没发生一样。"郗鉴说："正是这一位好！"再去打听，原来是王羲之，郗鉴就把女儿嫁给他了。

二〇

过江初，拜官，舆饰供馔。羊曼拜丹阳尹，客来蚤者，并得佳设。日晏渐罄，不复及精。随客早晚，不问贵贱。羊固拜临海，竟日皆美供，虽晚至，亦获盛馔。时论以固之丰华，不如曼之真率。

【译文】

朝廷南渡的初期，被委任官职的人，都要整治备办酒宴招待宾客。羊曼出任丹阳尹时，宾客来得早的，都能吃到精美的食物。天色晚了东西慢慢吃完了，就不再有精美的食物可供应了。他是随着客人到的早或晚来招待的，而不管客人的身份是高贵还是低贱。羊固出任临海太守时，全天都有精美的食物供应客人，即使来晚了，也能吃到丰盛的酒菜。当时人议论认为羊固宴席的食物虽然丰盛精美，却比不上羊曼的真诚坦率。

二一

周仲智饮酒醉，瞋目还面谓伯仁曰：“君才不如弟，而横得重名！”须臾，举蜡烛火掷伯仁。伯仁笑曰：“阿奴火攻，固出下策耳！”

【译文】

周嵩喝醉了酒，生气地转过脸对周顗说：“你的才能不如我这个老弟，却凭空获得了大名声！”不一会儿，他举起点着火的蜡烛掷向周顗。周顗笑道：“阿奴用火来攻我，的确是使出了下策啊！”

二二

顾和始为扬州从事，月旦当朝，未入顷，停车州门外。周侯诣丞相，历和车边。和觅虱，夷然不动。周既过，反还，指顾心曰：“此中何所有？”顾搏虱如故，徐应曰：“此中最是难测地。”周侯既入，语丞相曰：“卿州吏中有一令仆才。”

【译文】

顾和刚担任扬州刺史从事的时候，每月初一逢到聚会时，在尚未进入州府之前，把车停在州府门外。周顗这时来拜访丞相王导，经过顾和的车旁。顾和正在捉虱子，一动不动很舒服的样子。周顗已经走过去后，又回转来，指着顾和的胸口问道：“这中间有什么？”顾和依旧在捉虱子，慢慢地回答说：“这中间是最难推测的地方。”周顗进入州府后，对王导说：“你的属吏中有一位足以担当尚书令或仆射之位的人才。”

二三

庾太尉与苏峻战，败，率左右十余人乘小船西奔。乱兵相剥掠，射，误中舵工，应弦而倒。举船上咸失色分散，亮不动容，徐曰：“此手那可使著贼！”众乃安。

【译文】

庾亮与苏峻作战，被打败，率领剩余十几个侍从乘上小船向西逃跑。这时苏峻的叛军正在抢劫掠夺，小船上庾亮的侍从就向乱兵射箭，不小心射中了船上的舵工，舵工应声而倒。整个船上的人都惊慌失措，都想各自逃散。庾亮却毫不变色，慢慢地说：“我这双手怎么可以叫他去杀贼呢！”大家这才安下心来。

二四

庾小征西尝出未还。妇母阮，是刘万安妻，与女上安陵城楼上。俄顷，翼归，策良马，盛舆卫。阮语女：“闻庾郎能骑，我何由得见？”妇告翼，翼便为于道开卤簿盘马，始两转，坠马堕地，意色自若。

【译文】

庾翼一次外出尚未回到家。他的岳母阮氏是刘绥的妻子，与女儿一同登上安陵城的城楼。不一会儿，庾翼回到家，骑着骏马，身边有大量的车马卫队相拥。阮氏对女儿说：“听说庾郎擅长骑马，我怎么才能看到他的骑术如何呢？”庾翼的妻子告诉了庾翼，庾翼就为岳母在大道上摆开仪仗队骑马驰骋盘旋，才转了两圈，就从马背摔倒在地，但他却装作没事一样神情泰然自若。

二五

宣武与简文、太宰共载，密令人在舆前后鸣鼓大叫。卤簿中惊扰，太宰惶怖求下舆。顾看简文，穆然清恬。宣武语人曰：“朝廷间故复有此贤。”

【译文】

桓温和司马昱、司马晞同乘一辆车出行，桓温暗地里叫人在车子的前后击鼓大声喊叫。仪仗队中有人受到惊扰，司马晞受到惊吓要求下车。回头看司马昱，却是神情镇定清静安适的样子。桓温对人说：“朝廷上原来还有如此贤能之人。”

二六

王劭、王荟共诣宣武，正值收庾希家。荟不自安，逡巡欲去；劭坚坐不动，待收信还，得不定，乃出。论者以劭为优。

【译文】

王劭、王荟一同前去拜访桓温，正遇到桓温命人到庾希家去逮捕庾希。王荟感到心虚，徘徊顾忌想要离开；王劭则坚坐那里不为所动，等到去逮捕的使者回来，得知逮捕庾希之事尚未确定，这才告辞离开。当时议论的人都认为王劭比王荟优秀多了。

二七

桓宣武与郗超议芟夷朝臣，条牒既定，其夜同宿。明晨起，呼谢安、王坦之入，掷疏示之，郗犹在帐内。谢都无言，王直掷还，云：“多。”宣武取笔欲除，郗不觉，窃从帐中与宣武言。谢含笑曰：“郗生可谓入幕宾也。”

【译文】

桓温与郗超商议铲除一些朝廷大臣，条款文书都已拟定完毕后，这一夜他们就一同休息。第二天早晨起来，桓温叫谢安、王坦之进来，把拟好的奏疏丢给他们看，郗超这时还睡在床帐内。谢安一句话都没说，王坦之看过径直把奏疏丢还给桓温，说：“太多了。”桓温拿过笔来想删除些朝臣的名字，郗超不自觉地悄悄从帐子里出来与桓温说话。谢安含笑说：“郗先生真可称得上是入幕之宾啊。”

二八

谢太傅盘桓东山时，与孙兴公诸人泛海戏。风起浪涌，孙、王诸人色并遽，便唱使还。太傅神情方王，吟啸不言。舟人以公貌闲意说，犹去不止。既风转急，浪猛，诸人皆喧动不坐。公徐云：“如此，将无归！”众人即承响而回。于是审其量，足以镇安朝野。

【译文】

谢安隐居在东山时，与孙绰等人乘船到海上游玩。

海面上风起浪涌，孙绰、王羲之等人的神色全都惊恐不已，就高呼让船开回去。谢安却兴致正高，又是吟诗又是吹口哨，也不下令返回。船夫因为谢安面色闲静，意态愉悦，就还是向前行驶不停。转瞬间风势更急，浪头更猛，船上人都大声喊叫躁动得坐不住了。谢安才缓缓地说：“既然这样，那就回去吧。”大家即刻应声附和而回。从这件事可知谢安的气量，足以稳定朝野上的各种局面。

二九

桓公伏甲设馔，广延朝士，因此欲诛谢安、王坦之。王甚遽，问谢曰：“当作何计？”谢神意不变，谓文度曰：“晋祚存亡，在此一行。”相与俱前。王之恐状，转见于色。谢之宽容，愈表于貌。望阶趋席，方作洛生咏，讽“浩浩洪流”。桓惮其旷远，乃趣解兵。王、谢旧齐名，于此始判优劣。

【译文】

桓温预先埋伏了穿甲的士兵，设宴遍请朝中官员，想要趁机杀掉谢安、王坦之。王坦之很惊慌，问谢安说：“你打算怎么办？”谢安神态一点儿也不变，对王坦之说：“晋朝的存亡，就在于我们这次怎么对待了。”两人一起前去赴宴。王坦之恐惧的样子，更加表现在神色上。谢安面不改色从容镇定，也越发表现在面容上。他看着台阶快步走向座席，还模仿起洛生咏的音调，吟诵“浩浩洪流”诗句。桓温惧怕他旷达的胸襟，便赶快撤走伏兵。王坦之、谢安过去齐名，从这件事上才分出了高下。

三〇

谢太傅与王文度共诣郗超，日旰未得前，王便欲去。谢曰："不能为性命忍俄顷？"

【译文】

谢安与王坦之一起去拜会郗超，等到很晚了还未能得到接见，王坦之就想离开走了。谢安说："难道就不能为了性命再忍耐一会儿吗？"

三一

支道林还东，时贤并送于征虏亭。蔡子叔前至，坐近林公。谢万石后来，坐小远。蔡暂起，谢移就其处。蔡还，见谢在焉，因合褥举谢掷地，自复坐。谢冠帻倾脱，乃徐起，振衣就席，神意甚平，不觉瞋沮。坐定，谓蔡曰："卿奇人，殆坏我面。"蔡答曰："我本不为卿面作计。"其后二人俱不介意。

【译文】

支遁将回到京城，当时的名士全都前往征虏亭送行。蔡系先到，座位靠近支遁。谢万后来，坐得稍远。蔡系临时起身离开，谢万就移坐到蔡系坐过的位子上。蔡系回来后，看到谢万坐在自己的座位上，很是生气，就把谢万连同坐垫举起来扔到地上，自己重新坐回原来的位子。谢万的帽子头巾都歪斜脱落下来，他就慢慢起来，拂去衣服上的灰尘，回到席位上，神色意态都很平静，一点儿也看不出生气懊丧的样子。谢万坐好后，对蔡系说："你是个怪人，差点儿摔坏了我的脸。”蔡系答道：“我本来就不曾为你的脸做过打算。”此后两人都没把这事放在心上。

三二

郗嘉宾钦崇释道安德问，饷米千斛，修书累纸，意寄殷勤。道安答直云：“损米，愈觉有待之为烦。”

【译文】

郗超敬重道安和尚的道德声望，赠送给他千斛米，写了好几张纸的信，信中表达了十分诚恳的情意。道安仅仅回答道：“何必减损自己的米送人呢！还又写来长信，愈发感到你待人这般殷勤，真是不胜其烦啊。”

三三

谢安南免吏部尚书还东，谢太傅赴桓公司马出西，相遇破冈。既当远别，遂停三日共语。太傅欲慰其失官，安南辄引以它端。虽信宿中涂，竟不言及此事。太傅深恨在心未尽，谓同舟曰：“谢奉故是奇士。”

【译文】

谢奉被免去吏部尚书官职后回到会稽，谢安赴任桓温的司马之职往西边来，两人在破冈相遇。当此将要分别之时，他们便停留了三天一起清谈。谢安想对他免去官职一事加以安慰，谢奉总是借别的事情岔开这个话题。虽然两人在途中连住了两夜，竟然没有说到这件事。谢安深感遗憾未能把心意说出来，对同船的人说：

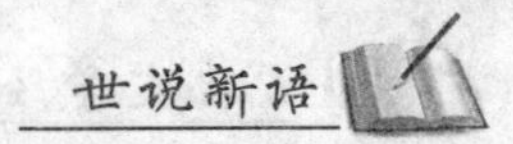

"谢奉确实是个奇特的人。"

三四

戴公从东出，谢太傅往看之。谢本轻戴，见但与论琴书。戴既无吝色，而谈琴书愈妙。谢悠然知其量。

【译文】

戴逵从东边会稽来到京城，谢安去看望他。谢安本来瞧不起戴逵，见面后只是与他谈论琴书。戴逵并没有表现出不乐意的神色，而谈论起琴艺书画来愈发精妙。谢安这才深深地发觉到了戴逵具有超凡脱俗的气度。

三五

谢公与人围棋，俄而谢玄淮上信至。看书竟，默然无言，徐向局。客问淮上利害，答曰："小儿辈大破贼。"意色举止，不异于常。

【译文】

谢安和人下围棋，忽然谢玄从淮河前线派来的信使到了。谢安看完来信后，默默地不说话，慢慢地转向棋局。客人问他淮河前线胜负如何，谢安答道："小孩子们大破贼军。"说话时的神态举动，与平常的时候没有什么不同。

三六

王子猷、子敬曾俱坐一室，上忽发火。子猷遽走避，不惶取屐；子敬神色恬然，徐唤左右扶凭而出，不异平常。世以此定二王神宇。

【译文】

王徽之、王献之曾经同坐在一间屋内，忽然屋顶起火。王徽之急忙跑开躲避，都来不及穿上木屐；而王献之神色安闲，从容不迫地叫左右侍从把他搀扶着靠在他们身上慢慢地走出来，与平常没有什么不同。当时人就用这件事来评定二王神情气度的优劣高下。

三七

苻坚游魂近境，谢太傅谓子敬曰："可将当轴，了其此处。"

【译文】

苻坚像游魂似的侵扰边境，谢安对王献之说："可以任命官居要职者为统帅，把苻坚就地消灭在边境之上。"

三八

王僧弥、谢车骑共王小奴许集。僧弥举酒劝谢云："奉使君一觞。"谢曰："可尔。"僧弥勃然起，作色曰："汝故是吴兴溪中钓碣耳！何敢诪张！"谢徐抚掌而笑曰："卫军，僧弥殊不肃省，乃侵陵上国也。"

【译文】

王僧弥和谢玄一起在王荟家聚会。王僧弥举杯向谢玄劝酒说："敬使君一杯酒。"谢玄道："行啊。"王僧弥听了勃然大怒地站起来，变了脸色道："你本来就是吴兴溪涧中一个垂钓的碣奴罢了！怎么敢这样胡言乱语！"谢玄缓缓地拍手笑道："卫军，僧弥太不恭敬检点了，这是侵犯欺凌上国的诸侯啊。"

三九

王东亭为桓宣武主簿，既承藉，有美誉，公甚敬其人地为一府之望。初，见谢失仪，而神色自若。坐上宾客即相贬笑。公曰："不然。观其情貌，必自不凡，吾当试之。"后因月朝阁下伏，公于内走马直出突之，左右皆宕仆，而王不动。名价于是大重，咸云"是公辅器也"。

【译文】

王珣担任桓温的主簿职务，他凭借祖上的威名，已经拥有不错的名声，桓温很敬重他的才能与门第，希望他成为整个大司马府有名望的人。王珣上任之初，拜见桓温时答谢有失礼仪，但他神色坦然自如。座上的宾客随即贬低并嘲笑他。桓温说："不是这样的。看他的神态面貌，必定不是寻常之人。我要试试他。"后来趁着月初属吏朝见长官，拜伏在官署阁下之时，桓温从官署内骑马奔驰直冲出来，左右其他人都吓得摇摇晃晃向前仆倒，只有王珣在原地一动也不动。从此他名声大震，人们都说："他是具有三公丞相才干的人才。"

四〇

太元末，长星见，孝武心甚恶之。夜，华林园中饮酒，举杯属星云："长星！劝尔一杯酒，自古何时有万岁天子？"

【译文】

太元末年，彗星出现，孝武帝心里很讨厌它。夜间，孝武帝在华林园中饮酒，他举起酒杯来向彗星劝酒道："彗星啊！敬你一杯酒。自古以来什么时候有过万岁的天子？"

四一

殷荆州有所识，作赋，是束皙慢戏之流。殷甚以为有才，语王恭："适见新文，甚可观。"便于手巾函中出之。王读，殷笑之不自胜。王看竟，既不笑，亦不言好恶，但以如意帖之而已。殷怅然自失。

【译文】

殷仲堪有位熟人，写了一篇赋，属于束皙那种游戏辞赋之类。殷仲堪认为他很有才气，对王恭说："刚才见到一篇新作，很值得一看。"便从手巾套子里拿出辞赋来。王恭便读起赋来，殷仲堪则在一旁笑个不停。王恭看完赋，既没笑，也不说这篇赋的好坏，只是用如意来把这篇赋作压平罢了。殷仲堪见此情景很是失望。

四二

羊绥第二子孚，少有俊才，与谢益寿相好。尝蚤往谢许，未食。俄而王齐、王睹来。既先不相识，王向席有不说色，欲使羊去。羊了不眄，唯脚委几上，咏瞩自若。谢与王叙寒温数语毕，还与羊谈赏，王方悟其奇，乃合共语。须臾食下，二王都不得餐，唯属羊不暇。羊不大应对之，而盛进食，食毕便退。遂苦相留，羊义不住，直云："向者不得从命，中国尚虚。"二王是孝伯两弟。

【译文】

羊绥的第二个儿子羊孚，年轻时就才智出众，与谢混关系很好。他曾经一大早到谢混家去，当时还未吃饭。一会儿王熙和王爽也来了。他们先前互不相识，王氏兄弟落座时就表现得很不开心，想让羊孚离开。羊孚却完全连看也不看他们一眼，只是把脚搁在小几上，神情自在地专注于吟咏诗句上。谢混与二王兄弟寒暄了几句后，回过头来与羊孚谈论玩赏，二王兄弟这才知道羊孚的奇特，于是便同他一起谈话。不一会儿饭菜上来了，二王兄弟都顾不得吃饭，只是不停地劝羊孚多吃。羊孚不大搭理他们，而大口大口地吃饭，吃完便告辞。二王竭力地挽留，羊孚照理不想再留下，直截了当地说："先前我不能遵命离开这里，是因为我腹中空空尚未进食。"二王兄弟是王恭的两位弟弟。

识鉴第七

一

曹公少时见乔玄，玄谓曰："天下方乱，群雄虎争，拨而理之，非君乎？然君实是乱世之英雄，治世之奸贼。恨吾老矣，不见君富贵，当以子孙相累。"

【译文】

曹操年轻时去见乔玄，乔玄对他说："天下现在动荡不安，各路英雄如虎相争，整顿治理天下，不还是要靠您吗？但是您实在是乱世的英雄，治世的奸贼。遗憾的是我已老了，看不到您富贵发达了，只有把子孙托付给您麻烦您照顾了。"

二

曹公问裴潜曰："卿昔与刘备共在荆州，卿以备才如何？"潜曰："使居中国，能乱人，不能为治；若乘边守险，足为一方之主。"

【译文】

曹操问裴潜道："你当初与刘备一起在荆州的时候，你认为刘备的才能如何？"裴潜说："如果让他占有中原地区，会搅乱人心，局面不能得到治理；如果让他驻守边境扼守险要，那么他定能成为一方的霸主。”

三

何晏、邓飏、夏侯玄并求傅嘏交，而嘏终不许。诸人乃因荀粲说合之，谓嘏曰：“夏侯太初一时之杰士，虚心于子，而卿意怀不可交。合则好成，不合则致隙。二贤若穆，则国之休。此蔺相如所以下廉颇也。”傅曰：“夏侯太初志大心劳，能合虚誉，诚所谓利口覆国之人。何晏、邓飏有为而躁，博而寡要，外好利而内无关籥，贵同恶异，多言而妒前。多言多衅，妒前无亲。以吾观之，此三贤者皆败德之人尔。远之犹恐罹祸，况可亲之邪？”后皆如其言。

【译文】

何晏、邓飏、夏侯玄都希望与傅嘏结交，而傅嘏始终不答应。几个人就通过荀粲来促成此事，荀粲对傅嘏说：“夏侯玄是当代杰出之士，他对您很虚心，而您心中却不愿意。大家互相关系好就能办成事，不好就会造成隔阂。两位贤者如能和睦相处，就是国家之福。这就是蔺相如为什么向廉颇让步的原因。”傅嘏说：“夏侯玄志向远大费尽心机，能够聚集虚名于一身，真是古人说的能言巧辩足以导致国家败亡的那种人。何晏、邓飏有作为却很浮躁，学识虽广博却不得要领，对外贪财而内心却毫不检点，器重意见相同的人而排斥意见不同者，喜欢虚谈而妒忌超过自己的人。言多必失，招来嫌隙，妒忌超过自己的人必定无人结交。照我看来，这三位贤者都是道德败坏的人而已。我疏远他们还怕遭到连累，更何况去亲近他们呢？”后来他们三人的结局真的都与傅嘏说的一样。

四

晋武帝讲武于宣武场，帝欲偃武修文，亲自临幸，悉召群臣。山公谓不宜尔，因与诸尚书言孙、吴用兵本意，遂究论，举坐无不咨嗟，皆曰："山少傅乃天下名言。"后诸王骄汰，轻遘祸难，于是寇盗处处蚁合，郡国多以无备，不能制服，遂渐炽盛，皆如公言。时人以谓山涛不学孙、吴，而暗与之理会。王夷甫亦叹云："公暗与道合。"

【译文】

晋武帝在宣武场上讲论武事，他想停止武备，提倡文教，故亲自莅临，把群臣全都召集起来。山涛认为不适宜这么做，便与各位尚书说孙武、吴起用兵的本意，并因此加以深入地推究论述，满座的人听后全都赞叹，都说："山涛所说才是天下的至理名言。"后来分封到各地的诸王过于放纵奢侈，很容易酿成祸乱灾难，于是盗贼四处蜂起，各地郡县封国多数因为没有做好准备，不能及时平乱，分裂割据势力便逐渐强大起来了，都像山涛所说的那样。当时人认为山涛虽然没学习过孙、吴的兵法，但他的见解却与孙、吴兵法暗中相通。王衍也感叹道："山公的看法与道理暗合。"

五

王夷甫父乂为平北将军，有公事，使行人论，不得。时夷甫在京师，命驾见仆射羊祜、尚书山涛。夷甫时总角，姿才秀异，叙致既快，事加有理，涛甚奇之。既退，看之不辍，乃叹曰："生儿不当如王夷甫邪？"羊祜曰："乱天下者，必此子也。"

【译文】

王衍的父亲王乂担任平北将军时，有一件公事，想派使者去说明情况，却找不到合适的使者。当时王衍在京城，便吩咐仆人驾车去见仆射羊祜、尚书山涛。王衍当时年纪还小，姿容才能却是优秀出众，叙述事理十分畅快，再加道理说得头头是道，山涛感到很是惊奇。王衍走了，他还是不停地看，于是叹息道："生个儿子不就应当像王衍这样的吗？"羊祜说："将来让天下大乱的，必定是这个人。"

六

潘阳仲见王敦小时，谓曰："君蜂目已露，但豺声未振耳。必能食人，亦当为人所食。"

【译文】

潘滔见到王敦小时的模样，对他说："您的眼睛已经如蜂一样的眼神，只是豺狼之声尚未振响而已。你必定能吃人，也会被人吃掉。"

七

石勒不知书，使人读《汉书》。闻郦食其劝立六国后，刻印将授之，大惊曰："此法当失，云何得遂有天下？"至留侯谏，乃曰："赖有此耳！"

【译文】

石勒不识字，叫人读《汉书》给他听。当听到郦食其劝刘邦封立六国后代为王，刻了印章将要授给他们时，大惊说：“这个办法大错特错，这么做就能得到天下吗？”当又听到留侯张良进谏劝阻时，石勒便说：“全靠有他进谏啊！”

八

卫玠年五岁，神衿可爱。祖太保曰：“此儿有异，顾吾老，不见其大耳！”

【译文】

卫玠五岁的时候，神态、襟怀都很可爱。他的祖父太保卫瓘说：“这孩子非同寻常，只是我老了，见不到他长大成人了！”

九

刘越石云：“华彦夏识能不足，强果有余。”

【译文】

刘琨说：“华彦夏见识能力一般，倒是刚强果断有余。”

一〇

张季鹰辟齐王东曹掾，在洛，见秋风起，因思吴中菰菜羹、鲈鱼脍，曰："人生贵得适意尔，何能羁宦数千里以要名爵！"遂命驾便归。俄而齐王败，时人皆谓为见机。

【译文】

张翰被任命为齐王司马冏的东曹掾，在洛阳，他看到秋风起了，于是就想念家乡吴地的茭白羹、鲈鱼脍，说："人生可贵的是能够使自己生活愉快而已，怎能为了求得名位而离家数千里之外做官呢！"于是他就命人驾车回乡。不久齐王冏兵败被杀，当时人都说他料事如神。

一一

诸葛道明初过江左，自名道明，名亚王、庾之下。先为临沂令，丞相谓曰："明府当为黑头公。"

【译文】

诸葛恢刚刚渡江到江南时，自己起名叫道明，名声仅次于王导、庾亮之下。他先前担任临沂县令，丞相王导对他说："您必定能在年轻的时候就可以位至三公。"

一二

王平子素不知眉子，曰："志大其量，终当死坞壁间。"

【译文】

王澄一向对王玄没有好感，说："王玄志向大于他的气量，最后必定死在小城堡中。”

一三

王大将军始下，杨朗苦谏不从，遂为王致力，乘中鸣云露车径前，曰：“听下官鼓音，一进而捷。”王先把其手曰：“事克，当相用为荆州。”既而忘之，以为南郡。王败后，明帝收朗，欲杀之。帝寻崩，得免。后兼三公，署数十人为官属。此诸人当时并无名，后皆被知遇。于时称其知人。

【译文】

大将军王敦当初起兵进攻京都建康时，杨朗苦苦相劝，王敦不听从，杨朗不得已便为王敦效力，他乘上中鸣云露车勇往直前，说：“听我的鼓音指挥，奋勇向前，一战告捷。”王敦战前就拉住他的手许诺道：“事成之后，必当用你为荆州刺史。”不久他就忘了自己的承诺，任用杨朗为南郡太守。王敦失败后，晋明帝逮捕了杨朗，准备将他处死。不久明帝离世，他才得以免去一死。后来他兼任三公曹，委任了几十人做属官。这些人当时并没有什么名气，后来却都受到了赏识。当时人都称赞他知人善用。

一四

周伯仁母冬至举酒赐三子曰：“吾本谓度江托足无所，尔家有相，尔等并罗列吾前，复何忧！”周嵩起，长跪而泣曰：“不如阿母言。伯仁为人志大而才短，名重而识暗，好乘人之弊，此非自全之道；嵩性狼抗，亦不容于世；唯阿奴碌碌，当在阿母目下耳。”

【译文】

周𫖮的母亲在冬至节这天拿酒赐给三个儿子说："我本以为渡江后没有立足安身之所，还好你们家有吉相，你们都在我跟前生活，我还有什么担心的呢！"周嵩站起来，长跪在母亲面前哭泣道："并不像母亲所说的。伯仁为人志向虽大却是能力不足，名声很重而见识短浅，又喜欢乘人之危，这并不是保全自己的办法；我的性格傲慢，也不能为世人所接受；只有老三阿奴碌碌无为的样子，他应当可以一直守护在母亲跟前。"

一五

王大将军既亡，王应欲投世儒，世儒为江州。王含欲投王舒，舒为荆州。含语应曰："大将军平素与江州云何，而汝欲归之？"应曰："此乃所以宜往也。江州当人强盛时，能抗同异，此非常人所行，及睹衰厄，必兴愍恻。荆州守文，岂能作意表行事！"含不从，遂共投舒。舒果沉含父子于江。彬闻应当来，密具船以待之，竟不得来，深以为恨。

【译文】

王敦病死之后，王应想投奔王彬，王彬当时担任江州刺史。王含想投奔王舒，王舒当时担任荆州刺史。王含对王应说："大将军一向与王彬关系不太好，而你却想归附于他？"王应说："这正是应当去的原因。王彬正当人家强盛的时候，能直言不讳地提出不同意见，这不是常人所能做到的，等到看见人家衰败落魄时，必定生出恻隐之心。王舒遵守成法，怎么能做出意料之外的事情呢！”王含不听他的话，于是就一心投奔王舒，王舒果然把王含父子沉于长江。王彬听说王应要来，就悄悄地准备船只等待他们，王应父子终是未能到来，他为此深感遗憾。

一六

武昌孟嘉作庾太尉州从事，已知名。褚太傅有知人鉴，罢豫章还，过武昌，问庾曰：“闻孟从事佳，今在此不？”庾云：“试自求之。”褚眄睐良久，指嘉曰：“此君小异，得无是乎？”庾大笑曰：“然。”于时既叹褚之默识，又欣嘉之见赏。

【译文】

武昌孟嘉任庾亮的州从事，已经出了名。褚裒有鉴别人物的观察力，他从豫章太守任上免官回家，经过武昌，问庾亮：“听说孟从事人品很好，今天他在这里吗？”庾亮说：“请试着自己来找他。”褚裒四处察看了很久，指着孟嘉说：“这位先生与众不同，莫非就是这位吗？”庾亮大笑道：“是的。”当时人既赞叹诸裒有观察识别的能力，又为孟嘉受到器重而高兴。

一七

戴安道年十余岁，在瓦官寺画。王长史见之，曰：“此童非徒能画，亦终当致名。恨吾老，不见其盛时耳！”

【译文】

戴逵十多岁时，在瓦官寺作画。王蒙看见他说：

“这孩子非但能作画，最终还必能享有盛名。只是遗憾的是我年纪大了，看不到他享有盛名的时候罢了！”

一八

王仲祖、谢仁祖、刘真长俱至丹阳墓所省殷扬州，殊有确然之志。既反，王、谢相谓曰：“渊源不起，当如苍生何？”深为忧叹。刘曰：“卿诸人真忧渊源不起邪？”

【译文】

王蒙、谢尚、刘惔一起到丹阳墓地拜望殷浩，他归隐的想法非常坚定。回来后，王蒙和谢尚相互议论说：“渊源不肯出来做官，该如何面对天下老百姓呢？”他们深为此忧虑叹息。刘惔说：“你们诸位真的担心渊源不会出来当官吗？”

一九

小庾临终，自表以子园客为代。朝廷虑其不从命，未知所遣，乃共议用桓温。刘尹曰：“使伊去，必能克定西楚，然恐不可复制。”

【译文】

庾翼临终时，自己向朝廷表奏用儿子庾爰之代替他担任荆州刺史之职。朝廷担心他不肯听从任命，不知该派遣谁去更好，便一起商议任用桓温。丹阳尹刘惔说：“派他去，必定能平定西楚地区，但是恐怕之后不可能再很好地控制他了。”

二〇

桓公将伐蜀，在事诸贤咸以李势在蜀既久，承藉累叶，且形据上流，三峡未易可克。唯刘尹云："伊必能克蜀。观其蒲博，不必得则不为。"

【译文】

桓温将带兵攻打蜀地，朝廷的官员们都认为李势在蜀地盘踞已久，他凭借祖宗几代的基业，而且在地形上占据长江上游和三峡地区，不能轻易攻克。只有刘惔说："他必定能攻克蜀地。看他赌博就知道，没有必胜的把握的事他是不会去做的。"

二一

谢公在东山畜妓，简文曰："安石必出，既与人同乐，亦不得不与人同忧。"

【译文】

谢安在隐居东山时养了一班歌妓舞女，简文帝说："安石必定能出山从政，他既然能与人同乐，那也一样能够与人同忧。"

二二

郗超与谢玄不善。苻坚将问晋鼎，既已狼噬梁、岐，又虎视淮阴矣。于时朝议遣玄北讨，人间颇有异同之论，唯超曰："是必济事。吾昔尝与共在桓宣武府，见使才皆尽，虽履屐之间，亦得其任。以此推之，容必能立勋。”元功既举，时人咸叹超之先觉，又重其不以爱憎匿善。

【译文】

郗超与谢玄不和。苻坚将要图谋夺取晋朝的天下，他已经占领了梁、岐一带，又虎视眈眈地想攻占淮阴地区。这时朝廷决定派遣谢玄领军北伐，人们对此颇有微词，只有郗超说：“他必定能成功。我过去曾经与他一起在桓宣武幕府共事，看他用人时都能人尽其才，即使遇到极细小的事，也都能恰到好处地处理。因此来推论，他完全可能建立功勋。”淝水之战大捷后，当时的人都赞叹郗超的眼光，又敬重他不以自己的好恶来掩饰他人的长处。

二三

韩康伯与谢玄亦无深好，玄北征后，巷议疑其不振。康伯曰：“此人好名，必能战。”玄闻之，甚忿，常于众中厉色曰：“丈夫提千兵入死地，以事君亲故发，不得复云为名！”

【译文】

韩伯与谢玄是泛泛之交，谢玄率军北伐后，街谈巷议都怀疑他无法奋力作战。韩伯说：“这人很看重自己的名声，必定能拼死战斗。”谢玄听到这话很气愤，常在大庭广众中声色俱厉地说：“大丈夫率领千军万马出生入死，为的是效忠君王这才出征的，而不是为了扬名！”

二四

褚期生少时，谢公甚知之，恒云："褚期生若不佳者，仆不复相士！"

【译文】

褚爽年轻时，谢安非常赏识他，经常称赞说："褚期生如果不优秀的话，我就再也不会鉴别人才了！"

二五

郗超与傅瑗周旋。瑗见其二子，并总发。超观之良久，谓瑗曰："小者才名皆胜，然保卿家，终当在兄。"即傅亮兄弟也。

【译文】

郗超与傅瑗素有来往，傅瑗让两个儿子出来拜见郗超，两个人都还小。郗超对他们看了很久，对傅瑗说："小的一位才学和名声将来都会超过哥哥，但是保全您全家的，最终还应当靠哥哥。"这两个孩子就是傅亮兄弟。

二六

王恭随父在会稽，王大自都来拜墓，恭暂往墓下看之。二人素善，遂十余日方还。父问恭："何故多日？"对曰："与阿大语，蝉连不得归。"因语之曰："恐阿大非尔之友，终乖爱好。"果如其言。

【译文】

王恭跟随父亲在会稽，王忱从京城到会稽扫墓，王恭不久到墓地去看他。他们俩一向关系很好，于是在一起待了十多天才回家。王恭父亲问他："为什么去了这么多天？"王恭答道："与王忱说话非常投机，一时不能回来。"他父亲于是对他说："恐怕王忱不是你的朋友，你们的爱好志趣最终是不同的。"结果真的像他所说的那样。

二七

车胤父作南平郡功曹，太守王胡之避司马无忌之难，置郡于沣阴。是时胤十余岁，胡之每出，尝于篱中见而异焉，谓胤父曰："此儿当致高名。"后游集，恒命之。胤长，又为桓宣武所知，清通于多士之世，官至选曹尚书。

【译文】

车胤的父亲担任南平郡功曹的时候，太守王胡之为避开司马无忌的报复，把郡治设在沣水之南。当时车胤十多岁，王胡之出行时曾在篱笆中见到他，认为他很优秀，便对车胤父亲说："这孩子当会得到很高的名望。"后来在游乐集会时，经常叫他来参加。车胤长大后，又被桓温所器重，在人才众多的时代里显得清明通达，最后官至吏部尚书。

二八

王忱死，西镇未定，朝贵人人有望。时殷仲堪在门下，虽居机要，资名轻小，人情未以方岳相许。晋孝武欲拔亲近腹心，遂以殷为荆州。事定，诏未出。王珣问殷曰："陕西何故未有处分？"

殷曰："已有人。"王历问公卿，咸云："非。"王自计才地，必应任己。复问："非我邪？"殷曰："亦似非。"其夜，诏出用殷。王语所亲曰："岂有黄门郎而受如此任！仲堪此举，乃是国之亡征。"

【译文】

王忱死后，荆州刺史的候选人尚未确定，朝中大臣人人都有当刺史的想法。当时殷仲堪在门下省任职，虽然位居机密要职，但是他资历浅名望低，人们不认为他能胜任地方长官的要职。孝武帝要提拔自己的心腹，便任命殷仲堪担任荆州刺史。事情确定后，诏书尚未发出。王珣问殷仲堪说："荆州的事为什么还没有结果？"殷仲堪说："已经有人选了。"王珣一个个地举出公卿的名字来问，殷仲堪都说："不是。"王珣自己估计无论才能与门第，必定应当是自己。便再问："莫非是我吗？"殷仲堪说："也不是。"这天晚上，诏书发出，任用的是殷仲堪。王珣告诉亲信说："哪有黄门侍郎能担任这样的重任？任命殷仲堪的举动，是亡国的征兆。"

赏誉第八

一

陈仲举尝叹曰："若周子居者，真治国之器。譬诸宝剑，则世之干将。"

【译文】

陈蕃曾赞叹地说："像周子居这样的人，确是治国的人才。用宝剑来比喻的话，那就是闻名于世的干将。"

二

世目李元礼："谡谡如劲松下风。"

【译文】

当代的人品评李膺："他的风度犹如劲松下呼啸而过的疾风。"

三

谢子微见许子将兄弟曰："平舆之渊，有二龙焉。"见许子政弱冠之时，叹曰："若许子政者，有干国之器。正色忠謇，则陈仲举之匹；伐恶退不肖，范孟博之风。"

【译文】

谢甄见到许劭兄弟时说："平舆的深水之中，有两条龙在。”见到二十来岁的许虔时，赞叹道：“像许子政这样的人，具有国家栋梁的才能。态度刚正，神色严厉，与陈仲举相当；严惩恶人，斥退不贤之人，又有范孟博之风。”

四

公孙度目邴原：“所谓云中白鹤，非燕雀之网所能罗也。”

【译文】

公孙度评价邴原：“他就是人们所说的云中白鹤，不是用捕捉燕雀的小网就能随便捉得到的。”

五

钟士季目王安丰：“阿戎了了解人意。”谓：“裴公之谈，经日不竭。”吏部郎阙，文帝问其人于钟会。会曰：“裴楷清通，王戎简要，皆其选也。”于是用裴。

【译文】

钟会评论王戎：“阿戎聪明伶俐而且善解人意。”说：“裴公的清谈，整天都说不尽。”吏部郎的官员缺人，晋文帝向钟会问询谁是适合的人选。钟会说：“裴楷清晰通达，王戎处事简约扼要，他们都是吏部郎合适的人选。”于是就任用了裴楷。

六

王濬冲、裴叔则二人总角诣钟士季。须臾去，后客问钟曰：“向二童何如？”钟曰：“裴楷清通，王戎简要。后二十年，此二贤当为吏部尚书，冀尔时天下无滞才。”

【译文】

王戎、裴楷两人年幼时去拜访钟会。不久他们便离开了，后走的客人问钟会说：“刚才两位童子怎么样？”钟会说：“裴楷清晰通达，王戎简明扼要。二十年过后，这两位才子应当去做吏部尚书，那时候天下就不会再有遗漏的人才。”

七

谚曰：“后来领袖有裴秀。”

【译文】

谚语说：“后辈领袖有裴秀。”

八

裴令公目夏侯太初：“肃肃如入廊庙中，不修敬而人自敬。”一曰：“如入宗庙，琅琅但见礼乐器。见钟士季，如观武库，但睹矛戟。见傅兰硕，汪廧靡所不有。见山巨源，如登山临下，幽然深远。”

【译文】

裴楷评论夏侯玄说：“看到他恭敬的样子就像进入朝廷，不修整敬重而人们自然会敬重他。”另一种说法是：“好像进入宗庙，只看见琳琅满目的礼乐之器光彩夺目。”“见到钟士季，就像参观武器库，只看见到处都是矛戟等兵器。见到傅兰硕，令人感到宽广无边，无所不有。见到山巨源，就像登上山顶往下看，幽幽的样子深远无边。”

九

羊公还洛，郭奕为野王令。羊至界，遣人要之，郭便自往。既见，叹曰：“羊叔子何必减郭太业！”复往羊许，小悉还，又叹曰：“羊叔子去人远矣！”羊既去，郭送之弥日，一举数百里，遂以出境免官。复叹曰：“羊叔子何必减颜子！”

【译文】

羊祜回到洛阳，郭奕当时担任野王县令。羊祜到了野王县地界，就派人邀请郭奕，郭奕就自己去了。见面之后，郭奕赞叹道：“羊叔子不见得比我郭太业差！”他再次到羊祜处，很快就回来了，又赞叹道：“羊祜的能力远超过一般人啊！”羊祜离开后，郭奕送了羊祜一整天，一送就送了几百里地，因为超出了野王县境范围而被免去了官职。他再次赞叹道：“羊叔子未必比颜子逊色！”

一〇

王戎目山巨源：“如璞玉浑金，人皆钦其宝，莫知名其器。”

【译文】

王戎评论山涛：“他像是未经雕琢的玉石，未经冶炼的金子，人人都看重他是宝物，但就是不知道如何形容他的气度。”

一一

羊长和父繇与太傅祜同堂相善，仕至车骑掾，蚤卒。长和兄弟五人幼孤。祜来哭，见长和哀容举止，宛若成人，乃叹曰："从兄不亡矣！"

【译文】

羊忱的父亲羊繇与太傅羊祜是堂兄弟，彼此关系很好，官职做到车骑掾，很早就死了。羊忱兄弟五人幼年就成了孤儿。羊祜来到羊忱家哭丧，看到羊忱悲哀的面容和神情举动，仿佛成年人一样成熟稳重，就感叹道："堂兄后继有人了！"

一二

山公举阮咸为吏部郎，目曰："清真寡欲，万物不能移也。"

【译文】

山涛荐举阮咸为吏部郎，评论道："他纯洁质朴，没有私欲，万事万物都不能改变他的性格。"

一三

王戎目阮文业："清伦有鉴识，汉元以来，未有此人。"

【译文】

王戎评论阮武："人品清高，有精练的见解，从汉代建国以来，还不曾见过这样的人才。"

一四

武元夏目裴、王曰："戎尚约，楷清通。"

【译文】

武陔评论裴楷、王戎说："王戎崇尚简约，裴楷清廉通达。"

一五

庾子嵩目和峤："森森如千丈松，虽磊砢有节目，施之大厦，有栋梁之用。"

【译文】

庾敳评论和峤："他就像枝叶茂盛的千丈高的大松树，虽然树上多节，枝干交叉，但如果建造大厦，却可以用它来做栋梁之材。"

一六

王戎云："太尉神姿高彻，如瑶林琼树，自然是风尘外物。"

【译文】

王戎说："太尉风度超脱通达，就像美玉一样高雅清澈，自然是世俗之外的人物了。"

一七

王汝南既除所生服，遂停墓所。兄子济每来拜墓，略不过叔，叔亦不候。济脱时过，止寒温而已。后聊试问近事，答对甚有音辞，出济意外，济极惋愕。仍与语，转造精微。济先略无子侄之敬，既闻其言，不觉懔然，心形俱肃。遂留共语，弥日累夜。济虽俊爽，自视缺然，乃喟然叹曰："家有名士，三十年而不知！"济去，叔送至门。济从骑有一马，绝难乘，少能骑者。济聊问叔："好骑乘不？"曰："亦好尔。"济又使骑难乘马。叔姿形既妙，回策如萦，名骑无以过之。济益叹其难测，非复一事。既还，浑问济："何以暂行累日？"济曰："始得一叔。"浑问其故，济具叹述如此。浑曰："何如我？"济曰："济以上人。"武帝每见济，辄以湛调之曰："卿家痴叔死未？"济常无以答。既而得叔后，武帝又问如前，济曰："臣叔不痴。"称其实美。帝曰："谁比？"济曰："山涛以下，魏舒以上。"于是显名，年二十八始宦。

【译文】

王湛脱去为父母守丧期间所穿的丧服后，就留守在坟墓旁。他兄长的儿子王济每次来墓地祭拜，从不来探望叔叔，叔叔也不去问候他。王济偶尔来探望一次，只是寒暄几句而已。后来王济试着询问近来的事，王湛答对的言辞很有意味，王济听了出乎意料，极为惊讶。继续谈论下去，逐渐进入精细微妙之境。王济先前丝毫没有子侄对长辈的敬意，听了王湛的话后，不觉肃然起敬，从内心到外表都恭敬起来。于是便留下来同王湛一起谈论，夜以继日。王济虽然才高俊迈性格爽朗，但比起王湛来也自觉还有很多不足之处，便喟然长叹道："我们家里就有名士，可是我在这三十年来都不知道！"王济告辞离去时，叔叔送他到门口。王济随从中有一匹马，极难骑乘，很少有人能骑它的。王济姑且问叔叔："喜欢骑马吗？"王湛说："也喜欢骑的。"王济便让他骑这匹难驯服的马。叔叔不仅骑马的姿态绝妙，挥起马鞭来盘旋萦回，就是著名的骑手也不一定能超过他。王济更加感叹他高深莫测，不只一件事情如此。王济回家后，王浑问他：

“为什么出去好几天才回来？”王济说：“我刚才得到了一位叔叔。”王浑问其中的原因，王济便赞叹讲述了以上的情况。王浑说：“与我比怎么样？”王济说：“是在你我以上的人。”过去晋武帝每次见到王济，总拿王湛来取笑他说：“你家的痴叔死了没有？”王济常常无言答对。后来了解了叔叔以后，武帝又像以前那样问他，王济说：“臣下的叔叔不痴。”他称赞叔叔确实很优秀。武帝说：“可以与谁比较？”王济说：“在山涛以下，魏舒以上。”他从此名声大振，到了二十八岁才出山做官。

一八

裴仆射，时人谓为言谈之林薮。

【译文】

裴頠，当时人认为他是言谈聚集的府库。

一九

张华见褚陶，语陆平原曰：“君兄弟龙跃云津，顾彦先凤鸣朝阳，谓东南之宝已尽，不意复见褚生。”陆曰：“公未睹不鸣不跃者耳。”

【译文】

张华见到了褚陶，对陆机说：“您兄弟俩就像腾跃在江、汉水中的双龙，顾彦先犹如迎着朝阳长鸣的凤凰，我认为东南的人才已经全在这里了，没想到今天再能见到褚先生。”陆机说：“只因为您没见到不鸣、不跃的人才罢了。”

二〇

有问秀才："吴旧姓何如？"答曰："吴府君，圣王之老成，明时之俊乂；朱永长，理物之至德，清选之高望；严仲弼，九皋之鸣鹤，空谷之白驹；顾彦先，八音之琴瑟，五色之龙章；张威伯，岁寒之茂松，幽夜之逸光；陆士衡、士龙，鸿鹄之裴回，悬鼓之待槌。凡此诸君：以洪笔为锄耒，以纸札为良田，以玄默为稼穑，以义理为丰年，以谈论为英华，以忠恕为珍宝，著文章为锦绣，蕴五经为缯帛，坐谦虚为席荐，张义让为帷幕，行仁义为室宇，修道德为广宅。"

【译文】

有人问蔡洪："对吴中的世家大族评价如何？"蔡洪说："吴府君，是圣明君主的贤臣，是太平盛世的贤才；朱永长，是治理人民的道德高尚者，在高官中有崇高的名望；严仲弼，似曲折深远的沼泽中长鸣的白鹤，是在空谷中奔驰的小白马；顾彦先，是乐器中的琴瑟，五色中的龙纹；张威伯，是寒冬中茂盛的松柏，黑夜里四射的光芒；陆士衡、陆士龙，是盘旋飞翔的天鹅，是悬挂着等待敲打的大鼓。所有上述诸位：都是用大笔当农具，用纸张做良田，把清静无为当劳动，用沉默寡言来种植收获，用义理来当作丰年，用谈论来作为美丽的草木，用忠恕当作珍宝，写文章当成锦绣，积聚五经当丝绸，用谦虚当作草垫来坐，伸张仁义礼让当作帷幕，推行仁义当作房屋，修养道德作为广大的宅院。"

二一

人问王夷甫："山巨源义理何如？是谁辈？"王曰："此人初不

肯以谈自居，然不读《老》《庄》，时闻其咏，往往与其旨合。”

【译文】

有人问王衍：“山巨源谈论义理的学问怎么样？跟谁是同类的人？”王衍说：“这个人当初不肯以善于清谈自居，但他虽不读《老子》《庄子》，却时常听到他的吟咏之声，都是与《老子》《庄子》的宗旨相符合。”

二二

洛中雅雅有三嘏：刘粹字纯嘏，宏字终嘏，漠字冲嘏，是亲兄弟，王安丰甥，并是王安丰女婿。宏，真长祖也。洛中铮铮冯惠卿，名荪，是播子。荪与邢乔俱司徒李胤外孙，及胤子顺并知名。时称：“冯才清，李才明，纯粹邢。”

【译文】

洛阳城中风雅人士中有“三嘏”：刘粹字纯嘏，刘宏字终嘏，刘漠字冲嘏，他们是亲兄弟，是王戎的外甥，又都是他的女婿。刘宏是刘惔的祖父。洛阳城中刚正不阿的是冯惠卿，他名叫荪，是冯播的儿子。冯荪与邢乔都是司徒李胤的外孙，他们与李胤的儿子李顺齐名。当时人称赞道：“冯荪才学清通，李胤才学明了，纯正完美的是邢乔。”

二三

卫伯玉为尚书令，见乐广与中朝名士谈议，奇之曰：“自昔诸人没已来，常恐微言将绝，今乃复闻斯言于君矣！”命子弟造之，曰：“此人，人之水镜也，见之若披云雾睹青天。”

【译文】

卫瓘担任尚书令时，见乐广与西晋的名士清谈议论，对此表示奇怪，说：“自从当初诸位名士去世以来，常常担心清谈中的微言一去不复返，如今竟然又从您这里听到了这些话啊！”便让子弟去拜访乐广，说：“这个人，是人们之中的镜子，明鉴开朗，看到他就像拨开云雾见到了青天。”

二四

王太尉曰：“见裴令公精明朗然，笼盖人上，非凡识也。若死而可作，当与之同归。”或云王戎语。

【译文】

王衍说：“我认为裴楷精细明察，高出于众人之上，不是见识平凡的人。如果人死了可以再活过来的话，我定当跟从他共同努力。”有人说这是王戎说的话。

二五

王夷甫自叹：“我与乐令谈，未尝不觉我言为烦。”

【译文】

王衍自己感叹：“我和乐令清谈时，未尝不觉得我的话是烦琐的。”

二六

郭子玄有俊才，能言《老》《庄》，庾敳尝称之，每曰：“郭子玄何必减庾子嵩！”

【译文】

郭象有卓越的才智，善于谈论《老子》《庄子》，庾敳曾称赞他，常说：“郭子玄不见得在我庾子嵩之下！”

二七

王平子目太尉：“阿兄形似道，而神锋太俊。”太尉答曰：“诚不如卿落落穆穆。”

【译文】

王澄评论太尉王衍：“哥哥外貌像是有道之人，只是锋芒太露。”王衍答道：“我的样子确实不如你那样豁达大度。”

二八

太傅府有三才：刘庆孙长才，潘阳仲大才，裴景声清才。

【译文】

东海王司马越太傅府中有三个人才：刘舆是有专长之才，潘滔是博学之才，裴邈是清廉之才。

二九

林下诸贤，各有俊才子：籍子浑，器量弘旷；康子绍，清远雅正；涛子简，疏通高素；咸子瞻，虚夷有远志，瞻弟孚，爽朗多所遗；秀子纯、悌，并令淑有清流；戎子万子，有大成之风，苗而不秀，唯伶子无闻。凡此诸子，唯瞻为冠，绍、简亦见重当世。

【译文】

竹林诸位贤士，都有才能卓越的儿子：阮籍的儿子阮浑，气量宽宏；嵇康的儿子嵇绍，志向远大，本性正直；山涛的儿子山简，通达高洁；阮咸的儿子阮瞻，谦虚平易，有远大的志向；阮瞻的弟弟阮孚，性格爽朗，不受世事所牵累；向秀的儿子向纯、向悌，都很美好善良，是具有时望的清高的名士；王戎的儿子王万子，颇有集大成的风度，可惜未及长成而早夭，只有刘伶的儿子默默无闻。所有这些人的儿子，只有阮瞻堪称第一，嵇绍、山简也被当代人所敬重。

三〇

庾子躬有废疾，甚知名。家在城西，号曰“城西公府”。

【译文】

庾琮身有残疾，很有名气。他家住在城西，号称“城西公府”。

三一

王夷甫语乐令：“名士无多人，故当容平子知。”

【译文】

王衍告诉乐广：“名士没有多少人，所以应当等待王平子辨识。”

三二

王太尉云："郭子玄语议如悬河写水，注而不竭。"

【译文】

王衍说："郭子玄的玄语论议就像瀑布倾泻下来，滔滔不绝。"

三三

司马太傅府多名士，一时俊异。庾文康云："见子嵩在其中，常自神王。"

【译文】

司马越太傅府内有很多名士，都是当时的优秀人物。庾亮说："看到庾敳在这些人中，常常不自觉地精神旺盛起来。"

三四

太傅东海王镇许昌，以王安期为记室参军，雅相知重。敕世子毗曰："夫学之所益者浅，体之所安者深。闲习礼度，不如式瞻仪形；讽味遗言，不如亲承音旨。王参军人伦之表，汝其师之！"或曰："王、赵、邓三参军，人伦之表，汝其师之！"谓安期、邓伯道、赵穆也。袁宏作《名士传》，直云王参军。或云赵家先犹有此本。

【译文】

太傅东海王司马越出镇许昌时，任用王承为记室参军，非常赏识敬重他。司马越告诫世子司马毗说："从书本中所得到的东西往往很肤浅，从亲身体验获得的就会铭记于心。熟习礼节仪式，不如瞻仰法式作为模范；诵读玩味古训，不如亲身感受言谈意旨。王承是人们的表率，你要多向他学习！”有人说：“王、赵、邓三位参军，是人们的表率，你应学习他！”说的就是王承、邓攸、赵穆。袁宏写《名士传》，只说王参军。有人说赵家先前还有这个抄本。

三五

庾太尉少为王眉子所知。庾过江，叹王曰：“庇其宇下，使人忘寒暑。”

【译文】

庾亮年轻时被王玄所器重。庾亮渡江南下后，赞叹王玄说：“能够在他的屋檐下受到庇护，使人忘记了天气的冷暖。”

三六

谢幼舆曰：“友人王眉子清通简畅，嵇延祖弘雅劭长，董仲道卓荦有致度。”

【译文】

谢鲲说：“友人王眉子清廉通达、简易疏放；嵇延祖宽宏正直，品德优秀；董仲道见识出众，很有风度。”

三七

王公目太尉：“岩岩清峙，壁立千仞。”

【译文】

王导品评王衍道："他高高地耸立，仿佛千丈石壁一样矗立在那里。"

三八

庾太尉在洛下，问讯中郎。中郎留之云："诸人当来。"寻温元甫、刘王乔、裴叔则俱至，酬酢终日。庾公犹忆刘、裴之才俊，元甫之清中。

【译文】

庾亮在洛阳时，前去拜见庾敳。庾敳挽留他说："还有许多人会来的。"不久温几、刘畴、裴楷都来了，主宾之间互相敬酒清谈了整整一天。庾亮后来还能回忆起刘畴、裴楷的卓越才能，元甫的恬静平和。

三九

蔡司徒在洛，见陆机兄弟住参佐廨中，三间瓦屋，士龙住东头，士衡住西头。士龙为人，文弱可爱；士衡长七尺余，声作钟声，言多慷慨。

【译文】

蔡谟在洛阳的时候，看到陆机兄弟俩住在属官的官署里，有三间瓦屋，陆机住在东头，陆云住在西头。陆云为人文雅柔弱，十分可爱；陆机身长七尺多，说话声如洪钟，言辞之间充满慷慨激昂之气概。

四〇

王长史是庾子躬外孙，丞相目子躬云：“入理泓然，我已上人。”

【译文】

王蒙是庾琮的外孙，王导品评庾琮道：“他深刻地领会了玄理，犹如清澈的深水，是在我之上的人。”

四一

庾太尉目庾中郎：“家从谈谈之许。”

【译文】

庾亮品评庾敳：“我家堂叔深受人们的称赞。”

四二

庾公目中郎：“神气融散，差如得上。”

【译文】

庾亮品评庾敳：“他神情气度恬适疏淡，能够算得上出众。”

四三

刘琨称祖车骑为朗诣，曰：“少为王敦所叹。”

【译文】

刘琨称赞祖逖很开朗通达，说：“他年轻时为王敦所称赞。”

四四

时人目庾中郎：“善于托大，长于自藏。”

【译文】

当时人评价庾敳：“他的特点是胸襟宽广，不把世事放在心上，又很低调，不露锋芒。”

四五

王平子迈世有俊才，少所推服。每闻卫玠言，辄叹息绝倒。

【译文】

王澄超脱世俗有卓越的才能，很少有让他所钦佩的人。可他每次听到卫玠的玄言清谈，总不免要赞叹，为之佩服倾倒。

四六

王大将军与元皇表云：“舒风概简正，允作雅人，自多于邃，最是臣少所知拔。中间夷甫、澄见语：‘卿知处明、茂弘。茂弘已有令名，真副卿清论；处明亲疏无知之者。吾常以卿言为意，殊未有得，恐已悔之。’臣慨然曰：‘君以此试。’顷来始乃有称之者，言常人正自患知之使过，不知使负实。”

【译文】

王敦呈给晋元帝的表章上说：“王舒的风度气概简

约刚直，的确称得上是高雅人士，自然要胜过王邃，他是臣下年轻时最为赏识提拔的人才。这中间王夷甫、王澄告诉我说：'你赏识处明、茂弘。茂弘已经有美名了，正符合你的高论；处明在亲近或疏远的人中没有人了解他。我常把你的话放在心上，去了解他却没什么收获，恐怕你后悔说过的话了吧。'臣下感慨地说：'你按我说的再试试吧。'近来才有了称赞他的人，谓常人总怕赏识他人过了头，却不担心不了解他的实际才能。"

四七

周侯于荆州败绩还，未得用。王丞相与人书曰："雅流弘器，何可得遗？"

【译文】

周顗在荆州兵败而归后，没有被朝廷任用。王导在写给别人的书信中说："周侯是高雅一流之士，才高八斗，怎么可以遗弃不用？"

四八

时人欲题目高坐而未能，桓廷尉以问周侯。周侯曰："可谓卓朗。"桓公曰："精神渊著。"

【译文】

当时想要评价高坐和尚，却未能找到合适的评语，桓彝拿此事问周顗。周顗说："可以是卓越开朗。"桓温说："他的精神既深沉又明澈。"

四九

王大将军称其儿云："其神候似欲可。"

【译文】

王敦称赞他的养子说："他的神态似乎还可以。"

五〇

卞令目叔向："朗朗如百间屋。"

【译文】

卞令评价叔向："他胸怀之坦荡犹如上百间房屋那样宽敞明亮。"

五一

王敦为大将军，镇豫章。卫玠避乱，从洛投敦。相见欣然，谈话弥日。于时谢鲲为长史，敦谓鲲曰："不意永嘉之中，复闻正始之音。阿平若在，当复绝倒。"

【译文】

王敦担任大将军时，镇守在豫章。卫玠为躲避战乱，从洛阳投奔王敦。两人见面后很高兴，谈了一整天的话。谢鲲时任王敦幕府长史，王敦对谢鲲说："想不到在永嘉年间，又能听到正始年间那种清谈。阿平如果在座，必定又要佩服倾倒了。"

五二

王平子与人书，称其儿“风气日上，足散人怀”。

【译文】

王澄在写给别人的信里，称赞自己的儿子“风采和气量一天天地不断长进，足以使人的胸怀舒畅”。

五三

胡毋彦国吐佳言如屑，后进领袖。

【译文】

胡毋彦国谈吐时说出来的优美言辞，犹如锯木时出来的木屑那样绵绵不绝，是后辈中的领袖。

五四

王丞相云：“刁玄亮之察察，戴若思之岩岩，卞望之之峰距。”

【译文】

王导说：“刁玄亮明察秋毫，戴若思态度威严，卞望之刚直不阿。”

五五

大将军语右军：“汝是我佳子弟，当不减阮主簿。”

【译文】

王敦对王羲之说："你是我家的优秀子弟，应当不比阮裕差。"

五六

世目周侯："嶷如断山。"

【译文】

世人评价周顗："像悬崖绝壁一样高耸陡峭。"

五七

王丞相招祖约夜语，至晓不眠。明旦有客，公头鬓未理，亦小倦。客曰："公昨如是，似失眠。"公曰："昨与士少语，遂使人忘疲。"

【译文】

王导邀请祖约晚上来叙谈，直到天亮还没睡。第二天一早有客人来，王导的头发鬓毛还未梳理，也感到有些困倦。客人说："您昨晚怎么如此疲倦，好像失眠了一样。"王导说："昨天晚上我和士少叙谈，就令人忘了困意了。"

五八

王大将军与丞相书，称杨朗曰："世彦识器理致，才隐明断。既为国器，且是杨侯淮之子。位望殊为陵迟，卿亦足与之处。"

【译文】

王敦给王导写信，称赞杨朗说：“世彦的见识器度、思想情趣，都表现了才学精微、论断高明。他既为治国之大器，且又是杨淮之子。可是他的地位名望却过于卑微，你也是值得与他交往的。”

五九

何次道往丞相许，丞相以麈尾指坐，呼何共坐曰：“来，来，此是君坐。”

【译文】

何充前往王导住处，王导用拂尘指着座位，叫何充来与自己并肩而坐，说：“来，来，这是您的座位。”

六〇

丞相治扬州廨舍，按行而言曰：“我正为次道治此尔！”何少为王公所重，故屡发此叹。

【译文】

王导修整扬州刺史官署，在视察巡行时说：“我只是为次道修整这个官署罢了！”何充年轻时就受到王导的重视，所以王导屡次发出这样的赞叹。

六一

王丞相拜司徒而叹曰：“刘王乔若过江，我不独拜公。”

【译文】

王导被授予司徒之职时感叹："刘王乔如果过江南下，我就不会独自一人担任三公之职了。"

六二

王蓝田为人晚成，时人乃谓之痴。王丞相以其东海子，辟为掾。常集聚，王公每发言，众人竞赞之。述于末坐曰："主非尧、舜，何得事事皆是？"丞相甚相叹赏。

【译文】

王述成名比较晚，当时人甚至于认为他小时候是痴子。王导因为他是东海太守的儿子，征召他为属官。大家曾经聚集在一起，王导每次发言，大家都竞相赞美他。坐在末座的王述说："长官不是尧、舜，怎么可能事事都是对的呢？"王导对他的话非常赞同。

六三

世目杨朗："沉审经断。"蔡司徒云："若使中朝不乱，杨氏作公方未已。"谢公云："朗是大才。"

【译文】

世人评价杨朗："深沉谨慎。"蔡谟说："如果中朝不乱，杨氏一门担任公卿的将会连绵不断。"谢安说："杨朗是有大才之人。"

六四

刘万安即道真从子，庾公所谓“灼然玉举”。又云：“千人亦见，百人亦见。”

【译文】

刘绥是刘宝的侄子，就是庾琮所说的“他鲜明的样子就像挺立的玉一样”。又说：“他在千人之中也能显现出来，在百人中也能显现出来。”

六五

庾公为护军，属桓廷尉觅一佳吏，乃经年。桓后遇见徐宁而知之，遂致于庾公曰：“人所应有，其不必有；人所应无，己不必无。真海岱清士！”

【译文】

庾亮担任护军将军时，嘱托桓彝寻找一位好的属吏，竟然过了整整一年仍未找到。桓彝后来遇见徐宁并赏识他，便推荐给庾亮说：“人们所应当有的，他不一定有；人们所应当没有的，他不一定没有。他确是海岱一带的高雅名士！”

六六

桓茂伦云：“褚季野皮里阳秋。”谓其裁中也。

【译文】

桓彝说：“褚季野是皮里阳秋。”就是说他表面上不做评论而心里却是有所判断的。

六七

何次道尝送东人，瞻望，见贾宁在后轮中曰："此人不死，终为诸侯上客。"

【译文】

何充曾经送别从东边吴郡、会稽来的人，放眼远望，看到贾宁坐在后面的车辆上，便说："这人日后只要不死的话，最终会成为诸侯的座上客。"

六八

杜弘治墓崩，哀容不称。庾公顾谓诸客曰："弘治至羸，不可以致哀。"又曰："弘治哭不可哀。"

【译文】

杜乂家的祖坟崩塌了，他的表情和这件事显得不相称，并不显得十分悲哀。庾亮回头对诸位宾客说："弘治体弱多病，不能尽哀。"又说："弘治哭的时候不能太哀伤。"

六九

世称"庾文康为丰年玉，稚恭为荒年谷"。庾家论云："是文康称恭为荒年谷，庾长仁为丰年玉。"

【译文】

世人称赞"庾文康是丰年的美玉，庾稚恭是荒年的稻谷"。庾家的评论则说："这是庾文康称赞庾稚恭为灾荒年头的粮食，庾长仁为丰年的美玉。”

七〇

世目：“杜弘治标鲜，季野穆少。”

【译文】

世人评论：“杜弘治仪表清秀俊美，褚季野处世宁静淡泊。”

七一

有人目杜弘治：“标鲜清令，盛德之风，可乐咏也。

【译文】

有人评价杜乂：“他的仪表清秀俊美，秀雅美好，高尚品德之风貌，值得用音乐来歌颂。”

七二

庾公云：“逸少国举。”故庾倪为碑文云：“拔萃国举。”

【译文】

庾亮说：“王羲之是全国拥戴之人。”所以庾倩为他所写的碑文说：“出类拔萃，为国人所拥戴。”

七三

庾稚恭与桓温书，称：“刘道生日夕在事，大小殊快。义怀通乐既佳，且足作友，正实良器。推此与君同济艰不者也。”

【译文】

庚翼写信给桓温，说：“刘道生不分昼夜忙于公事，上下左右的人都很称心。他为人道义胸怀通达乐观各方面都很好，又值得结为朋友，确实是位不可多得的人才。我把他推荐给你，可以与你同舟共济。”

七四

王蓝田拜扬州，主簿请讳，教云：“亡祖，先君，名播海内，远近所知。内讳不出于外，余无所讳。”

【译文】

王述担任扬州刺史时，主簿请示需要避讳的文字，王述批示道：“我去世的祖父，已故的父亲，名扬天下，远近无人不知。内讳从不传出门外，所以也就没有什么可避讳的了。”

七五

萧中郎，孙承公妇父。刘尹在抚军坐，时拟为太常，刘尹云：“萧祖周不知便可作三公不？自此以还，无所不堪。”

【译文】

萧轮是孙统的岳父。刘惔在司马昱抚军担任客卿时，准备让萧轮担任太常一职，刘惔说：“萧祖周不知可以担任三公吗？从三公以下的官职，他没有什么不能胜任的。”

七六

谢太傅未冠，始出西，诣王长史，清言良久。去后，苟子问曰：“向客何如尊？”长史曰：“向客亹亹，为来逼人。”

【译文】

谢安尚未成年时，刚到西边京城时，前去拜望王蒙，清谈玄理很长时间。谢安走后，王蒙的儿子王脩问道：“刚才的客人比起父亲怎么样？”王蒙说：“刚才的客人勤勉不倦的样子，说起话来咄咄逼人。”

七七

王右军语刘尹：“故当共推安石。”刘尹曰：“若安石东山志立，当与天下共推之。”

【译文】

王羲之对刘惔说：“我们应当共同推荐谢安石。”刘惔说：“如果谢安石志在隐居东山，我们应当与天下人共同推举他。”

七八

谢公称蓝田：“掇皮皆真。”

【译文】

谢安称誉王述：“他这人摘去外表露出的都是真率

的本性。”

七九

桓温行经王敦墓边过，望之云：“可儿！可儿！”

【译文】

桓温出行从王敦墓边路过，看着王敦的墓说：“令人满意的人！令人满意的人！”

八〇

殷中军道王右军云：“逸少清贵人，吾于之甚至，一时无所后。”

【译文】

殷浩称道王羲之说：“逸少是清高尊贵之人，我对于他可说是喜欢到极点，一时无人在他之后。”

八一

王仲祖称殷渊源：“非以长胜人，处长亦胜人。”

【译文】

王蒙称赞殷浩：“他非但凭借自己长处胜过他人，在认识自己的长处上也胜过他人。”

八二

王司州与殷中军语，叹云：“己之府奥，早已倾写而见；殷陈势浩汗，众源未可得测。”

【译文】

王胡之与殷浩谈论，叹息道：“我自己胸中所有的，早就已经倾诉出来了；而殷浩谈论的阵势浩大无边，众多的源头还无法估量呢。”

八三

王长史谓林公：“真长可谓金玉满堂。”林公曰：“金玉满堂，复何为简选？”王曰：“非为简选，直致言处自寡耳。”

【译文】

王蒙对支遁说：“真长的清谈真是金玉满堂，丰富多彩。”支遁说：“既然是金玉满堂，又为什么要选择言辞呢？”王蒙说：“不是经过选择，只是发出言辞时十分精辟而已。”

八四

王长史道江道群：“人可应有，乃不必有；人可应无，己必无。”

【译文】

王蒙称道江灌：“其他人应该有的，他不一定有；别人不应该有的，他必定没有。”

八五

会稽孔沈、魏颉、虞球、虞存、谢奉并是四族之俊，于时之杰。孙兴公目之曰："沈为孔家金，颢为魏家玉，虞为长、琳宗，谢为弘道伏。"

【译文】

会稽孔沈、魏颢、虞球、虞存、谢奉同是四个家族中的才俊，当时的杰出人物。孙绰品评他们说："孔沈是孔家的金子，魏颢是魏家的宝玉，虞家尊崇虞球和虞存，谢奉为谢家所钦佩。"

八六

王仲祖、刘真长造殷中军谈，谈竟，俱载去。刘谓王曰："渊源真可。"王曰："卿故堕其云雾中。"

【译文】

王蒙、刘惔同去拜访殷浩清谈，谈论完后，两人一同乘车离去。刘惔对王蒙说："渊源言论真行。"王蒙说："你肯定掉入他布下的迷雾中了。"

八七

刘尹每称王长史云："性至通而自然有节。"

【译文】

刘惔常称赞王蒙说："他的本性很通达而且自然有节制。"

八八

王右军道谢万石“在林泽中，为自遒上”；叹林公“器朗神俊”；道祖士少“风领毛骨，恐没世不复见如此人”；道刘真长“标云柯而不扶疏”。

【译文】

王羲之评价谢万“在山林水泽之中，可谓强健挺拔”；赞叹支遁“器宇开朗，神态秀雅”；评价祖约“风姿骨相不同凡俗，恐怕一辈子再也见不到这样的人了”；称道刘惔如“高耸入云的大树却并不显得枝叶繁茂”。

八九

简文目庾赤玉：“省率治除。”谢仁祖云：“庾赤玉胸中无宿物。”

【译文】

简文帝品评庾统：“他爽直坦率，洁身自好。”谢尚说：“庾赤玉胸中坦荡，丝毫没有芥蒂。”

九〇

殷中军道韩太常曰：“康伯少自标置，居然是出群器。及其发言遣辞，往往有情致。”

【译文】

殷浩称道韩伯说：“康伯年轻时就很自视甚高，确实是出类拔萃的人才。到了他发言用词时，常常充满风趣雅致。"

九一

简文道王怀祖："才既不长，于荣利又不淡，直以真率少许，便足对人多多许。"

【译文】

简文帝称道王述："他在才能上既不突出，对名利却又很热心，只是他凭着少许的真诚坦率，就足够抵得上他人许多东西了。"

九二

林公谓王右军云："长史作数百语，无非德音，如恨不苦。"王曰："长史自不欲苦物。"

【译文】

支遁对王羲之说："王蒙讲了几百句话，都是些合乎仁德的话，可惜的是这些话不能令对方为难。"王羲之说："王蒙本来不想为难人。"

九三

殷中军与人书，道谢万："文理转遒，成殊不易。"

【译文】

殷浩给人写信，评价谢万："写文章文辞义理越来越刚劲有力了，他取得的成就很不容易。”

九四

王长史云：“江思悛思怀所通，不翅儒域。”

【译文】

王蒙说：“江思悛思想上所通晓的，不仅仅儒学方面的知识。”

九五

许玄度送母始出都，人问刘尹：“玄度定称所闻不？”刘曰：“才情过于所闻。”

【译文】

许询送母亲初到京都，有人问刘惔：“许玄度是否如传闻所说的那样吗？”刘惔道：“他的才华要比传闻中更厉害。”

九六

阮光禄云：“王家有三年少：右军，安期，长豫。”

【译文】

阮裕说：“王家有三位有为青年：右军，安期，长豫。”

九七

谢公道豫章：“若遇七贤，必自把臂入林。”

【译文】

谢安评价谢鲲："如果碰到七贤，一定会与他们携手进入竹林同游。"

九八

王长史叹林公："寻微之功，不减辅嗣。"

【译文】

王蒙称赞支遁："他探寻精妙玄理的能力，不比王辅嗣逊色。"

九九

殷渊源在墓所几十年。于时朝野以拟管、葛，起不起，以卜江左兴亡。

【译文】

殷浩在祖先墓地隐居了将近十年。当时朝廷内外都把他比拟为管仲、诸葛亮一样有才华的人，根据他的出仕，来判断东晋的兴亡。

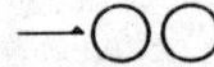

一〇〇

殷中军道右军："清鉴贵要。"

【译文】

殷浩评论王羲之："他有高明的见解，而又有尊贵

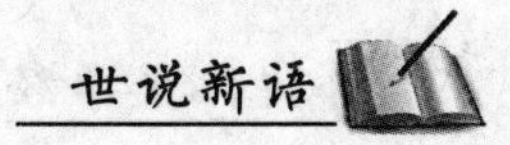

的地位。”

一〇一

谢太傅为桓公司马。桓诣谢，值谢梳头，遽取衣帻。桓公云：“何烦此！”因下共语至暝。既去，谓左右曰：“颇曾见如此人不？”

【译文】

谢安出任了桓温的司马。桓温去拜访谢安，正碰上谢安梳头，谢安急忙取来衣服和包头巾。桓温说：“何必这么麻烦呢！”于是就下车与谢安一起畅谈到傍晚。桓温离开后，对左右侍从说：“你们曾经见过这样的大人物吗？”

一〇二

谢公作宣武司马，属门生数十人于田曹中郎赵悦子。悦子以告宣武，宣武云：“且为用半。”赵俄而悉用之，曰：“昔安石在东山，缙绅敦逼，恐不豫人事。况今自乡选，反违之邪？”

【译文】

谢安出任桓温司马时，把几十个门生嘱托给田曹中郎赵悦。赵悦把这件事告诉桓温，桓温说：“暂时留用一半。”不久赵悦全部任用了他们，说：“过去谢安石隐居在东山时，缙绅们催逼他出仕，就怕他不肯过问世事。现如今是他亲自从乡里选拔来的人才，我反而要违背他的意愿吗？”

一〇三

桓宣武表云：“谢尚神怀挺率，少致民誉。”

【译文】

桓温呈上的奏章说：“谢尚胸怀直爽坦率，年轻时就获得很多人的称赞。”

一〇四

世目谢尚为“令达”。阮遥集云：“清畅似达。”或云：“尚自然令上。”

【译文】

世人都评价谢尚为“美好通达”。阮孚说：“他高雅疏放似乎很通达。”有人说：“谢尚不做作而美好卓越。”

一〇五

桓大司马病，谢公往省病，从东门入。桓公遥望，叹曰：“吾门中久不见如此人！”

【译文】

桓温生病，谢安去探望，从东门进去。桓温远远看见，感叹道：“我的门中很久没见到这样高雅的人物了！”

一〇六

简文目敬豫为“朗豫”。

【译文】

司马昱评价王恬是一个“开朗和悦”的人。

一〇七

孙兴公为庾公参军，共游白石山，卫君长在坐。孙曰：“此子神情都不关山水，而能作文。”庾公曰：“卫风韵虽不及卿诸人，倾倒处亦不近。”孙遂沐浴此言。

【译文】

孙绰担任庾亮的参军时，他们一同去游览白石山，卫永当时也在场。孙绰说：“这人的心思似乎不在山水风光，却能写文章。”庾亮说：“卫永的风度韵致虽然及不上你们诸位，可令人佩服的地方也是不同凡响。”这话使孙绰深感受教。

一〇八

王右军目陈玄伯：“垒块有正骨。”

【译文】

王羲之品评陈泰：“他胸中有郁结不平之气但是品性刚正不阿。”

一〇九

王长史云：“刘尹知我，胜我自知。”

【译文】

王蒙说：“刘尹了解我，胜过我对自己的了解。”

一一〇

王、刘听林公讲，王语刘曰："向高坐者，故是凶物。"复更听，王又曰："自是钵钎后王、何人也。"

【译文】

王蒙、刘惔听支道林讲经，王蒙对刘惔说："刚才坐在台上宣讲的人，原来是个违背佛法的人。"再听下去，王蒙又说："他本来是佛门中的王弼、何晏啊。"

一一一

许玄度言："《琴赋》所谓'非至精者，不能与之析理'，刘尹其人；'非渊静者，不能与之闲止'，简文其人。"

【译文】

许询说："《琴赋》所说的'不是最精通玄理的人，不能同他讨论玄理'，刘尹就是这样的人；'不是沉静的人，不能同他安静地相处'，简文帝就是这样的人。"

一一二

魏隐兄弟少有学义，总角诣谢奉。奉与语，大说之，曰："大宗虽衰，魏氏已复有人。"

【译文】

魏隐兄弟从小就有才学，小的时候去拜望谢奉。谢奉同他们说话，十分喜欢他们，说："他们的家族虽然衰落了，但魏家已经后继有人了。”

一一三

简文云：“渊源语不超诣简至，然经纶思寻处，故有局陈。”

【译文】

简文帝说：“渊源的话语并不高明也不简要精到，但是在组织条理方面，他的话确实也很有章法。”

一一四

初，法汰北来，未知名，王领军供养之。每与周旋行来，往名胜许，辄与俱。不得汰，便停车不行。因此名遂重。

【译文】

当初，竺法汰从北方来，没有什么名气，王洽供养他。王洽常常与他一同应酬交往，到名流处去拜访，总要与他一起去。法汰不能去，王洽就停下车来不走。因此法汰的名望就高起来了。

一一五

王长史与大司马书，道渊源“识致安处，足副时谈”。

【译文】

王蒙给桓温写信，评论殷浩道“他的见识情致和悠闲自得，足以与当时人的评论相称”。

一一六

谢公云："刘尹语审细。"

【译文】

谢安说："刘尹的言论精密细致。"

一一七

桓公语嘉宾："阿源有德有言，向使作令仆，足以仪刑百揆，朝廷用违其才耳。"

【译文】

桓温对郗超说："阿源既有美德又善于清谈，当初如果让他做尚书令或仆射，足以成为百官的模范，而现在朝廷任用他却是在浪费他的才能啊。"

一一八

简文语嘉宾："刘尹语末后亦小异，回复其言，亦乃无过。"

【译文】

简文帝司马昱对郗超说："刘尹谈论的最后部分与前面所说也有些不同，但反复回味他的话，竟也是没有什么问题。"

一一九

孙兴公、许玄度共在白楼亭，共商略先往名达。林公既非所关，听讫云：“二贤故自有才情。”

【译文】

孙绰、许询同在白楼亭，一起评论先前的名流贤达。支道林对他们所谈论的并不关心，听了之后说道：“二位贤士确实有才华。”

一二〇

王右军道东阳：“我家阿林，章清太出。”

【译文】

王羲之称道王临之：“我们家的阿临，才华横溢，甚为突出。”

一二一

王长史与刘尹书，道渊源：“触事长易。”

【译文】

长史王蒙写信给丹阳尹刘惔，评论殷渊源说：“他处理事情经常很平和。”

一二二

谢中郎云：“王修载乐托之性，出自门风。”

【译文】

谢万说：“王修载放浪不羁的性格，与他家里的风气有关。”

一二三

林公云：“王敬仁是超悟人。”

【译文】

支道林说：“王敬仁是悟性很强的人。”

一二四

刘尹先推谢镇西，谢后雅重刘，曰：“昔尝北面。”

【译文】

刘惔早年推崇谢尚，谢尚后来非常敬重刘惔，说：“我过去曾经对他执过弟子之礼。”

一二五

谢太傅称王修龄曰：“司州可与林泽游。”

【译文】

谢安评价王胡之说：“王司州这人值得与他一同游山玩水。”

一二六

谚曰：“扬州独步王文度，后来出人郗嘉宾。

【译文】

谚语说："扬州地区独一无二的人是王文度，后辈中出人头地的是郗嘉宾。"

一二七

人问王长史江虨兄弟群从，王答曰："诸江皆复足自生活。"

【译文】

有人问王蒙有关江虨兄弟及堂房子弟的情况，王蒙答道："江家诸位兄弟子侄都能在世间有自己的位置。"

一二八

谢太傅道安北："见之乃不使人厌，然出户去，不复使人思。"

【译文】

谢安说王坦之："看见他并不令人讨厌，但是当他离开了，也不会令人思念。"

一二九

谢公云："司州造胜遍决。"

【译文】

谢安说："王司州玄谈能达到美妙的境界，能够解决很多疑难问题。"

一三〇

刘尹云："见何次道饮酒，使人欲倾家酿。"

【译文】

刘惔说："每次看到何次道饮酒，就想要让人把家中所有美酒都拿出来请他喝。"

一三一

谢太傅语真长："阿龄于此事，故欲太厉。"刘曰："亦名士之高操者。"

【译文】

谢安对刘惔说："阿龄对于个人品格修养方面，确实有些过于严厉了。"刘惔说："他也是名士中具有高尚节操的人。"

一三二

王子猷说："世目士少为朗，我家亦以为彻朗。"

【译文】

王徽之讲："世人评价祖士少开朗，我也认为他是通达爽朗之人。"

一三三

谢公云："长史语甚不多，可谓有令音。"

【译文】

谢安说："王长史的话不是很多，说出来的都是美好的言辞。"

一三四

谢镇西道敬仁："文学镞镞，无能不新。"

【译文】

谢尚称道王修："他的文学修养非常杰出，如果没有一定的才能就不会有这么多新意。"

一三五

刘尹道江道群："不能言而能不言。"

【译文】

刘惔称道江灌："他不擅长发言却善于不发言。"

一三六

林公云："见司州警悟交至，使人不得住，亦终日忘疲。"

【译文】

支道林说："看到王司州敏捷与悟性一起涌现出来的时候，令人应接不暇，也令人听一整天也不会觉得疲劳。"

一三七

世称荀子秀出，阿兴清和。

【译文】

世人称道王脩明秀出众，王蕴清朗平和。

一三八

简文云：“刘尹茗柯有实理。”

【译文】

简文帝说：“刘尹看着好像喝多了的样子而实际上说话很有道理。”

一三九

谢胡儿作著作郎，尝作《王堪传》，不谙堪是何似人，咨谢公。谢公答曰：“世胄亦被遇。堪，烈之子，阮千里姨兄弟，潘安仁中外。安仁诗所谓‘子亲伊姑，我父唯舅’，是许允婿。”

【译文】

谢郎担任著作郎，曾作《王堪传》，不熟悉王堪是什么样人，于是去询问谢安。谢安答道：“世胄也曾经受到过恩惠。王堪是王烈的儿子，是阮千里的姨表兄弟，是潘安仁的中表兄弟，就是潘安仁诗中所说的‘你母亲是我姑母，我父亲是你舅父’，他是许允的女婿。”

一四〇

谢太傅重邓仆射，常言："天地无知，使伯道无儿。"

【译文】

谢安十分敬重邓攸，常常说："天地无知，竟然使伯道没有儿子。"

一四一

谢公与王右军书曰："敬和栖托好佳。"

【译文】

谢安给王羲之写信说："王敬和居住安身的地方很美。"

一四二

吴四姓旧目云："张文，朱武，陆忠，顾厚。"

【译文】

对吴郡四姓大家庭，过去的评论说："张姓崇文，朱姓尚武，陆姓忠诚，顾姓宽厚。"

一四三

谢公语王孝伯："君家蓝田，举体无常人事。"

【译文】

谢安对王恭说："你们家的蓝田侯，平时的一举一动都不是常人能做到的。”

一四四

许掾尝诣简文，尔夜风恬月朗，乃共作曲室中语。襟怀之咏，偏是许之所长，辞寄清婉，有逾平日。简文虽契素，此遇尤相咨嗟，不觉造膝，共叉手语，达于将旦。既而曰：“玄度才情，故未易多有许。”

【译文】

许询曾去拜见简文帝，这夜风静月朗，于是就一起在密室清谈。作诗抒发情怀，最是许询所擅长的，他诗中所寄托的辞意清丽婉转，超过了平日。简文帝虽然与许询一向都意气相投，但对这次晤谈尤其赞叹，两人不知不觉地促膝而坐，执手而谈，直到天将亮。过后简文帝说：“像玄度这样有才华的人，确实不易多得。”

一四五

殷允出西，郗超与袁虎书云：“子思求良朋，托好足下，勿以开美求之。”世目袁为“开美”，故子敬诗曰：“袁生开美度。”

【译文】

殷允往西边去，郗超写信给袁宏说：“子思要寻求好朋友，想与您结交，请不要以你的开朗美好的标准来要求他。”世人品评袁宏为“开朗美好”，所以王献之有诗句说：“袁生有开朗美好的气度。”

一四六

谢车骑问谢公："真长性至峭，何足乃重？"答曰："是不见耳！阿见子敬，尚使人不能已。"

【译文】

谢玄问谢安："真长的性情极为严厉，哪里值得如此敬重他？"谢安回答道："这是你没有见到他罢了！我见到子敬，还是会情不自禁地敬重他。"

一四七

谢公领中书监，王东亭有事，应同上省。王后至，坐促，王、谢虽不通，太傅犹敛膝容之。王神意闲畅，谢公倾目。还谓刘夫人曰："向见阿瓜，故自未易有，虽不相关，正自使人不能已已。"

【译文】

谢安兼任中书监，王珣有事，照例应当与谢安一同前往中书省。王珣后到，座位窄小拥挤，王、谢两家虽然互不联系，谢安还是收拢双膝容纳王珣同坐。王珣神态闲适舒畅，谢安注目看他。回到家谢安对刘夫人说："刚才见到阿瓜，他确实是位难得的人才，我们之间虽然不相关了，但还是令人心情难以平静啊。"

一四八

王子敬语谢公："公故萧洒。"谢曰："身不萧洒。君道身最得，身正自调畅。"

【译文】

王献之对谢安说："您的举止确实潇洒。"谢安说："我并不潇洒。只是您的评论我最满意，我只是襟怀调和畅达。"

一四九

谢车骑初见王文度曰："见文度，虽萧洒相遇，其复愔愔竟夕。"

【译文】

谢玄初次见到王坦之，说："见到了王坦之，虽然是偶遇，但他仍然整夜都是那种态度温和举止安详的样子。"

一五〇

范豫章谓王荆州："卿风流俊望，真后来之秀。"王曰："不有此舅，焉有此甥！"

【译文】

范宁对王忱说："你仪表风流倜傥，还有很高的声望，真是后起之秀。"王忱说："没有这样的舅舅，哪里会有这样的外甥！"

一五一

子敬与子猷书道："兄伯萧索寡会，遇酒则酣畅忘反，乃自可矜。"

【译文】

王献之写给王徽之的信中说："兄长孤寂少与人相投，但每到喝酒的时候就兴致酣畅痛饮忘返，这是值得夸赞的。"

一五二

张天锡世雄凉州，以力弱诣京师，虽远方殊类，亦边人之杰也。闻皇京多才，钦羡弥至。犹在渚住，司马著作往诣之。言容鄙陋，无可观听。天锡心甚悔来，以遐外可以自固。王弥有俊才美誉，当时闻而造焉。既至，天锡见其风神清令，言话如流，陈说古今，无不贯悉。又谙人物氏族中表，皆有证据。天锡讶服。

【译文】

张天锡世代雄踞凉州，因为势力衰弱迁至京都，他虽然是远方的异族，但也是边境地区的知名之士。他听说京都有很多人才，非常钦佩羡慕。当他还住在江边时，司马著作去拜访他。此人言论粗俗，容貌丑陋，没有什么可取的。张天锡心里很后悔到京都来，认为在边远地区自己可以坚持下去。王珉有卓越的才干又很出名，当时听说张天锡之名即去拜访他。两人相见之后，张天锡看到王珉的风度文采高雅美好，言谈话语滔滔不绝，论古说今，无不知晓。他又熟悉有关人物的宗族谱系和中表姻亲关系，说出来都是有根有据的。张天锡听了非常钦佩。

一五三

王恭始与王建武甚有情，后遇袁悦之间，遂致疑隙。然每至兴会，故有相思时。恭尝行散至京口射堂，于时清露晨流，新桐初引。恭目之曰："王大故自濯濯。"

【译文】

王恭当初与王忱感情很好，后来遭到袁悦的离间，于是就产生了误会。但是每当兴致来的时候，还是非常想念的。王恭曾经行散到京口射堂，这时清澈的露水在晨曦中闪烁，初生的桐叶刚刚生出萌芽。王恭品评王忱说："王大的确是清新脱俗啊。"

一五四

司马太傅为二王目曰："孝伯亭亭直上，阿大罗罗清疏。"

【译文】

司马道子对王恭、王忱品评说："孝伯刚强正直，阿大狂放不羁清朗疏达。"

一五五

王恭有清辞简旨，能叙说，而读书少，颇有重出。有人道："孝伯常有新意，不觉为烦。"

【译文】

王恭的谈论言辞清新意思简明，善于陈述，但是他读书少，有很多反复使用的地方。有人说："孝伯的看法时常有新意，并不觉得烦琐。"

一五六

殷仲堪丧后，桓玄问仲文："卿家仲堪，定是何似人？"仲文曰："虽不能休明一世，足以映彻九泉。"

【译文】

殷仲堪死后，桓玄问殷仲文："您家的仲堪，到底是什么样的人？"殷仲文说："他虽然不能像您这样美好清明于一世，但也足以光照九泉。"

品藻第九

一

汝南陈仲举、颍川李元礼二人，共论其功德，不能定先后。蔡伯喈评之曰："陈仲举强于犯上，李元礼严于摄下，犯上难，摄下易。"仲举遂在"三君"之下，元礼居"八俊"之上。

【译文】

对于汝南陈蕃、颍川李膺两个人，大家共同议论他们的功业德行，不能确定他们的排名。蔡伯喈评价他们说："陈蕃敢于冒犯上司，李膺管束下属很严厉，冒犯上司困难，管束下属容易。"于是陈蕃便排在"三君"之下，李膺居于"八俊"之上。

二

庞士元至吴，吴人并友之，见陆绩、顾劭、全琮，而为之目曰："陆子所谓驽马有逸足之用，顾子所谓驽牛可以负重致远。"或问："如所目，陆为胜邪？"曰："驽马虽精速，能致一人耳。驽牛一日行百里，所致岂一人哉？"吴人无以难。"全子好声名，似汝南樊子昭。"

【译文】

庞统到了吴地，吴地士人都来和他交朋友。他看到陆绩、顾邵、全琮，就对他们加以评论说：“陆绩就好比劣马有为人代步之用，顾劭就好比笨牛可以负重跑远路。”有人问：“如你所评论的，陆绩更胜一筹吗？”他说：“劣马比起笨牛来虽然速度很快，但只能承载一人而已。笨牛一天能行百里，但所承载的东西不是更多吗？”吴人无话可以反驳。庞统接着又说：“全琮看重名声，好像汝南的樊子昭。”

三

顾劭尝与庞士元宿语，问曰：“闻子名知人，吾与足下孰愈？”曰：“陶冶世俗，与时浮沉，吾不如子；论王霸之余策，览倚伏之要害，吾似有一日之长。”劭亦安其言。

【译文】

顾劭曾和庞统一同住宿谈论，问庞统道：“听说你以知人闻名，我与你之间谁更强些？”庞统说：“在熏陶化育社会风尚、追随世俗变化方面，我不如你；在论说儒家王霸之道、审时度势方面，我似乎比你略胜一筹。”顾劭也认为庞统的话说得非常准确。

四

诸葛瑾、弟亮及从弟诞，并有盛名，各在一国。于时以为蜀得其龙，吴得其虎，魏得其狗。诞在魏，与夏侯玄齐名；瑾在吴，吴朝服其弘量。

【译文】

诸葛瑾与弟弟诸葛亮以及族弟诸葛诞，都享有盛名，分别在三国任职。当时人认为蜀国得到其中的龙，吴国得到其中的虎，魏国得到其中的狗。诸葛诞在魏国，与夏侯玄齐名；诸葛瑾在吴国，吴国朝廷都佩服他的宽宏大量。

五

司马文王问武陔："陈玄伯何如其父司空？"陔曰："通雅博畅，能以天下声教为己任者，不如也；明练简至，立功立事，过之。"

【译文】

司马昭问武陔："陈玄伯与他父亲相比如何？"武陔说："在明达雅正、渊博通畅，能把天下的声威作风作为自己的责任方面，不如他父亲；而在精明干练、简要周到、建功立业方面，超过他父亲。"

六

正始中，人士比论，以五荀方五陈：荀淑方陈寔，荀靖方陈谌，荀爽方陈纪，荀彧方陈群，荀顗方陈泰。又以八裴方八王：裴徽方王祥，裴楷方王夷甫，裴康方王绥，裴绰方王澄，裴瓒方王敦，裴遐方王导，裴頠方王戎，裴邈方王玄。

【译文】

正始年间的时候，知名人士对比评论人物时，拿荀氏家族中的五位和陈氏家族中的五位对比：荀淑比拟陈寔，荀靖比拟陈谌，荀爽比拟陈纪，荀彧比拟陈群，荀颜比拟陈泰。又用八裴比拟八王：裴徽比拟王祥，裴楷比拟王衍，裴康比拟王绥，裴绰比拟王澄，裴瓒比拟王敦，裴遐比拟王导，裴頠比拟王戎，裴邈比拟王玄。

七

冀州刺史杨淮二子乔与髦，俱总角为成器。淮与裴頠、乐广友善，遣见之。頠性弘方，爱乔之有高韵，谓淮曰："乔当及卿，髦小减也。"广性清淳，爱髦之有神检，谓淮曰："乔自及卿，然髦尤精出。"淮笑曰："我二儿之优劣，乃裴、乐之优劣。"论者，以为乔虽高韵，而检不匝；乐言为得。然并为后出之俊。

【译文】

冀州刺史杨淮的两个儿子杨乔与杨髦，都是在年幼时就成材了。杨淮与裴頠、乐广很友好，就让两个儿子去拜见他们。裴頠性格旷达正直，喜欢杨乔高雅的气质，对杨淮说："杨乔应当赶得上你，杨髦稍稍不如你。"乐广性格高洁淳朴，喜欢杨髦有精神操守，对杨淮说："杨乔自当赶得上你，但是杨髦更加优秀杰出。"杨淮笑道："我两个儿子的优劣，竟然是裴頠、乐广的优劣。"当时议论者评论他们，认为杨乔虽然有高雅的气质，但品行却是不完备；乐广的话还是对的。不过兄弟俩都成为后起之秀。

八

刘令言始入洛，见诸名士而叹曰：“王夷甫太解明，乐彦辅我所敬，张茂先我所不解，周弘武巧于用短，杜方叔拙于用长。”

【译文】

刘讷刚到洛阳时，见到众名士就感叹道：“王夷甫太聪明绝顶，乐彦辅是我敬佩的人，张茂先是我所不理解的，周弘武能巧妙地用他的缺点，杜方叔则不善于发挥他的长处。”

九

王夷甫云：“闾丘冲优于满奋、郝隆。此三人并是高才，冲最先达。”

【译文】

王衍说：“闾丘冲比满奋、郝隆好。这三个人都是高才，闾丘冲最为出众。”

一〇

王夷甫以王东海比乐令，故王中郎作碑云：“当时标榜，为乐广之俪。”

【译文】

王衍把王承比作乐广，所以王坦之作碑文道：“当时的品评，王承是和乐广并驾齐驱的。”

一一

庾中郎与王平子雁行。

【译文】

庾敳与王澄并列齐名，难分伯仲。

一二

王大将军在西朝时，见周侯辄扇障面不得住。后度江左，不能复尔。王叹曰："不知我进，伯仁退？"

【译文】

王敦在西晋时，看见周顗总是用扇子不停地遮脸。后来渡江南下江东，不能够再这样了。王敦叹道："不知是我有了长进还是伯仁退步了？"

一三

会稽虞𩦎，元皇时与桓宣武同侠，其人有才理胜望。王丞相尝谓𩦎曰："孔愉有公才而无公望，丁潭有公望而无公才。兼之者其在卿乎？"𩦎未达而丧。

【译文】

会稽虞𩦎，晋元帝时与桓彝是同僚，这人有才思名望。王导对虞𩦎说："孔愉有才思却没有您的名望，丁潭有名望却没有您的才思。这两方面兼而有之的恐怕就是您了吧！"虞𩦎没什么作为就去世了。

一四

明帝问周伯仁：“卿自谓何如郗鉴？”周曰：“鉴方臣，如有功夫。”复问郗，郗曰：“周颢比臣，有国士门风。”

【译文】

晋明帝问周颢：“你自己认为比郗鉴怎么样？”周颢说：“郗鉴和我比，他好像更有修养。”明帝再问郗鉴，郗鉴说：“周颢和我相比，他更有国士家风。”

一五

王大将军下，庾公问：“闻卿有四友，何者是？”答曰：“君家中郎、我家太尉、阿平、胡毋彦国。阿平故当最劣。”庾曰：“似未肯劣。”庾又问：“何者居其右？”王曰：“自有人。”又问：“何者是？”王曰：“噫！其自有公论。”左右蹑公，公乃止。

【译文】

王敦东下京城，庾亮问：“听说你有四位朋友，他们都是谁？”王敦答道：“你家的中郎、我家的太尉、阿平、胡毋彦国。阿平在其中该当是最差的。”庾亮说：“他好像不一定是最差的。”庾亮又问：“哪一位居首位呢？王敦说：“自然有人。”庾亮又问：“是哪位？”王敦说：“噫！那是自有公论。”左右的人踩庾亮的脚，庾亮才停止发问。

一六

人问丞相："周侯何如和峤？"答曰："长舆嵯巍。"

【译文】

有人问王导："周侯与和峤相比怎么样？"王导答道："长舆像屹立的高山。"

一七

明帝问谢鲲："君自谓何如庾亮？"答曰："端委庙堂，使百僚准则，臣不如亮；一丘一壑，自谓过之。"

【译文】

晋明帝问谢鲲："你自己认为比庾亮怎么样？"谢鲲答道："在朝廷上穿着朝服办事，使百官效法，我不如庾亮；游玩于山水之间，自认为超过他。"

一八

王丞相二弟不过江，曰颖，曰敞。时论以颖比邓伯道，敞比温忠武。议郎、祭酒者也。

【译文】

王导的两个弟弟没有渡江南下，一个叫王颖，一个叫王敞。当时议论把王颖比为邓攸，把王敞比为温峤。他们分别当作议郎和祭酒者。

一九

明帝问周侯："论者以卿比郗鉴，云何？"周曰："陛下不须牵顗比。"

【译文】

晋明帝问周顗："议论者把你和郗鉴相比，如何？"周顗说："陛下无须拿周顗来比较。"

二〇

王丞相云："顷下论以我比安期、千里，亦推此二人；唯共推太尉，此君特秀。"

【译文】

王导说："目前的议论把我比为安期、千里，我也推崇这两个人；只是应当共同推崇太尉，他才是最优秀杰出的。"

二一

宋祎曾为王大将军妾，后属谢镇西。镇西问祎："我何如王？"答曰："王比使君，田舍、贵人耳。"镇西妖冶故也。

【译文】

宋祎曾经是王敦的姬妾，后归属谢尚，谢尚问宋祎："我比王敦怎么样？"宋祎回答道："王敦比起你来，不过是乡巴佬与大贵人相比较罢了。"这是谢尚长得妖艳动人之故。

二二

明帝问周伯仁："卿自谓何如庾元规？"对曰："萧条方外，亮不如臣；从容廊庙，臣不如亮。"

【译文】

晋明帝问周顗："你认为自己比庾元规怎么样？"周顗回答："归隐山林逍遥世外，庾亮不如我；周旋于朝廷上，我不如庾亮。"

二三

王丞相辟王蓝田为掾，庾公问丞相："蓝田何似？"王曰："真独简贵，不减父祖，旷然澹处，故当不如尔。"

【译文】

王导征召王述为属官，庾亮问王导："蓝田怎么样？"王导说："真率突出，简约尊贵方面，不比他父亲祖父差，但心胸开阔淡泊名利方面，还是比不上他们啊。"

二四

卞望之云："郗公体中有三反：方于事上，好下佞己，一反；治身清贞，大修计校，二反；自好读书，憎人学问，三反。"

【译文】

卞壶说："郗公身上有三件相互矛盾的事：侍奉

皇上很正直，却喜欢下属阿谀奉承自己，这是第一件矛盾的事；自己修身清廉正派，而对他人则斤斤计较，这是第二件矛盾的事；自己爱好读书，却讨厌他人勤学好问，这是第三件矛盾的事。”

二五

世论温太真是过江第二流之高者。时名辈共说人物，第一将尽之间，温常失色。

【译文】

世人评论温峤是渡江南下人物第二流中的佼佼者。当时名流们一起议论人物，第一流人物将要说完时，温峤常会紧张得脸色发白。

二六

王丞相云：“见谢仁祖，恒令人得上。与何次道语，唯举手指地曰：‘正自尔馨。’”

【译文】

王导说：“见到谢仁祖，常令人意气超脱凡俗积极向上。与何次道说话，他只是举手指着地说：‘正是这样。’”

二七

何次道为宰相，人有讥其信任不得其人。阮思旷慨然曰：“次道自不至此。但布衣超居宰相之位，可恨唯此一条而已。”

【译文】

何充担任宰相，有人指责他信用了不该信任的人。阮裕感慨地说："次道本来不至这样。但他以平民身份越级高居宰相之位，这就是他唯一的缺点了。"

二八

王右军少时，丞相云："逸少何缘复减万安邪？"

【译文】

王羲之年轻时，王导说："逸少为什么还不如万安呢？"

二九

郗司空家有伧奴，知及文章，事事有意。王右军向刘尹称之，刘问："何如方回？"王曰："此正小人有意向耳，何得便比方回？"刘曰："若不如方回，故是常奴耳。"

【译文】

郗鉴家有个北方籍的奴仆，懂得文章，样样事都能领会点儿意趣。王羲之向刘惔称赞他，刘惔问："他比方回怎么样？"王羲之说："这只是小人有志向而已，怎么就能比方回呢？"刘惔说："如果他不如方回，那他终究还是个平常的奴仆而已。"

三〇

时人道阮思旷：骨气不及右军，简秀不如真长，韶润不如仲祖，思致不如渊源，而兼有诸人之美。

【译文】

当时人们评论阮裕说：骨相气质不如王羲之，简约杰出不如刘惔，美好温润不如王蒙，才思情趣不如殷浩，但他兼有上述众人的优点。

三一

简文云："何平叔巧累于理，嵇叔夜俊伤其道。"

【译文】

简文帝说："何平叔巧言虚夸，牵累到他所说的真率之理，没有什么说服力；嵇叔夜才智出众，伤害其虚澹自然之道，让他无法去实现。"

三二

时人共论晋武帝出齐王之与立惠帝，其失孰多，多谓立惠帝为重。桓温曰："不然。使子继父业，弟承家祀，有何不可？"

【译文】

当时共同议论晋武帝把齐王司马攸赶出朝廷和立司马衷为太子这两件事，哪件事失误更大，多数人认为立惠帝为太子这事失误更大。桓温说："不是这样。让儿子继承父业，让弟弟治理国家，有什么不对吗？"

三三

人问殷渊源："当世王公以卿比裴叔道，云何？"殷曰："故当以识通暗处。"

【译文】

有人问殷浩："当代的达官贵人把您比为裴叔道，您认为怎么样？"殷浩说："应该是因为我们都有通晓玄理的学识大家才这么说的。"

三四

抚军问殷浩："卿定何如裴逸民？"良久答曰："故当胜耳。"

【译文】

司马昱问殷浩："你比裴逸民到底怎么样？"殷浩过了很久回答道："当然比他强了。"

三五

桓公少与殷侯齐名，常有竞心。桓问殷："卿何如我？"殷云："我与我周旋久，宁作我。"

【译文】

桓温年轻时与殷浩齐名，常有争胜之心。桓温问殷浩："你比我怎么样？"殷浩说："我长期和自己打交道，我宁可做我自己。"

三六

抚军问孙兴公："刘真长何如？"曰："清蔚简令。""王仲祖何如？"曰："温润恬和。""桓温何如？"曰："高爽迈出。""谢仁祖何如？"曰："清易令达。""阮思旷何如？"曰："弘润通长。""袁羊何如？"曰："洮洮清便。""殷洪远何如？"曰："远有致思。""卿自谓何如？"曰："下官才能所经，悉不如诸贤。至于斟酌时宜，笼罩当世，亦多所不及。然以不才，时复托怀玄胜，远咏《老》《庄》，萧条高寄，不与时务经怀，自谓此心无所与让也。"

【译文】

司马昱问孙绰："刘真长怎么样？"孙绰答道："他清高有才华，简约而美好。""王仲祖怎么样？"答道："他性情温顺，安适和畅。""桓温怎么样？"答道："他杰出豪爽，与众不同。""谢仁祖怎么样？"答道："他清高简易，美好通达。""阮思旷怎么样？"答道："他胸怀宽广，通达和善。""袁羊怎么样？"答道："他人品高洁，善于言辞。""殷洪远怎么样？"答道："他志向高远，富于情趣。""您自己认为怎么样？"答道："我的才学能力及我的经历，都不如上述诸位贤人。至于衡量时势所需，掌控时局，也有很多及不上他们。但是以我这样没什么成就的人，时常在玄理美妙的境界中寄托情怀，吟咏古代的《老子》《庄子》，超然物外，寄托高远，不把世事放在心上，自己认为这种心性是没有什么可以谦让的。"

三七

桓大司马下都，问真长曰："闻会稽王语奇进，尔邪？"刘曰："极进，然故是第二流中人耳。"桓曰："第一流复是谁？"刘曰："正是我辈耳。"

【译文】

桓温来到都城，问刘惔说："听说会稽王清谈进步很大，是这样吗？"刘惔说："进步是很大，但仍然是第二流中的人物而已。"桓温说："第一流人物又是谁呢？"刘惔说："正是我们这些人啊！"

三八

殷侯既废，桓公语诸人曰："少时与渊源共骑竹马，我弃去，已辄取之，故当出我下。"

【译文】

殷浩被废为庶人后，桓温对大家说："我小时候与殷浩一道骑竹马玩，我骑过后丢弃了的竹马，他总是把它拿去接着用，所以他该当在我之下。"

三九

人问抚军："殷浩谈竟何如？"答曰："不能胜人，差可献酬群心。"

【译文】

有人问司马昱："殷浩的清谈到底怎么样？"司马

昱答道："不能说比谁都厉害，但还可以满足大家的心思。"

四〇

简文云："谢安南清令不如其弟，学义不及孔严，居然自胜。"

【译文】

简文帝说："谢安南在长相方面不如他的弟弟谢聘，在才学义理上赶不上孔严，但是他竟然以其率真的性格胜过他们二人。"

四一

未废海西公时，王元琳问桓元子："箕子、比干迹异心同，不审明公孰是孰非？"曰："仁称不异，宁为管仲。"

【译文】

还没有废黜海西公司马奕时，王珣问桓温："箕子、比干事迹有不同之处但是用心相同，不知您认为谁对谁不对？"桓温答道："仁人的称呼没有不同，我宁愿做管仲那样的仁人。"

四二

刘丹阳、王长史在瓦官寺集，桓护军亦在坐，共商略西朝及江左人物。或问："杜弘治何如卫虎？"桓答曰："弘治肤清，卫虎奕奕神令。"王、刘善其言。

【译文】

刘惔、王蒙在瓦官寺聚会，桓伊也在场，一起评论西晋和江南的人物。有人问："杜弘治比卫虎怎么样？"桓伊答道："弘治外貌漂亮，卫虎神采焕发。"王蒙、刘惔认为他的话说得有道理。

四三

刘尹抚王长史背曰："阿奴比丞相，但有都长。"

【译文】

刘惔拍着王蒙的背说："你和丞相比起来，只是外表看着好一些罢了。"

四四

刘尹、王长史同坐，长史酒酣起舞。刘尹曰："阿奴今日不复减向子期。"

【译文】

刘惔、王蒙坐在一起，王蒙酒喝得很高兴于是欣然起舞。刘惔说："你今天不比向子期逊色。"

四五

桓公问孔西阳："安石何如仲文？"孔思未对，反问公曰："何如？"答曰："安石居然不可陵践，其处故乃胜也。"

【译文】

桓温问孔严："安石与仲文比怎么样？"孔严想了想，没有回答，反过来问桓温："您觉得如何？"桓温回答说："安石显然不能使人压制他的决定，他的处世之道确实超过殷仲文。"

四六

谢公与时贤共赏说，遏、胡儿并在坐。公问李弘度曰："卿家平阳，何如乐令？"于是李潸然流涕曰："赵王篡逆，乐令亲授玺绶。亡伯雅正，耻处乱朝，遂至仰药，恐难以相比。此自显于事实，非私亲之言。"谢公语胡儿曰："有识者果不异人意。"

【译文】

谢安与当时的贤士共同品评人物，谢玄、谢朗同时在座。谢安问李充说："你家的平阳比乐令怎么样？"这时李充泪流满面地说："起王篡逆废帝自立，乐令亲自授给他玺绶。先伯父为人正直，以身处乱朝为耻，就服毒自尽了，他们恐怕难以相比。这是很明显的事实，并非我偏袒亲人之言。"谢安对谢朗说："有见识的人果然与人们的意见都是一样的。"

四七

王修龄问王长史："我家临川，何如卿家宛陵？"长史未答，修龄曰："临川誉贵。"长史曰："宛陵未为不贵。"

【译文】

王胡之问王蒙："我家临川比你家宛陵怎么样？"王蒙尚未回答，王胡之就说："临川的声誉更高。"王蒙说："宛陵也未见得声誉不高。"

四八

刘尹至王长史许清言，时苟子年十三，倚床边听。既去，问父曰："刘尹语何如尊？"长史曰："韶音令辞不如我，往辄破的胜我。"

【译文】

刘惔到王蒙处清谈，当时王脩只有十三岁，靠在床边听。刘惔离开后，王脩问父亲道："刘尹的谈论比父亲怎么样？"王蒙说："在音律和言辞方面，他不如我；辩论的时候总能切中要害方面，他胜过我。"

四九

谢万寿春败后，简文问郗超："万自可败，那得乃尔失士卒情？"超曰："伊以率任之性，欲区别智勇。"

【译文】

谢万在寿春大败后，简文帝问郗超："谢万自然可能失败，但怎么会如此失去士兵的拥戴呢？"郗超说："他凭着随意放纵的性格，想要把智谋和勇敢区分开来。"

五〇

刘尹谓谢仁祖曰："自吾有四友，门人加亲。"谓许玄度曰："自吾有由，恶言不及于耳。"二人皆受而不恨。

【译文】

刘惔对谢尚说："自从我有了四位相知的好友后，门生弟子都更加亲近我了。"又对许询说："自从我有了仲由后，就再也听不到恶言恶语了。"谢、许二人都接受这一说法而没有什么不满。

五一

世目殷中军："思纬淹通，比羊叔子。"

【译文】

世人品评殷浩："他的思路广博通达，可以与羊祜相提并论。"

五二

有人问谢安石、王坦之优劣于桓公。桓公停欲言，中悔，曰："卿喜传人语，不能复语卿。"

【译文】

有人向桓温问谢安和王坦之两人的优劣。桓温正想说，中途又后悔，说："你喜欢传播别人的话，我不能再跟你说什么了。"

五三

王中郎尝问刘长沙曰：“我何如荀子？”刘答曰：“卿才乃当不胜荀子，然会名处多。”王笑曰：“痴。”

【译文】

王坦之曾经问刘爽：“我比王脩怎么样？”刘爽答道：“你的才学应当不会超过王脩，但是领悟名理处却比他多。”王坦之笑着说：“傻话。”

五四

支道林问孙兴公：“君何如许掾？”孙曰：“高情远致，弟子早已服膺；一吟一咏，许将北面。”

【译文】

支道林问孙绰：“你比起许询来怎么样？”孙绰说：“他的高尚情操、深远志趣，我早已衷心佩服；但是在吟咏诗赋方面，他不如我。”

五五

王右军问许玄度：“卿自言何如安万？”许未答，王因曰：“安石故相与雄，阿万当裂眼争邪？”

【译文】

王羲之问许询：“你自己认为比谢安、谢万怎么样？”许询没有回答，王羲之就说：“安石固然可以对你称雄，阿万对你却应当是怒目相争吧！”

五六

刘尹云：“人言江虨田舍，江乃自田宅屯。”

【译文】

刘惔说：“人们都说江虨是乡巴佬，江虨本来就拥有很多的田地、住宅、村庄。”

五七

谢公云：“金谷中苏绍最胜。”绍是石崇姊夫，苏则孙，愉子也。

【译文】

谢安说：“金谷园聚会中所作之诗以苏绍写的诗作最好。”苏绍是石崇的姊夫，是苏则的孙子，苏愉的儿子。

五八

刘尹目庾中郎：“虽言不愔愔似道，突兀差可以拟道。”

【译文】

刘惔品评庾敳：“他的言谈虽然不像老庄义理那样和悦，但是其中突出之处尚能与得道之语相比拟。”

五九

孙承公云：“谢公清于无奕，润于林道。”

【译文】

孙统说："谢公比无奕清纯，比林道温文尔雅。"

六〇

或问林公："司州何如二谢？"林公曰："故当攀安提万。"

【译文】

有人问支道林："王司州比二谢怎么样？"支道林说："当然是不如谢安，比谢万强了。"

六一

孙公兴、许玄度皆一时名流。或重许高情，则鄙孙秽行；或爱孙才藻，而无取于许。

【译文】

孙绰、许询都是当时的名人。有的人敬重许询的高尚情操，就鄙视孙绰的污浊行为；有的人喜爱孙绰的才思文采，而认为许询没有什么可取。

六二

郗嘉宾道谢公："造膝虽不深彻，而缠绵纶至。"又曰："右军诣嘉宾。"嘉宾闻之云："不得称诣，政得谓之朋耳。"谢公以嘉宾言为得。

【译文】

郗超品评谢安："他的谈论虽然不很深刻透彻，但是却非常全面，而且条理分明。”又有人说：“王羲之颇有造诣比郗超深刻。”郗超听到后说：“不能称他造诣高，只能说是同等而已。”谢安认为郗超的话有道理。

六三

庾道季云：“思理伦和，吾愧康伯；志力强正，吾愧文度。自此以还，吾皆百之。”

【译文】

庾龢说：“论思路清晰，我自愧不如康伯；论意志坚定，我自愧不如文度。除此以外，我都比他们强百倍。”

六四

王僧恩轻林公，蓝田曰：“勿学汝兄，汝兄自不如伊。”

【译文】

王祎之轻视支遁，蓝田侯告诉王述说：“不要学你哥哥，你哥哥本就不如他。”

六五

简文问孙兴公：“袁羊何似？”答曰：“不知者不负其才，知之者无取其体。”

【译文】

简文帝问孙绰：“袁羊这人怎么样？”孙绰回答道：“不了解他会觉得他比较有才能，了解他的人会觉得他的品德不太好。”

六六

蔡叔子云：“韩康伯虽无骨干，然亦肤立。”

【译文】

蔡系说：“韩康伯的身材看上去像骨架一样，但其外表的样子也还过得去。”

六七

郗嘉宾问谢太傅曰：“林公谈何如嵇公？”谢云：“嵇公勤著脚，裁可得去耳。”又问：“殷何如支？”谢曰：“正尔有超拔，支乃过殷。然亹亹论辩，恐殷欲制支。”

【译文】

郗超问谢安说：“林公清谈比嵇公怎么样？”谢安道：“嵇公需要不断地努力，才能赶上去啊。”郗超又问：“殷浩比支遁怎么样？”谢安说：“恰好支遁有超凡脱俗的风度，超过殷浩。但是在滔滔不绝的论辩方面，恐怕殷浩是强过支遁。”

六八

庾道季云：“廉颇、蔺相如虽千载上死人，懔懔恒如有生气；曹蜍、李志虽见在，厌厌如九泉下人。人皆如此，便可结绳而治，但恐狐狸猯狢啖尽。”

【译文】

庾龢说："廉颇、蔺相如虽然死了千年以上，但是仍然正气懔然勃勃有生气；曹蜍、李志虽然现在活着，却精神萎靡像坟墓里的死人一样。如果人人都像曹、李这样，不如就回到结绳而治的远古时代，但那样的话恐怕人都要被野兽吃光了。"

六九

卫君长是萧祖周妇兄，谢公问孙僧奴："君家道卫君长云何？"孙曰："云是世业人。"谢曰："殊不尔，卫自是理义人。"于时以比殷洪远。

【译文】

卫永是萧轮的妻兄，谢安问孙腾："您说卫君长这个人怎么样？"孙腾说："是个能够建功立业的人。"谢安说："根本不是这样，卫君长本是擅长名理、经义的人。"当时都把他比为殷融。

七〇

王子敬问谢公："林公何如庾公？"谢殊不受，答曰："先辈初无论，庾公自足没林公。"

【译文】

王献之问谢安："林公比庾公怎么样？"谢安很不愿意接受这样的比较，回答道："先辈们当初没有议论过，庾公自然能够超过林公。”

七一

谢遏诸人共道竹林优劣，谢公云：“先辈初不臧贬七贤。”

【译文】

谢玄等人一起评论竹林七贤的优劣，谢安说：“前辈们从来不会褒贬七贤。”

七二

有人以王中郎比车骑。车骑闻之曰：“伊窟窟成就。”

【译文】

有人拿王坦之来比谢玄。谢玄听到这话说：“他勤奋努力，所以有现在的成就。”

七三

谢太傅谓王孝伯：“刘尹亦奇自知，然不言胜长史。”

【译文】

谢安对王恭说：“刘尹也很有自知之明，他很谦虚从不说自己超过长史。”

七四

王黄门兄弟三人俱诣谢公，子猷、子重多说俗事，子敬寒温而已。既出，坐客问谢公："向三贤孰愈？"谢公曰："小者最胜。"客曰："何以知之？"谢公曰："吉人之辞寡，躁人之辞多。推此知之。"

【译文】

王徽之兄弟三人一起去拜访谢安，王徽之、王操之说的大多是世俗的事，王献之只是附和着寒暄几句而已。他们辞别出去后，在座的宾客问谢安："刚才离去的三位贤人中哪一位最好？"谢安说："小的那位最好。"宾客说："凭什么知道他最好？"谢安说："美善之人言辞少而精，浮躁之人言辞多而杂。由此就能看出来了。"

七五

谢公问王子敬："君书何如君家尊？"答曰："固当不同。"公曰："外人论殊不尔。"王曰："外人那得知？"

【译文】

谢安问王献之："您的书法比令尊怎么样？"王献之回答道："当然有区别。"谢安说："外面的人却不是这样评论的。"王献之说："外人怎么懂呢？"

七六

王孝伯问谢太傅："林公何如长史？"太傅曰："长史韶兴。"问："何如刘尹？"谢曰："噫！刘尹秀。"王曰："若如公言，并不如此二人邪？"谢云："身意正尔也。"

【译文】

王恭问谢安："林公与长史相比怎么样？"谢安说："长史有美好的兴致。"又问："林公与刘尹相比又如何？"谢安说："噫！刘尹优秀。"王恭说："如果像你说的这样，他都不如这两个人吗？"谢安说："我就是这个意思。"

七七

人有问太傅："子敬可是先辈谁比？"谢曰："阿敬近撮王、刘之标。"

【译文】

有人问谢安："子敬可以与先辈中哪一位相比？"谢安说："阿敬接近于聚集了王蒙、刘惔两个人的格调于一身。"

七八

谢公语孝伯："君祖比刘尹，故为得逮。"孝伯云："刘尹非不能逮，直不逮。"

【译文】

谢安对王恭说："令祖父比起刘尹来，确实是能够赶上的。"王恭说："刘尹不是不能赶，只是我祖父不想赶罢了。"

七九

袁彦伯为吏部郎，子敬与郗嘉宾书曰：“彦伯已入，殊足顿兴往之气。故知捶挞自难为人，冀小却，当复差耳。”

【译文】

袁宏担任吏部郎，王献之给郗超写信说：“彦伯已经进入吏部任职了，这个官职很能够挫伤他的锐气。他当然知道如果受到笞刑就难以做人了，只是希望过些日子情况会好一些。”

八〇

王子猷、子敬兄弟共赏《高士传》人及赞，子敬赏“井丹高洁”，子猷云：“未若‘长卿慢世’。”

【译文】

王徽之、王献之兄弟一起欣赏《高士传》中的人物故事及名言。献之欣赏“井丹高洁”之赞，徽之说：“不如‘长卿慢世’更好。”

八一

有人问袁侍中曰：“殷仲堪何如韩康伯？”答曰：“理义所得，优劣乃复未辨。然门庭萧寂，居然有名士风流，殷不及韩。”故殷作诔云：“荆门昼掩，闲庭晏然。”

【译文】

有人问袁恪之说：“殷仲堪比韩康伯怎么样？”袁

恪之答道："在名理经义的心得方面，两人的优劣是不相上下的。但是在门庭冷落寂寞方面，显示有风度气节方面，则殷仲堪比不上韩伯。"所以殷仲堪为韩伯所作的诔文说："贫寒之门白昼紧闭，清闲的庭院一派宁静。"

八二

王子敬问谢公："嘉宾何如道季？"答曰："道季诚复钞撮清悟，嘉宾故自上。"

【译文】

王献之问谢安："嘉宾比道季怎么样？"谢安答道："道季之清谈确实集中了各家清虚善悟，悟性高，但嘉宾本来就很杰出。"

八三

王珣疾，临困，问王武冈曰："世论以我家领军比谁？"武冈曰："世以比王北中郎。"东亭转卧向壁，叹曰："人固不可以无年！"

【译文】

王珣生病，到了生命垂危时，问王谧说："世人评论把我家领军和谁并列？"王谧道："世人把他比为王北中郎。"王珣转过身面向墙壁躺着，叹息说："人真是不能不长寿啊！"

八四

王孝伯道谢公："浓至。"又曰："长史虚，刘尹秀，谢公融。"

【译文】

王恭评价谢安："浓厚深沉。"又说："长史谦虚，刘尹优秀，谢公融合通达。"

八五

王孝伯问谢公："林公何如右军？"谢曰："右军胜林公。林公在司州前，亦贵彻。"

【译文】

王恭问谢安："林公比右军怎么样？"谢安说："右军胜过林公。林公比起王司州来还算得上是尊贵通达。"

八六

桓玄为太傅，大会，朝臣毕集。坐裁竟，问王桢之曰："我何如卿第七叔？"于时宾客为之咽气。王徐徐答曰："亡叔是一时之标，公是千载之英。"一坐欢然。

【译文】

桓玄担任太尉时，大会宾客，朝廷大臣都聚集在一起。刚刚入座，桓玄问王桢之说："我比你七叔怎么样？"这时宾客们都为王桢之紧张得屏住了气。王桢之却从容不迫地回答道："我的亡叔是一时的典范，您则是千载难逢的英豪。"满座宾客听了都很高兴。

八七

桓玄问刘太常曰："我何如谢太傅？"刘答曰："公高，太傅深。"又曰："何如贤舅子敬？"答曰："楂梨橘柚，各有其美。"

【译文】

桓玄问刘瑾："我比谢太傅怎么样？"刘瑾答道："您高远，太傅深沉。"桓玄又问："我比令舅子敬怎么样？"刘瑾答道："山楂、梨、橘子、柚子，每个水果都有自己不同的味道。"

八八

旧以桓谦比殷仲文。桓玄时，仲文入，桓于庭中望见之，谓同坐曰："我家中军，那得及此也！"

【译文】

过去拿桓谦比殷仲文。桓玄执政时，殷仲文从外面进门，桓玄在庭院中看见他，对同座的人说："我家的中军，哪里能比得上这个人呢！"

规箴第十

一

汉武帝乳母尝于外犯事，帝欲申宪。乳母求救东方朔，朔曰：“此非唇舌所争，尔必望济者，将去时，但当屡顾帝，慎勿言，此或可万一冀耳。”乳母既至，朔亦侍侧，因谓曰：“汝痴耳！帝岂复忆汝乳哺时恩邪？”帝虽才雄心忍，亦深有情恋，乃凄然愍之，即敕免罪。

【译文】

汉武帝的乳母曾经在外面犯了法，武帝想要依法惩办。乳母向东方朔求救，东方朔说：“这不是靠言语所能够争辩的，你如果一定想获得宽恕，只能在将要离开时，频频回头看，千万不要说话，这样或许有一丝的机会。”乳母来见武帝告别时，东方朔也在武帝身边侍立，于是他就对乳母说：“你真愚蠢啊！皇帝哪里还能回想起你小时候给他哺乳的恩情呢？”武帝虽然才能出众心狠手辣，但对乳母也深有情感，于是悲伤怜悯她，随即赦免了她的罪。

二

京房与汉元帝共论，因问帝：“幽、厉之君何以亡？所任何人？”答曰：“其任人不忠。”房曰：“知不忠而任之，何邪？”

曰："亡国之君各贤其臣，岂知不忠而任之？"房稽首曰："将恐今之视古，亦犹后之视今也。"

【译文】

京房与汉元帝一起谈论，于是就问元帝："周幽王、周厉王这样的国君为什么会亡国？他们所任用的都是什么样的人？"元帝答道："他们所任用的人不忠。"京房说："知道不忠还要任用他们，是为什么呢？"元帝说："亡国之君都自认为他们的臣子是贤能的，哪里会知道他们不忠还会去任用他们呢？"京房叩头说："恐怕我们今人看古人，也就像后人看今人一样呢。"

三

陈元方遭父丧，哭泣哀恸，躯体骨立。其母愍之，窃以锦被蒙上。郭林宗吊而见之，谓曰："卿海内之俊才，四方是则，如何当丧，锦被蒙上？孔子曰：'衣夫锦也，食夫稻也，于汝安乎？'吾不取也！"奋衣而去。自后宾客绝百所日。

【译文】

陈纪遭遇父亲去世，哭泣哀痛，骨瘦如柴。他母亲怜悯他，私下里用锦缎被子盖在他身上。郭林宗来吊丧看见了，对他说："你是国内杰出的人才，四面八方的人士都以你为榜样，你怎么面对丧事，怎么能身上盖着锦被？孔子说：'穿着锦衣，吃着米饭，现在你能安心吗？'我是看不起这种人的！"说完拂袖而去。此后一百多天里也不见有宾客上门吊丧。

四

孙休好射雉，至其时，则晨去夕反。群臣莫不止谏："此为小物，何足甚耽？"休曰："虽为小物，耿介过人，朕所以好之。"

【译文】

孙休爱好射野鸡，到了打猎的季节，就早出晚归地去打猎。臣子们都加以劝阻："这是小东西，哪里值得过于入迷？"孙休说："虽然是小东西，但它比人还耿直，所以我喜欢它。"

五

孙皓问丞相陆凯曰："卿一宗在朝有几人？"陆曰："二相、五侯、将军十余人。"皓曰："盛哉！"陆曰："君贤臣忠，国之盛也；父慈子孝，家之盛也。今政荒民弊，覆亡是惧，臣何敢言盛！"

【译文】

孙皓问丞相陆凯："你们家族有几个人在朝廷当官？"陆凯说："两个丞相、五个侯爵、十多个将军。"孙皓说："真兴旺啊！"陆凯说："国君贤明，臣下忠诚，是国家的兴旺；父母慈爱，儿子孝顺，是家庭的兴旺。如今政务荒废，民众疲困，只怕是国家都要灭亡了，我怎么敢说家族还能兴旺呢！"

六

何晏、邓飏令管辂作卦，云："不知位至三公不？"卦成，辂称引古义，深以戒之。飏曰："此老生之常谈。"晏曰："知几其神乎，古人以为难；交疏吐诚，今人以为难。今君一面，尽二难之道，可谓'明德惟馨'。《诗》不云乎：'中心藏之，何日忘之！'"

【译文】

何晏、邓飏让管辂卜卦，说："不知道我们能升到三公之位吗？"卜卦完成后，管辂引经据典，语重心长地劝诫他们。邓飏说："这是老生常谈。"何晏说："预知细微征兆就能达到神妙境界，古人认为这是很难做到的；交情疏远却能吐露真诚，今人认为这也是很难做到的。现在你与我们只是一面之交，却能解决这两个难题，可称得上是'明德惟馨'。《诗经》不是说过吗：'中心藏之，何日忘之！'"

七

晋武帝既不悟太子之愚，必有传后意，诸名臣亦多献直言。帝尝在陵云台上坐，卫瓘在侧，欲申其怀，因如醉，跪帝前，以手抚床曰："此坐可惜！"帝虽悟，因笑曰："公醉邪？"

【译文】

晋武帝对太子的愚笨并不知晓，就必然有将帝位传给他的意思，诸位名臣也多直言进谏。武帝曾在陵云台上坐，卫瓘陪在他旁边，想要说明他自己的心意，便像喝醉了一样跪在武帝前，用手抚摸武帝的坐榻说："这个座位多么可惜啊！"武帝虽然明白他的意思，却笑着说："你喝醉了吗？"

八

王夷甫妇，郭泰宁女，才拙而性刚，聚敛无厌，干豫人事。夷甫患之而不能禁。时其乡人幽州刺史李阳，京都大侠，犹汉之楼护，郭氏惮之。夷甫骤谏之，乃曰：“非但我言卿不可，李阳亦谓卿不可。”郭氏小为之损。

【译文】

王衍的妻子是郭豫的女儿，愚笨而且性格倔强，生性贪婪，喜欢干涉别人的事情。王衍很不满意她的行为但又没办法阻止她。当时他的同乡幽州刺史李阳，是京都有名的大侠，就像汉代的楼护那样，郭氏很怕他。王衍屡次劝谏他，就说：“不只是我说你不能这样，就是李阳也说你不可以如此。”郭氏听了才有所收敛。

九

王夷甫雅尚玄远，常嫉其妇贪浊，口未尝言“钱”字。妇欲试之，令婢以钱绕床，不得行。夷甫晨起，见钱阂行，呼婢曰：“举却阿堵物！”

【译文】

王衍向来崇尚玄理，非常厌恶他妻子的贪婪，所以口中从来不说“钱”字。妻子想试探他，便命婢女用钱围绕在床边，让他无法下床行走。王衍早晨起床，看见钱阻碍他走路，就对婢女说：“把这个东西拿走！”

一〇

王平子年十四五，见王夷甫妻郭氏贪，欲令婢路上儋粪。平子谏之，并言不可。郭大怒，谓平子曰："昔夫人临终，以小郎嘱新妇，不以新妇嘱小郎。"急捉衣裾，将与杖。平子饶力，争得脱，逾窗而走。

【译文】

王澄十四五岁时，看到王衍妻子郭氏很贪心，竟然让婢女到路上去捡粪。王澄就去劝阻她，并且说不可以这样做。郭氏听了大怒，对王澄说："过去老夫人临终时，把你托付给我，而没有把我托付给你。"很快地抓住王澄的衣襟，准备拿杖打他。王澄仗着力气大得以挣扎脱身，跳窗逃跑了。

一一

元帝过江犹好酒，王茂弘与帝有旧，常流涕谏。帝许之，命酌酒一酣，从是遂断。

【译文】

元帝渡江南下后仍然嗜酒如命，王导与元帝有老交情，常常流着眼泪劝谏。元帝答应戒酒，叫人斟酒来再痛快地喝一次，从此以后便戒酒再也不喝了。

一二

谢鲲为豫章太守，从大将军下至石头。敦谓鲲曰："余不得复为盛德之事矣！”鲲曰：“何为其然？但使自今已后，日亡日去耳。”敦又称疾不朝，鲲谕敦曰：“近者明公之举，虽欲大存社稷，然四海之内，实怀未达。若能朝天子，使群臣释然，万物之心，于是乃服。仗民望以从众怀，尽冲退以奉主上，如斯则勋侔一匡，名垂千载。”时人以为名言。

【译文】

谢鲲时任豫章太守，随着大将军王敦举兵东下到了石头城。王敦对谢鲲说：“我不能再做辅佐太子、建功立业的盛德之事了！”谢鲲说：“为什么这样呢？只要从今以后，随着时间的流逝，忘记过去君臣之间不愉快之事就行了。”王敦又称病不去朝见晋元帝，谢鲲劝告王敦说：“近来你的举动，虽然想用力保存国家社稷，但你的真实心意其他人还是不会理解。如果你能去朝见天子，让群臣的疑虑消除，万众之心就会敬服你。倚靠百姓的愿望顺从众人的心意，竭尽谦和退让的态度来侍奉主上，这样你的功勋就与一匡天下的管仲等人相提并论，就能永垂千古了。”当时人都认为他的话很有道理。

一三

元皇帝时，廷尉张闿在小市居，私作都门，早闭晚开，群小患之，诣州府诉，不得理；遂至檛登闻鼓，犹不被判。闻贺司空出，至破冈，连名诣贺诉。贺曰：“身被征作礼官，不关此事。”群小叩头曰：“若府君复不见治，便无所诉。”贺未语，令且去，见张廷尉当为及之。张闻，即毁门，自至方山迎贺。贺出见，辞之曰：“此不必见关，但与君门情，相为惜之。”张愧谢曰：“小人有如此，始不即知，早已毁坏。”

【译文】

元帝时，廷尉张闿住在小集市，私自设置街道的大门，每天早关门晚开门，老百姓都为此事担忧，到州衙门去告状，衙门却不管；老百姓便到朝堂外去击打登闻鼓，还是没有找到申诉的地方。听说贺循出行，到了破冈，便联名到贺循处申诉。贺循说："我被任命为礼官，与此事无关。"百姓们叩头道："如果府君也不管这事，我们就无处申诉了。"贺循没说别的话，只是让他们暂时离开，说自己见到张廷尉时会提到此事的。张闿听说后，立即拆去大门，亲自到方山来迎候贺循。贺循出来见张闿，告诉他说："此事本不与我相关，只是我家与你家有世交之谊，相互间要珍惜这份感情。"张闿惭愧地道歉说："百姓有此等情形，我当时却不知道，否则早已把门拆毁了。"

一四

郗太尉晚节好谈，既雅非所经，而甚矜之。后朝觐，以王丞相末年多可恨，每见必欲苦相规诫。王公知其意，每引作他言。临还镇，故命驾诣丞相，翘须厉色，上坐便言："方当乖别，必欲言其所见。"意满口重，辞殊不流。王公摄其次曰："后面未期。亦欲尽所怀，愿公勿复谈。"郗遂大瞋，冰衿而出，不得一言。

【译文】

郗鉴晚年喜欢谈论，这不是他所擅长的，而他对此却很自负。后来朝见皇帝时，他对王导晚年宽容江南士族之事很不满，每次见面必定要苦苦规劝告诫。王导知道他的意思，每次都用其他的话题引开去。到了要回去之时，郗鉴便特地让人驾车去拜会王导，翘起胡子，怒容满面，一坐下就说："正当离别之时，我一定要把我见到的情况说出来。"他想说的意思很多却口齿迟钝，说话很不流畅。王导随后说：以后见面的日期不知何时。我也想把我心里要说的都说出来，希望你不要再谈了。"郗鉴听了大为恼怒，脸色阴沉态度傲慢地走了，一句话也说不出来。

一五

王丞相为扬州，遣八部从事之职。顾和时为下传还，同时俱见。诸从事各奏二千石官长得失，至和独无言。王问顾曰："卿何所闻？"答曰："明公作辅，宁使网漏吞舟，何缘采听风闻，以为察察之政？"丞相咨嗟称佳，诸从事自视缺然也。

【译文】

王导任丞相时兼领扬州刺史，派遣八位下属到各郡任职。顾和当时作为属官乘驿车到下面视察回来，同其他从事一起进见。诸位从事各自奏说二千石官长的得失，轮到顾和时唯独他什么也没说。王导问顾和道："你听到些什么？"顾和回答说："您担任宰辅，宁可让吞舟之鱼漏网，为何要采集传闻之辞，用这种手段来实行清明的政令呢？"王导对此赞叹说好，其他从事为此自愧不如。

一六

苏峻东征沈充，请吏部郎陆迈与俱。将至吴，密敕左右，令入阊门放火以示威。陆知其意，谓峻曰："吴治平未久，必将有乱。若为乱阶，请从我家始。"峻遂止。

【译文】

苏峻东征沈充，请吏部郎陆迈与他一起前往。将要到达吴郡时，苏峻密令下属，让他们进入阊门放火以示军威。陆迈知道他的用意，对苏峻说："吴郡安定平静不久，必定将有祸乱发生。如果非要制造祸端，请从我家开始。"苏峻于是放弃了放火的打算。

一七

陆玩拜司空，有人诣之索美酒，得，便自起泻著梁柱间地，祝曰："当今乏才，以尔为柱石之用，莫倾人栋梁。"玩笑曰："戢卿良箴。"

【译文】

陆玩被授予司空之职，有人拜访他索要美酒，拿到酒后，这人自己站起来把酒倒在梁柱之间的地上，祝祷说："如今国家缺乏人才，用你是希望你成为国家的栋梁，切莫倾覆人家的栋梁啊！"陆玩笑着说："我会记住你的忠告。"

一八

小庾在荆州，公朝大会，问诸僚佐曰："我欲为汉高、魏武，何如？"一坐莫答，长史江虨曰："愿明公为桓、文之事，不愿作汉高、魏武也。"

【译文】

庾翼在荆州刺史任上时，在下属参拜长官的大会上，问诸位幕僚："我想做一番汉高祖、魏武帝那样的事业，你们觉得如何？"满座的人没有一位回答。长史江虨说："希望您成就齐桓公、晋文公那样的事业，但不希望您成为汉高祖、魏武帝那种人。"

一九

罗君章为桓宣武从事，谢镇西作江夏，往检校之。罗既至，初不问郡事，径就谢数日饮酒而还。桓公问："有何事？"君章云："不审公谓谢尚何似人？"桓公曰："仁祖是胜我许人。"君章云："岂有胜公人而行非者？故一无所问。"桓公奇其意而不责也。

【译文】

罗含担任桓温的僚属时，谢尚镇守江夏，罗含前去视察。他到达江夏，根本不过问郡里的事，直接到谢尚那里喝了几天酒就回来了。桓温问："有什么事吗？"罗含说："不知您认为谢尚是个什么样的人呢？"桓温说："仁祖是能力在我之上的人。"罗含道："哪里有比您有能力的人却会做错事呢？所以我什么政事都不去问。"桓温认为他的想法很奇特，所以并没有责怪他。

二〇

王右军与王敬仁、许玄度并善，二人亡后，右军为论议更克。孔岩诫之曰："明府昔与王、许周旋有情，及逝没之后，无慎终之好，民所不取。"右军甚愧。

【译文】

王羲之与王脩、许询关系很好，王、许二人死后，王羲之评论起他们来更加刻薄。孔岩劝诫他说："您过去与王脩、许询来往有交情，到了他们去世之后，就不再像以前那样尊重对待死去的人，这是我不赞同的。"王羲之听了感到很惭愧。

二一

谢中郎在寿春败，临奔走，犹求玉帖镫。太傅在军，前后初无损益之言，尔日犹云："当今岂须烦此？"

【译文】

谢万在寿春打了败仗，临逃跑时，还在找玉帖镫。谢安当时跟随在军中，之前从来没有说过什么劝谏的话，这时他却说："都这个时候了，还需要麻烦找这种东西？"

二二

王大语东亭："卿乃复论成不恶，那得与僧弥戏？"

【译文】

王忱对王珣说："您的名声本来是不错的，怎么能与僧弥去开玩笑呢？"

二三

殷觊病困，看人政见半面。殷荆州兴晋阳之甲，往与觊别，涕零，属以消息所患。觊答曰："我病自当差，正忧汝患耳！"

【译文】

殷觊病重，看人时只能看到半边脸。殷仲堪打算以清君侧为借口起兵，前去与殷觊告别，禁不住泪流满面，便叮嘱他调养病体。殷觊答道："我的病自然会痊愈的，我只忧虑你的病啊！"

二四

远公在庐山中，虽老，讲论不辍。弟子中或有堕者，远公曰："桑榆之光，理无远照，但愿朝阳之晖，与时并明耳。"执经登坐，讽诵朗畅，词色甚苦，高足之徒，皆肃然增敬。

【译文】

慧远在庐山时，虽然年纪老了，但从未停止过讲论佛经。弟子中有偷懒的，慧远说："我像日暮的夕阳，照理不会有很长的时间来发光了，但愿你们如清晨朝阳之光，能随着时光的推移而越发明亮。"他手执经卷登上讲坛，背诵经文之声响亮流畅，言辞神色都很恳切，他的弟子听了之后都对他更加肃然起敬。

二五

桓南郡好猎，每田狩，车骑甚盛，五六十里中，旌旗蔽隰，骋良马，驰击若飞，双甄所指，不避陵壑。或行陈不整，麏兔腾逸，参佐无不被系束。桓道恭，玄之族也，时为贼曹参军，颇敢直言。常自带绛绵绳著腰中，玄问："此何为？"答曰："公猎，好缚人士，会当被缚，手不能堪芒也。"玄自此小差。

【译文】

桓玄喜欢狩猎，每次出去打猎，随从的车马都很多，绵延五六十里范围内，旌旗遍野，良马驰骋，奔击如飞，左右两翼所向之处，不避山陵沟壑。有时队伍排列得不整齐，或獐子、兔子逃跑了，僚属就统统被捆绑起来。桓道恭是桓玄的同族人，当时担任贼曹参军，很敢直言。他常常自带深红色的绵绳系在腰间，桓玄问他："你带这个干什么？"桓道恭答道："您打猎时喜欢绑人，总有一天会轮到我被绑，我的手可不能忍受粗绳上的芒刺啊。"桓玄的脾气从此以后有所改观。

二六

王绪、王国宝相为唇齿，并上下权要。王大不平其如此，乃谓绪曰："汝为此欻欻，曾不虑狱吏之为贵乎？"

【译文】

王绪、王国宝互相勾结，把持朝政，玩弄权势。王忱对他们的所作所为十分气愤，就对王绪说："你们这样轻举妄动，竟然不想想有朝一日会体会到狱吏的尊贵吗？"

二七

桓玄欲以谢太傅宅为营，谢混曰："召伯之仁，犹惠及甘棠；文靖之德，更不保五亩之宅？"玄惭而止。

【译文】

桓玄想将谢安的老宅当作军营使用，谢混说："召伯的仁爱，还能使甘棠树受到恩惠；文靖公的德行，难道就不能保住他小小的五亩宅院吗？"桓玄听后感到十分惭愧就打消了这个念头。

捷悟第十一

一

杨德祖为魏武主簿，时作相国门，始构榱桷，魏武自出看，使人题门作“活”字，便去。杨见，即令坏之。既竟，曰：“‘门’中‘活’，‘阔’字，王正嫌门大也。”

【译文】

杨修担任曹操的主簿，正赶上当时要建造相国府的大门，刚刚搭建屋椽，曹操亲自出来察看，让人在门上题了一个“活”字，就离开了。杨修看到后，立即命人把门拆了。拆掉后，说：“‘门’，中加了一个活字，就是‘阔’字，魏王正是嫌门太大了。”

二

人饷魏武一杯酪，魏武啖少许，盖头上题“合”字以示众。众莫能解。次至杨修，修便啖曰：“公教人啖一口也，复何疑？”

【译文】

有人送给曹操一杯乳酪，曹操吃了一点点，在杯盖上题了“合”字给大家看。大家都不懂是什么意思。按次序轮到杨修，杨修也吃了一口说：“曹公让每人吃一口，大家还在想什么呢？”

三

魏武尝过曹娥碑下，杨修从。碑背上见题作“黄绢幼妇，外孙齑臼”八字，魏武谓修曰：“解不？”答曰：“解。”魏武曰：“卿未可言，待我思之。”行三十里，魏武乃曰：“吾已得。”令修别记所知。修曰：“黄绢，色丝也，于字为‘绝’；幼妇，少女也，于字为‘妙’；外孙，女子也，于字为‘好’；齑臼，受辛也，于字为‘辞’：所谓‘绝妙好辞’也。”魏武亦记之，与修同，乃叹曰：“我才不及卿，乃觉三十里。”

【译文】

曹操曾经过曹娥碑下，杨修跟随着。见到碑的背面题了“黄绢幼妇，外孙齑臼”八个字，曹操对杨修说：“你理解吗？”杨修回答说：“理解。”曹操说：“你先不要说出来，等我想想。”走了三十里，曹操才说：“我已经解出来了。”他就叫杨修另外记下自己所理解的意思。杨修说：“黄绢，意谓有颜色的丝，合起来就是一个‘绝’字；幼妇，少女之意，合起来就是一个‘妙’字；外孙，就是女儿之子，合起来就是一个‘好’字；齑臼，意谓受辛，合起来就是一个‘辤’（辞）字：四个字就是‘绝妙好辞’之意。”曹操也记自己所解的字，与杨修完全相同，于是感叹道：“我的才华比不上你，与你竟然相差了三十里的距离。”

四

魏武征袁本初，治装，余有数十斛竹片，咸长数寸。众云并不堪用，正令烧除。太祖思所以用之，谓可为竹椑楯，而未显其言。驰使问主簿杨德祖，应声答之，与帝心同。众伏其辩悟。

【译文】

曹操征讨袁绍时，置办军队的装备，还剩下几十斛竹片，每片都只有几寸长。大家都说不能用了，正要叫人烧掉。曹操在思考着如何将这些竹片利用起来，觉得可以做成椭圆形的竹盾牌，只是没有明白地把话说出来。他派人骑马去问杨修，杨修随声就答复来人，结果他与曹操的想法一样。大家都佩服杨修既善言而悟性又高。

五

王敦引军，垂至大桁。明帝自出中堂。温峤为丹阳尹，帝令断大桁，故未断，帝大怒瞋目，左右莫不悚惧。召诸公来，峤至不谢，但求酒炙。王导须臾至，徒跣下地谢曰："天威在颜，遂使温峤不容得谢。"峤于是下谢，帝乃释然。诸公共叹王机悟名言。

【译文】

王敦率领军队将逼近大桁桥。明帝亲自到了中堂驻军之地。当时温峤担任丹阳尹，明帝命他拆断大桁桥，可是大桁桥却并没有被断，明帝瞪起眼睛大怒，左右随从没有不害怕的。明帝召集大臣们来，温峤来了却不谢罪，只是索要酒肉。王导过一会儿来了，他赤脚过来伏在地上谢罪说："皇上天颜震怒，就使得温峤惶恐而没有机会能够向陛下谢罪。"温峤于是乘机跪拜谢罪，明帝这才消除了怒气。大臣们都称赞王导说的话是机敏有悟性的名言。

六

郗司空在北府，桓宣武恶其居兵权。郗于事机素暗，遣笺诣桓："方欲共奖王室，修复园陵。"世子嘉宾出行，于道上闻信至，急取笺，视竟，寸寸毁裂，便回，还更作笺，自陈老病，不堪人间，欲乞闲地自养。宣武得笺大喜，即诏转公督五郡、会稽太守。

【译文】

郗愔在镇守北府的时候，桓温嫉妒他掌握兵权。郗愔对于情势的了解一向糊里糊涂，他派人送信给桓温说："正要与你共同辅助王室，修复先帝的陵园。"他的长子郗超出门在外，在路上听说信使来了，便急忙拿过信，看完后，把信撕得粉碎便回去，重新代写了一封信，陈述自己年老多病，难以承受世事，只想找一个清闲的地方颐养天年。桓温看到这封信后非常高兴，立即代拟诏书调动郗愔担任都督五郡军事及会稽太守的职务。

七

王东亭作宣武主簿，尝春月与石头兄弟乘马出郊。时彦同游者连镳俱进，唯东亭一人常在前，觉数十步，诸人莫之解。石头等既疲倦，俄而乘舆回，诸人皆似从官，唯东亭奕奕在前，其悟捷如此。

【译文】

王珣担任桓温主簿时，曾在春天里与桓遐兄弟骑马到郊外游玩。当时名流都与他们同游骑马并进，只有王珣一人常常在前面，相差几十步的距离，大家都不理解他为什么如此。桓遐兄弟等人玩得疲倦了，一会儿就乘车子回来了，同行的名士们都像随从官一样跟在后面，只有王珣精神抖擞地在前面，他是这样的有悟性而且机敏。

夙惠第十二

一

宾客诣陈太丘宿，太丘使元方、季方炊。客与太丘论议，二人进火，俱委而窃听，炊忘著箄，饭落釜中。太丘问："炊何不馏？"元方、季方长跪曰："大人与客语，乃俱窃听，炊忘著箄，饭今成糜。"太丘曰："尔颇有所识不？"对曰："仿佛志之。"二子俱说，更相易夺，言无遗失。太丘曰："如此，但糜自可，何必饭也！"

【译文】

宾客拜访陈寔，夜晚留宿在他家，陈寔叫儿子陈纪、陈谌烧火做饭。客人与陈寔正在谈论，二人烧上火后，就跑开了去偷听，蒸饭时忘了放上竹箄，饭全都掉落在了蒸锅里。陈寔问："做饭为什么不捞出来蒸呢？"两个儿子挺身跪着说："大人与客人说话，我们俩都在偷听，所以做饭时忘了放竹箄了，干饭现在成了粥了。"陈寔说："你们还记得些什么吗？"两人答道："大概记得。"他们便将听到的一一道来，互相订正补充，把听到的话毫无遗漏地说出来了。陈寔说："既然这样，有粥吃就可以了，何必要吃饭呢！"

二

何晏七岁，明惠若神，魏武奇爱之。因晏在宫内，欲以为子。晏乃画地令方，自处其中。人问其故，答曰："何氏之庐也。"魏武知之，即遣还。

【译文】

何晏七岁的时候，聪明过人如有神助，曹操非常喜欢他。因为何晏长在宫里，所以曹操想认他为子。何晏就在地上画了一个方形框框，自己待在里面。有人问他这样做的原因，他答道："这是何家的房屋。"曹操知道这事后，立即把他送回了家。

三

晋明帝数岁，坐元帝膝上。有人从长安来，元帝问洛下消息，潸然流涕。明帝问何以致泣，具以东渡意告之。因问明帝："汝意谓长安何如日远？"答曰："日远。不闻人从日边来，居然可知。"元帝异之。明日，集群臣宴会，告以此意，更重问之。乃答曰："日近。"元帝失色曰："尔何故异昨日之言邪？"答曰："举目见日，不见长安。"

【译文】

晋明帝年幼的时候，坐在元帝膝上。有人从长安来，元帝就询问洛阳方面的消息，不由得流下了眼泪。明帝问为什么会流泪，元帝就把西晋灭亡东渡南下的事告诉了他。于是元帝就问明帝："你认为长安与太阳相比哪里更远一些？”明帝答道：“太阳更远。没听说有人是从太阳那边来，这是很明显就知道的。”元帝对他的回答感到惊异。第二天，元帝召集群臣举行宴会，把明帝说的话告诉他们，又重新问明帝。明帝竟答道：“太阳比长安近。”元帝听了大惊失色说：“你为什么与昨天说的不一样呢？”明帝说：“抬头便能够看到太阳，却看不到长安。”

四

司空顾和与时贤共清言，张玄之、顾敷是中外孙，年并七岁，在床边戏。于时闻语，神情如不相属。瞑于灯下，二儿共叙客主之言，都无遗失。顾公越席而提其耳曰：“不意衰宗复生此宝。”

【译文】

司空顾和与当时名流在一起清谈，张玄之、顾敷是他的外孙、孙子，年龄都是七岁，正在坐榻旁玩耍。当时听他们说话，神情似乎漠不关心。当顾和在灯下闭目养神的时候，两个孩子一起叙述客人与主人的对话，一句也没漏。顾和离开座席提提他们的耳朵说：“想不到我们这个没落的家族也能生出这样聪慧的宝贝。”

五

韩康伯数岁，家酷贫，至大寒，止得襦。母殷夫人自成之，令康伯捉熨斗，谓康伯曰：“且著襦，寻作复裈。”儿云：“已足，不须复裈也。”母问其故，答曰：“火在熨斗中而柄热，今既著襦，下亦当暖，故不须耳。”母甚异之，知为国器。

【译文】

韩伯只有几岁的时候，家里极为贫穷，到了大冷天时，只能穿一件短袄。他母亲殷夫人亲自缝制短袄时，叫韩伯拿着熨斗，对韩伯说："你暂时先穿短袄，随后就给你做夹裤。"韩伯说："已经够了，不需要夹裤了。"母亲问他为什么，他回答说："火在熨斗里面，但是熨斗的柄也是热的，现在我已经穿上短袄了，下身也应当是暖和的，所以不需要再穿夹裤了。"母亲对他的话深感惊异，认为儿子将来必定是具有治国之才的人。

六

晋孝武年十二，时冬天，昼日不著复衣，但著单练衫五六重，夜则累茵褥。谢公谏曰："圣体宜令有常。陛下昼过冷，夜过热，恐非摄养之术"。帝曰："昼动夜静。"谢公出叹曰："上理不减先帝。"

【译文】

晋孝武帝十二岁那年，正值冬天，白天不穿夹衣，只穿五六层白绢单衣，夜里睡觉的时候却铺上很多层垫褥。谢安劝谏说："皇上保养圣体应当有规律。陛下白天过冷，夜晚过热，恐怕不是保养身体的办法。"孝武帝说："白天活动不觉冷，夜晚静卧则需热。"谢安出来后感叹道："皇上讲道理的能力不亚于先帝。"

七

桓宣武薨，桓南郡年五岁，服始除，桓车骑与送故文武别，因指语南郡：“此皆汝家故吏佐。”玄应声恸哭，酸感傍人，车骑每自目己坐曰：“灵宝成人，当以此坐还之。”鞠爱过于所生。

【译文】

桓温死时，桓玄才五岁，守孝期满丧服刚刚脱去，桓冲与送丧的文武官员们道别，便指着他们对桓玄说：“这些人都是你家的老下属。”桓玄听了随声痛哭，悲痛之情感人。桓冲常看着自己的座位说：“等桓玄长大成人，我要把这个座位还给他。”抚育爱护之情远胜于对自己的亲生孩子。

豪爽第十三

一

王大将军年少时，旧有田舍名，语音亦楚。武帝唤时贤共言伎艺事，人皆多有所知，唯王都无所关，意色殊恶。自言知打鼓吹，帝令取鼓与之。于坐振袖而起，扬槌奋击，音节谐捷，神气豪上，傍若无人，举坐叹其雄爽。

【译文】

王敦年轻的时候，原来有个乡巴佬的外号，说话也粗俗。晋武帝召唤当时名流共同谈论技能才艺之事，别人都知道很多，只有他一点儿也不关心这些，所以表情神色非常不好。他说自己懂得击鼓，晋武帝就命人拿鼓给他。他于是从座位上挥袖而起，拿起鼓槌奋力击打，音节和谐快速，气概豪迈，旁若无人，满座人都赞叹他威武豪爽。

二

王处仲，世许高尚之目，尝荒恣于色，体为之弊。左右谏之，处仲曰："吾乃不觉尔，如此者甚易耳！"乃开后阁，驱诸婢妾数十人出路，任其所之，时人叹焉。

【译文】

王敦这人，当时人对他有品德高尚的评价，他曾经放纵于女色，身体为此很疲惫。左右人劝谏他，王敦说：“我竟然没有察觉到问题出在这里，如果是这样的话很容易解决！”于是就打开后阁小楼，把几十个婢妾都放走了，随便她们到哪里去，当时人都对他的做法很佩服。

三

王大将军自目：“高朗疏率，学通《左氏》。”

【译文】

王敦自我评论：“高尚爽朗，通达直爽，学问上精通《春秋左氏传》。”

四

王处仲每酒后，辄咏“老骥伏枥，志在千里。烈士暮年，壮心不已”。以如意打唾壶，壶口尽缺。

【译文】

王敦每次喝酒以后，总是喜欢朗诵曹操“老骥伏枥，志在千里。烈士暮年，壮心不已”的诗句。并用如意打唾壶，壶口被打得到处都是缺口。

五

晋明帝欲起池台，元帝不许。帝时为太子，好武养士，一夕中作池，比晓便成。今太子西池是也。

【译文】

晋明帝挖池塘修建亭台，晋元帝不同意。明帝当时还是太子，喜欢招揽武士，有一晚他让这些武士修建池塘，等到天亮就造成了。这就是现在的太子西池。

六

王大将军始欲下都处分树置，先遣参军告朝廷，讽旨时贤。祖车骑尚未镇寿春，瞋目厉声语使人曰：“卿语阿黑，何敢不逊！催摄面去，须臾不尔，我将三千兵槊脚令上！”王闻之而止。

【译文】

王敦原要沿江东下到京都，要处理朝臣安插亲信，便先派参军去报告朝廷，向当时的名流暗示自己的意图。祖逖当时还没有镇守寿春，便瞪大眼睛声色俱厉地对使者说：“你去告诉阿黑，他怎么如此傲慢无礼！叫他速速回去，如果不马上回去，我就率领三千兵马刺他的脚后跟，赶他回去！”王敦听后就停止了东下京都之举。

七

庾稚恭既常有中原之志，文康时，权重未在已。及季坚作相，忌兵畏祸，与稚恭历同异者久之，乃果行。倾荆、汉之力，穷舟车之势，师次于襄阳，大会参佐，陈其旌甲，亲授弧矢曰：“我之此行，若此射矣！”遂三起三叠。徒众属目，其气十倍。

【译文】

庾翼早就有收复中原的想法，庾亮执政时，兵权没有掌握在他自己手里。等到庾冰做丞相时，顾忌出兵惹来祸乱，与庾翼持不同意见争执了很久，最后才发兵北伐。庾翼倾尽荆州地区和汉水流域的全部兵力，发动所有车船，出兵驻扎在襄阳，召集下属召开会议，陈列旗帜与甲士，亲自拿起弓箭来说："我这次出征就像这回射箭一样！"说毕便三发三中。部属注目，大为振奋，气势顿时增长了十倍。

八

桓宣武平蜀，集参僚置酒于李势殿，巴、蜀缙绅莫不来萃。桓既素有雄情爽气，加尔日音调英发，叙古今成败由人，存亡系才。其状磊落，一坐叹赏。既散，诸人追味余言。于时寻阳周馥曰："恨卿辈不见王大将军。"

【译文】

桓温平定蜀地以后，召集部下僚属在李势的宫殿上聚会，巴、蜀地区的官僚士大夫全都来参与聚会。桓温本来就气宇轩昂，加上这天说话的音调英武奋发，谈论古往今来的成败取决于人，人才的优劣关系到国家的存亡等言论。当时桓温仪态俊伟，气概不凡，满座的人都感叹赞赏。酒宴虽散，大家还在追忆回味他的言论。这时寻阳周馥说："遗憾的是你们没有见到过王大将军。"

九

桓公读《高士传》，至於陵仲子便掷去，曰："谁能作此溪刻自处！"

【译文】

桓温读《高士传》时，读到於陵仲子的事迹，就把书丢开了，说："谁能用这样苛刻不近情理的做法来对待自己的事！"

一〇

桓石虔，司空豁之长庶也，小字镇恶。年十七八，未被举，而童隶已呼为镇恶郎。尝住宣武斋头。从征枋头，车骑冲没陈，左右莫能先救。宣武谓曰："汝叔落贼，汝知不？"石虔闻之，气甚奋。命朱辟为副，策马于数万众中，莫有抗者，径致冲还，三军叹服。河朔后以其名断疟。

【译文】

桓石虔是司空桓豁的庶出长子，小名叫作镇恶。到了十七八岁时，还没有被正式承认身份，但是家里的奴仆都已称他为镇恶郎了。他曾经住在桓温家中。后随桓温北征至枋头，车骑将军桓冲陷入敌阵，左右将士没有人能抢先去救他。桓温对石虔说："你叔叔陷落在贼寇阵中，你知道吗？"石虔听到后，气势非常振奋。他命令朱辟为副将，于是策马在数万敌军中驰骋，没人能够抵挡他，径直把桓冲救了回来。三军将士无不叹服。河朔地区后来使用他的名字来驱逐疾鬼。

一一

陈林道在西岸，都下诸人共要至牛渚会。陈理既佳，人欲共言折，陈以如意拄颊，望鸡笼山叹曰："孙伯符志业不遂！"于是竟坐不得谈。

【译文】

陈逵驻守在长江西岸时，京都的友人们一起相约到牛渚山聚会。陈逵所谈的玄理很是精妙，大家都想用言论使其折服，陈逵用如意撑住脸颊，望着鸡笼山感叹说："孙伯符的志向、事业都没有成功！"于是满座的人都无法继续谈论下去了。

一二

王司州在谢公坐，咏"入不言兮出不辞，乘回风兮载云旗"。语人云："当尔时，觉一坐无人。"

【译文】

王胡之在谢安处做客时，朗诵起"入不言兮出不辞，乘回风兮载云旗"诗句。他对人说："当这个时候，就好像四周一个人都没有一样。"

一三

桓玄西下，入石头，外白司马梁王奔叛。玄时事形已济，在平乘上笳鼓并作，直高咏云："箫管有遗音，梁王安在哉？"

【译文】

桓玄西下，进入石头城，外面报告说司马梁王逃跑了。桓玄当时认为已经大功告成，便在大船上吹笳击鼓，并不在乎梁王的逃亡，他自己只是高声吟咏阮籍的诗句："箫管有遗音，梁王安在哉？"

容止第十四

一

魏武将见匈奴使，自以形陋，不足雄远国，使崔季珪代，帝自捉刀立床头。既毕，令间谍问曰："魏王何如？"匈奴使答曰："魏王雅望非常，然床头捉刀人，此乃英雄也。"魏武闻之，追杀此使。

【译文】

曹操将要接见匈奴使者，自认为相貌丑陋，无法在远方国家的使者面前称雄，便让崔琰来代替，自己就握刀站在床榻旁。接见过后，派间谍去问道："魏王怎么样？"匈奴使者回答说："魏王高雅的仪容风采非同寻常，但是床榻旁的握刀人，看上去才是真英雄啊。"曹操听了这话，派人追杀了这位使者。

二

何平叔美姿仪，面至白。魏明帝疑其傅粉，正夏月，与热汤饼。既啖，大汗出，以朱衣自拭，色转皎然。

【译文】

何晏姿态仪容很美，脸很白皙。明帝怀疑他搽了粉，正当夏天，就给他吃热汤面。何晏吃完后，出了很多汗，便用官服揩拭，结果脸色反而更加洁白了。

三

魏明帝使后弟毛曾与夏侯玄共坐，时人谓“蒹葭倚玉树”。

【译文】

魏明帝让皇后的弟弟毛曾与夏侯玄坐在一起，当时人看到后觉得就像是“芦苇倚靠着玉树”。

四

时人目夏侯太初“朗朗如日月之入怀”，李安国“颓唐如玉山之将崩”。

【译文】

当时人评价夏侯玄是“容貌光彩照人像日月投入怀抱”，评价李丰则是“精神萎靡不振如玉山将要崩塌”。

五

嵇康身长七尺八寸，风姿特秀。见者叹曰：“萧萧肃肃，爽朗清举。”或云：“肃肃如松下风，高而徐引。”山公曰：“嵇叔夜之为人也，岩岩若孤松之独立；其醉也，傀俄若玉山之将崩。”

【译文】

嵇康身高七尺八寸，风度容貌出众美好。看到的人都赞叹道：“他风度潇洒安详，气质豪爽清逸。”有人说：“他像松树间沙沙作响的风声，高远而舒缓悠长。”山涛说：“嵇康的为人，高大威武像孤松傲然孤立的样子；喝醉酒时，如高峻的玉山将要倾倒的样子。”

六

裴令公目王安丰：“眼烂烂如岩下电。”

【译文】

裴楷品评王戎：“他眼睛像山岩下的闪电一般炯炯有神。”

七

潘岳妙有姿容，好神情。少时挟弹出洛阳道，妇人遇者，莫不连手共萦之。左太冲绝丑，亦复效岳游遨。于是群妪齐共乱唾之，委顿而返。

【译文】

潘岳有美好的姿态风度。少年时带着弹弓走在洛阳的街道上，妇女们遇到他，全都手拉手围观他。左思相貌极丑，也仿效潘岳出游。结果妇女们都朝他乱吐唾沫，弄得他垂头丧气地回去了。

八

王夷甫容貌整丽，妙于谈玄。恒捉白玉柄麈尾，与手都无分别。

【译文】

王衍容貌端正美好，擅长谈论玄理。常拿着白玉柄的麈尾，那白玉的颜色与手完全没有分别。

九

潘安仁、夏侯湛并有美容，喜同行，时人谓之“连璧”。

【译文】

潘岳、夏侯湛都有漂亮的容貌，喜欢一起出行，当时人称他们为“连在一起的玉璧”。

一〇

裴令公有俊容姿，一旦有疾，至困，惠帝使王夷甫往看。裴方向壁卧，闻王使至，强回视之。王出，语人曰：“双眸闪闪若岩下电，精神挺动，体中故小恶。”

【译文】

裴楷有俊美的容貌，有一天生病，病情十分严重，晋惠帝派王衍去看望。裴楷正面向墙壁躺着，听到使者王衍来了，勉强回过头来看他。王衍出来后，对人说：“他双眼闪闪发光如岩下之闪电，而精神分散，体内确有不适的地方。”

一一

有人语王戎曰：“嵇延祖卓卓如野鹤之在鸡群。”答曰：“君未见其父耳。”

【译文】

有人对王戎说："嵇绍给人一种鹤立鸡群的感觉。"王戎答道："那是您还没有见过他的父亲啊。"

一二

裴令公有俊容仪，脱冠冕，粗服乱头皆好。时人以为"玉人"。见者曰："见裴叔则，如玉山上行，光映照人。"

【译文】

裴楷有美好的容貌仪表，就算是摘掉礼帽，仪容不整的时候也很好看。当时人说他是"玉人"。见到他的人说："见到裴叔则，就像在玉山上行走，光彩照人。"

一三

刘伶身长六尺，貌甚丑悴，而悠悠忽忽，土木形骸。

【译文】

刘伶身高六尺，容貌非常丑陋憔悴，而且神情悠然恍惚，形体不修边幅，质朴无华。

一四

骠骑王武子是卫玠之舅，俊爽有风姿。见玠，辄叹曰："珠玉在侧，觉我形秽。"

【译文】

骠骑将军王济是卫玠的舅父，长得英俊潇洒，而且风采不凡。他见到卫玠，总是叹说：“珠玉就在我身旁，我觉得自己的相貌甚是丑陋。”

一五

有人诣王太尉，遇安丰、大将军、丞相在坐；往别屋，见季胤、平子。还，语人曰：“今日之行，触目见琳琅珠玉。”

【译文】

有人去拜访王衍，遇见王戎、王敦、王导在座；到另一间屋里去，又见到王诩、王澄。回来后，他对人说：“今天这一次出去，满眼见到的都是珠宝美玉。”

一六

王丞相见卫洗马曰：“居然有羸，虽复终日调畅，若不堪罗绮。”

【译文】

王导见到卫玠后说：“他身体很瘦弱的样子，虽然整日调养身体，但好像还是连轻软的丝绸衣服也承受不起似的。”

一七

王大将军称太尉：“处众人中，似珠玉在瓦石间。”

【译文】

王敦称赏王衍："他处在众人中间，就像是珍珠宝玉在瓦片石头中间一样。"

一八

庾子嵩长不满七尺，腰带十围，颓然自放。

【译文】

庾敳身高不足七尺，腰带倒有十围之粗，一副本性顺和、自由放纵的样子。

一九

卫玠从豫章至下都，人久闻其名，观者如堵墙。玠先有羸疾，体不堪劳，遂成病而死。时人谓"看杀卫玠"。

【译文】

卫玠从豫章郡来到京城，京城人早就了解了他的名声，引得众人前来围观。卫玠原先就瘦弱多病，身体难以承受这般劳累，于是便病重而死。当时人都说是"看杀卫玠"。

二〇

周伯仁道桓茂伦："嵚崎历落可笑人。"或云谢幼舆言。

【译文】

周顗评论桓彝："他品格奇特，举止潇洒，是非常之人。”也有人说这话是谢鲲说的。

二一

周侯说王长史父：“形貌既伟，雅怀有概，保而用之，可作诸许物也。”

【译文】

周𫖮评说王蒙的父亲：“他的形貌既壮美、情怀高尚又有不凡的气度，保持这些特点，以后没有什么事是办不到的。”

二二

祖士少见卫君长云：“此人有旄仗下形。”

【译文】

祖约看到卫永说：“这人颇有将帅的风度。”

二三

石头事故，朝廷倾覆。温忠武与庾文康投陶公求救，陶公云：“肃祖顾命不见及，且苏峻作乱，衅由诸庾，诛其兄弟，不足以谢天下。”于时庾在温船后闻之，忧怖无计。别日，温劝庾见陶，庾犹豫未能往，温曰：“溪狗我所悉，卿但见之，必无忧也！”庾风姿神貌，陶一见便改观。谈宴竟日，爱重顿至。

【译文】

苏峻、祖约声讨庾亮发动石头城叛乱时，朝廷遭到了颠覆。温峤与庾亮投奔陶侃向他求救，陶侃说："明帝当初的遗诏中未曾提到我，况且苏峻叛乱，罪在庾氏兄弟，即使诛杀庾氏兄弟，也不足以向天下人谢罪。"此时庾亮在温峤船后听到这些话，感到十分惊慌同时苦于没有对策。另外一天，温峤劝庾亮去见陶侃，庾亮很是犹豫，温峤说："那溪狗是我所熟悉的，你尽管去见他，一定不会有什么问题。"庾亮的风度神态，使得陶侃一见就改变原来的看法。两人叙谈宴饮了一整天，对庾亮的敬重之情一下子达到了顶点。

二四

庾太尉在武昌，秋夜气佳景清，佐吏殷浩、王胡之之徒登南楼理咏。音调始遒，闻函道中有屐声甚厉，定是庾公。俄而率左右十许人步来，诸贤欲起避之，公徐云："诸君少住，老子于此处兴复不浅。"因便据胡床与诸人咏谑，竟坐甚得任乐。后王逸少下，与丞相言及此事，丞相曰："元规尔时风范不得不小颓。"右军答曰："唯丘壑独存。"

【译文】

庾亮在武昌时，一天秋高气爽，景色清朗，属官殷浩、王胡之等人登上南楼调理音律，吟诵诗歌。音调正要转向高亢之时，听到楼梯上传来急促的脚步声，众人知道一定是庾亮。不久庾亮领着十多位侍从走来，各位属官想起身避开，庾亮慢慢地说："诸位请留步，老夫对于此地兴趣也不算浅。"于是他便靠在胡床上与大家吟咏说笑，满座的人都很尽兴快乐。后来王羲之来到京都，与丞相王导说起这件事，王导说："元规那时的风度气派也不得不收敛一些。”王羲之回答说：“唯有高雅的情趣依然保存着。”

二五

王敬豫有美形，问讯王公。王公抚其肩曰：“阿奴恨才不称。”又云：“敬豫事事似王公。”

【译文】

王恬形貌很美，他有一次去拜见父亲王导。王导抚拍他的肩膀说：“你呀，遗憾的是才学与容貌不能相称。”又有人说：“王敬豫样样都像他父亲王公。”

二六

王右军见杜弘治，叹曰：“面如凝脂，眼如点漆，此神仙中人。”时人有称王长史形者，蔡公曰：“恨诸人不见杜弘治耳。”

【译文】

王羲之见到杜乂，赞叹道：“脸如凝结的油脂般细洁，眼如点上漆一样黑亮，这是神仙之中的人。”当时有人称赞王蒙形貌美好，蔡谟说：“遗憾的是这些人没有见过杜弘治啊。”

二七

刘尹道桓公：“鬓如反猬皮，眉如紫石棱，自是孙仲谋、司马宣王一流人。”

【译文】

刘惔称道桓温："双鬓如翻过来的刺猬皮，眉毛如紫石英一样棱角分明，自然是孙仲谋、司马宣王一类的人物。"

二八

王敬伦风姿似父，作侍中，加授桓公公服，从大门入。桓公望之曰："大奴固自有凤毛。"

【译文】

王劭的风度姿态跟他的父亲很像，他担任侍中时，加授给桓温官服，从大门进入，桓温远远望着他说："大奴确实有他父亲的风采。"

二九

林公道王长史："敛衿作一来，何其轩轩韶举！"

【译文】

支道林评论王蒙："他严肃起来的时候，仪态是何等的轩昂挺拔！"

三〇

时人目王右军："飘如游云，矫若惊龙。"

【译文】

当时人品评王羲之："他的飘逸如同流动的云，矫健就像受惊动的龙。”

三一

王长史尝病，亲疏不通。林公来，守门人遽启之曰：“一异人在门，不敢不启。”王笑曰：“此必林公。”

【译文】

王蒙曾经患病，无论是亲近的还是疏远的亲友来访都不予以通报。支道林来访时，守门人急忙禀告说：“有一位相貌出众的人在门口，所以不敢不报。”王蒙笑道：“这肯定是林公来了。”

三二

或以方谢仁祖不乃重者。桓大司马曰：“诸君莫轻道，仁祖企脚北窗下弹琵琶，故自有天际真人想。”

【译文】

有人评论谢尚，对谢尚不是很敬重。桓温说：“诸位不要随便评论他，谢仁祖踮起脚跟在北窗下弹琵琶时，确实有天上神仙的意境。”

三三

王长史为中书郎，往敬和许。尔时积雪，长史从门外下车，步入尚书，著公服。敬和遥望叹曰：“此不复似世中人！”

【译文】

王蒙担任中书郎时，到王洽的住处去。当时正下着雪，王蒙从门外下车，走进尚书省衙门，身穿官服。王洽远远望见，赞叹道："这不像是尘世中人。"

三四

简文作相王时，与谢公共诣桓宣武。王珣先在内，桓语王："卿尝欲见相王，可住帐里。"二客既去，桓谓王曰："定何如？"王曰："相王作辅，自然湛若神君。公亦万夫之望，不然，仆射何得自没？"

【译文】

简文帝以会稽王的身份担任丞相时，与谢安一起去拜会桓温。王珣先已在帷帐内，桓温对王珣说："你曾经想见相王，现在就留在帷帐里吧。"两位客人离开后，桓温对王珣说："你觉得他们怎么样？"王珣说："相王担任辅政大臣，自然是深沉、贤明若神。您也是为万人所敬仰的人，不然的话，谢公哪里会委屈埋没自己来拜访您呢？"

三五

海西时，诸公每朝，朝堂犹暗，唯会稽王来，轩轩如朝霞举。

【译文】

晋废帝在位时，群臣早朝，殿堂里还很昏暗，但每当会稽王到来时，气宇轩昂的样子，如朝霞升起一般光彩照人。

三六

谢车骑道谢公："游肆复无乃高唱，但恭坐捻鼻顾睐，便自有寝处山泽间仪。"

【译文】

谢玄称道谢安："他处在游乐之所就不需要再高歌唱咏，只需要端坐着捏着鼻子，环顾四周，便自然有一种栖息在山林水泽间的潇洒姿态。"

三七

谢公云："见林公双眼，黯黯明黑。"孙兴公见林公："棱棱露其爽。"

【译文】

谢安说："见到林公的双眼，他黑亮的眸子能够照亮黑夜。"孙绰见到支道林说："他威严的眼神里显露出直爽的姿态。"

三八

庾长仁与诸弟入吴，欲住亭中宿。诸弟先上，见群小满屋，都无相避意。长仁曰："我试观之。"乃策杖将一小儿，始入门，诸客望其神姿，一时退匿。

【译文】

庾长仁和弟弟们过江到吴地，途中想在驿亭里住宿。几个弟弟先进去，看见满屋都是平民百姓，这些人一点儿回避的意思也没有。长仁说："我试着进去看看。"于是就拄着拐杖，扶着一个小孩，刚进门，旅客们望见他的神采，一下子都躲开了。

三九

有人叹王恭形茂者，云："濯濯如春月柳。"

【译文】

有人赞美王恭身形丰满美好，说："他鲜亮清朗的样子就像春天的柳枝一样光鲜夺目。"

自新第十五

一

周处年少时，凶强侠气，为乡里所患。又义兴水中有蛟，山中有邅迹虎，并皆暴犯百姓。义兴人谓为“三横”，而处尤剧。或说处杀虎斩蛟，实冀三横唯余其一。处即刺杀虎，又入水击蛟。蛟或浮或没，行数十里。处与之俱，经三日三夜，乡里皆谓已死，更相庆。竟杀蛟而出，闻里人相庆，始知为人情所患，有自改意。乃入吴寻二陆，平原不在，正见清河，具以情告，并云：“欲自修改，而年已蹉跎，终无所成。”清河曰：“古人贵朝闻夕死，况君前途尚可。且人患志之不立，亦何忧令名不彰邪？”处遂改励，终为忠臣孝子。

【译文】

周处年轻时，凶悍霸道，任性使气，被乡里人认为是一个祸害。另外，义兴郡水中有一条蛟龙，山上有一只跛足的老虎，都残暴地侵害百姓。义兴人称为“三害”，而周处的危害最为严重。有人劝说周处去杀虎斩蛟，实际上是希望三害中减少两害而只剩下一害。周处立即刺杀了老虎，又下水去击杀蛟龙。蛟龙时浮时沉，游了几十里。周处始终和蛟龙纠缠在一起，经过了三天三夜，乡里人觉得他已经死了，就互相庆祝。不料周处竟杀掉了蛟龙，从水里出来了，他听到乡里人互相庆贺，才知道自己为乡里人所厌烦，生出了悔改之意。于是他到吴郡去寻访陆机、陆云，陆机不在，只见到了陆云，周处把事情的经过告诉了陆云，并说：“我想修正悔改，但年纪大了，恐怕不一定会有什么成绩。”陆云说：“古人以‘朝闻夕死’为贵，况且您还有大好前程呢。再说，人只怕不能立志，何必担忧美名得不到宣扬呢？”周处就努力改过自新，最终成了忠臣孝子。

二

戴渊少时，游侠不治行检，尝在江淮间攻掠商旅。陆机赴假还洛，辎重甚盛。渊使少年掠劫，渊在岸上，据胡床指麾左右，皆得其宜。渊既神姿锋颖，虽处鄙事，神气犹异。机于船屋上遥谓之曰：“卿才如此，亦复作劫邪？”渊便泣涕，投剑归机，辞厉非常。机弥重之，定交，作笔荐焉。过江，仕至征西将军。

【译文】

戴渊年轻时，很侠义，不注意品行，曾经在江淮地区抢夺商旅的财物。陆机休假完毕返回洛阳，路上携带的行李很多。戴渊让少年们去抢夺，他自己在岸上，靠着椅子指挥，事情安排得非常稳妥。戴渊神情姿态不凡，虽然干的是不正当的事，但还是神采不同一般。陆机在船棚里远远地对他说：“你才能如此杰出，还需要做强盗吗？”戴渊就哭泣流泪，丢掉宝剑，投靠陆机，他谈吐非凡，非同寻常。陆机更加看重他，与他结为朋友，随即写文章推荐戴渊。过江以后，戴渊官至征西将军。

企羡第十六

一

王丞相拜司空，桓廷尉作两髻、葛裙、策杖，路边窥之，叹曰：“人言阿龙超，阿龙故自超。”不觉至台门。

【译文】

王导被任命为司空时，桓彝把头发梳成两个髻，穿着葛布下裳，拄着拐杖，在路边暗暗观察他，赞叹道：“人们都说阿龙超脱，阿龙本来就超脱。”不知不觉间一直跟着走到了台门。

二

王丞相过江，自说昔在洛水边，数与裴成公、阮千里诸贤共谈道。羊曼曰：“人久以此许卿，何须复尔？”王曰：“亦不言我须此，但欲尔时不可得耳！”

【译文】

王导渡江后，说起自己曾经在洛水边，屡次与裴頠、阮瞻诸位名流一起谈道。羊曼说：“人们早就以善谈玄理来赞许你了，何必要再这样说呢？”王导说：“也不必说我需要这样说，只是想再要那样谈论玄理的美妙时光已是不会再有了！”

三

王右军得人以《兰亭集序》方《金谷诗序》，又以己敌石崇，甚有欣色。

【译文】

王羲之从别人处得知人们把《兰亭集序》比作《金谷诗序》，又把自己与石崇相匹敌，神色非常欣喜。

四

王司州先为庾公记室参军，后取殷浩为长史。始到，庾公欲遣王使下都。王自启求住曰：“下官希见盛德，渊源始至，犹贪与少日周旋。”

【译文】

王胡之先前出任庾亮的记室参军，后来庾亮又用殷浩当长史。殷浩刚到，庾亮想派王胡之出使东下去京城任职。王胡之自己报告请求留下说：“我很少见到德高望重之人，渊源才到这里，我还想多与他交往几天。”

五

郗嘉宾得人以己比苻坚，大喜。

【译文】

郗超得知人们把自己比作苻坚时，甚是高兴。

六

孟昶未达时，家在京口。尝见王恭乘高舆，被鹤氅裘。于时微雪，昶于篱间窥之，叹曰："此真神仙中人！"

【译文】

孟昶还没有显达时，家住京口。他曾经看到王恭乘坐在高车上经过，身披用鸟羽制作的皮衣。当时正下着小雪，孟昶透过篱笆缝隙偷偷观察，赞叹道："这真是神仙中人啊！"

伤逝第十七

一

王仲宣好驴鸣。既葬，文帝临其丧，顾语同游曰："王好驴鸣，可各作一声以送之。"赴客皆一作驴鸣。

【译文】

王粲喜欢驴的叫声。他去世下葬后，曹丕亲自参加丧礼哭吊，回过头去对同游的朋友们说："王仲宣生前喜欢听驴叫之声，大家可每人发出一声驴叫送送王仲宣。"参加丧礼的来客于是就都学了一声驴叫。

二

王濬冲为尚书令，著公服，乘轺车，经黄公酒垆下过。顾谓后车客："吾昔与嵇叔夜、阮嗣宗共酣饮于此垆。竹林之游，亦预其末。自嵇生夭、阮公亡以来，便为时所羁绁。今日视此虽近，邈若山河。"

【译文】

王戎担任尚书令时，穿着官服，乘着轻便马车，路过黄公酒家。他回头对坐在车后的客人说："我当初与嵇叔夜、阮嗣宗一起在这家酒店喝酒。竹林之游，我也跟在后面。自从嵇生早逝、阮公亡故以来，我便为时势所束缚。今天看到这家酒店虽然近在眼前，却感觉如隔着山河一般遥远。”

三

孙子荆以有才，少所推服，唯雅敬王武子。武子丧时，名士无不至者。子荆后来，临尸恸哭，宾客莫不垂涕。哭毕，向灵床曰：“卿常好我作驴鸣，今我为卿作。”体似真声，宾客皆笑。孙举头曰：“使君辈存，令此人死！”

【译文】

孙楚依仗自己有才能，很少推崇佩服别人，只是非常敬重王济。王济死后治丧时，当时的名士都前去吊唁。孙楚后到，面对尸体痛哭，宾客们感动得无不为之流泪。哭完后，他对着王济灵床说：“你平时喜欢听我学驴叫，现在我就为你学叫。”他模仿得很像，叫声逼真，众宾客都大笑了起来。孙楚抬头说：“怎么让你们这群人活着，却叫这个人死了呢！”

四

王戎丧儿万子，山简往省之，王悲不自胜。简曰：“孩抱中物，何至于此？”王曰：“圣人忘情，最下不及情。情之所钟，正在我辈。”简服其言，更为之恸。

【译文】

王戎死了儿子万子，山简前去看望他，王戎悲痛万分。山简说：“不过是一个年幼的孩子，何至于伤心到这种地步？”王戎说：“圣人能不动感情，最下等的愚民不懂感情。感情最专注的，正是我们这一类人。”山简敬佩他的话，更加为他悲痛。

五

有人哭和长舆曰：“峨峨若千丈松崩。”

【译文】

有人哭吊和峤说：“他的去世如同巍峨的千丈松倒塌下来一样。”

六

卫洗马以永嘉六年丧，谢鲲哭之，感动路人。咸和中，丞相王公教曰：“卫洗马当改葬。此君风流名士，海内所瞻，可修薄祭，以敦旧好。”

【译文】

卫玠在永嘉六年去世，谢鲲去吊唁他，悲痛之情感动了过路人。咸和年间，丞相王导发布教令说：“卫洗马应当改葬。这位君子是风雅名流，为天下人所仰慕，可治备些简单的祭礼，用来加深我们对老友的怀念之情。”

七

顾彦先平生好琴，及丧，家人常以琴置灵床上。张季鹰往哭之，不胜其恸，遂径上床，鼓琴作数曲，竟，抚琴曰：“顾彦先颇复赏此不？”因又大恸，遂不执孝子手而出。

【译文】

顾荣平生喜欢弹琴，等到死后，家人常把琴放在灵床上。张翰前去吊唁他，悲痛得无法自抑，便直接在灵位上弹了几个琴曲，弹完后，抚摸着琴说："顾彦先还能再欣赏这曲子吗？"于是又痛哭起来，没有握孝子的手就离去了。

八

庾亮儿遭苏峻难遇害。诸葛道明女为庾儿妇，既寡，将改适，与亮书及之。亮答曰："贤女尚少，故其宜也。感念亡儿，若在初没。"

【译文】

庾亮的儿子遭到苏峻之乱被杀。诸葛恢的女儿是庾亮的儿媳妇，守寡之后，将要改嫁，诸葛恢给庾亮的信中提及此事。庾亮回答道："令爱还年轻，改嫁本来是应当的。只是我感念死去的儿子，就好像他刚刚死去一样。"

九

庾文康亡，何扬州临葬，云："埋玉树著土中，使人情何能已已！"

【译文】

庾亮去世时，何充亲临葬礼，说："把玉树埋在土里，让人的悲痛之情无法平静啊！"

一〇

王长史病笃，寝卧灯下，转麈尾视之，叹曰："如此人，曾不得四十！"及亡，刘尹临殡，以犀柄麈尾著柩中，因恸绝。

【译文】

王蒙病危时，躺在灯下，转动拂尘看着，叹息道："像这样的人，竟活不到四十岁！"到他死后，刘惔亲临葬礼，把犀牛角做柄的拂尘放在棺中，竟痛哭得昏了过去。

一一

支道林丧法虔之后，精神贯丧，风味转坠。常谓人曰："昔匠石废斤于郢人，牙生辍弦于钟子，推己外求，良不虚也。冥契既逝，发言莫赏，中心蕴结，余其亡矣！"却后一年，支遂殒。

【译文】

支道林在法虔去世以后，精神低落，风貌神韵渐渐衰退。他常对人说："从前匠石因为郢人的去世而丢掉斧子不用，伯牙因为知音去世而停止弹琴，以自己的体验去推想别人，确实不假。既然知己已经去世，自己说话已无人欣赏，内心郁结难解，我恐怕要死了！"过后一年，支道林就去世了。

一二

郗嘉宾丧，左右白郗公："郎丧。"既闻不悲，因语左右：

"殡时可道。"公往临殡，一恸几绝。

【译文】

郗超死了，手下人禀报郗愔："少主人死了。"郗愔听了也并不悲痛，即对身边的侍从说："下葬的时候应当告诉我。"郗愔后来亲临葬礼仪式时，一下子悲痛得几乎断了气。

一三

戴公见林法师墓曰："德音未远，而拱木已积。冀神理绵绵，不与气运俱尽耳。"

【译文】

戴逵看到支道林法师的墓说："支公的高论犹在耳旁萦回，而墓地上的树木已连成一片了。希望你的精妙的玄理能延续不断，不会随着你的去世一同消逝。"

一四

王子敬与羊绥善。绥清淳简贵，为中书郎，少亡。王深相痛悼，语东亭云："是国家可惜人。"

【译文】

王献之与羊绥友好。羊绥清正朴实，官为中书郎，英年早逝。王献之深切地痛悼他，对王珣说："这是国家值得痛惜的人。"

一五

王东亭与谢公交恶。王在东闻谢丧，便出都诣子敬道："欲哭谢公。"子敬始卧，闻其言，便惊起曰："所望于法护。"王于是往哭。督帅刁约不听前，曰："官平生在时，不见此客。"王亦不与语，直前哭，甚恸，不执末婢手而退。

【译文】

王珣与谢安不和，彼此憎恨。王珣在东边听说谢安去世了，便赶赴都城拜望王献之说："我想去哭吊谢公。"王献之起先躺着，听到他的话，就吃惊地起来说："这正是我希望你去做的。"王珣于是就去哭吊。谢安帐前的督帅刁约不让他上前，说："长官在世时，不曾见过这位客人。"王珣也不与他说话，直接走上前去哭吊，非常悲痛，没有与谢琰握手就退出来了。

一六

王子猷、子敬俱病笃，而子敬先亡。子猷问左右："何以都不闻消息？此已丧矣！"语时了不悲。便索舆来奔丧，都不哭。子敬素好琴，便径入坐灵床上，取子敬琴弹，弦既不调，掷地云："子敬，子敬，人琴俱亡！"因恸绝良久。月余亦卒。

【译文】

王徽之、王献之都病得很重，王献之先去世了。王徽之问侍候他的人说："为什么没有听到一点儿消息？

他已经去世了啊！”说话时完全没有悲伤的样子。他即备了车子去奔丧，一点儿也不哭。献之一向喜欢弹琴，徽之便径直进去坐在灵床上，拿了献之的琴来弹，琴弦无法调好，他就把琴扔在地上说：“子敬！子敬！人与琴都死了！”随即久久地悲恸欲绝。过了一个多月，他也因悲痛而身亡。

一七

孝武山陵夕，王孝伯入临，告其诸弟曰：“虽榱桷惟新，便自有《黍离》之哀。”

【译文】

孝武帝去世之夜，王恭入宫哭吊，告诉他几位弟弟说：“虽然陵寝建筑都是新的，但已令人感到有《黍离》的悲哀。”

一八

羊孚年三十一卒，桓玄与羊欣书曰：“贤从情所信寄，暴疾而殒。祝予之叹，如何可言！”

【译文】

羊孚三十一岁去世，桓玄给羊欣写信说：“你的堂兄是我心里所信赖寄托的人，如今急病而亡。孔子当年痛悼子路之死时曾发出断绝我事业的悲叹，让我又怎么能用言语来表达！”

一九

桓玄当篡位，语卞鞠云："昔羊子道恒禁吾此意。今腹心丧羊孚，爪牙失索元，而匆匆作此诋突，讵允天心？"

【译文】

桓玄将要篡位时，对卞鞠说："从前羊子道经常劝止我这种意图。如今我的亲信中死了羊子道，武将中失去了索元，却要匆匆忙忙干这种大逆不道之事，这难道真的是合乎天意的吗？"

栖逸第十八

一

阮步兵啸闻数百步。苏门山中，忽有真人，樵伐者咸共传说。阮籍往观，见其人拥膝岩侧，籍登岭就之，箕踞相对。籍商略终古，上陈黄、农玄寂之道，下考三代盛德之美，以问之，仡然不应；复叙有为之教，栖神导气之术，以观之，彼犹如前，凝瞩不转。籍因对之长啸。良久，乃笑曰："可更作。"籍复啸。意尽退。还半岭许，闻上啮然有声，如数部鼓吹，林谷传响。顾看，乃向人啸也。

【译文】

阮籍的口哨声能在百步外听得到。苏门山中，忽然之间出现了一位得道真人，砍柴人全都这样传说。阮籍前去观看，见这人在山岩旁抱膝而坐，阮籍就登上山岭靠近他，两个人都伸开腿相对而坐。阮籍评论古代史事，往上陈述黄帝、神农氏玄远幽寂之道，下至考证夏商周三代的大德美政，用这些来问他，他昂着头并不回答；再叙述儒家有为的学说，道家凝聚心神导引气息的方法，拿这些来考验他，他还像先前一样，目不转睛。阮籍于是对着他长长地吹了一个口哨。过了很久，他才笑着说："可以再吹一次。"阮籍再次吹了个口哨。阮籍兴尽离开。回到了半山腰处，听到山上口哨声悠然长远，好像几支乐队在演奏鼓吹曲，乐声在山林幽谷间传播回响。阮籍回头一看，原来就是刚才那人在吹口哨。

二

嵇康游于汲郡山中，遇道士孙登，遂与之游。康临去，登曰："君才则高矣，保身之道不足。"

【译文】

嵇康在汲郡山中漫游，遇到道士孙登，便与他一同游学。嵇康临走时，孙登说："您的才学固然很高，但保全自身的能力还是有所欠缺。"

三

山公将去选曹，欲举嵇康，康与书告绝。

【译文】

山涛将不再担任选曹的官职，想举荐嵇康来接替，但嵇康却写信宣告与他绝交。

四

李廞是茂曾第五子，清贞有远操，而少羸病，不肯婚宦。居在临海，住兄侍中墓下。既有高名，王丞相欲招礼之，故辟为府掾。廞得笺命，笑曰："茂弘乃复以一爵假人。"

【译文】

李廞是李重的第五个儿子，为人清正，有远大的志向，但小时候瘦弱多病，所以不肯结婚做官。他家在临海郡时，就住在兄长李式的墓地旁。他已享有很高的名声，王导想礼聘他，特地征召他做相府属官。李廞得到了授官文书，笑着说："王导竟然拿一个官爵来雇佣人。"

五

何骠骑弟以高情避世，而骠骑劝之令仕，答曰："予第五之名，何必减骠骑！"

【译文】

何充的弟弟何准因情趣高尚而远避世事，而何充劝他做官，何准回答说："我何家老五的名望，未必比你这个骠骑将军逊色吧！"

六

阮光禄在东山，萧然无事，常内足于怀。有人以问王右军，右军曰："此君近不惊宠辱，虽古之沉冥，何以过此？"

【译文】

阮裕隐居东山，过着清静的生活，但内心一直感到很满足。有人拿他的情况去问王羲之，王羲之说："这位先生宠辱不惊，即便是古代深藏不露的隐士，又怎么能超过这种境界呢？"

七

孔车骑少有嘉遁意，年四十余，始应安东命。未仕宦时，常独寝，歌吹自箴诲。自称孔郎，游散名山。百姓谓有道术，为生立庙。今犹有孔郎庙。

【译文】

孔愉年轻时就有隐居不为官的心意，到了四十多岁，才接受安东将军司马睿的任命。他尚未做官时，常常一个人独居山中，吟咏弹唱，自我告诫教诲。自称孔郎，漫游名山。老百姓都认为他有道术，便在他活着时就为他立庙，直至现在还有孔郎庙。

八

南阳刘骥之，高率，善史传，隐于阳岐。于时苻坚临江，荆州刺史桓冲将尽讦谟之益，征为长史，遣人船往迎，赠贶甚厚。骥之闻命，便升舟，悉不受所饷，缘道以乞穷乏，比至上明亦尽。一见冲，因陈无用，翛然而退。居阳岐积年，衣食有无，常与村人共。值己匮乏，村人亦如之。甚厚，为乡闾所安。

【译文】

南阳刘骥之，为人高尚率真，熟悉历史，隐居在阳岐村。当时苻坚南侵临近长江，荆州刺史桓冲想尽力地实现有益于国家的宏图大计，便聘刘骥之为长史，并派人备船去迎接，还赠送许多的礼物。刘骥之听到任命后，就登上船，没有接受桓冲所送的礼物，而是沿途把它们都给了穷苦人，等到了上明城礼物也送完了。他一见到桓冲，就陈说自己是无用之人，随后就很潇洒地离开了。他在阳岐村住了多年，无论吃的穿的有无多少，常与村里的人共享。遇到自己短缺时，村里人也同样像他那样帮助他。他为人厚道，所以成为乡里人所乐于交往的人。

九

南阳翟道渊与汝南周子南少相友，共隐于寻阳。庾太尉说周以当世之务，周遂仕，翟秉志弥固。其后周诣翟，翟不与语。

【译文】

南阳翟汤与汝南周邵从小就是好友，一起隐居在寻阳。庾亮从当时的时势需要出发来劝说周邵，周邵便出仕做官了，翟汤却更加坚定自己隐居不当官的志趣。后来周邵去拜访翟汤，翟汤不再同他说话。

一〇

孟万年及弟少孤，居武昌阳新县。万年游宦，有盛名当世。少孤未尝出，京邑人士思欲见之，乃遣信报少孤云："兄病笃"。狼狈至都。时贤见之者，莫不嗟重。因相谓曰："少孤如此，万年可死。"

【译文】

孟嘉和他的弟弟孟陋，住在武昌阳新县。孟嘉外出做官，在当时很有名气。孟陋没有离开家到外面去过，京城里的名流想见他，就派人送信给孟陋说："令兄病重。"孟陋就匆忙地赶到京城。当时的名流们见到他的贤达，无不赞叹敬重。于是互相说："少孤有这样的才德，万年可以死而无憾了。"

一一

康僧渊在豫章，去郭数十里立精舍。旁连岭，带长川，芳林列于轩庭，清流激于堂宇。乃闲居研讲，希心理味。庾公诸人多往看之，观其运用吐纳，风流转佳。加已处之怡然，亦有以自得，声名乃兴。后不堪，遂出。

【译文】

康僧渊在豫章时，在离城几十里之处建造了修持静养的精舍。精舍旁边连着山岭，四周环绕着河流，长廊庭院里花木繁茂，清澈的流水在厅堂屋前激起浪花。他就悠闲地住在这里研习讲论佛理，潜心研究体味。庾亮等人常去看他，观察他的言谈举止，他的风度神采更加优雅。加上他处身于此非常自在，颇感得意，于是声名大振。后来他终于不能忍受由于名气所带来的外界的干扰，就离开这里了。

一二

戴安道既厉操东山，而其兄欲建式遏之功。谢太傅曰："卿兄弟志业，何其太殊？"戴曰："下官不堪其忧，家弟不改其乐。"

【译文】

戴逵已隐居东山磨炼节操，而他的兄长戴逯想要为国建功立业。谢安对戴逯说："你们兄弟的志向，为什么有这么大的差距啊？"戴逯说："我如果处于贫困境地就会产生许多烦忧，而舍弟虽隐居贫困却能享受其中的快乐。”

一三

许玄度隐在永兴南幽穴中，每致四方诸侯之遗。或谓许曰：“尝闻箕山人，似不尔耳。”许曰：“筐篚苞苴，故当轻于天下之宝耳。”

【译文】

许询隐居在永兴南面的深山岩洞中，常常招引四方的高官王侯前来馈赠。有人对许询说：“曾听说隐居于箕山的巢父、许由，好像不是这样隐居的啊。”许询说：“我收到的只是装在各种盛器中送来的礼物，自然要比皇位轻啊。”

一四

范宣未尝入公门，韩康伯与同载，遂诱俱入郡，范便于车后趋下。

【译文】

范宣从来没有进过官衙。韩伯与他同乘一辆车，便骗他一起进衙门，范宣察觉后便急忙从车后溜走跑掉了。

一五

郗超每闻欲高尚隐退者，辄为办百万资，并为造立居宇。在剡，为戴公起宅，甚精整。戴始往旧居，与所亲书曰：“近至剡，如官舍。”郗为傅约亦办百万资，傅隐事差互，故不果遗。

【译文】

郗超每次听到道德高尚想隐居的人，总是给他们备办百万钱财，并且为他们兴建住宅。在剡县时，他曾为戴逵盖了房子，非常精致完备。戴逵刚去住时，给他亲近的人写信说：“最近到了剡地，好像住在官衙里一样。”郗超为傅约也置办了百万钱财，傅约隐居之事后来被拖延了下来，所以馈赠未能成为现实。

一六

许掾好游山水，而体便登陟。时人云：“许非徒有胜情，实有济胜之具。”

【译文】

许询喜欢游览山水，而且身体健壮敏捷，便于登高。当时的人说：“许玄度不只有高雅的情趣，而且确有能够游览胜境的好身体。”

一七

郗尚书与谢居士善，常称：“谢庆绪识见虽不绝人，可以累心处都尽。”

【译文】

郗恢与谢傅友好，常称赞他说：“谢傅的见识虽不能比一般人强，但令人们感到烦心的事情却没有。”

贤媛第十九

一

陈婴者，东阳人。少修德行，著称乡党。秦末大乱，东阳人欲奉婴为王，母曰：“不可！自我为汝家妇，少见贫贱，一旦富贵，不祥。不如以兵属人，事成少受其利；不成祸有所归。”

【译文】

陈婴是东阳人。年轻时就注重修养道德品行，在家乡很有名望，受到称赞。秦末时天下大乱，东阳人想拥护陈婴当首领，他母亲说：“不行！自从我做了你家媳妇，年轻时就见你家很贫贱，现在一旦要富裕起来，这是不吉利的。还不如把队伍交给别人，事情成功的话可以稍微得到一点儿好处；事情不成功，祸害自有别人来承担。”

二

汉元帝宫人既多，乃令画工图之，欲有呼者，辄披图召之。其中常者，皆行货赂。王明君姿容甚丽，志不苟求，工遂毁为其状。后匈奴来和，求美女于汉帝，帝以明君充行。既召见而惜之，但名字已去，不欲中改，于是遂行。

【译文】

汉元帝有很多宫女，便派遣画工把她们的相貌画下来，他想叫谁来，就翻看图像来召唤她们。宫女当中那些姿色平常的，都贿赂画工。王昭君姿态容貌非常美丽，她立志不肯苟且求情，画工便在作画时把她的容貌画得很丑陋。后匈奴来要求和亲，向汉元帝请求赏赐美女，元帝便用昭君来充当皇室之女嫁给单于。等到召见昭君后发现她很美，因而深感惋惜，但是名字已经送到匈奴去了，又不想中途更改，于是王昭君嫁到了匈奴。

三

汉成帝幸赵飞燕，飞燕谗班婕好祝诅，于是考问。辞曰：“妾闻死生有命，富贵在天。修善尚不蒙福，为邪欲以何望？若鬼神有知，不受邪佞之诉；若其无知，诉之何益？故不为也。”

【译文】

汉成帝宠幸赵飞燕，飞燕诬告班婕妤，说她向鬼神加祸于后宫，于是成帝就审问班婕妤。她的供词说：“我听说人的死生由命运来决定，富贵由天意来安排。做好事还不能受到福报，起邪念还能指望什么？如果鬼神有知觉的话，就不会接受邪恶谄媚的诬告诅咒；如果鬼神没有知觉，诬告诅咒又有什么用呢？所以我是不会做这种事的。”

四

魏武帝崩，文帝悉取武帝宫人自侍。及帝病困，卞后出看疾。太后入户，见直侍并是昔日所爱幸者。太后问：“何时来邪？”

云："正伏魄时过。"因不复前而叹曰："狗鼠不食汝余，死故应尔！"至山陵，亦竟不临。

【译文】

曹操死后，曹丕把曹操的宫女全部招来服侍自己。等到曹丕病重时卞太后来探病。太后进门时，看到当班的宫女都是曹操过去所宠爱的人。太后问："你们什么时候来的？"回答道："正当为武帝招魂时过来的。"卞太后于是就不再往前走并且叹息道："狗鼠都不吃你剩下的东西，你确实该死！"到了曹丕的葬礼时，卞太后始终都没去哭吊。

五

赵母嫁女，女临去，敕之曰："慎勿为好！"女曰："不为好，可为恶邪？"母曰："好尚不可为，其况恶乎！"

【译文】

赵母嫁女儿，女儿临出门时，告诫女儿说："千万不要做好事！"女儿说："不做好事，可以做坏事吗？"赵母说："好事尚且不可以做，坏事就更不能做了！"

六

许允妇是阮卫尉女，德如妹，奇丑。交礼竟，允无复入理，家人深以为忧。会允有客至，妇令婢视之，还答曰："是桓郎。"桓郎者，桓范也。妇云："无忧，桓必劝入。"桓果语许云："阮家既嫁丑女与卿，故当有意，卿宜察之。"许便回入内。既见妇，即欲出。妇料其此出，无复入理，便捉裾停之。许因谓曰："妇有四德，卿有其几？"妇曰："新妇所乏唯容尔。然士有百行，君有几？"许云："皆备。"妇曰："夫百行以德为首，君好色不好德，何谓皆备？"允有惭色，遂相敬重。

【译文】

许允的妻子是阮共的女儿，阮侃的妹妹，长相特别丑陋。他们结婚行过交拜礼后，许允就不再有进入新房的打算，家人都为此深感担忧。正好许允有客人来，新娘就叫碑女去看是谁，婢女回来答道："是桓郎。"桓郎就是桓范。新娘说："不要担忧了，桓郎必定会劝他进来的。"桓范果然对许允说："阮家既然把丑女嫁给你，必定是有用意的，你应当好好体察。"许允就回到新房。见到新娘后，立即就想退出去。新娘料想他这回出去就不会再回来了，便抓住新郎的衣襟要他留下。许允便对她说："妇人要有四种德行，你有几种？"新娘说："我所缺少的只有容貌而已。然而读书人应具备多方面的品行，你有几种？"许允说："我全都具备。"新娘说："各方面品行中品德是第一位的，你爱美色而不爱德行，怎么能说都具备呢？"许允听了面有愧色，从此以后他们夫妻之间就互相敬重了。

七

许允为吏部郎，多用其乡里，魏明帝遣虎贲收之。其妇出诫允曰："明主可以理夺，难以情求。"既至，帝核问之。允对曰："'举尔所知'。臣之乡人，臣所知也。陛下检校为称职与不，若不称职，臣受其罪。"既检校，皆官得其人，于是乃释。允衣服败坏，诏赐新衣。初，允被收，举家号哭。阮新妇自若云：“勿忧，寻还。”作粟粥待，顷之允至。

【译文】

许允担任吏部郎时，任用的大都是同乡人，魏明帝知道后就派禁卫军去逮捕他。他妻子出来告诫许允说：“英明的君主可以用道理来说服，很难用感情去求饶。”到了朝廷后，明帝考察审问他。许允对答说：“孔子说‘荐举你所了解的人’。臣子的同乡人，都是臣子所了解的。陛下可以考察他们是否称职，如果不称职，臣子愿意接受应得的罪名。”经过考察，他们的官位都与职务相称，于是就把他释放了。许允的衣服很破烂，明帝便下诏赐给他新衣服。当初，许允被捕时，全家都号啕大哭。许允的妻子像平常一样自如地说：“不要担心，不久他就会回家的。”便烧了小米粥等着他，一会儿许允就回来了。

八

许允为晋景王所诛，门生走入告其妇。妇正在机中，神色不变，曰：“蚤知尔耳！”门人欲藏其儿，妇曰：“无豫诸儿事。”后徙居墓所，景王遣钟会看之，若才流及父，当收。儿以咨母。母曰：“汝等虽佳，才具不多，率胸怀与语，便无所忧。不须极哀，会止便止。又可少问朝事。”儿从之，会反以状对，卒免。

【译文】

许允被晋景王司马师杀了，他的门人跑来告诉他妻子。她正在织机上织布，丝毫没有慌张，说：“早就知道会这样的！”门人想把他们的儿子藏起来，许允妻说：“与儿子们无关。”后来他们迁居到许允墓地上住下，司马师派钟会去看他们，说如果他们的儿子才能流品赶得上他们父亲，就把他们抓起来。儿子便与母亲商量。母亲说：“你们虽然都十分优秀，但才能不够，你们可以敞开胸怀率直地与他交谈，便没有什么可担心的。不必要表示极度的悲痛，钟会停下来不哭了你们也停下不哭。又可以稍稍问一点儿朝廷的事。”儿子们听从母亲的话。钟会回去后把情况告诉司马师，许允的儿子终于得以幸免遇害。

九

王公渊娶诸葛诞女。入室，言语始交，王谓妇曰：“新妇神色卑下，殊不似公休！”妇曰：“大丈夫不能仿佛彦云，而令妇人比踪英杰？”

【译文】

王广娶诸葛诞的女儿为妻。进入洞房后刚开始交谈，王广对妻子说：“新娘子神态表情不高贵，太不像令尊公休了！”妻子说：“大丈夫不能仿效令尊彦云，却要让我这个妇道人家去和英雄豪杰比较？”

一〇

王经少贫苦，仕至二千石，母语之曰：“汝本寒家子，仕至二千石，此可以止乎？”经不能用。为尚书，助魏，不忠于晋，被收。涕泣辞母曰：“不从母敕，以至今日。”母都无戚容，语之曰：“为子则孝，为臣则忠，有孝有忠，何负吾邪？”

【译文】

王经年轻时家境贫寒，后来做到了二千石的大官，母亲对他说：“你本来是贫寒人家的孩子，官做到二千石，这就差不多可以了吧？”王经没有听从她的建议。后他担任尚书，帮助曹魏，对司马氏不忠，被逮捕。他流着眼泪辞别母亲说：“我没有听从母亲的教诲，才导致有今天的下场。”他母亲脸上没有一点儿忧愁的神色，对他说道：“你做儿子尽孝，做臣子尽忠，有孝有忠，怎么能算是辜负我了呢？”

一一

山公与嵇、阮一面，契若金兰。山妻韩氏觉公与二人异于常交，问公，公曰：“我当年可以为友者，唯此二生耳。”妻曰：“负羁之妻亦亲观狐、赵，意欲窥之，可乎？”他日，二人来：妻劝公止之宿，具酒肉。夜穿墉以视之，达旦忘反。公入曰：“二人何如？”妻曰：“君才致殊不如，正当以识度相友耳。”公曰：“伊辈亦常以我度为胜。”

【译文】

山涛与嵇康、阮籍见了一面，彼此就情投意合亲如兄弟。山涛妻子韩氏感觉山涛与他们二人的交情非同寻常，就问山涛，山涛说：“我这一生最要好的朋友，就是这二位先生而已。”韩氏说：“僖负羁的妻子也曾亲自观察过狐偃、赵衰，我也想观察嵇、阮二位，可以吗？”后来有一天，他们二位来了，韩氏劝山涛把他们留下来住宿，同时准备好酒肉招待。夜晚韩氏打通墙壁来观察他们，直到天亮都忘了回来。山涛进去说："这二人怎么样？"韩氏说："你的才情志趣远远不如他们，只能靠你的见识气度与他们交朋友了。"山涛说："他们也常常认为我的气度胜人一筹。"

一二

王浑妻钟氏生女令淑，武子为妹求简美对而未得，有兵家子，有俊才，欲以妹妻之，乃白母。曰："诚是才者，其地可遗，然要令我见。"武子乃令兵儿与群小杂处，使母帷中察之。既而母谓武子曰："如此衣形者，是汝所拟者非邪？"武子曰："是也。"母曰："此才足以拔萃，然地寒，不有长年，不得申其才用。观其形骨，必不寿，不可与婚。"武子从之。兵儿数年果亡。

【译文】

王浑妻钟氏生的女儿美丽善良，王济为妹妹寻求挑选好配偶，始终没有找到合适的，有一位当兵人家的儿子，有出众才华，王济想把妹妹嫁给他，便禀告母亲。母亲说："如果他确有才干的话，可以不考虑他的出身，但要让我亲自看看。"王济就让当兵人之子与其他老百姓混杂在一起，让母亲在帷幕中观察。看过后母亲对王济说："穿这种衣服如此体貌的人，就是你准备挑选的人吗？"王济说："是的。"母亲说："这人的才干称得上出众，但是他的门第寒微，不能长寿，也就无法施展他的才干。看他的形貌骨相，必定不能长寿，不可与他结亲。"王济听从了她的话。这位当兵者之子几年后果然死了。

一三

贾充前妇，是李丰女。丰被诛，离婚徙边，后遇赦得还。充先已取郭配女，武帝特听置左右夫人。李氏别住外，不肯还充舍。郭氏语充，欲就省李，充曰："彼刚介有才气，卿往不如不去。"郭氏于是盛威仪，多将侍婢。既至，入户，李氏起迎，郭不觉脚自屈，因跪再拜。既反，语充，充曰："语卿道何物？"

【译文】

贾充的前妻，是李丰的女儿。李丰被杀后，她与贾充离了婚被流放到了边远地方，后来被大赦得以回来。贾充在这之前已经娶了郭配之女为妻，晋武帝特别准许贾充设置左右两位夫人。李氏另住在外边，不肯回到贾充的住处。郭氏对贾充说，想去探望李氏，贾充说："她的性子刚直又很有才华，你去看望她还不如不去。"郭氏于是在服饰仪表上盛装打扮，带了很多侍婢前往。到了以后，进了门，李氏起身相迎，郭氏不知不觉地双腿弯曲，于是就跪下去再拜。回到家后，她告诉贾充，贾充说："我曾对你说什么来着？"

一四

贾充妻李氏作《女训》，行于世。李氏女，齐献王妃；郭氏女，惠帝后。充卒，李、郭女各欲令其母合葬，经年不决。贾后废，李氏乃祔葬，遂定。

【译文】

贾充的妻子李氏写了《女训》一书，流传于世。李氏生的女儿，后来是齐献王的王妃；郭氏生的女儿，后来成为惠帝的皇后。贾充死后，李氏、郭氏的女儿各自想让自己的母亲与贾充合葬，此事历经多年未能解决。直到贾后被废之后，李氏才得与贾充合葬，事情终于确定了下来。

一五

王汝南少无婚，自求郝普女。司空以其痴，会无婚处，任其意便许之。既婚，果有令姿淑德。生东海，遂为王氏母仪。或问汝南："何以知之？"曰："尝见井上取水，举动容止不失常，未尝忤观，以此知之。"

【译文】

王湛年轻时没人提亲，便自己去向郝普之女提亲。王湛父亲王昶认为他痴呆，反正也没人与他结婚，便任凭他自己的意思就答应了他。结婚之后，新娘子果然貌美贤淑。生下王承之后，她便成为王氏门中做母亲的典范。有人问王湛："你是怎么了解她的？"王昶说："我曾见她在井上汲水，举止容仪安详，没有失常之处，没有任何不顺眼的地方，从这些地方就知道她的为人了。"

一六

王司徒妇，钟氏女，太傅曾孙，亦有俊才女德。钟、郝为娣姒，雅相亲重。钟不以贵陵郝，郝亦不以贱下钟。东海家内，则郝夫人之法；京陵家内，范钟夫人之礼。

【译文】

王浑的妻子是钟家的女儿，钟繇的曾孙女，也有超群的文采、女性的美德。钟氏与郝氏是妯娌，互相之间非常亲近敬重。钟氏不凭出身高贵欺侮郝氏，郝氏也不因为出身低微而屈居钟氏之下。王承家里，遵守郝夫人的规矩；王浑家里，都遵从钟夫人的礼法典范。

一七

李平阳，秦州子，中夏名士，于时以比王夷甫。孙秀初欲立威权，咸云："乐令民望，不可杀，减李重者又不足杀。"遂逼重自裁。初，重在家，有人走从门入，出髻中疏示重。重看之色动，入内示其女，女直叫"绝"。了其意，出则自裁。此女甚高明，重每咨焉。

【译文】

李重是李秉的儿子，是中原地区的知名人士，当时人把他比作王衍。孙秀当初想建立威望权势，他身边的人都说："乐广是众望所归，不可以杀，不如李重的人又不值得杀。"于是就逼迫李重自杀。当初，李重在家，有人跑着从大门进来，从发髻中拿出奏议来给李重看，李重看了脸色都变了，他进内室给女儿看，女儿只是叫"完了"。他明白女儿的意思，出了内室就自杀了。这位女孩子见解非常高明，李重有事常向她咨询，与她商量。

一八

周浚作安东时，行猎，值暴雨，过汝南李氏。李氏富足，而男子不在。有女名络秀，闻外有贵人，与一婢于内宰猪羊，作数十人饮食，事事精办，不闻有人声。密觇之，独见一女子，状貌非常，浚因求为妾。父兄不许，络秀曰："门户殄瘁，何惜一女？若连姻贵族，将来或大益。"父兄从之。遂生伯仁兄弟。络秀语伯仁等："我所以屈节为汝家作妾，门户计耳。汝若不与吾家作亲亲者，吾亦不惜余年！"伯仁等悉从命。由此李氏在世，得方幅齿遇。

【译文】

周浚任安东将军时，有次出外打猎的时候遇上暴雨，经过汝南李家。李家家境富足，但男人不在家。有个女儿，名叫络秀，听到外面有贵客来了，就和一个婢女在内院宰杀猪羊，做了几十个人的饮食，每件事都办得非常周到，听不到一点儿声音。周浚暗中察看，只见一位女子，相貌生得不同一般，周浚于是求娶她为小妾。她的父亲、兄弟不答应，络秀说："我家门第低微，为什么舍不得一个女儿？如果与贵族结成婚姻，将来也许有很大的好处。"她父亲兄长就听从她的意思。于是婚后便生下周顗兄弟。络秀对周顗兄弟说："我委屈自己嫁到你们家做小妾的原因是为我家的门第考虑而已。你们要是不想与我家做亲戚，我也不会爱惜自己的晚年！"周顗兄弟都听从母亲的话。因此李氏在世时得到了公正的礼遇。

一九

陶公少有大志，家酷贫，与母湛氏同居。同郡范逵素知名，举孝廉，投侃宿。于时冰雪积日，侃室如悬磬，而逵马仆甚多。侃母湛氏语侃曰："汝但出外留客，吾自为计。"湛头发委地，下为二髲，卖得数斛米；斫诸屋柱，悉割半为薪；剉诸荐，以为马草。日夕，遂设精食，从者皆无所乏。逵既叹其才辩，又深愧其厚意。明旦去，侃追送不已，且百里许。逵曰："路已远，君宜还。"侃犹不返。逵曰："卿可去矣。至洛阳，当相为美谈。"侃乃返。逵及洛，遂称之于羊晫、顾荣诸人。大获美誉。

【译文】

陶侃年轻时就有大志，家里非常贫寒，与母亲湛氏住在一起。同郡人范逵一向很有名声，被荐举为孝廉，一天夜里他到陶侃家投宿。当时接连几天大雪，陶侃家一无所有，而范逵的马匹仆从很多。陶侃母亲湛氏对陶侃说："你只管出去把客人留下来，我自然会想办法的。"湛氏的头发很长拖到地上，便剪下头发做成两条假发，卖了头发买了几斛米；砍掉房柱，又把柱子劈下一半当柴火烧；铡碎草垫子，用来做喂马的草料。到了晚上，便准备好了精美的食物，连随从都得到了周到的招待。范逵赞叹陶侃的能力与口才，又对他的热情款待感到惭愧。第二天走时，陶侃一路追着送行不肯停下，直送出百里多地。范逵说："路送出这么远了，你应该回去了。"陶侃还是不肯回去。范逵说："你可以回去了，到了洛阳，我定会把你的盛情传为美谈的。"陶侃这才回去。范逵到了洛阳，便在羊晫、顾荣这些名士面前称赞陶侃，陶侃因此便获得了极大的赞誉。

二〇

陶公少时作鱼梁吏，尝以坩鲊饷母。母封鲊付使，反书责侃曰："汝为吏，以官物见饷，非唯不益，乃增吾忧也。"

【译文】

陶侃年轻时当监管堵水捕鱼的小吏，曾把一罐腌制的鱼送给母亲。母亲封好腌鱼交付给捎鱼来的人，回信责备陶侃说："你作为官吏，拿公家的东西送给我，非但没有好处，反而让我担忧啊！"

二一

桓宣武平蜀，以李势妹为妾，甚有宠，常著斋后。主始不知，既闻，与数十婢拔白刃袭之。正值李梳头，发委藉地，肤色玉曜，不为动容。徐曰："国破家亡，无心至此，今日若能见杀，乃是本怀。"主惭而退。

【译文】

桓温平定蜀地后，娶了李势妹妹为妾，非常宠爱她，常把她安置在书斋后面住。他的妻子南康公主起初不知道，听到消息后，就带领了几十个婢女拔出刀子去袭击她。正遇上李氏在梳头，头发下垂铺到了地上，肤色如白玉般明亮，但她见到众人拔刀时一点儿都不惊慌，缓慢地说："国破家亡，我也是无意间来到此地，今天如被杀，倒是了了我的心愿。"公主惭愧地退了出来。

二二

庾玉台，希之弟也。希诛，将戮玉台。玉台子妇，宣武弟桓豁女也，徒跣求进。阍禁不内，女厉声曰："是何小人？我伯父门，不听我前！"因突入，号泣请曰："庾玉台常因人，脚短三寸，当复能作贼不？”宣武笑曰：“婿故自急。”遂原玉台一门。

【译文】

庾友是庾希的弟弟。桓温杀了庾希后，将要株连将庾友杀死。庾友的儿媳是桓温弟弟桓豁的女儿，急急忙忙光了脚就求见桓温。守门人不让她进去，她厉声道：“是什么奴才？我伯父家门，竟然不准我进去！”于是她就冲了进去，大哭大叫请求道：“庾玉台常常要依靠别人帮助才能走路，他的一只脚短了三寸，还能谋反吗？”桓温笑道：“侄女婿的确着急了。”于是便赦免了庾友一家人。

二三

谢公夫人帏诸婢，使在前作伎，使太傅暂见，便下帏。太傅索更开，夫人云：“恐伤盛德。”

【译文】

谢安夫人挂起帷帐围着众婢女，叫她们在里面表演歌舞，演奏乐曲，让谢安观看了一会儿，就放下了帷帐。谢安要求再次打开帷帐，夫人说：“恐怕会损害你的美德。”

二四

桓车骑不好著新衣，浴后，妇故送新衣与。车骑大怒，催使持去。妇更持还，传语云：“衣不经新，何由而故？”桓公大笑，著之。

【译文】

桓冲不喜欢穿新衣服，一次洗澡后，他妻子特意拿了一套新衣服给他。桓冲大怒，催促侍者拿走。他妻子又派人拿回来给他，传话说："衣服不经过新的，怎么会变成旧的呢？"桓冲听了大笑，穿上了新衣服。

二五

王右军郗夫人谓二弟司空、中郎曰："王家见二谢，倾筐倒庋；见汝辈来，平平尔。汝可无烦复往。"

【译文】

王羲之妻子郗夫人对两位弟弟郗愔、郗昙说："王家人见到谢家的谢安、谢万两位兄弟来，倾其所有热情地款待；见到你们来，只是平平淡淡对待你们而已。你们可以不必再去王家了。"

二六

王凝之谢夫人既往王氏，大薄凝之。既还谢家，意大不说。太傅慰释之曰："王郎，逸少之子，人身亦不恶，汝何以恨乃尔？"答曰："一门叔父，则有阿大、中郎；群从兄弟，则有封、胡、遏、末。不意天壤之中，乃有王郎！"

【译文】

王凝之夫人谢道韫嫁到王家后，非常看不起王凝之。回到谢家，她心里很不开心。谢安宽慰劝解她道：

“王郎是逸少的儿子，人品、才干都很好，你为什么会遗憾到这个地步？”她答道：“我们谢家一门叔父中，有阿大、中郎；同族兄弟中，又有阿封、胡儿、阿遏、阿末。想不到同样的天地之间，竟有王郎这样的人！”

二七

韩康伯母隐古几毁坏，卞鞠见几恶，欲易之。答曰：“我若不隐此，汝何以得见古物？”

【译文】

韩康伯的母亲平日里靠着的矮桌坏掉了，韩母的外孙卞鞠见矮桌坏了，想要掉换它。韩母答道：“我如果不是倚着这个桌子，你怎么能见得到古物呢？”

二八

王江州夫人语谢遏曰：“汝何以都不复进？为是尘务经心，天分有限？”

【译文】

王凝之夫人对谢玄说：“你为什么一点儿长进都没有？是为世俗之事烦扰于心呢，还是天资有限呢？”

二九

郗嘉宾丧，妇兄弟欲迎妹还，终不肯归，曰：“生纵不得与郗郎同室，死宁不同穴？”

【译文】

郗超去世后，他妻子的兄弟想接妹妹回娘家，妹妹始终不肯回去，说：“我活着即使不能与郗郎同居一室，死后岂能不与他同穴合葬？”

三〇

谢遏绝重其姊，张玄常称其妹，欲以敌之。有济尼者，并游张、谢二家，人问其优劣，答曰：“王夫人神情散朗，故有林下风气；顾家妇清心玉映，自是闺房之秀。”

【译文】

谢玄非常敬重他的姐姐，张玄常常称赞他的妹妹，想让她与谢道韫的姐姐并列。有一位叫济的女尼，同时与张、谢两家有交往，有人问起她们的优劣高下，女尼答道：“王夫人神情洒脱开朗，确有隐士的风采和气度；顾家媳妇心胸明净如美玉照人，自然是妇女中的优秀者。”

三一

王尚书惠尝看王右军夫人，问：“眼耳未觉恶不？”答曰：“发白齿落，属乎形骸；至于眼耳，关于神明，那可便与人隔？”

【译文】

王惠曾经去看望王羲之的夫人，问道：“您的眼睛耳朵没有觉得有什么不适吧？”王夫人答道：“头发变白牙齿脱落，是属于人的形体上的问题；至于眼睛与耳朵，是关系到人的精神问题，怎么可能就阻碍与人的交往呢？”

三二

韩康伯母殷，随孙绘之之衡阳，于阖庐洲中逢桓南郡。卞鞠是其外孙，时来问讯。谓鞠曰：“我不死，见此竖二世作贼！”在衡阳数年，绘之遇桓景真之难也，殷抚尸哭曰：“汝父昔罢豫章，征书朝至夕发。汝去郡邑数年，为物不得动，遂及于难，夫复何言！”

【译文】

韩康伯的母亲殷夫人，跟随孙子韩绘之一起前往衡阳，在阖庐洲遇见桓玄。桓玄的部下卞鞠是殷夫人的外孙，常来探望。她对卞鞠说：“我活到现在不死，看见桓玄这小子两代人叛逆造反！”住衡阳几年，韩绘之在桓亮作乱时遇害，殷夫人抚着尸体痛哭道：“你父亲当年被免去豫章太守时，征召的文书早上发出，晚上他就动身出发了。你离开郡城几年，为事务所累不得脱身，终于被杀遇难，这又有什么话可说呢！”

术解第二十

一

荀勖善解音声，时论谓之"闇解"。遂调律吕，正雅乐。每至正会，殿庭作乐，自调宫商，无不谐韵。阮咸妙赏，时谓"神解"。每公会作乐，而心谓之不调，既无一言直勖，意忌之，遂出阮为始平太守。后有一田父耕于野，得周时玉尺，便是天下正尺。荀试以校己所治钟鼓、金石、丝竹，皆觉短一黍，于是伏阮神识。

【译文】

荀勖精通乐理，当时人都称他是"暗解"。他于是就调整乐律，校正雅乐。每到正月行朝贺礼时，在殿堂奏乐，他自己亲自调整五音，无不和谐。阮咸在音乐上有着美妙的欣赏能力，当时人称他为"神解"。每当因公事聚会奏乐时，阮咸心里都认为乐声不协调，他竟然没有一句肯定荀勖的话，荀勖心中怨恨他，便把阮咸调出朝廷去当始平太守。后来有一个农夫在田野耕地时，得到一把周代的玉尺，这便是国家的标准尺。荀勖试着用它来校验自己所制作的钟鼓、金石、丝竹等乐器，发现都短了一黍，于是才佩服阮咸见识高超。

二

荀勖尝在晋武帝坐上食笋进饭，谓在坐人曰："此是劳薪炊也。”坐者未之信，密遣问之，实用故车脚。

【译文】

荀勖曾经在晋武帝宴席上吃笋下饭，对在座的人说：“这是用旧车轮的木料当柴火烧出来的。”在座者不信他的话，暗中派人去查探这事，确实是用旧车轮当柴火烧出来的。

三

人有相羊祜父墓，后应出受命君。祜恶其言，遂掘断墓后以坏其势。相者立视之，曰：“犹应出折臂三公。”俄而祜坠马折臂，位果至公。

【译文】

有位会看相的人为羊祜父亲的坟墓看风水，说他的后代会出一位受天命的君主。羊祜厌恶他的话，便掘断坟墓的后部来破坏坟墓的形势风水。看相人站着察看坟墓，说：“还是会出一位断臂的三公。”不久羊祜从马上摔下折断了手臂，他的官位果然升到三公。

四

王武子善解马性。尝乘一马，著连钱障泥，前有水，终日不肯渡。王云：“此必是惜障泥。”使人解去，便径渡。

【译文】

王济善于了解马的脾性。他曾经骑着一匹马，马背上铺着一块连钱花纹的垫子，前面有河水，马始终不肯渡水过去。王济说："这一定是马爱惜垫子。"派人解下垫子，马就顺利渡过河了。

五

陈述为大将军掾，甚见爱重。及亡，郭璞往哭之，甚哀，乃呼曰："嗣祖，焉知非福！"俄而大将军作乱，如其所言。

【译文】

陈述出任王敦的属官，很受王敦的器重。到他死时，郭璞前去吊唁他，非常哀痛，却呼喊道："嗣祖啊，怎么知道这英年早逝是否算是有福分！"不久王敦反叛作乱，正如郭璞所预言的那样。

六

晋明帝解占冢宅，闻郭璞为人葬，帝微服往看，因问主人："何以葬龙角？此法当灭族！"主人曰："郭云此葬龙耳，不出三年，当致天子。"帝问："为是出天子邪？"答曰："非出天子，能致天子问耳。"

【译文】

晋明帝懂得风水占卜之术，听说郭璞正在为人择地安葬，明帝穿便服前往察看，于是便问主人："为什么要葬在龙角的位置上？这样葬法会带来灭族之祸！"主人说："郭璞说这是葬在龙耳的位置上，不出三年，会招来天子。"明帝问："是指家里会诞生个天子吗？"主人答道："不是诞生天子，是指能招来天子的询问而已。"

七

郭景纯过江，居于暨阳，墓去水不盈百步。时人以为近水，景纯曰："将当为陆。"今沙涨，去墓数十里皆为桑田。其诗曰："北阜烈烈，巨海混混，垒垒三坟，唯母与昆。"

【译文】

郭璞渡江南下后，住在暨阳，他家墓地距离江水不到一百步。当时人认为离江水太近，郭璞说："这里将会成为陆地。"现在这里泥沙堆积涨高，距离墓地几十里地都成了农田。郭璞有诗说："北面的土山高高耸起，大海波涛滚滚东去，重重叠叠的三座坟墓，是母亲与二位兄长的墓地。"

八

王丞相令郭璞试作一卦。卦成，郭意色甚恶，云："公有震厄。"王问："有可消伏理不？"郭曰："命驾西出数里，得一柏树，截断如公长，置床上常寝处，灾可消矣。"王从其语，数日中，果震柏粉碎。子弟皆称庆。大将军云："君乃复委罪于树木！"

【译文】

王导让郭璞试占一卦。占卜成后，郭璞的神情脸色很难看，说："丞相您有雷击之灾。"王导问："有消除的办法吗？"郭璞说："您出门往西走几里地，看到一棵柏树，把它截断像您身体一般长短，放在床上常睡的地方，灾祸即可消除了。”王导听他的话去做，几天之内，果然雷击把柏树打得粉碎，王家子弟都表示庆贺。王敦说：“你竟把罪过转移给了树木！”

九

桓公有主簿，善别酒，有酒辄令先尝，好者谓“青州从事”，恶者谓“平原督邮”。青州有齐郡，平原有鬲县；“从事”言到脐，“督邮”言在鬲上住。

【译文】

桓温属下有位主簿，擅长品酒，桓温有酒总是让他先品尝，好酒称为“青州从事”，劣酒就说是“平原督邮”。青州有齐郡，平原有鬲县；“从事”就是谓好酒入口酒力可达肚脐下面，劣酒入口就是谓酒力只能停留在横膈膜上面。

一〇

郗愔信道甚精勤，常患腹内恶，诸医不可疗。闻于法开有名，往迎之。既来便脉，云：“君侯所患，正是精进太过所致耳。”合一剂汤与之。一服即大下，去数段许纸，如拳大，剖看，乃先所服符也。

【译文】

郗愔信奉道教非常虔诚，他常常感到腹内不舒服，很多医生都治不好。听说于法开有名气，就去请他来治病。于法开来了以后就为他把脉诊断病情，说：“君侯您所患的病，正是修炼太过度所造成的。”便调配了一剂汤药给他服用。一剂药服后即大泻，泻出了好几段像拳头大小的纸团，剖开来看，竟然是先前所吞下的道符。

一一

殷中军妙解经脉，中年都废。有常所给使，忽叩头流血。浩问其故，云：“有死事，终不可说。”诘问良久，乃云：“小人母年垂百岁，抱疾来久，若蒙官一脉，便有活理，讫就屠戮无恨。”浩感其至性，遂令舁来，为诊脉处方。始服一剂汤便愈。于是悉焚经方。

【译文】

殷浩精通医术，到了中年便全都抛下不研究了。有一个经常供他差遣的仆役，忽然给他叩头直至流血。殷浩问他为什么，他说：“有关生死的事，但终究是不能说的。”追问了好久，才说道：“小人母亲年近一百岁，生病很长时间了，如果承蒙长官替她把脉诊治，便有活下去的可能，看好之后就是把我杀了也没有遗憾了。”殷浩被他的孝母至诚之心所感动，便让他把老母亲抬来，为她诊脉开方子。才服了一剂汤药，就痊愈了。殷浩于是把有关医药处方的书全都烧毁了。

巧艺第二十一

一

弹棋始自魏，宫内用妆奁戏。文帝于此戏特妙，用手巾角拂之，无不中。有客自云能，帝使为之。客著葛巾角，低头拂棋，妙逾于帝。

【译文】

弹棋的游戏从魏代后宫开始出现的，宫女们在梳妆盒上用金钗、玉梳等做弹棋的器具来游戏。魏文帝很擅长玩儿这种游戏，他用手巾来碰弹，百发百中。有位客人自称很会玩，文帝便让他来表演。客人戴着葛布头巾，低头碰触棋子，比文帝做得更为巧妙。

二

陵云台楼观精巧，先称平众木轻重，然后造构，乃无锱铢相负揭。台虽高峻，常随风摇动，而终无倾倒之理。魏明帝登台，惧其势危，别以大材扶持之，楼即颓坏。论者谓轻重力偏故也。

【译文】

陵云台的楼台观舍设计精妙绝伦，建造时先称量所用木材的重量，然后才建造构筑，竟然没有丝毫的误差。楼台虽然高峻，经常随着风力而晃动，但始终没有倾倒的可能。魏明帝登上楼台时，怕楼台那么高会有危险，另外用大木材来支撑它，楼台立即坍塌。议论者都说这是轻重失去了平衡导致的结果。

三

韦仲将能书。魏明帝起殿，欲安榜，使仲将登梯题之。既下，头鬓皓然。因敕儿孙勿复学书。

【译文】

韦诞擅长书法。魏明帝建造宫殿，想安放匾额，让韦诞登上梯子题字。题好字下来后，韦诞的鬓发都变得雪白了。于是他告诫儿孙们今后不要再学书法了。

四

钟会是荀济北从舅，二人情好不协。荀有宝剑，可直百万，常在母钟夫人许。会善书，学荀手迹，作书与母取剑，仍窃去不还。荀勖知是钟而无由得也，思所以报之。后钟兄弟以千万起一宅，始成，甚精丽，未得移住。荀极善画，乃潜往画钟门堂，作太傅形象，衣冠状貌如平生。二钟入门，便大感恸，宅遂空废。

【译文】

钟会是荀勖的堂舅，两人的感情不好。荀勖有一把宝剑，价值百万，平常放在母亲钟夫人那里。钟会擅长书法，就模仿荀勖的笔迹，写信给钟夫人索要宝剑，于是骗走了宝剑不归还。荀勖知道是钟会干的，可是没有办法取回来，于是就想办法报复他。后来钟会兄弟耗费千万钱建起一座宅院，刚建成的时候，十分精致壮丽，还没有搬进去住。荀勖非常善于绘画，便偷偷地在新宅的门侧堂屋，画了太傅钟繇的像，衣冠容貌就像生前的一样。钟氏兄弟进门看见，于是大受感动而极度悲痛，这座宅院便从此废弃了。

五

羊长和博学工书，能骑射，善围棋。诸羊后多知书，而射、弈余艺莫逮。

【译文】

羊忱学问渊博，又擅长书法，能骑马射箭，还擅长围棋。羊家后代多数懂书法，而射箭、下棋等技艺都赶不上他。

六

戴安道就范宣学，视范所为，范读书亦读书，范抄书亦抄书。唯独好画，范以为无用，不宜劳思于此。戴乃画《南都赋图》，范看毕咨嗟，甚以为有益，始重画。

【译文】

戴逵向范宣学习，处处模仿范宣的做法，范宣读书他也读书，范宣抄书他也抄书。只是他偏偏爱好绘画，范宣认为没有什么用处，不应该在这上面花费心思。戴逵就画了一幅《南都赋图》，范宣看完后很是赞赏，认为很有益处，于是也开始重视绘画了。

七

谢太傅云："顾长康画，有苍生来所无。"

【译文】

谢安说："顾恺之的画，是有人类以来从未有过的。"

八

戴安道中年画行像甚精妙。庾道季看之，语戴云："神明太俗，由卿世情未尽。"戴云："唯务光当免卿此语耳。"

【译文】

戴逵中年时所画佛像非常精妙。庾龢看到他的画后，对戴逵说："所画佛像神情太俗气，这是由于你还未能摆脱世俗之情所造成的。"戴逵说："只有务光才能避免受到你这种评语吧。"

九

顾长康画裴叔则，颊上益三毛。人问其故，顾曰："裴楷俊朗有识具，正此是其识具。"看画者寻之，定觉益三毛如有神明，殊胜未安时。

【译文】

顾恺之画裴楷像，脸颊上多画了三根胡子。有人问其中的缘故，顾恺之说："裴楷俊逸开朗，又有见识才能，这正是表现了他的才识。"看画的人探求玩味此画，确实感觉到加了三根毫毛好像更有气韵，远远好过没有加上去的时候。

一〇

王中郎以围棋是坐隐，支公以围棋为手谈。

【译文】

王坦之认为围棋是座上隐居，支道林认为围棋是用手交谈。

一一

顾长康好写起人形，欲图殷荆州，殷曰："我形恶，不烦耳。"顾曰："明府正为眼尔。但明点童子，飞白拂其上，使如轻云之蔽日。"

【译文】

顾恺之喜欢画人像，想给殷仲堪画一幅，殷仲堪说："我形貌丑陋，就不麻烦你了。"顾恺之说："您只是因为眼睛的缘故罢了。这只需明显地点上瞳仁，用飞白的笔法在上面轻轻掠过，使得眼部好像轻云遮住太阳一样。"

一二

顾长康画谢幼舆在岩石里。人问其所以，顾曰："谢云：'一丘一壑，自谓过之。'此子宜置丘壑中。"

【译文】

顾恺之为谢鲲画像，把他安置在岩石之中。有人问他这样画的原因，顾恺之说："谢鲲说过：'在隐居深山幽谷方面，我自认为超过他。'所以这位先生应当安置于深山幽谷之中。"

一三

顾长康画人，或数年不点目精。人问其故，顾曰："四体妍蚩，本无关于妙处；传神写照，正在阿堵中。"

【译文】

顾恺之画人像，有时几年都不画上眼珠。有人问他是什么原因，他回答说："人的四肢美丑，本来与画的精妙无关；传达人的精神面貌，关键正是在这个点睛的一点之中。"

一四

顾长康道："画'手挥五弦'易，'目送归鸿'难。"

【译文】

顾恺之说："画'用手指拨弹五弦琴'容易，而画'用目光追随北归的鸿雁'很难。"

宠礼第二十二

一

元帝正会，引王丞相登御床，王公固辞，中宗引之弥苦。王公曰："使太阳与万物同辉，臣下何以瞻仰？"

【译文】

晋元帝在正月初一朝会时，拉着王导和自己坐在一起，王导坚决辞让，元帝更加恳切地拉着他。王导说："让太阳和万物发出同样的光辉，那么我们臣下怎么仰视瞻望太阳呢？"

二

桓宣武尝请参佐入宿，袁宏、伏滔相次而至。莅名，府中复有袁参军。彦伯疑焉，令传教更质。传教曰："参军是袁、伏之袁，复何所疑？"

【译文】

桓温曾请他的属官入府值宿，袁宏、伏滔先后依次而来。通报姓名时，府中还有一位袁参军。袁宏不确定喊的是不是自己，就让传达教令的小吏再次询问。小吏说："参军就是袁、伏的袁，还有什么可怀疑的？"

三

王珣、郗超并有奇才，为大司马所眷拔。珣为主簿，超为记室参军。超为人多髯，珣形状短小，于时荆州为之语曰：“髯参军，短主簿，能令公喜，能令公怒。”

【译文】

王珣、郗超都有特殊的才干，得到大司马桓温的宠信而得到提拔。王珣担任主簿，郗超担任记室参军。郗超脸上很多胡须，王珣身材矮小，当时荆州人为他们编了顺口溜说：“大胡子参军，矮个子主簿，能让桓公喜欢，也能让桓公发怒。”

四

许玄度停都一月，刘尹无日不往，乃叹曰：“卿复少时不去，我成轻薄京尹！”

【译文】

许询在京都停留了一个月，刘惔每天都到他那里去，刘惔于是叹息道：“你再过些日子不离开京城，我就要成为轻薄京兆尹了！”

五

孝武在西堂会，伏滔预坐。还下车呼其儿，语之曰：“百人高会，临坐未得他语，先问：‘伏滔何在？在此不？’此故未易得。为人作父如此，何如？”

【译文】

孝武帝在西堂聚会，伏滔参与聚会就座。回到家，一下车就叫他儿子，告诉儿子说：“上百人的盛会，皇上莅临就位没来得及说其他的话，先就问：‘伏滔在哪里？在这里吗？’这样的宠幸确实不容易得到。为人在世，做父亲的能够如此，你觉得怎么样？”

六

卞范之为丹阳尹，羊孚南州暂还，往卞许，云：“下官疾动，不堪坐。”卞便开帐拂褥，羊径上大床，入被须枕。卞回坐倾睐，移晨达莫。羊去，卞语曰：“我以第一理期卿，卿莫负我！”

【译文】

卞范之担任丹阳尹时，羊孚从南州临时回来，前往卞范之住所，说：“下官疾病发作了，不能坐着。”卞范之就打开帐子，把褥子弹干净，羊孚径直上了大床，钻进被子靠着枕头，卞范之回到座位注目他，从清晨直到黄昏。羊孚走时，卞范之对他说：“我期待你坚持最高的情理，你不要辜负我！”

任诞第二十三

一

陈留阮籍、谯国嵇康、河内山涛，三人年皆相比，康年少亚之。预此契者，沛国刘伶、陈留阮咸、河内向秀、琅邪王戎。七人常集于竹林之下，肆意酣畅，故世谓竹林七贤。

【译文】

陈留阮籍、谯国嵇康、河内山涛，三个人的年龄都相仿，嵇康的年龄比其他人稍小些。参加这些人聚会的还有沛国刘伶、陈留阮咸、河内向秀、琅邪王戎。七个人常常在竹林下聚集，毫无禁忌地开怀畅饮，所以当时人称他们为竹林七贤。

二

阮籍遭母丧，在晋文王坐，进酒肉。司隶何曾亦在坐，曰："明公方以孝治天下，而阮籍以重丧，显于公坐饮酒食肉，宜流之海外，以正风教。"文王曰："嗣宗毁顿如此，君不能共忧之，何谓？且有疾而饮酒食肉，固丧礼也。"籍饮啖不辍，神色自若。

【译文】

阮籍在母亲去世服丧期间，在晋文王宴席上饮酒吃肉。司隶校尉何曾也在座，对晋文王说："您一直以来都是以孝道治理天下，但阮籍重丧在身，却公然在您的宴席上饮酒吃肉，应当把他流放到荒漠地区，来端正风俗教化。”文王说：“阮籍哀伤过度身体毁损精神困顿，你不能为他分忧，还说这些做什么？况且居丧期间因病而饮酒吃肉，这本来就是符合丧礼的。”当时阮籍吃喝不停，神色自若。

三

刘伶病酒，渴甚，从妇求酒。妇捐酒毁器，涕泣谏曰：“君饮太过，非摄生之道，必宜断之！”伶曰：“甚善。我不能自禁，唯当祝鬼神，自誓断之耳。便可具酒肉。”妇曰：“敬闻命。”供酒肉于神前，请伶祝誓。伶跪而祝曰：“天生刘伶，以酒为名，一饮一斛，五斗解酲。妇人之言，慎不可听！”便引酒进肉，隗然已醉矣。

【译文】

刘伶因饮酒过度而导致身体不适，感到异常口渴，就向妻子讨酒喝。他妻子把酒倒掉，把盛酒的容器毁坏，哭着劝道：“你喝酒太多了，这不是养生的办法，必须要把酒戒掉！”刘伶说：“很好。但我不能控制自己，只能向鬼神祷告，自己发誓来戒掉酒瘾。你就准备祭祀用的酒肉吧。”妻子说：“我按照你交代的去办。”于是把酒肉供在神前，请刘伶去祷告发誓。刘伶跪着说：“天生我刘伶，酒是我的命。一次喝一斛，五斗消酒病。妇人说的话，千万不能听！”说完拿起酒肉就吃喝起来，一会儿便喝得酩酊大醉。

四

刘公荣与人饮酒，杂秽非类。人或讥之，答曰："胜公荣者，不可不与饮；不如公荣者，亦不可不与饮；是公荣辈者，又不可不与饮。故终日共饮而醉。"

【译文】

刘公荣和别人一道喝酒，酒友很杂都不是同一类人。有人因此指责他，他答道："酒量超过我的，我不能不同他喝酒；酒量不如我的，也不能不同他喝酒；跟我一样的人，更加不能不同他一起喝酒。所以整天与人一起饮酒而醉。"

五

步兵校尉缺，厨中有贮酒数百斛，阮籍乃求为步兵校尉。

【译文】

步兵校尉的官职空缺了，阮籍听说步兵营的厨房里存放了几百斛酒，就要求前往担任步兵校尉的职务。

六

刘伶恒纵酒放达，或脱衣裸形在屋中。人见讥之，伶曰："我以天地为栋宇，屋室为裈衣，诸君何为入我裈中？"

【译文】

刘伶经常不加节制地饮酒，任性放诞，有时脱掉衣服，赤身裸体待在屋中。有人看到后责备他，刘伶说：“我把天地当房子，把房屋当裤子，诸位为什么跑到我裤子里来？”

七

阮籍嫂尝还家，籍见与别。或讥之，籍曰：“礼岂为我辈设也？”

【译文】

阮籍的嫂嫂有一次回娘家，阮籍与她相见道别。有人责怪他，阮籍说：“礼法难道是为我们这些人而设的吗？”

八

阮公邻家妇有美色，当垆酤酒。阮与王安丰常从妇饮酒，阮醉，便眠其妇侧。夫始殊疑之，伺察，终无他意。

【译文】

阮籍邻家的主妇姿色美丽，在酒垆边卖酒。阮籍与王戎常常到主妇那里饮酒，阮籍喝醉后，就睡在该主妇身旁。她丈夫开始很怀疑他，观察了一阵后，发现他始终没有其他的意图。

九

阮籍当葬母，蒸一肥豚，饮酒二斗，然后临诀，直言：“穷矣！”都得一号，因吐血，废顿良久。

【译文】

阮籍在安葬母亲时，蒸了一只很肥的小猪，喝了二斗酒，然后向母亲的遗体告别，直接说："完了！"只是极度悲伤地大哭了一声，就吐血了，精神不振了很久。

一〇

阮仲容、步兵居道南，诸阮居道北；北阮皆富，南阮贫。七月七日，北阮盛晒衣，皆纱罗锦绮。仲容家以竿挂大布犊鼻裈于中庭，人或怪之，答曰："未能免俗，聊复尔耳！"

【译文】

阮咸、阮籍居住在道南，其他阮姓人住在道北；住在道北的阮姓人都很富有，住在道南的都很贫穷。七月七日，道北的阮姓人大晒衣服，都是绫罗绸缎。阮咸就用竹竿在庭院中挂了一条粗布做的犊鼻形状的裤子，有人对他的做法感到很奇怪，他答道："我没能免除世俗的习惯，姑且再这样做做样子罢了！"

一一

阮步兵丧母，裴令公往吊之。阮方醉，散发坐床，箕踞不哭。裴至，下席于地，哭吊唁毕，便去。或问裴："凡吊，主人哭，客乃为礼。阮既不哭，君何为哭？"裴曰："阮方外之人，故不崇礼制。我辈俗中人，故以仪轨自居。"时人叹为两得其中。

【译文】

阮籍母亲死后，裴楷前往吊唁。阮籍当时正喝酒喝多了，披头散发坐在榻上，两腿伸开，也没哭。裴楷到了，阮籍离开了坐席下地，裴楷行哭丧之礼，吊唁完毕，就离开了。有人问裴楷：“凡是吊唁，丧家主人哭，客人才行礼。阮籍都没有哭，您为什么哭？”裴楷说：“阮籍是世俗之外的人，所以不尊崇传统礼节。我们是世俗之人，所以要遵照礼法来对待。”当时人都很赞赏他的说法。

一二

诸阮皆能饮酒，仲容至宗人间共集，不复用常杯斟酌，以大瓮盛酒，围坐，相向大酌。时有群猪来饮，直接去上，便共饮之。

【译文】

阮氏家族的人都能喝酒，阮咸到同族人当中聚会，不再用一般的杯子来喝酒，而是用大酒瓮来盛酒，大家一起围坐，面对面畅饮。当时有许多猪也来喝，它们直接就上去喝了，于是大家就与这群猪共同喝酒。

一三

阮浑长成，风气韵度似父，亦欲作达。步兵曰：“仲容已预之，卿不得复尔。”

【译文】

阮浑长大成人，风格气度很像父亲，也想做些任性放达的事。阮籍说："阮咸已经入了我们这一流了，你不能再这样了。"

一四

裴成公妇，王戎女。王戎晨往裴许，不通径前。裴从床南下，女从北下，相对作宾主，了无异色。

【译文】

裴頠的夫人是王戎的女儿，王戎早上到裴頠那里去，不通报一声就直接进去。裴頠从床前下床，女儿从床后面下床，宾主相对，大家神态如常，完全没有一点儿难为情的表情。

一五

阮仲容先幸姑家鲜卑婢，及居母丧，姑当远移，初云当留婢，既发，定将去。仲容借客驴，著重服，自追之。累骑而返，曰："人种不可失！"即遥集之母也。

【译文】

阮咸原先宠爱姑母家一鲜卑族的婢女，等到他为母亲守孝时，姑母要搬到远处去，起初说要留下这位婢女，当要出发了，终于带她走了。阮咸借了客人的驴子，身穿孝服，亲自去追她。两人合骑一头驴回来，他说："传宗接代的人不能丢掉！"这位婢女就是阮孚的母亲。

一六

任恺既失权势，不复自检括。或谓和峤曰：“卿何以坐视元裒败而不救？”和曰：“元裒如北夏门，拉攞自欲坏，非一木所能支。”

【译文】

任恺失去权势以后，不再自我检束。有人对和峤说：“你为什么坐视元裒颓废而不管他呢？”和峤说：“元裒有如北夏门，本来就是要损坏，不是一根木头能支撑得住的。”

一七

刘道真少时，常渔草泽，善歌啸，闻者莫不留连。有一老妪，识其非常人，甚乐其歌啸，乃杀豚进之。道真食豚尽，了不谢。妪见不饱，又进一豚。食半余半，乃还之。后为吏部郎，妪儿为小令史，道真超用之。不知所由，问母，母告之。于是赍牛酒诣道真，道真曰：“去！去！无可复用相报。”

【译文】

刘宝年轻的时候，常在荒野湖沼中打鱼，他善于用口哨吹曲子，听到的人全都被他的口哨声所吸引。有一个老妇人，看到他不是一般人，又非常喜欢他的口哨声，就杀了一只小猪送给他。刘宝把小猪吃光了，并没有表示感谢。老妇人见他没有吃饱，又送给他一只。刘宝吃了一半，就把剩下的一半还给老妇人。后来刘宝做了吏部郎，老妇人的儿子是小令史，刘宝越级提拔了他。他不知道是什么原因，问母亲，母亲告诉了他，于是他带着牛肉和酒去答谢刘宝。刘宝说："走吧！走吧！不用再来答谢我。"

一八

阮宣子常步行，以百钱挂杖头，至酒店，便独酣畅，虽当世贵盛，不肯诣也。

【译文】

阮宣子经常步行外出，把百钱挂在手杖顶端，走到酒店，就独自一人开怀畅饮，即使是当世的权贵名流，也不肯去拜访。

一九

山季伦为荆州，时出酣畅，人为之歌曰："山公时一醉，径造高阳池，日莫倒载归，茗艼无所知。复能乘骏马，倒著白接篱，举手问葛彊，何如并州儿？"高阳池在襄阳。彊是其爱将，并州人也。

【译文】

山简做荆州刺史的时候，经常出游畅饮，有人为他编了一首歌谣："山简经常醉，径直去高阳，日落倒卧车中归，酩酊大醉无所知。忽而又能骑骏马，倒戴白接篱。挥手问葛彊，我和你这并州人相比怎么样？"高阳池在襄阳。葛彊是山简的爱将，并州人。

二〇

张季鹰纵任不拘，时人号为“江东步兵”。或谓之曰：“卿乃可纵适一时，独不为身后名邪？”答曰：“使我有身后名，不如即时一杯酒！”

【译文】

张翰放荡不羁，当时人把他称为“江东步兵”。有人对他说：“你虽然能够纵情于一时，难道不为身后的名声着想吗？”张翰回答说：“与其让我身后有名，还不如眼前的一杯好酒。”

二一

毕茂世云：“一手持蟹螯，一手持酒杯，拍浮酒池中，便足了一生。”

【译文】

毕茂世说：“一手拿蟹腿，一手拿酒杯，在酒池中游泳，就足以了却此生了。”

二二

贺司空入洛赴命，为太孙舍人，经吴阊门，在船中弹琴。张季鹰本不相识，先在金阊亭，闻弦甚清，下船就贺，因共语，便大相知说。问贺：“卿欲何之？”贺曰：“入洛赴命，正尔进路。”张曰：“吾亦有事北京，因路寄载。”便与贺同发，初不告家，家追问乃知。

【译文】

贺循去洛阳接受皇帝的任命，做太孙舍人，路过吴阊门，在船中弹琴。张翰与贺循本来不相识，他此时正在金阊亭，听到琴声很清雅，便下船去拜访贺循，一经交谈，彼此十分赏识。张翰问贺循："你打算去往何处？"贺循说："到洛阳去接受诏命，正在路上。"张翰说："我也有事要到洛阳去，可顺路搭船。"于是与贺循一同出发。张翰一开始没有告诉家人，家人追问才知道是这么回事。

二三

祖车骑过江时，公私俭薄，无好服玩。王、庾诸公共就祖，忽见裘袍重叠，珍饰盈列。诸公怪问之，祖曰："昨夜复南塘一出。"祖于时恒自使健儿鼓行劫钞，在事之人亦容而不问。

【译文】

祖逖渡江南下时，公库私府都很贫乏，没什么值钱的衣服和玩物。王导、庾亮等人一起去拜访祖逖，忽然看到他那里皮毛衣服堆积成山，珍贵饰物陈列满架。他们感到很奇怪，就问他原因，祖逖说："昨夜又去了一次南塘。"祖逖在当时经常让部下出去公开抢劫，那些当政者也容忍他们而不去追究。

二四

鸿胪卿孔群好饮酒，王丞相语云："卿何为恒饮酒？不见酒家覆瓿布，日月糜烂？”群曰：“不尔。不见糟肉乃更堪久？”群尝书与亲旧：“今年田得七百斛秫米，不了麴蘖事。”

【译文】

鸿胪卿孔群爱好喝酒，王导对他说：“你为什么经常喝酒？难道没有看见卖酒人家盖在酒器上的布，时间长了就烂掉了吗？”孔群说：“不是这样的。你难道不知道酒糟腌制的肉反而能存放得更久吗？”孔群曾经写信给亲戚故旧说：“今年田里收到七百斛秫米，还不够酿酒之用。”

二五

有人讥周仆射与亲友言戏秽杂无检节。周曰：“吾若万里长江，何能不千里一曲。”

【译文】

有人指责周顗和亲友谈论说笑粗野不雅，丝毫没有检点节制。周顗说：“我好像那万里长江，怎么能一泻千里而没有一点儿弯曲呢？”

二六

温太真位未高时，屡与扬州、淮中估客樗蒱，与辄不竞。尝一过大输物，戏屈，无因得反。与庾亮善，于舫中大唤亮曰：“卿可赎我！”庾即送直，然后得还。经此数四。

【译文】

温峤官位还不高时，屡次和扬州、淮中的行商赌博，经常赌输。曾经有一次赌注很大，输了很多钱，没有办法回去。他和庾亮关系很不错，在船中大声呼唤庾亮："你来赎我！"庾亮随即送赎金过去，他才得以回来。这样的事情经常发生。

二七

温公喜慢语，卞令礼法自居。至庾公许，大相剖击，温发口鄙秽，庾公徐曰："太真终日无鄙言。"

【译文】

温峤喜欢说放纵轻慢的话，卞壶却以法礼之士自居。两人到庾亮的住处去，相互间激烈地辩驳批评，温峤说话粗鄙庸俗，庾亮慢悠悠地说："太真整天出言不俗。"

二八

周伯仁风德雅重，深达危乱。过江积年，恒大饮酒，尝经三日不醒。时人谓之"三日仆射"。

【译文】

周颉作风品德正派高尚，深知当时危乱的形势。过江多年，经常喝醉，曾经一连三日醉酒不醒。当时人称之为"三曰仆射"。

二九

卫君长为温公长史，温公甚善之，每率尔提酒脯就卫，箕踞相对弥日。卫往温许亦尔。

【译文】

卫永担任温峤的长史时，温峤对他十分友好，常常随意地提着酒肉到卫永那里去，两人面对面随随便便地坐着喝一整天。卫永到温峤那里去也是这样。

三〇

苏峻乱，诸庾逃散。庾冰时为吴郡，单身奔亡。民吏皆去，唯郡卒独以小船载冰出钱塘口，籧篨覆之。时峻赏募觅冰，属所在搜检甚急。卒舍船市渚，因饮酒醉，还，舞棹向船曰："何处觅庾吴郡，此中便是！"冰大惶怖，然不敢动。监司见船小装狭，谓卒狂醉，都不复疑。自送过淛江，寄山阴魏家，得免。后事平，冰欲报卒，适其所愿。卒曰："出自厮下，不愿名器。少苦执鞭，恒患不得快饮酒。使其酒足余年，毕矣。无所复须。"冰为起大舍，市奴婢，使门内有百斛酒，终其身。时谓此卒非唯有智，且亦达生。

【译文】

苏峻作乱，庾氏一族人都逃散了。庾冰当时是吴郡太守，独自逃亡。百姓和属官都离散了，只有一个府役独自用小船载着庾冰逃到钱塘江口，用席子掩盖住他。当时苏峻正悬赏捉拿庾冰，嘱咐下属到处搜查，十分紧急。府役离开小船到江中小洲上去买东西，喝醉了酒回来，挥舞着船桨，面对着小船说："哪里去寻找庾吴郡？就在这船上！"庾冰大为惊慌，却又不敢动。搜查的人看到船十分狭小，认为是府役喝醉了酒说胡话，就不再怀疑。府役就把庾冰送过钱塘江，寄居在山阴魏家，得以躲过灾祸。后来叛乱平息，庾冰要报答府役，说可以满足他的愿望。府役说："我出身于仆役，不愿意做官。从小就为人服役的命，经常为不能畅快地喝酒而感到遗憾。若能给我足够的酒让我度过余年，我就满足了。没有其他的什么要求了。"庾冰就给他盖了大房子，买了奴婢，让他家里有上百斛的酒，一直供养他终身。当时人说这位府役不仅是有勇有谋，而且对人生也很达观。

三一

殷洪乔作豫章郡，临去，都下人因附百许函书。既至石头，悉掷水中，因祝曰："沉者自沉，浮者自浮，殷洪乔不能作致书邮！"

【译文】

殷羡做豫章郡太守，将要离开赴任时，京都的人托他带去一百多封信。到了石头城，他把信全部抛入江中，还祷告说："沉的自己沉下去，浮的自己浮上来，我殷洪乔是不会做那送信的邮差！"

三二

王长史、谢仁祖同为王公掾，长史云："谢掾能作异舞。"谢便起舞，神意甚暇。王公熟视，谓客曰："使人思安丰。"

【译文】

王蒙和谢尚同是王导的属官，王蒙说："谢掾会跳一种特别的舞蹈。"谢尚于是跳起舞来，神情意志非常悠闲。王导仔细地观看，对客人说："他让人想起了王戎。"

三三

王、刘共在杭南，酣宴于桓子野家。谢镇西往尚书墓还，葬后三日反哭。诸人欲要之，初遣一信，犹未许，然已停车；重要，便回驾。诸人门外迎之，把臂便下。裁得脱帻，著帽酣宴。半坐，乃觉未脱衰。

【译文】

王蒙、刘惔同在朱雀桥南，在桓伊家里饮酒。谢尚从谢裒墓上归来，是葬后三日的反哭。众人想邀请谢尚来共饮，起初派了一个送信的人去请，他还没答应，但是已经把车子停了下来；再次派人去邀请，就调转车头来了。众人在门外迎接他，他拉着别人的臂膀就下车了。刚刚脱去头巾，换上便帽就痛饮起来。坐下好一阵子了，才发现没有脱下丧服。

三四

桓宣武少家贫，戏大输，债主敦求甚切。思自振之方，莫知所出。陈郡袁耽俊迈多能，宣武欲求救于耽。耽时居艰，恐致疑，试以告焉，应声便许，略无嫌吝。遂变服，怀布帽，随温去与债主戏。耽素有蓺名，债主就局，曰："汝故当不办作袁彦道邪？"遂共戏。十万一掷，直上百万数，投马绝叫，傍若无人，探布帽掷对人曰："汝竟识袁彦道不？"

【译文】

桓温年轻的时候家里很穷，一次赌博输了很多，债主催逼他还赌债。他想要翻本，可又想不出办法。陈郡袁耽慷慨豪迈，多才多艺，桓温便想向他求救。袁眈当时正在守丧期间，去求他怕他为难，只好试着把这件事告诉他，袁眈立即答应了，没有一点儿犹豫。他脱下孝服，穿上便装，把布帽揣在怀里，和桓温一起去和那个债主赌钱。袁眈平时在技艺游戏方面是很有名气的，那个债主上了赌局，说："你应该不会成为袁彦道那样吧？"就开始赌起来了。赌注从十万一掷，一直上升到百万之数，袁眈每次投注筹码都大喊大叫，旁若无人，从怀中拿出布帽掷向对方，说："你到底认识袁彦道吗？"

三五

王光禄云："酒正使人人自远。"

【译文】

王蕴说："酒的确能让人在醉意中忘却自己。"

三六

刘尹云："孙承公狂士，每至一处，赏玩累日，或回至半路却返。"

【译文】

刘惔说："孙承公是狂放之士，每到一个地方，就一连游玩好几天，有时候往回走到半路又转身再回去。"

三七

袁彦道有二妹：一适殷渊源，一适谢仁祖。语桓宣武云："恨不更有一人配卿！”

【译文】

袁耽有两个妹妹：一个许配给殷浩，一个许配给谢尚。他对桓温说：“遗憾的是没有另外一个妹妹许配给你。”

三八

桓车骑在荆州，张玄为侍中，使至江陵，路经阳岐村。俄见一人持半小笼生鱼，径来造船，云：“有鱼欲寄作脍。”张乃维舟而纳之。问其姓字，称是刘遗民。张素闻其名，大相忻待。刘既知张衔命，问：“谢安、王文度并佳不？”张甚欲话言，刘了无停意。既进脍，便去，云：“向得此鱼，观君船上当有脍具，是故来耳。”于是便去。张乃追至刘家。为设酒，殊不清旨，张高其人，不得已而饮之。方共对饮，刘便先起，云：“今正伐荻，不宜久废。”张亦无以留之。

【译文】

桓冲任州刺史时，张玄担任侍中，奉命到江陵去上任，路过阳岐村。一会儿看见一个人提着半小笼活鱼，径直来到船边，说：“有些鱼，想托你们切成鱼片。”张玄就系好船让他上来。问他叫什么，他自己说是刘遗民。张玄平常听说过他的名声，十分高兴地接待他。刘遗民知道张玄是奉命出行，问：“谢安、王文度还好吗？”张玄很想和他谈论一下，刘遗民却完全无意停留。鱼片切好送进来以后，他就要离开，说：“刚才得到这些鱼，觉得您船上应当有切鱼的刀具，所以才来的。”说完便走了。张玄跟着到了刘遗民家。刘遗民置办了酒水，酒色很不清醇，张玄敬重他的为人，勉强喝了酒。要和他对饮时，刘遗民先站起来说：“今天正是割芦荻的时候，不能在这里耽搁太久。”张玄也没有办法留下。

三九

王子猷诣郗雍州，雍州在内。见有㲮㲪，云：“阿乞那得此物？”令左右送还家。郗出觅之，王曰：“向有大力者负之而趋。”郗无忤色。

【译文】

王徽之去拜访郗恢，郗恢在内室。王徽之看到有羊毛毯，说：“阿乞你怎么会有这个东西？”就叫手下人送回自己家中。郗恢出来寻找毛毯，王徽之说：“刚才有个大力士背着它跑了。”郗恢听了也没有责怪的意思。

四〇

谢安始出西，戏，失车牛，便杖策步归。道逢刘尹，语曰：“安石将无伤？”谢乃同载而归。

【译文】

谢安第一次到建康时，外出游玩，丢失了车和牛，就拄着手杖步行回家。路上碰到了刘惔，刘惔对他说：“安石没有受到什么伤害吧？”谢安就和他同乘一辆车回去。

四一

襄阳罗友有大韵，少时多谓之痴。尝伺人祠，欲乞食，往太蚤，门未开。主人迎神出见，问以非时何得在此，答曰："闻卿祠，欲乞一顿食耳。"遂隐门侧，至晓得食便退，了无怍容。为人有记功，从桓宣武平蜀，按行蜀城阙观宇，内外道陌广狭，植种果竹多少，皆默记之。后宣武溧洲与简文集，友亦预焉。共道蜀中事，亦有所遗忘，友皆名列，曾无错漏。宣武验以蜀城阙簿，皆如其言，坐者叹服。谢公云："罗友讵减魏阳元。"后为广州刺史，当之镇，刺史桓豁语令莫来宿，答曰："民已有前期，主人贫，或有酒馔之费，见与甚有旧。请别日奉命。"征西密遣人察之，至夕乃往荆州门下书佐家，处之怡然，不异胜达。在益州，语儿云："我有五百人食器。"家中大惊，其由来清，而忽有此物，定是二百五十沓乌樏。

【译文】

襄阳罗友为人有很大的气度，年轻时很多人认为他痴呆。他有一次知道有户人家祭祀，便想去讨点儿吃喝，他去得很早，人家门还没有开。主人迎神时出来看到他，问他还没到时候，他怎么会在这里，他回答说："听说您祭祀，想要讨一顿吃喝罢了。"然后就躲在门边，到天亮，拿到食物就走了，没有一点儿羞惭的神色。他有超强记忆力，跟随桓温平定蜀地，他巡视蜀中城池楼台屋宇，城内外大小道路的宽窄，以及种植的果树、竹子的多少，都牢记于心。后来桓温在溧洲与简文帝会面，罗友也参与其事。他们一起谈论当年蜀中的事情，也有所遗忘，罗友却能一一道出，无一遗漏。桓温拿出记载蜀中情况的簿籍来对证，跟他所说的全都一样，在座的人都为之叹服。谢安说：“罗友哪里比魏舒差。”后来罗友出任广州刺史，在前往驻地的时候，刺史桓豁邀请他晚上来住宿，他回答说：“下民已经有约在先，那家主人穷，可能会破费钱财准备酒菜，我与他是故交。请允许我改日再来拜访。”桓豁暗中派人去观察罗友，到了那天，他竟然到荆州的下属书佐家去了，彼此相处十分融洽，和对待达官贵人没有什么不同。他在益州时，对儿子说：“我有能满足五百人吃喝的餐具。”家里人大为吃惊，他一向清贫，却突然有这么多东西，猜想一定是二百五十沓黑色的食盒碟子。

四二

桓子野每闻清歌，辄唤“奈何”。谢公闻之，曰：“子野可谓一往有深情。”

【译文】

桓伊每次听到挽歌，都会大喊“奈何”，谢安听说后，说：“子野可是一往情深。”

四三

张湛好于斋前种松柏。时袁山松出游，每好令左右作挽歌。时人谓“张屋下陈尸，袁道上行殡”。

【译文】

张湛爱好在房前种植松柏。每次袁山松外出游玩的时候，经常喜欢让身边的人唱挽歌。当时人说：“张湛在房屋前停放尸体，袁山松在道路上出殡”。

四四

罗友作荆州从事，桓宣武为王车骑集别。友进，坐良久，辞出，宣武曰：“卿向欲咨事，何以便去？”答曰：“友闻白羊肉美，一生未曾得吃，故冒求前耳，无事可咨。今已饱，不复须驻。”了无惭色。

【译文】

罗友担任荆州从事时，桓温为王洽聚会饯行。罗友进来，坐了很长时间，告辞出去，桓温说：“你刚才有事要问，为什么这就走了呢？”罗友回答说：“我听闻白羊肉鲜美，之前没有吃过，所以才冒昧求见，没有什么事情要问。现在已经吃饱了，不再需要留在这里了。”他完全没有惭愧的神色。

四五

张驎酒后，挽歌甚凄苦。桓车骑曰：“卿非田横门人，何乃顿尔至致？”

【译文】

张湛酒后唱挽歌，唱得十分悲痛。桓冲说：“你不是田横的门人，怎么会突然悲伤到如此地步？”

四六

王子猷尝暂寄人空宅住，便令种竹。或问：“暂住何烦尔？”

王啸咏良久，直指竹曰：“何可一日无此君？”

【译文】

王徽之曾经暂住在别人的空宅院里，于是命人种竹子。有人问：“只是暂住，何必烦劳呢？”王徽之啸咏很久，直指竹子说：“怎么能一天看不见竹子呢？”

四七

王子猷居山阴，夜大雪，眠觉，开室命酌酒，四望皎然。因起彷徨。咏左思《招隐诗》，忽忆戴安道。时戴在剡，即便夜乘小船就之。经宿方至，造门不前而返。人问其故，王曰：“吾本乘兴而行，兴尽而返，何必见戴！”

【译文】

王徽之在山阴居住的时候，一天夜里下大雪，他睡觉醒来，打开房门，叫左右备酒，看着周围一片白茫茫的。他就起身徘徊。吟诵左思的《招隐诗》，忽然想起戴逵。当时戴逵在剡县，王徽之就连夜乘了小船去拜访他。船行驶了一夜才到，到了门口却不进去，直接返回山阴了。有人问他为什么，他说：“我本来是乘兴而去的，现在兴尽而回，何必一定要见到戴逵呢？”

四八

王卫军云：“酒正自引人著胜地。”

【译文】

王荟说："酒的确能给人带来美妙的感觉。"

四九

王子猷出都，尚在渚下。旧闻桓子野善吹笛，而不相识。遇桓于岸上过，王在船中，客有识之者，云是桓子野，王便令人与相闻，云："闻君善吹笛，试为我一奏。"桓时已贵显，素闻王名，即便回下车，踞胡床，为作三调。弄毕，便上车去。客主不交一言。

【译文】

王徽之奉命前往京都，船还停泊在青溪渚下。他曾经听说桓伊擅长吹笛，但是并不认识。这次正好遇上桓伊从岸上经过，王徽之在船中，门客中有人认识桓伊，说那是桓伊，王徽之就派人去传话，说："听说您善于吹笛，能否为我演奏一段。"桓伊当时已经官至显贵了，但他素来知道王徽之的大名，就回头下车，靠着胡床，为他演奏了三个曲子。演奏完毕，就上车离开了。客人和主人间没有任何交谈。

五〇

桓南郡被召作太子洗马，船泊荻渚，王大服散后已小醉，往看桓。桓为设酒，不能冷饮，频语左右令"温酒来"，桓乃流涕呜咽。王便欲去，桓以手巾掩泪，因谓王曰："犯我家讳，何预卿事！"王叹曰："灵宝故自达！"

【译文】

桓玄被征召为太子洗马，他的船停靠在荻渚，王忱服了五石散后已经微醉，前去看望桓玄。桓玄为他备酒，知道他服散后不能喝冷酒，多次吩咐左右，叫他们拿温酒来。桓玄竟然痛哭流涕。王忱就要离去，桓玄用手巾擦拭眼泪，并对王忱说：“我犯了家讳，和你有什么关系！”王忱叹服说：“灵宝真是通达！”

五一

王孝伯问王大：“阮籍何如司马相如？”王大曰：“阮籍胸中垒块，故须酒浇之。”

【译文】

王恭问王忱：“阮籍和司马相如相比怎么样？”王忱说：“阮籍胸中郁结如有疙瘩，因此必须经常用酒来浇它。”

五二

王佛大叹言：“三日不饮酒，觉形神不复相亲。”

【译文】

王忱感叹说：“三天不喝酒，便觉得浑身不舒服。”

五三

王孝伯言：“名士不必须奇才，但使常得无事，痛饮酒，熟读

《离骚》，便可称名士。”

【译文】

王恭说：“名士不一定要有特别的才华，只要能经常无事，畅快地喝酒，熟读《离骚》，就可以称作名士了。”

五四

王长史登茅山，大恸哭曰：“琅邪王伯舆，终当为情死。”

【译文】

王廞登上茅山，伤心痛哭着说道：“琅邪王伯舆，终归是为情而死。”

简傲第二十四

一

晋文王功德盛大，坐席严敬，拟于王者。唯阮籍在坐，箕踞啸歌，酣放自若。

【译文】

晋文王司马昭功业兴旺、品德高尚，在座的人都很严肃，就像与君主同坐一样，阮籍在座位上伸开两足吟唱，他尽情地饮酒，放纵不羁，神态自若。

二

王戎弱冠诣阮籍，时刘公荣在坐。阮谓王曰："偶有二斗美酒，当与君共饮，彼公荣者无预焉。"二人交觞酬酢，公荣遂不得一杯，而言语谈戏，三人无异。或有问之者，阮答曰："胜公荣者，不得不与饮酒；不如公荣者，不可不与饮酒；唯公荣，可不与饮酒。"

【译文】

王戎年轻时去拜访阮籍，当时刘昶也在座。阮籍对王戎说："我刚好有二斗美酒，应当与你一起喝，他刘昶呢就不给他喝了。"两个人就互相敬酒，刘昶最后也没有得到一杯酒，但是言语谈笑，三个人彼此并没有异样。有人问起此事，阮籍答道："胜过刘昶的人，不得不与他饮酒；不如刘昶的人，不可不与他饮酒；只有刘昶，可以不与他饮酒。"

三

钟士季精有才理，先不识嵇康，钟要于时贤俊之士，俱往寻康。康方大树下锻，向子期为佐鼓排。康扬槌不辍，傍若无人，移时不交一言。钟起去，康曰："何所闻而来？何所见而去？"钟曰："闻所闻而来，见所见而去。"

【译文】

钟会十分聪慧，先前不认识嵇康，钟会邀请当时贤能杰出人士，一起去探访嵇康。嵇康正在大树下打铁，向子期正在帮他拉风箱鼓风。嵇康不停地挥动槌子打铁，旁若无人，过了很久也不与他们打招呼。钟会起身离开，嵇康说："你听到了什么才来的？见到了什么才离开的？"钟会说："听到了所听到的才来，看到了所看到的才走的。"

四

嵇康与吕安善，每相思，千里命驾。安后来，值康不在，喜出户延之，不入，题门上作"凤"去。喜不觉，犹以为欣，故作。"凤"字凡鸟也。

【译文】

嵇康和吕安关系很好，每当思念吕安时，无论相距多远也要长途驾车前去探访。吕安后来去拜访嵇康时，正巧嵇康不在家，他不进门，在门上题了一个“凤”字就走了。嵇喜并未察觉吕安的用意，还以为他很高兴，所以才题字的。“凤（鳯）”字，就是凡鸟啊。

五

陆士衡初入洛，咨张公所宜诣，刘道真是其一。陆既往，刘尚在哀制中。性嗜酒，礼毕，初无他言，唯问：“东吴有长柄壶卢，卿得种来不？”陆兄弟殊失望，乃悔往。

【译文】

陆机初到洛阳的时候，向张华询问应当去拜访谁，张华认为刘宝是应值得拜访的人。陆机去刘家时，刘宝还在守丧期中。刘宝喜欢喝酒，见面礼行过后，开头没说别的话，只是问：“东吴有一种长柄葫芦，你们带了种子来吗？”陆机、陆云兄弟听了非常失望，很后悔去拜访这个人。

六

王平子出为荆州，王太尉及时贤送者倾路。时庭中有大树，上有鹊巢，平子脱衣巾，径上树取鹊子，凉衣拘阂树枝，便复脱去。得鹊子还下弄，神色自若，傍若无人。

【译文】

王澄上任荆州刺史，王衍与当时的名流很多人前去送行。当时庭院中有一棵大树，上面有鹊巢，王澄脱下上衣和头巾，直接爬上树去抓小鹊，贴身内衣钩住了树枝，就再把内衣脱掉。他抓到小鹊后又下树拿着小鹊玩耍，神色自如，丝毫不顾及周围的人。

七

高坐道人于丞相坐，恒偃卧其侧。见卞令，肃然改容云："彼是礼法人。"

【译文】

高坐和尚在王导家里做客时，经常仰卧在王导身边。看到卞壶，脸色就变得恭敬严肃起来，说："他是讲究礼节之人。"

八

桓宣武作徐州，时谢奕为晋陵，先粗经虚怀，而乃无异常。及桓迁荆州，将西之间，意气甚笃，奕弗之疑。唯谢虎子妇王悟其旨，每曰："桓荆州用意殊异，必与晋陵俱西矣。"俄而引奕为司马。奕既上，犹推布衣交。在温坐，岸帻啸咏，无异常日。宣武每曰："我方外司马。"遂因酒，转无朝夕礼。桓舍入内，奕辄复随去。后至奕醉，温往主许避之。主曰："君无狂司马，我何由得相见？"

【译文】

桓温时任徐州刺史，当时谢奕是晋陵的太守，起先两人互相谦让，也没有什么异样的地方。等到桓温改任荆州刺史，将往西边去就任时，两人情义就变得非常深厚，谢奕没有怀疑他。只有谢据的妻子王氏了解其中的意思，常说："桓温的用心很不寻常，他必定是要和晋陵一起到西边去了。"不久桓温就举荐谢奕为司马。谢奕上任后，还是把桓温当作贫贱时的老友看待。在桓温座上做客时，他把头巾掀起露出额头长啸歌咏，与平常没有什么不同。桓温常说："他是我世俗之外的司马。"于是他因为喝多了酒，更加不注意早晚应有的礼节了。桓温避开他进入内室，谢奕就跟进去。后来到了谢奕喝醉酒，桓温到南康长公主住处避开他。公主说："你要是没有这位狂司马，我怎么能够与你相见呢？"

九

谢万在兄前，欲起索便器。于时阮思旷在坐曰："新出门户，笃而无礼。"

【译文】

谢万在兄长面前，想要起身去拿便壶。当时阮裕在座，说道："这新兴的大家族，忠厚诚实却不讲礼数。"

一〇

谢中郎是王蓝田女婿，尝著白纶巾，肩舆径至扬州听事，见王，直言曰："人言君侯痴，君侯信自痴。"蓝田曰："非无此论，但晚令耳。"

【译文】

谢万是王述的女婿，一次他戴着白纶巾，坐着肩舆，前往扬州刺史厅堂上，谒见王述，直白地说：“人们说君侯你有点儿痴呆，君侯你确实是痴呆。”王述说：“不是没有这种议论，只是我晚年才得到这样的好名声罢了。”

一一

王子猷作桓车骑骑兵参军，桓问曰：“卿何署？”答曰：“不知何署，时见牵马来，似是马曹。”桓又问：“官有几马？”答曰：“不问马，何由知其数？”又问：“马比死多少？”答曰：“未知生，焉知死？”

【译文】

王徽之时任桓冲的骑兵参军，桓冲问他：“你在哪个部门任职的？”王徽之答道：“不知道是什么部门，只是经常会看见牵了马来，大概是马曹。”桓冲又问：“官府中有多少马？”徽之答道：“我不问马，怎么知道马的数目呢？”桓冲又问：“马近来死了多少？”徽之答道：“不知道活着的有多少，怎么能知道死掉的？”

一二

谢公尝与谢万共出西，过吴郡，阿万欲相与共萃王恬许。太傅云：“恐伊不必酬汝，意不足尔。”万犹苦要，太傅坚不回，万乃独往。坐少时，王便入门内，谢殊有欣色，以为厚待己。良久，乃沐头散发而出，亦不坐，仍据胡床，在中庭晒头，神气傲迈，了无相酬对意。谢于是乃还，未至船，逆呼太傅，安曰：“阿螭不作尔！”

【译文】

谢安曾经与谢万一起到西边的京城去，路过吴郡时，谢万想与谢安一起到王恬处与王恬聚会。谢安说："恐怕他不一定会与你相见，我认为不值得这样做。"谢万还是竭力邀请他同去，谢安坚决不肯改变主意，谢万就独自前去。坐了一会儿，王恬就进屋去了，谢万很高兴，认为他要好好款待自己。过了很久，王恬洗了头披散着头发出来了，也不坐下，两腿仍然张开八字形坐在折叠椅上，在庭院中晒头发，神色傲慢，丝毫没有要招待他的意思。谢万于是就回去了，还未到船上，就预先叫谢安，谢安说："阿螭那里不值得你这样去拜访一趟啊！"

一三

王子猷作桓车骑参军。桓谓王曰："卿在府久，比当相料理。"初不答，直高视，以手版拄颊云："西山朝来，致有爽气。"

【译文】

王徽之时任车骑将军桓冲的参军。桓冲对王徽之说："你在军府中很长时间了，近来应当安排些事情做了。"王徽之一点儿都不回答，只是远远地望着，用手板撑着面颊道："西山的早晨，确是有清爽之气。"

一四

谢万北征，常以啸咏自高，未尝抚慰众士。谢公甚器爱万，而审其必败，乃俱行，从容谓万曰："汝为元帅，宜数唤诸将宴会，以说众心。"万从之。因召集诸将，都无所说，直以如意指四坐云："诸君皆是劲卒。"诸将甚忿恨之。谢公欲深著恩信，自队主将帅以下，无不身造，厚相逊谢。及万事败，军中因欲除之。复云："当为隐士。"故幸而得免。

【译文】

谢万北征时，常常用长啸歌咏来显示自己的清高，从来没有去安抚慰问将士们。谢安很重视谢万，分析形势知道他必定会失败，便与他一起出行，故意随便地对谢万说："你作为元帅，应该常常召唤将领们参加宴会，来取悦众将之心。"谢万听从了谢安的话。于是召集诸将，在筵席上谢万什么都没有说，只是用如意指着四座的人说："诸位都是精壮的士兵。"众将听了非常生气。谢安想对将领们施予更多的恩惠，从队长将帅以下，都亲自上门拜访，表示深厚的谦让感谢之意。等到谢万北征打了败仗，军中将士借此要杀掉他，但又说："应当为隐士谢安考虑。"所以谢万侥幸得以免去一死。

一五

王子敬兄弟见郗公，蹑履问讯，甚修外生礼。及嘉宾死，皆著高屐，仪容轻慢。命坐，皆云："有事，不暇坐。"既去，郗公慨然曰："使嘉宾不死，鼠辈敢尔！"

【译文】

王献之兄弟去见郗愔时，穿着见客的鞋子去问候起居，很注重外甥做客的礼节。等到郗超死后，他们就都穿着休闲的高齿木屐，轻浮傲慢起来。郗愔叫他们坐，都说："还有别的事，没时间坐。"他们离开以后，郗愔慨叹说："假如嘉宾不死的话，这些鼠辈怎敢如此放肆！"

一六

王子猷尝行过吴中，见一士大夫家极有好竹。主已知子猷当往，乃洒扫施设，在厅事坐相待。王肩舆径造竹下，讽啸良久。主已失望，犹冀还当通，遂直欲出门。主人大不堪，便令左右闭门，不听出。王更以此赏主人，乃留坐，尽欢而去。

【译文】

王徽之出行时曾路过吴郡，看见一个士大夫家种了些好竹子。那家主人已经知道王徽之会去，便打扫庭园，摆放陈设，在厅堂中坐着等待。王徽之坐轿子直接到了竹林下，讽咏长啸了很长时间。主人已感到失望，但还是希望王徽之离开之前能来拜会，但王徽之竟想直接就离开了。主人感到很生气，便命左右的人把门关上，不许王徽之出去。王徽之反而因此赏识主人，就留下来同坐，尽兴欢聚后才离去。

一七

王子敬自会稽经吴，闻顾辟疆有名园，先不识主人，径往其家。值顾方集宾友酣燕，而王游历既毕，指麾好恶，傍若无人。顾勃然不堪曰："傲主人，非礼也；以贵骄人，非道也。失此二者，不足齿之，伧耳。"便驱其左右出门。王独在舆上，回转顾望，左右移时不至，然后令送著门外，怡然不屑。

【译文】

王献之从会稽路过吴郡，听说顾辟疆有座名园，他先前并不与主人相识，就直接到了主人家。正遇到顾辟疆聚集宾客友人在畅快地饮酒宴会，王献之游览了名园后，指指点点地评论这座园林的各种缺点，全不顾及别人的感受。顾辟疆难以忍受，勃然大怒道："傲视主人，是无礼的；仗着高贵的身份对人骄横，是不懂道理。没有了这两条原则，是不值一提的人，不过是一个粗俗之人罢了。"说完就把王献之的左右侍从赶出家门。王献之独自在轿上，四处张望，左右随从很久也不来，然后他就让主人把自己送出门外，摆出一副高兴不在乎的样子。

排调第二十五

一

诸葛瑾为豫州，遣别驾到台，语云："小儿知谈，卿可与语。"连往诣恪，恪不与相见。后于张辅吴坐中相遇，别驾唤恪："咄咄郎君。"恪因嘲之曰："豫州乱矣，何咄咄之有？"答曰："君明臣贤，未闻其乱。"恪曰："昔唐尧在上，四凶在下。"答曰："非唯四凶，亦有丹朱。"于是一坐大笑。

【译文】

诸葛瑾担任豫州刺史时，派别驾到朝廷去，对他说："我儿子擅长言谈，你可以与他交流一下。"别驾连着几次去拜访诸葛恪，诸葛恪都不肯与他相见。后来在张昭家座席上相遇，别驾就呼唤诸葛恪："哎唷郎君。"诸葛恪于是嘲笑他道："豫州乱了吗，有什么好惊讶的？"别驾答道："君主圣明，臣子贤良，没听说豫州混乱。"诸葛恪说："古时唐尧在上面，却还有四凶作乱。"别驾答道："不仅有四凶，还有唐尧的儿子丹朱。"于是在座的人都大笑起来。

二

晋文帝与二陈共车，过唤钟会同载，即驶车委去。比出，已远。既至，因嘲之曰："与人期行，何以迟迟？望卿遥遥不至。"

会答曰："矫然懿实，何必同群？"帝复问会："皋繇何如人？"答曰："上不及尧、舜，下不逮周、孔，亦一时之懿士。"

【译文】

晋文帝司马昭与陈骞、陈泰同乘一辆车，路过钟会家门口时，叫钟会出来一同乘车，却立即驾车而走，把钟会丢下了。等到钟会出来的时候，车子已走远了。到了目的地后，晋文帝司马昭就嘲讽钟会道："与别人约定一起走，为什么那么久不出来？我们盼望着你，你却一直不到。"钟会答道："矫然懿实，何必同群？"文帝司马昭又问钟会："皋陶是怎样的人？"钟会答道："他向上比不上尧、舜，向下不如周公、孔子，不过也算是当代的一位懿士。"

三

钟毓为黄门郎，有机警，在景王坐燕饮。时陈群子玄伯、武周子元夏同在坐，共嘲毓。景王曰："皋繇何如人？"对曰："古之懿士。"顾谓玄伯、元夏曰："君子周而不比，群而不党。"

【译文】

钟毓出任黄门郎，为人机智敏锐，一次在晋景王司马师宴会上饮酒。当时陈群的儿子陈泰、武周的儿子武陔一同在座，他们一同讽刺钟毓。司马师说："皋繇是什么人？"钟毓对答道："古代的懿士。"又回过头来对陈泰、武陔说："君子周而不比，讲诚信，有很多朋友却又不结党营私。"

四

嵇、阮、山、刘在竹林酣饮，王戎后往，步兵曰："俗物已复来败人意！”王笑曰：“卿辈意亦复可败邪？”

【译文】

嵇康、阮籍、山涛、刘伶在竹林中开心地饮酒，王戎来晚了，阮籍说：“这个俗人又来败坏人家的意兴！”王戎笑道：“你们这帮人的意兴还有什么能够败坏的吗？”

五

晋武帝问孙皓：“闻南人好作《尔汝歌》，颇能为不？”皓正饮酒，因举觞劝帝而言曰：“昔与汝为邻，今与汝为臣。上汝一杯酒，令汝寿万春。”帝悔之。

【译文】

晋武帝问孙皓：“听说南方人喜欢唱《尔汝歌》，你会唱吗？”孙皓正在喝酒，于是就举杯向武帝敬酒并吟唱道：“当年与你相邻，如今向你称臣。敬你一杯酒，祝你长寿万年春。”武帝听了很惭愧。

六

孙子荆年少时欲隐，语王武子“当枕石漱流”，误曰“漱石枕流”。王曰：“流可枕，石可漱乎？”孙曰：“所以枕流，欲洗其耳；所以漱石，欲砺其齿。”

【译文】

孙楚年轻时想隐居，对王济说：“应当去枕石漱流。”结果却口误说成“漱石枕流”。王济说：“流水可以当枕头，石头可以漱口吗？”孙楚说：“头枕流水的原因是想洗自己的耳朵，用石头漱口的原因是想磨炼自己的牙齿。”

七

头责秦子羽云：“子曾不如太原温颙，颍川荀寓，范阳张华，士卿刘许，义阳邹湛，河南郑诩。此数子者，或謇吃无宫商，或尫陋希言语，或淹伊多姿态，或讙哗少智谞，或口如含胶饴，或头如巾齑杵。而犹以文采可观，意思详序，攀龙附凤，并登天府。”

【译文】

秦子羽的上司责备秦子羽道：“你既然不如上太原的温禺页，颍川的荀寓，范阳的张华，士卿刘许，义阳的邹湛，河南的郑诩。这几个人，有的口吃说不出像样的话；有的瘦弱丑陋，寡言少语；有的扭扭捏捏，故作姿态；有的吵吵闹闹，笨头笨脑；有的嘴里甜言蜜语，嘟嘟囔囔；有的脑袋像用手巾包起来的木槌那样又小又尖。但是他们还是因为有才华，思维缜密，还能够攀附权贵，故都登上了朝廷的高位。”

八

王浑与妇钟氏共坐，见武子从庭过，浑欣然谓妇曰：“生儿如此，足慰人意。”妇笑曰：“若使新妇得配参军，生儿故可不啻如此。”

【译文】

王浑与妻子钟氏一同坐着，看见儿子王济从庭院中走过，王浑高兴地对妻子说：“能有这样的儿子，足够令人宽慰如意了。”妻子笑道：“如果我能嫁给参军，那么生下的儿子可就不止这样了。”

九

荀鸣鹤、陆士龙二人未相识，俱会张茂先坐。张令共语，以其并有大才，可勿作常语。陆举手曰：“云间陆士龙。”荀答曰：“日下荀鸣鹤。”陆曰：“既开青云睹白雉，何不张尔弓，布尔矢？”荀答曰：“本谓云龙骙骙，定是山鹿野麋。兽弱弩强，是以发迟。”张乃抚掌大笑。

【译文】

荀隐、陆云两人互不相识，他们在张华家坐席上相会。张华他们相谈甚欢，因为他们都有出众的才华，便让他们不要说些平常的言语，陆云举手说：“云间陆士龙。”荀隐答道：“日下荀鸣鹤。”陆云：“既然青云已经散开看到了白色的野鸡，为什么不拉开你的弓，射出你的箭？”荀隐答道：“本以为云间之龙很强壮的样子，原来却只是山野间一只麋鹿。野兽虚弱，弓弩强大，所以才缓慢地放箭。”张华听了就拍手大笑。

一〇

陆太尉诣王丞相，王公食以酪。陆还，遂病。明日，与王笺云：“昨食酪小过，通夜委顿。民虽吴人，几为伧鬼。”

【译文】

陆玩去拜会王导，王导给他吃奶酪。陆玩回家后，就生病了。第二天，他给王导写信说："昨天奶酪稍稍吃多了点儿，弄得整夜都不舒服。小民虽是南方吴地人，也差点儿成为北方的死鬼。"

一一

元帝皇子生，普赐群臣。殷洪乔谢曰："皇子诞育，普天同庆。臣无勋焉，而猥颁厚赉。"中宗笑曰："此事岂可使卿有勋邪？"

【译文】

元帝的皇子出生后，遍赏群臣。殷羡谢恩道："皇子诞生，普天同庆。臣子没有什么功劳，却能够得到皇上颁发优厚的赏赐。"元帝笑道："这件事难道能够是你的功劳吗？"

一二

诸葛令、王丞相共争姓族先后，王曰："何不言葛、王，而云王、葛？"令曰："譬言驴马，不言马驴，驴宁胜马邪？"

【译文】

诸葛恢与王导在一起争论姓氏家族的排名，王导说："为什么不说葛、王，却说王、葛？"诸葛恢说："譬如说驴马，不说马驴，驴能够胜过马吗？"

一三

刘真长始见王丞相，时盛暑之月，丞相以腹熨弹棋局，曰："何乃渹？"刘既出，人问："见王公云何？"刘曰："未见他异，唯闻作吴语耳。"

【译文】

刘惔第一次见到王导时，当时天气炎热，王导把肚子贴在棋盘上，说："怎么这么清凉啊？"刘惔出来后，有人问他："见到王丞相感觉怎么样？"刘惔说："没感觉他有什么异样的地方，只是听到他讲吴地方言罢了。"

一四

王公与朝士共饮酒，举琉璃碗谓伯仁曰："此碗腹殊空，谓之宝器，何邪？"答曰："此碗英英，诚为清彻，所以为宝耳。"

【译文】

王导和朝廷官员一起喝酒，他举起琉璃碗对周𫖮说："这碗里什么都没有，却称它是宝器，是为什么啊？"周回答道："这碗晶莹剔透，清澈透明，这就是它成为宝器的原因啊。"

一五

谢幼舆谓周侯曰："卿类社树，远望之，峨峨拂青天；就而视之，其根则群狐所托，下聚溷而已。"答曰："枝条拂青天，不以为高；群狐乱其下，不以为浊。聚溷之秽，卿之所保，何足自称？"

【译文】

谢鲲对周𫖮说："你像社庙里的树，远远望去，高大的样子就像快触到了青天；走近去看，树根中成为群狐聚集之地，下面汇聚了不干净的东西罢了。"周颉回答说："树枝碰到青天，我不认为那有什么了不起的，群狐在下面捣乱，我也不认为就是污垢。集聚污秽的脏物，那是你所想的，有什么值得自我称颂的？"

一六

王长豫幼便和令，丞相爱恣甚笃。每共围棋，丞相欲举行，长豫按指不听。丞相笑曰："讵得尔？相与似有瓜葛。"

【译文】

王悦小时就很温和乖巧，王导对他感情很好。每当他们一起下围棋的时候，王导要举棋落子时，王悦就按着父亲的手指不让动。王导笑着说："怎么能这样？我们彼此之间好像还有点儿亲戚关系呢。"

一七

明帝问周伯仁："真长何如人？"答曰："故是千斤犗特。"王公笑其言。伯仁曰："不如卷角牸，有盘辟之好。"

【译文】

明帝司马绍问周颉："刘惔这人怎么样？"周颉答道："他确实是一头有千斤之力的阉公牛。"王导嘲笑他说的话。周颉说："不过还是比不上卷角的老母牛，具有善于盘旋的好处。"

一八

王丞相枕周伯仁膝，指其腹曰："卿此中何所有？"答曰：

“此中空洞无物，然容卿辈数百人。”

【译文】

王导头枕在周颉的腿上，指着他的肚子说：“你这里面有什么东西？”周颉答道：“这里面空荡荡的没有东西，不过却能容得下几百个像你这样的人。”

一九

干宝向刘真长叙其《搜神记》，刘曰：“卿可谓鬼之董狐。”

【译文】

干宝向刘惔讲述他的《搜神记》，刘惔说：“你可称得上是记鬼神史的董狐。”

二〇

许文思往顾和许，顾先在帐中眠。许至，便径就床角枕共语。既而唤顾共行，顾乃命左右取杭上新衣，易己体上所著。许笑曰：“卿乃复有行来衣乎？”

【译文】

许琛前往顾和家，顾和先在帐子里睡了。许琛来后，就径直上床枕着用角骨装饰的枕头与他一起说话。不久又叫顾和一起出门，顾和就叫左右随从拿衣架上的新衣，换下自己身上穿的衣服。许琛笑道：“你居然有出门穿的衣服吗？”

二一

康僧渊目深而鼻高，王丞相每调之。僧渊曰："鼻者，面之山；目者，面之渊。山不高则不灵，渊不深则不清。"

【译文】

康僧渊眼睛深凹鼻梁高耸，王导常因为长相嘲笑他。僧渊说："鼻子是脸上的山峰，眼睛是脸上的深潭。山不高就没有灵气，水不深就不会清澈。"

二二

何次道往瓦官寺，礼拜甚勤，阮思旷语之曰："卿志大宇宙，勇迈终古。"何曰："卿今日何故忽见推？"阮曰："我图数千户郡，尚不能得；卿乃图作佛，不亦大乎？"

【译文】

何充到瓦官寺，诚心拜佛，阮裕对他说："你的志向大过宇宙，勇气超越古人。"何充说："你今天为何突然称赞起我来了？"阮裕说："我谋求做个几千户人的郡守尚且不能得到；而你却一心向佛，志向不是很远大吗？"

二三

庾征西大举征胡，既成行，止镇襄阳。殷豫章与书，送一折角如意以调之。庾答书曰："得所致，虽是败物，犹欲理而用之。"

【译文】

庾翼出兵讨伐胡人，出发后，驻扎镇守在襄阳。殷羡写信给他，并送了一只缺角的如意来戏弄他。庾翼回信说："收到了你送的东西，虽然是残缺不全之物，但我还是想要修理好了使用它。"

二四

桓大司马乘雪欲猎，先过王、刘诸人许。真长见其装束单急，问："老贼欲持此何作？"桓曰："我若不为此，卿辈亦那得坐谈？"

【译文】

桓温趁着下雪天想去打猎，先到王蒙、刘惔的住处探望。刘惔看他身着军装，就问："老家伙想穿这身衣服干什么？"桓温说："我如不穿这身衣服，你们这班人怎么能坐下来跟我说话呢？"

二五

褚季野问孙盛："卿国史何当成？"孙云："久应竟。在公无暇，故至今日。"褚曰："古人'述而不作'，何必在蚕室中？"

【译文】

褚裒问孙盛："你编写的国史什么时候能完成？"孙盛说："早就应该完成了。只是忙于公务没有空暇，所以现在还没弄完。"褚裒说："古人只陈述前人的话而不创作新义，你何必要等被关入蚕室中呢？”

二六

谢公在东山，朝命屡降而不动。后出为桓宣武司马，将发新亭，朝士咸出瞻送。高灵时为中丞，亦往相祖，先时多少饮酒，因倚如醉，戏曰：“卿屡违朝旨，高卧东山，诸人每相与言：‘安石不肯出，将如苍生何？’今亦苍生将如卿何？”谢笑而不答。

【译文】

谢安隐居在东山，朝廷屡次降旨征召他入朝为官，他都拒绝了。后来他前往桓温手下任司马，将要从新亭出发，朝廷官员都来看望送行。高灵当时担任中丞，也前往送别，他之前稍微喝了点儿酒，于是就借着酒意，开玩笑说：“你屡次违背朝廷旨意，隐居东山不出来，大家常常一起议论说：‘安石不肯出山当官，将如何对待老百姓呢？’现如今老百姓又会怎么对待你呢？”谢安笑着却不回答。

二七

初，谢安在东山居，布衣，时兄弟已有富贵者，翕集家门，倾动人物。刘夫人戏谓安曰：“大丈夫不当如此乎？”谢乃捉鼻曰：“但恐不免耳。”

【译文】

当初，谢安在东山隐居的时候，是一介布衣百姓，那时他的兄弟中已有人做大官富贵起来的，聚集在家族中，令人十分羡慕。刘夫人对谢安开玩笑说："大丈夫不应当这样吗？"谢安便捏着鼻子说："只怕是免不了要像兄弟们那样啊。"

二八

支道林因人就深公买岇山，深公答曰："未闻巢、由买山而隐。"

【译文】

支遁托人向竺法深买岇山，竺法深回答道："没有听说过巢父、许由买了山来是用作隐居的。"

二九

王、刘每不重蔡公。二人尝诣蔡，语良久，乃问蔡曰："公自言何如夷甫？"答曰："身不如夷甫。"王、刘相目而笑曰："公何处不如？"答曰："夷甫无君辈客。"

【译文】

王蒙、刘惔常对蔡谟不敬。他们二人有次拜访蔡谟，聊了很长时间，他们就问蔡谟说："您自己说与王夷甫相比怎么样？"蔡谟答道："我不如王夷甫。"王蒙、刘惔互相对视笑道："您什么地方比不上他？"蔡谟答道："王夷甫没有你们这样的客人。"

三〇

张吴兴年八岁，亏齿，先达知其不常，故戏之曰："君口中何为开狗窦？”张应声答曰：“正使君辈从此中出入。”

【译文】

张玄之八岁时，门牙掉了，前辈贤达知道他与常人不同，特意对他开玩笑说：“你口中为什么开了狗洞？”张玄之随声回答道：“正是为了方便你们这些人从这里进出。”

三一

郝隆七月七日出日中仰卧，人问其故，答曰：“我晒书。”

【译文】

郝隆在七月七日这天出来躺着晒太阳，有人问他什么缘由，他答道：“我在晒书。”

三二

谢公始有东山之志，后严命屡臻，势不获已，始就桓公司马。于时人有饷桓公药草，中有远志。公取以问谢：“此药又名小草，何一物而有二称？”谢未即答。时郝隆在坐，应声答曰：“此甚易解。处则为远志，出则为小草。”谢甚有愧色。桓公目谢而笑曰：“郝参军此过乃不恶，亦极有会。”

【译文】

谢安起初有隐居不仕的志向，后朝廷屡次下诏征召他出仕，逼不得已，才出任桓温属下司马之职。当时有人送给桓温药草，其中有一味远志。桓温拿出来问谢安："这药又称作小草，为什么一样东西有两个名字？"谢安没有马上回答。那时郝隆在场，随口回答道："这很容易解释。隐居山中叫远志，出了山做官就叫小草。"谢安露出惭愧神色。桓温看着谢安笑道："郝参军如此解释的确不坏，也非常有意思。"

三三

庾园客诣孙监，值行，见齐庄在外，尚幼，而有神意。庾试之曰："孙安国何在？"即答曰："庾稚恭家。"庾大笑曰："诸孙大盛，有儿如此。"又答曰："未若诸庾之翼翼。"还，语人曰："我故胜，得重唤奴父名。"

【译文】

庾爰之去拜访幕僚监孙盛，正赶上他外出，见到他儿子齐庄在外面，年纪虽小，但是却奕奕有神采。庾爰之试着问他说："孙安国去哪儿了？"齐庄立即回答说："在庾稚恭家。"庾爰之大笑道："孙氏家族大为昌盛，有这么好的儿子。"齐庄又回答说："比不上庾氏家族兴旺发达。"回来后，他对人说："我还是赢了，我得以重复两次直呼了那奴才父亲的名字。"

三四

范玄平在简文坐，谈欲屈，引王长史曰："卿助我！"王曰："此非拔山力所能助。"

【译文】

范汪在简文帝那里做客，在谈话理屈词穷之际，拉着王蒙说："你快帮帮我！"王蒙说："这不是力气大就能帮到的。"

三五

郝隆为桓公南蛮参军。三月三日会，作诗，不能者罚酒三升。隆初以不能受罚，既饮，揽笔便作一句云："娵隅跃清池。"桓问："娵隅是何物？"答曰："蛮名鱼为娵隅。"桓公曰："作诗何以作蛮语？"隆曰："千里投公，始得蛮府参军，那得不作蛮语也？"

【译文】

郝隆出任桓温南蛮参军。三月三日上巳节聚会时，大家都要作诗，不能作诗的要罚酒三升。郝隆起初因作不出诗而受罚，饮了酒后，拿起笔来就写了一句云："娵隅跃清池。"桓温问："娵隅是什么东西？"郝隆回答道："南蛮人将鱼称作娵隅。"桓温说："作诗为什么要用南蛮人的语言？"郝隆说："我千里迢迢来投奔您老，才得了个蛮府参军之职，怎能不说南蛮语呢？"

三六

袁羊尝诣刘恢，恢在内眠未起。袁因作诗调之曰："角枕粲文茵，锦衾烂长筵。"刘尚晋明帝女，主见诗，不平曰："袁羊，古之遗狂。"

【译文】

袁乔曾经拜见刘惔，刘惔在内室睡觉还未起床，于是袁乔便作诗调侃他说：“角枕粲文茵，锦衾烂长筵。”刘惔娶了晋明帝之女为妻，公主见到诗，很不高兴地说：“袁羊是古代遗留下来的不懂礼数之人。”

三七

殷洪远答孙兴公诗云：“聊复放一曲。”刘真长笑其语拙，问曰：“君欲云那放？”殷曰：“ 腊亦放，何必其枪铃邪？”

【译文】

殷融赠答孙绰的诗中写道：“聊复放一曲。”刘惔笑他的诗措词笨拙，问道：“你想说怎么放歌？”殷融说：“鼓声也是放歌，何必非要那铃声才算呢？”

三八

桓公既废海西，立简文。侍中谢公见桓公拜，桓惊笑曰：“安石，卿何事至尔？”谢曰：“未有君拜于前，臣立于后。”

【译文】

桓温罢免海西公司马奕后，扶持简文帝司马昱。侍中谢安见到桓温行跪拜礼，桓温吃惊地笑道：“安石，你为什么行这样的大礼？”谢安说：“没有君主下拜在前，而臣子还站在后面的道理。”

三九

郗重熙与谢公书道：“王敬仁闻一年少怀问鼎，不知桓公德衰？为复后生可畏？”

【译文】

郗昙给谢安写信说："王脩听说有一位少年怀有谋反的野心，不知道是桓公统治之下的道德衰败呢，还是年轻人的后生可畏呢？"

四〇

张苍梧是张凭之祖，尝语凭父曰："我不如汝。"凭父未解所以。苍梧曰："汝有佳儿。"凭时年数岁，敛手曰："阿翁，讵宜以子戏父？"

【译文】

张镇是张凭的祖父，曾有次对张凭的父亲说："我不如你。"张凭父亲不理解他这么说的原因。张镇说："你有个好儿子。"张凭当时只有几岁，非常礼貌地拱手说："阿翁，怎么可以用儿子来开父亲的玩笑呢？"

四一

习凿齿、孙兴公未相识，同在桓公坐。桓语孙："可与习参军共语。"孙云："蠢尔蛮荆，敢与大邦为仇？"习云："薄伐猃狁，至于太原。"

【译文】

"习凿齿与孙绰互不相识，同在桓温家中做客。桓温对孙绰说：可以与习参军一起讨论。"孙绰说："你们蠢笨的荆蛮胆敢与我们泱泱大国为敌吗？习凿齿说：

“讨伐猃狁，直达你们的老家太原。”

四二

桓豹奴是王丹阳外生，形似其舅，桓甚讳之。宣武云：“不恒相似，时似耳。恒似是形，时似是神。”桓逾不说。

【译文】

桓嗣是王混的外甥，长相很像他的舅父，桓嗣很忌讳这点。桓温说：“不是经常相似，有的时候看着比较像罢了。有时候是外貌比较像，有时是神态比较像。”桓嗣听了更加不高兴。

四三

王子猷诣谢万，林公先在坐，瞻瞩甚高。王曰：“若林公须发并全，神情当复胜此不？”谢曰：“唇齿相须，不可以偏亡。须发何关于神明？”林公意甚恶，曰：“七尺之躯，今日委君二贤。”

【译文】

王徽之去拜访谢万，支道林先已在座，一副目中无人的样子。王徽之说：“如果林公胡须、头发都齐全的话，神情必定会比现在这样好吧？”谢万说：“唇齿相依，哪样都是不能缺少的。胡须头发对于人的精神有什么影响呢？”支道林听了十分不悦，说：“我堂堂七尺之躯，今天就托付给二位贤人去评论了。”

四四

郗司空拜北府，王黄门诣郗门拜云："应变将略，非其所长。"骤咏之不已。郗仓谓嘉宾曰："公今日拜，子猷言语殊不逊，深不可容！"嘉宾曰："此是陈寿作诸葛评，人以汝家比武侯，复何所言！"

【译文】

郗愔上任北府长官，王徽之到郗家祝贺道："应变将略，非其所长。"他反复吟诵这几句而不停口。郗融对郗超说："父亲今天是被授予官职的日子，徽之说的话很不恭敬，太让人生气了！"郗超说："他说的话是陈寿为诸葛亮所写的评语，人家把你父亲比为诸葛武侯，还能有什么更好的评价呢！"

四五

王子猷诣谢公，谢曰："云何七言诗？"子猷承问，答曰："昂昂若千里之驹，泛泛若水中之凫。"

【译文】

王徽之去拜见谢安，谢安说："什么是七言诗？"王徽之听到问题，回答道："昂昂若千里之驹，泛泛若水中之凫。"

四六

王文度、范荣期俱为简文所要，范年大而位小，王年小而位大。将前，更相推在前，既移久，王遂在范后。王因谓曰："簸之扬之，糠秕在前。"范曰："洮之汰之，沙砾在后。"

【译文】

王坦之、范启一同接到简文帝的邀请，范启年纪大而官位低，王坦之年纪小而官位高。他们将要往前走时，互相推让请对方先走。互相让了很久，王坦之便走在范启的后面。王坦之于是就说："簸之扬之，糠秕在前。"范启回应道："淘之汰之，沙砾在后。"

四七

刘遵祖少为殷中军所知，称之于庾公。庾公甚忻然，便取为佐。既见，坐之独榻上与语。刘尔日殊不称，庾小失望，遂名之为"羊公鹤"。昔羊叔子有鹤善舞，尝向客称之，客试使驱来，氃氋而不肯舞。故称比之。

【译文】

刘爰之年轻时得到殷浩的赏识，殷浩在庾公面前荐举他。庾亮很是喜欢，就任命他为僚属。见面后，庾亮让他坐在独榻上同他谈话。刘爰之这天的言谈与他的名声很不相符，庾亮感到有些失望，便把他称作"羊公鹤"。过去羊祜有鹤善于跳舞，他曾向来客称赞它，来客的时候让人把它赶过来，这只鹤蓬松着羽毛却不肯跳舞，所以庾亮用"羊公鹤"来比拟刘爰之名不副实。

四八

魏长齐雅有体量，而才学非所经。初宦当出，虞存嘲之曰：“与卿约法三章：谈者死，文笔者刑，商略抵罪。”魏怡然而笑，无忤于色。

【译文】

魏颉很有气度，但并不是博学多才。他在刚做官的时候，虞存嘲弄他说：“与你约法三章：清谈的人要处死，写文章的人要判刑，品评人物的人要抵罪。”魏颉高兴地笑了，脸上没有露出一丝不悦神色。

四九

郗嘉宾书与袁虎，道戴安道、谢居士云：“恒任之风，当有所弘耳。”以袁无恒，故以此激之。

【译文】

郗超给袁宏写信，在心中评论戴逵、谢敷说：“做事要持之以恒，这种作风应当得到发扬啊。”因为袁宏没有恒心，所以在信中用这样的话来刺激他。

五〇

范启与郗嘉宾书曰：“子敬举体无饶纵，掇皮无余润。”郗答曰：“举体无余润，何如举体非真者？”范性矜假多烦，故嘲之。

【译文】

范启给郗超写信说："子敬身体并不强壮，去掉身上的皮也没有多余的肌肉。"郗超答道："全身没什么健壮的肌肉与全身上下没有一点儿学问的人比起来，怎么样呢？"范启平时喜欢做作又繁琐，所以郗超嘲弄他。

五一

二郗奉道，二何奉佛，皆以财贿。谢中郎云："二郗谄于道，二何佞于佛。"

【译文】

二郗信奉天师道，二何信奉佛教，都花了大量钱财。谢万说："二郗巴结道教，为何还要讨好佛教。"

五二

王文度在西州，与林法师讲，韩、孙诸人并在坐。林公理每欲小屈，孙兴公曰："法师今日如著弊絮在荆棘中，触地挂阂。"

【译文】

王坦之在扬州刺史官署时，与支道林讲玄论道，韩伯、孙绰等人都在座。支道林所说的道理常常不如对方，孙绰说："法师今天好像穿了破棉絮穿行在荆棘丛中，处处受到阻碍。

五三

范荣期见郗超俗情不淡，戏之曰："夷、齐、巢、许，一诣垂名，何必劳神苦形，支策据梧邪？”郗未答，韩康伯曰：“何不使游刃皆虚？”

【译文】

范启看到郗超有世俗之情，并不超脱恬淡，戏谑他说：“伯夷、叔齐、巢父、许由，他们都名垂青史，你何必要费尽心神，劳累身体，像师旷那样拿着手杖击打节拍，如惠子那样倚着梧桐树而吟叹呢？”郗超没有回答，韩伯说：“为什么不像庖丁那样以熟练的手法轻松地在牛骨的空隙处下刀呢？”

五四

简文在殿上行，右军与孙兴公在后。右军指简文语孙曰：“此啖名客。”简文顾曰：“天下自有利齿儿。”后王光禄作会稽，谢车骑出曲阿祖之，王孝伯罢秘书丞在坐，谢言及此事，因视孝伯曰：“王丞齿似不钝。”王曰：“不钝，颇亦验。”

【译文】

简文帝在路过殿上时，王羲之和孙绰跟在后面。王羲之指着简文帝对孙绰说：“这位是喜欢名利之人。”简文帝回过头说：“天下本来就有牙齿坚利的人。”后来王蕴任会稽内史，谢玄到曲阿去为他饯行，被罢免秘书丞一职的王恭那时也在座，谢玄谈到此事，便看着王恭说：“王丞的牙齿似乎也不钝。”王恭说：“不钝，似乎还很有经验。”

五五

谢遏夏月尝仰卧，谢公清晨卒来，不暇著衣，跣出屋外，方蹑履问讯。公曰：“汝可谓‘前倨而后恭’。”

【译文】

谢玄在夏天时曾在床上仰面躺着，谢安大清早突然来了，谢玄匆忙间来不及穿好衣服，于是赤着脚就跑出屋外，之后才穿上鞋子向谢安问候。谢安说：“你可说是‘前倨而后恭’。”

五六

顾长康作殷荆州佐，请假还东。尔时例不给布飒，顾苦求之，乃得。发至破冢，遭风大败。作笺与殷云：“地名破冢，真破冢而出。行人安稳，布飒无恙。”

【译文】

顾恺之担任殷仲堪幕僚的时候，请假东下回家。那时按照惯例，不需要为幕僚提供帆船，顾恺之尽力恳求，才得到了帆船。船出发经过破冢时，遇到了大风，帆船被毁坏了。他写信给殷仲堪说：“地名叫破冢，我真的像是打破坟墓跑出来一样。可谓行旅之人安安稳稳，帆船平安无事。”

五七

苻朗初过江，王咨议大好事，问中国人物及风土所生，终无极已，朗大患之。次复问奴婢贵贱，朗云：“谨厚有识中者，乃至十万；无意为奴婢问者，止数千耳。”

【译文】

苻朗刚渡过江南时，王肃之非常喜欢管闲事，向苻朗询问中原地区的知名人物，以及风土人情、特产等等事情，问起来没完没了，苻朗非常讨厌他。接着他又问奴婢价格的贵贱，苻朗说：“谨慎朴实有见识的奴婢，竟然卖到十万元；什么都不懂又要就奴婢的事问来问去的，只要几千钱而已。”

五八

东府客馆是版屋。谢景重诣太傅，时宾客满中，初不交言，直仰视云：“王乃复西戎其屋。”

【译文】

东府的宾馆是木质的房屋。谢重去拜见太傅司马道子，当时有很多宾客在座，他不与其他宾客交谈，只是仰着头看着房子说：“会稽王竟然把自己的房子弄得像西戎的版屋一样。”

五九

顾长康啖甘蔗，先食尾。人问所以，云：“渐至佳境。”

【译文】

顾恺之吃甘蔗，先从甘蔗的尾端开始吃。有人问他为什么这样吃，他回答说："这样可以慢慢地、一点儿一点儿地吃到最好的味道。"

六〇

孝武属王珣求女婿曰："王敦、桓温磊砢之流，既不可复得，且小如意，亦好豫人家事，酷非所须。正如真长、子敬比，最佳。"珣举谢混。后袁山松欲拟谢婚，王曰："卿莫近禁脔。"

【译文】

孝武帝拜托王珣物色女婿，说："像王敦、桓温那样有才能的人，既然不可能再有，况且他们稍有点儿得意，就喜欢管别人的家事，这是我最不想要的人。要是能像刘惔、王献之这类人最好。"于是王珣举荐了谢混。后来袁山松想要与谢混攀亲，王珣说："你不要去接近得不到的禁脔！"

六一

桓南郡与殷荆州语次，因共作了语。顾恺之曰："火烧平原无遗燎。"桓曰："白布缠棺竖旒旐。"殷曰："投鱼深渊放飞鸟。"次复作危语。桓曰："矛头淅米剑头炊。"殷曰："百岁老翁攀枯枝。"顾曰："井上辘轳卧婴儿。"殷有一参军在坐，云："盲人骑瞎马，夜半临深池。"殷曰："咄咄逼人！"仲堪眇目故也。

【译文】

桓玄与殷仲堪谈话时，顺便一起戏说以"了"字为韵及结束的话语。顾恺之说："火烧平原无遗燎。"

桓玄说："白布缠棺竖旒旐。"殷仲堪说："投鱼深渊放飞鸟。"接着大家又来做以"危"字为韵描写危险情景的诗句。桓玄说："矛头淅米剑头炊。"殷仲堪说："百岁老翁攀枯枝。"顾恺之说："井上辘轳卧婴儿。"殷仲堪属下一位参军在座，说："盲人骑瞎马，夜半临深池。"殷仲堪说："啊呀，真是让人不舒服！"因为殷仲堪一只眼失明的缘故啊。

六二

桓玄出射，有一刘参军与周参军朋赌，垂成，唯少一破。刘谓周曰："卿此起不破，我当挞卿。"周曰："何至受卿挞？"刘曰："伯禽之贵，尚不免挞，而况于卿！"周殊无忤色。桓语庾伯鸾曰："刘参军宜停读书，周参军且勤学问。"

【译文】

桓玄出外打猎，有一位刘参军与周参军结伴比赛射箭，只要再射中一箭就可取胜。刘参军对周参军说："你这一箭不能射中，我就要鞭打你。"周参军说："为什么要被你鞭打？"刘参军说："伯禽尚且不免挨鞭打，何况是你！"周参军脸上没有丝毫不悦之色。桓玄对庾鸿说："刘参军应该少读一些书，周参军还要多了解些学问。"

六三

桓南郡与道曜讲《老子》，王侍中为主簿，在坐。桓曰："王主簿可顾名思义。"王未答，且大笑。桓曰："王思道能作大家儿笑。"

【译文】

桓玄与道曜讨论《老子》，王桢之官至主簿，也在座。桓玄说：“王主簿可以看到自己的名字就能知道其中的意义了。”王桢之没有回答，只是大笑。桓玄说：“王思道能作大家子弟的笑容。”

六四

祖广行恒缩头。诣桓南郡，始下车，桓曰：“天甚晴朗，祖参军如从屋漏中来。”

【译文】

祖广走路时经常缩着头。他去拜访桓玄，刚下车的时候，桓玄说：“天气很晴朗，祖参军却好像从漏雨的屋子里面出来似的。”

六五

桓玄素轻桓崖。崖在京下有好桃，玄连就求之，遂不得佳者。玄与殷仲文书，以为嗤笑曰：“德之休明，肃慎贡其楛矢；如其不尔，篱壁间物，亦不可得也。”

【译文】

桓玄一向瞧不起桓修。桓修在京城有品种良好的桃，桓玄接连多次去求桃种，竟然没有得到好的。桓玄给殷仲文写信，用这件事来讥讽说：“品德高尚的话，连肃慎这样边远地方的民族都来进献楛木箭；如果不是这样，即使篱笆墙壁之处非常普通的东西，也不能得到啊。”

轻诋第二十六

一

王太尉问眉子："汝叔名士，何以不相推重？"眉子曰："何有名士终日妄语？"

【译文】

王衍问王玄："你的叔叔是名士，你为什么不推重他？"王玄说："哪有名士整天胡言乱语的？"

二

庾元规语周伯仁："诸人皆以君方乐。"周曰："何乐？谓乐毅邪？"庾曰："不尔，乐令耳。"周曰："何乃刻画无盐，以唐突西子也？"

【译文】

庾亮对周𫖮说："大家都把你比作乐氏。"周𫖮说："哪个乐氏？是说乐毅吗？"庾亮说："不是这样的，是乐令啊。"周𫖮说："为什么美化丑女无盐，借此来亵渎美女西施啊？"

三

深公云："人谓庾元规名士，胸中柴棘三斗许。"

【译文】

竺法深说："人们常说庾亮是名士，他心中隐藏的柴草荆棘却约有三斗之多。"

四

庾公权重，足倾王公。庾在石头，王在冶城坐，大风扬尘，王以扇拂尘曰："元规尘污人。"

【译文】

庾亮的权势很重，足以超过王导。庾亮在石头城，王导在冶城坐镇，有一次大风扬起，王导用扇子掸去尘灰说："元规的尘土把人弄脏了！"

五

王右军少时甚涩讷，在大将军许，王、庾二公后来，右军便起欲去。大将军留之曰："尔家司空、元规，复可所难？"

【译文】

王羲之年轻时不善言辞，在大将军府上，王导、庾亮两人后到，他就起身要走。王敦挽留道："是你家司空和元规两人，又有什么为难的呢？"

六

王丞相轻蔡公，曰："我与安期、千里共游洛水边，何处闻有蔡充儿？"

【译文】

王导看不起蔡谟，说："我与安期、千里游历洛水时，哪里听到过有什么蔡充的儿子。"

七

褚太傅初渡江，尝入东，至金昌亭，吴中豪右燕集亭中。褚公虽素有重名，于时造次不相识别。敕左右多与茗汁，少著粽，汁尽辄益，使终不得食。褚公饮讫，徐举手共语云："褚季野。"于是四坐惊散，无不狼狈。

【译文】

褚裒刚渡江南下时，曾经到吴郡去，到了金昌亭，吴郡的豪门大族正在亭中宴饮聚会。褚裒虽然一直以来都有很高的名望，当时匆忙之中却没有被人认出来。主事者就命令左右侍从多给他茶水，少放蜜饯，茶水喝完了就立即添满，使他始终吃不到东西。褚裒喝完了茶水，慢慢地举手对大家说："我是褚季野。"于是满座的人都惊慌散开，每个人都是狼狈不堪。

八

王右军在南，丞相与书，每叹子侄不令，云："虎犳、虎犊，还其所如。"

【译文】

王羲之在南方，丞相王导给他写信，常常慨叹子侄辈能力低下，说："虎犊，虎犊，正如他们的小名一样。"

九

褚太傅南下，孙长乐于船中视之。言次及刘真长死，孙流涕，因讽咏曰："人之云亡，邦国殄瘁。"褚大怒曰："真长平生，何尝相比数，而卿今日作此面向人！"孙回泣向褚曰："卿当念我！"时咸笑其才而性鄙。

【译文】

褚裒南下时，孙绰到船上去看望他。言谈之间说到刘惔之死，孙绰流下眼泪，就吟诵道："人之云亡，邦国殄瘁。"褚裒大怒说："真长平生哪里看重过你，你今天却对人装出这副面孔！"孙绰收住眼泪对褚裒说："你应当同情我！"当时人们都笑话他有才华但品格庸俗。

一〇

谢镇西书与殷扬州，为真长求会稽。殷答曰："真长标同伐异，侠之大者。常谓使君降阶为甚，乃复为之驱驰邪？"

【译文】

谢尚写信给殷浩，推荐刘惔担任会稽郡的官职。殷浩回答说："刘惔称颂同道，攻击异己，是最为狭隘的人。我常认为您对他谦恭得过分了，现在竟然还要为他奔走效力吗？"

一一

桓公入洛，过淮、泗，践北境，与诸僚属登平乘楼，眺瞩中原，慨然曰：“遂使神州陆沉，百年丘墟，王夷甫诸人不得不任其责！”袁虎率尔对曰：“运自有废兴，岂必诸人之过？”桓公懔然作色，顾谓四坐曰：“诸君颇闻刘景升不？有大牛重千斤，啖刍豆十倍于常牛，负重致远，曾不若一羸牸。魏武入荆州，烹以飨士卒，于时莫不称快。”意以况袁。四坐既骇，袁亦失色。

【译文】

桓温进军洛阳，渡过淮河、泗水，到达北方地区，他与属下登上船楼，眺望中原，慨叹道：“最终使得中原土地沦陷，成为荒丘废墟，王夷甫这班人不能不承担他们的责任！”袁虎不假思索就轻率地说：“国运自然有衰落有兴盛，难道一定是什么人的过错吗？”桓温神色严峻地变了脸色，环顾在座的人说：“诸位听说过刘表吗？他有一头大牛重千斤，吃起草料来比普通的牛多一倍，拉重物走远路，却不如一头瘦弱的母牛。魏武帝进入荆州后，把它宰杀煮了犒赏士兵，在当时没有人不拍手叫好的。”这头牛来比拟袁虎。满座的人都感到惊惧，袁虎也大惊失色。

一二

袁虎、伏滔同在桓公府，桓公每游燕，辄命袁、伏，袁甚耻之，恒叹曰：“公之厚意，未足以荣国士。与伏滔比肩，亦何辱如之？”

【译文】

袁宏、伏滔同时在桓温官府中任职，桓温每次游乐宴饮，都叫上袁宏、伏滔一同参加，袁宏对此感到十分的耻辱，常常感叹道：“桓公的厚意，不能使国内有声望的人感到荣耀。与伏滔一起，还有什么耻辱能像这样的？”

一三

高柔在东，甚为谢仁祖所重。既出，不为王、刘所知。仁祖曰：“近见高柔大自敷奏，然未有所得。”真长云：“故不可在偏地居，轻在角中为人作议论。”高柔闻之云：“我就伊无所求。”人有向真长学此言者，真长曰：“我实亦无可与伊者。”然游燕犹与诸人书：“可要安固”。安固者，高柔也。

【译文】

高柔在东边时，谢尚对他比较器重。赴京出仕后，不被王蒙、刘惔所赏识。谢尚说：“近来见到高柔大量地向朝廷进言陈述，但是没有什么作用。”刘惔说：“所以不能在偏远地方居住，轻易地在角落里被人家随便地议论。”高柔听到这些话后说：“我接近他一无所求。”有人向刘惔转达了这些话，刘惔说：“我确实也没有什么可以给他的。”但在每次宴饮时他还是给大家写信说：“可以邀请安固。”安固，就是高柔。

一四

刘尹、江虨、王叔虎、孙兴公同坐，江、王有相轻色。虨以手歙叔虎云：“酷吏！”词色甚强。刘尹顾谓：“此是瞋邪？非特是丑言声、拙视瞻。”

【译文】

刘惔、江虨、王彪之、孙绰坐在一起时，江虨、王彪之有互相轻视的神色。江彪用手势威胁王彪之说："酷吏！"说时声色俱厉。刘惔回头对他说："这是发怒吗？不仅是恶言恶语、神色拙劣。"

一五

孙绰作《列仙·商丘子赞》曰："所牧何物？殆非真猪。傥遇风云，为我龙摅。"时人多以为能。王蓝田语人云："近见孙家儿作文，道'何物''真猪'也。"

【译文】

孙绰写的《列仙·商丘子赞》说："放牧的是什么？大概不是真的猪。假如遇到风云变幻，它会载着我像龙一样飞腾起来。"当时人都认为他有才能。王述对别人说："近来看孙家那小子写文章，说什么'何物''真猪'之类的话。"

一六

桓公欲迁都，以张拓定之业。孙长乐上表谏，此议甚有理。桓见表心服，而忿其为异，令人致意孙云："君何不寻《遂初赋》，而强知人家国事！"

【译文】

桓温想迁都洛阳来扩大开拓的疆土、安定国家的事业。孙绰上奏谏阻，孙绰所说的很有道理。桓温见了奏表心里也很佩服，但是怨恨他提不同的意见，便叫人向孙绰传达意见说："你为什么不追随《遂初赋》中的意

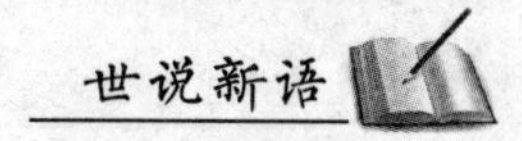

愿，却硬要干预别人的家国大事！"

一七

孙长乐兄弟就谢公宿，言至款杂。刘夫人在壁后听之，具闻其语。谢公明日还，问："昨客何似？"刘对曰："亡兄门未有如此宾客。"谢深有愧色。

【译文】

孙绰兄弟到谢安家住宿，所谈论的一些话极其空洞杂乱。刘夫人在隔壁听他们谈话，所说的话全都听到了。谢安第二天回家，问夫人："昨天来的客人怎么样？"刘夫人回答说："亡兄门下从来没有这样的宾客。"谢安听了脸上现出深感惭愧之色。

一八

简文与许玄度共语，许云："举君亲为难。"简文便不复答，许去后而言曰："玄度故可不至于此。"

【译文】

简文帝和许询在一起谈话，许询说："在君主与父母亲中选出谁更重要是很难的。简文帝就不再回答，许询走后他才说道："玄度本来可以不至于如此说话的。"

一九

谢万寿春败后还，书与王右军云："惭负宿顾。"右军推书曰："此禹、汤之戒。"

【译文】

谢万在寿春兵败回来后，写信给王羲之说："非常惭愧我辜负了你平日里对我的关照。"王羲之推开信说："这是大禹、商汤自责时才会说的话语。"

二〇

蔡伯喈睹睐笛椽，孙兴公听妓，振且摆折。王右军闻，大嗔曰："三祖寿乐器，虺瓦吊孙家儿打折！"

【译文】

蔡邕用屋椽竹制成的竹笛，孙绰听歌女演唱时用竹笛伴奏，振动竹笛并且击打竹笛使得竹笛断裂。王羲之听说，大怒道："祖宗三代传下的乐器，只是为了听小歌女演唱就被孙家这小子打断了！"

二一

王中郎与林公绝不相得。王谓林公诡辩，林公道王云："著腻颜帢，绤布单衣，挟《左传》，逐郑康成车后，问是何物尘垢囊？"

【译文】

王坦之和支道林矛盾很深。王坦之说支道林善于诡辩，支道林说王坦之道："头戴肮脏过了时的帽子，身穿粗葛布单衣，挟着一部儒家经典《左传》，追随在经学家郑玄的车后，请问这是什么装满尘垢的袋子？"

二二

孙长乐作王长史诔云："余与夫子，交非势利，心犹澄水，同此玄味。"王孝伯见曰："才士不逊，亡祖何至与此人周旋！"

【译文】

孙绰为王蒙撰写诔文说："我和老夫子，结交不为势利，心如清澄之水，同赏玄妙趣味。"王恭看到后说："文人不知道谦让，我先祖父怎么会和这种人交往！

二三

谢太傅谓子侄曰："中郎始是独有千载。"车骑曰："中郎衿抱未虚，复那得独有？"

【译文】

谢安对子侄们说："谢万才是千年来独一无二的人。"谢玄说："他的胸襟怀抱不够开阔，又怎么能说是独一无二的人呢？"

二四

庾道季诧谢公曰："裴郎云：'谢安谓裴郎乃可不恶，何得为复饮酒？'裴郎又云：'谢安目支道林如九方皋之相马，略其玄黄，取其俊逸。'"谢公云："都无此二语，裴自为此辞耳。"庾意甚不以为好，因陈东亭《经酒垆下赋》。读毕，都不下赏裁，直云："君乃复作裴氏学！"于此《语林》遂废。今时有者，皆是先写，无复谢语。

【译文】

庾龢告诉谢安道："裴郎说：'谢安称裴郎确实不错，他为什么还要饮酒呢？'裴郎又说：'谢安品评支道林像九方皋相马一样，不去看马的毛色是黑的还是黄的，而只选择马是否出众超群。'"谢安说："我完全没有说过这两句话，是裴启自己编造的话罢了。"庾龢对谢安的话很不以为然，于是便陈述王珣的《经酒垆下赋》。读完赋后，谢安并没有赞赏评论，只是说："您竟然要做裴启这类人的学问！"从此《语林》就被废止不流通了。现在还有的，都是先前的抄本，其中不再有谢安的话。

二五

王北中郎不为林公所知，乃著论《沙门不得为高士论》，大略云："高士必在于纵心调畅。沙门虽云俗外，反更束于教，非情性自得之谓也。"

【译文】

王坦之没有得到支道林的赏识，便写了名为《沙门不得为高士论》的文章，大概的意思说："志趣品格高尚的人必定是心情放松和谐舒畅的。出家人虽然说置身于世俗之外，但更应该接受佛教戒律的束缚，这就不是本性自在适意的意思了。"

二六

人问顾长康："何以不作洛生咏？"答曰："何至作老婢声？"

【译文】

有人问顾恺之："为什么不仿效洛阳书生的吟咏声？"顾恺之回答道："我怎么会去学老年女奴的声调？"

二七

殷觊、庾恒并是谢镇西外孙，殷少而率悟，庾每不推。尝俱诣谢公，谢公孰视殷曰："阿巢故似镇西。"于是庾下声语曰："定何似？"谢公续复云："巢颊似镇西。"庾复云："颊似，足作健不？"

【译文】

殷觊、庾恒都是谢尚的外孙，殷觊年少的时候就十分聪明，庾恒却不常赞许他。有次他们一起去拜访谢安，谢安仔细看着殷觊道："阿巢确实像镇西。"于是庾恒小声地说："到底哪里像？"谢安继续说："殷觊的脸颊像谢尚。"庾恒又说："脸颊长得像，就能够成为强者称雄吗？"

二八

旧目韩康伯"将肘无风骨"。

【译文】

过去人们这样评价韩伯"胳膊肘粗壮，但没有什么气节"。

二九

苻宏叛来归国，谢太傅每加接引。宏自以有才，多好上人，坐上无折之者。适王子猷来，太傅使共语。子猷直孰视良久，回语太傅云："亦复竟不异人。"宏大惭而退。

【译文】

苻宏背叛前秦来归附，谢安经常予以接见。苻宏自以为很有能力，经常喜欢凌驾他人之上，在座者没有能使他佩服的人。恰好遇到王徽之来了，谢安就让他们一起交谈。王徽之只是仔细看了苻宏很久，回头对谢安说："也没有什么比别人厉害的地方。"苻宏听了感到十分惭愧地告退了。

三〇

支道林入东，见王子猷兄弟，还，人问："见诸王何如？"答曰："见一群白颈乌，但闻唤哑哑声。"

【译文】

支道林到东边会稽去，遇见王徽之兄弟，回来后有人问他："见到王家兄弟，你觉得他们怎么样？"支道林回答道："见到一群白颈乌鸦，只听见哑哑的叫唤声。"

三一

王中郎举许玄度为吏部郎，郗重熙曰："相王好事，不可使阿讷在坐头。"

【译文】

王坦之举荐许询担任吏部郎，郗昙说："相王喜欢管闲事，不能够让阿讷担任吏部郎的位置。"

三二

王兴道谓谢望蔡："霍霍如失鹰师。"

【译文】

王和之评价谢琰："性子急躁不安，就像丢失了鹰的驯鹰人。"

三三

桓南郡每见人不快，辄嗔云："君得哀家梨，当复不烝食不？"

【译文】

桓玄每当看到别人行事笨拙不爽快，总是生气地说："您得到哀家梨，该不会拿来蒸了吃吧？"

假谲第二十七

一

魏武少时，尝与袁绍好为游侠。观人新婚，因潜入主人园中，夜叫呼云："有偷儿贼！"青庐中人皆出观。魏武乃入，抽刃劫新妇，与绍还出，失道，坠枳棘中，绍不能得动，复大叫云："偷儿在此！"绍遑迫自掷出，遂以俱免。

【译文】

曹操年轻时，曾经喜欢和袁绍一起干些不务正业的游侠行为。一次看到人家新婚，就偷偷进入主人家园子里，到夜里大声呼叫道："有小偷！"青庐中的人都跑出来看出了什么事，曹操就进去，拔出刀来劫持了新娘，与袁绍一起跑出来，路上迷了路，掉进了荆棘丛中，袁绍跑不动了，曹操又大叫道："小偷在这里！"袁绍惊慌失措地跳了出来，两个人这才都逃走了。

二

魏武行役，失汲道，三军皆渴，乃令曰："前有大梅林，饶子，甘酸可以解渴。"士卒闻之，口皆出水，乘此得及前源。

【译文】

曹操率军远行，找不到通往水源的道路，军中士卒都口渴难耐，于是他就下令说："前面有大片梅林，果实很多，又甜又酸可以解渴。"士卒们听到他的话，口里都流出口水来，乘着这个机会他们能够坚持到达前面有水的地方。

三

魏武常言："人欲危己，己辄心动。"因语所亲小人曰："汝怀刃密来我侧，我必说心动，执汝使行刑，汝但勿言其使，无他，当厚相报。"执者信焉，不以为惧，遂斩之。此人至死不知也。左右以为实，谋逆者挫气矣。

【译文】

魏武帝曹操曾说："有人想谋害我的时候，我就会立即心跳。"于是他告诉身边一名亲近的侍从说："你胸前藏着刀偷偷到我身边来，我一定会说心跳，抓住你让人执行刑罚，你只要不说出是谁指使的，就不会有什么事，我定会重金报答你。"被抓的侍从相信了他，一点儿也不害怕，于是就被杀了。这人到死也不知道是怎么回事。左右侍从都以为这件事是真的，那些图谋不轨的人也都放弃了谋害他的念头。

四

魏武常云："我眠中不可妄近，近便斫人，亦不自觉。左右宜深慎此。"后阳眠，所幸一人，窃以被覆之，因便斫杀。自尔每眠，左右莫敢近者。

【译文】

魏武帝曹操曾说："我睡觉的时候不能随便靠近我，一有人靠近我就杀了他，我自己都不知道，我身边的人要小心这件事。"有一天，他假装睡着了，他所宠幸的一个侍从偷偷拿了个被子过来给他盖上，曹操趁机杀死了这个侍从，从此以后每当睡觉时，再也没有人敢靠近了。

五

袁绍年少时，曾遣人夜以剑掷魏武，少下，不著。魏武揆之，其后来必高。因帖卧床上，剑至果高。

【译文】

袁绍年轻时，曾经派人在夜晚用剑投掷刺杀曹操，剑掷得稍低了一点儿，没有掷中。曹操估计，后面掷过来的剑一定会高一些。于是他就紧贴睡在床上，飞过来的剑果然高了一点儿。

六

王大将军既为逆，顿军姑孰。晋明帝以英武之才，犹相猜惮，乃著戎服，骑巴賨马，赍一金马鞭，阴察军形势。未至十余里，有一客姥，居店卖食，帝过愒之，谓姥曰："王敦举兵图逆，猜害忠良，朝廷骇惧，社稷是忧。故劬劳晨夕，用相觇察。恐形迹危露，或致狼狈，追迫之日，姥其匿之！"便与客姥马鞭而去，行敦营匝而出。军士觉，曰："此非常人也！"敦卧心动，曰："此必黄须鲜卑奴来！”命骑追之，已觉多许里。追士因问向姥：“不见一黄须人骑马度此邪？”姥曰：“去已久矣，不可复及。”于是骑人息意而反。

【译文】

大将军王敦犯上作乱后，把军队驻扎在姑孰。晋明帝虽有英武之才，对王敦还是猜忌的，他于是穿上戎装，骑上巴賨马，带着一条金马鞭，暗中察看叛军的情况。离叛军驻地十余里地，遇到一位客居老妇，在店里卖吃的，晋明帝经过时在那里休息，对老妇说：“王敦起兵叛乱，猜忌迫害朝廷忠臣，朝廷上下惊惧恐慌，国家的存亡令人担忧。所以我不分昼夜，出来暗中察看形势。我怕行踪泄露，也许会处境危险，如果有人追赶过来，还望老人家能为我隐瞒行踪！”于是把金马鞭给了老妇后就离开了，到王敦军营绕了一圈才出来。王敦部下士兵发觉后，说：“这不是一般的人！”王敦正躺着睡觉感到心跳，说：“这必定是黄须的鲜卑奴来了！”命令骑兵去追赶他，可是已经相差很多里路了。追兵于是问那位老妇：“没有见过黄须的人骑马经过此地吗？”老妇说：“已经走了很久了，不可能再追上了。”于是骑兵打消了追赶的念头返回了。

七

王右军年减十岁时，大将军甚爱之，恒置帐中眠。大将军尝先出，右军犹未起。须臾，钱凤入，屏人论事，都忘右军在帐中，便言逆节之谋。右军觉，既闻所论，知无活理，乃剔吐污头面被褥，诈孰眠。敦论事造半，方忆右军未起，相与大惊曰：“不得不除之！”及开帐，乃见吐唾从横，信其实孰眠，于是得全。于时称其有智。

【译文】

王羲之不满十岁时，大将军王敦非常宠爱他，常常把他留在自己的床帐中睡觉。王敦曾经有一次先起床出来，王羲之还没起床。一会儿，钱凤进帐，王敦屏退手下人议论事情，全都忘记王羲之还在床帐中，就说起了谋反的阴谋。王羲之醒来，听到他们商量的事，就知道可能被灭口，于是就呕出污秽的东西把头脸被褥都弄脏，假装熟睡。王敦说到一半时，才想起王羲之还未起床，两个人都大惊失色道：“不得不把他除掉！”等到打开帐子时，才看见呕吐物狼藉不堪，相信他确实在熟睡，于是王羲之得以保住了性命。当时人都称赞他有智谋。

八

陶公自上流来赴苏峻之难，令诛庾公，谓必戮庾，可以谢峻。庾欲奔窜，则不可；欲会，恐见执，进退无计。温公劝庾诣陶，曰：“卿但遥拜，必无他。我为卿保之。”庾从温言诣陶。至便拜。陶自起止之曰：“庾元规何缘拜陶士衡？”毕，又降就下坐。陶又自要起同坐。坐定，庾乃引咎责躬，深相逊谢。陶不觉释然。

【译文】

陶侃从长江上游东下来平定苏峻叛乱，下令要杀掉庾亮，认为只有杀掉庾亮，才能够向苏峻谢罪。庾亮想逃跑已不可能；想要会见陶侃，又担心被抓，真是进退两难，无计可施。温峤劝庾亮去拜见陶侃，说：“你只要远远地行跪拜礼，肯定不会有什么危险。我为你担保。”庾亮听从温峤的话去拜访陶侃。到了那里就跪拜。陶侃亲自起身阻止他说：“庾元规为什么要拜陶士衡？”行过礼后，庾亮又屈尊到下位就座。陶侃又亲自邀请庾亮起来与自己同坐。坐定后，庾亮就自己坦承责任并责备自己，深刻谦恭地认错。陶侃在不知不觉中消除了疑虑。

九

温公丧妇，从姑刘氏家值乱离散，唯有一女，甚有姿慧。姑以属公觅婚。公密有自婚意，答云：“佳婿难得，但如峤比云何？”姑云：“丧败之余，乞粗存活，便足慰吾余年，何敢希汝比？”却后少日，公报姑云：“已觅得婚处，门地粗可，婿身名宦，尽不减峤。”因下玉镜台一枚。姑大喜。既婚，交礼，女以手披纱扇，抚掌大笑曰：“我固疑是老奴，果如所卜。”玉镜台，是公为刘越石长史北征刘聪所得。

【译文】

温峤死了妻子，他的堂姑刘氏一家人流离失散，身边只有一个女儿，非常美丽聪明。堂姑嘱托温峤为女儿找门亲事。温峤私下有自己娶她的想法，回答说：“好女婿不容易找到，只是像我这样的人你觉得怎么样？”堂姑说：“我们遭遇战乱劫难，只求勉强活下去，就足够我安享晚年了，哪敢指望有像你这样的女婿？”过后几天，温峤回报堂姑说：“已找到婚配的人家了，身世地位大致可以，女婿的名声、官职都不比我差。”于是送上玉镜台一枚作为聘礼。堂姑非常高兴。结婚时，行交拜礼，新娘用手拨开遮脸的纱扇，拍手大笑道："我本来就怀疑是你这个老奴才，果然如我所料。"玉镜台，是温峤当年在刘琨手下担任长史北征刘聪时得到的。

一〇

诸葛令女，庾氏妇，既寡誓云："不复重出。"此女性甚正强，无有登车理。恢既许江思玄婚，乃移家近之。初，诳女云："宜徙。"于是家人一时去，独留女在后。比其觉，已不复得出。江郎莫来，女哭詈弥甚，积日渐歇。江虨暝入宿，恒在对床上。后观其意转帖，虨乃诈厌，良久不悟，声气转急。女乃呼婢云："唤江郎觉！"江于是跃来就之曰："我自是天下男子，厌，何预卿事而见唤邪？既尔相关，不得不与人语。"女默然而惭，情义遂笃。

【译文】

诸葛恢的女儿，是庾亮家的媳妇，她守寡后，发誓说："我不会再嫁人。"这位女子脾气很正直倔强，没有再嫁的可能。诸葛恢把女儿许配给江虨后，就把家搬到江家附近。开始的时候他骗女儿说："应当搬家。"于是家里人一起都离开了，只留下女儿一个人。后来等到她发觉时，已经无法出去了。江虨晚上来时，她又哭又骂得更厉害，几天后才慢慢平静下来。江虨晚上进屋睡觉，常常睡在对面床上。后来看她的情绪逐渐平静，江虨就假装做噩梦，好久都不醒，梦话声与呼吸气息逐渐急促起来，她就叫婢女说："把江郎叫醒！"江虨于是跳起来靠近她说："我原是世上堂堂一条男子汉，做了什么梦，关你什么事要把我叫醒？既然你如此关心我，就不能不与人家说话。”她沉默无语感到惭愧，夫妻间的感情慢慢深厚起来了。

一一

愍度道人始欲过江，与一伧道人为侣，谋曰：“用旧义往江东，恐不办得食。”便共立“心无义”。既而此道人不成渡，愍度果讲义积年。后有伧人来，先道人寄语云：“为我致意愍度，无义那可立？治此计，权救饥尔，无为遂负如来也！”

【译文】

愍度和尚想渡江南下时，找到一个北方和尚结伴同行。两人商量说：“用旧教义到南方讲，恐怕糊口都很困难。”于是便共同创立了“心无义”。不久这个和尚渡江没有成功，愍度果然讲了多年“心无义”。后来有北方人来，先前那位和尚传话说：“为我致意愍度，心无义怎么可以成立？想出这个办法来，是暂时为了填饱肚子罢了，不应因此就背弃了如来佛祖啊！”

一二

王文度弟阿智，恶乃不翅，当年长而无人与婚。孙兴公有一女，亦僻错，又无嫁娶理，因诣文度，求见阿智。既见，便阳言：“此定可，殊不如人所传，那得至今未有婚处？我有一女，乃不恶，但吾寒士，不宜与卿计，欲令阿智娶之。”文度欣然而启蓝田云：“兴公向来，忽言欲与阿智婚。”蓝田惊喜。既成婚，女之顽嚚，欲过阿智。方知兴公之诈。

【译文】

王坦之的弟弟阿智，不只是愚蠢凶顽而已，当他成人时没有人与他结亲。孙绰有一个女儿，也很不近情理，又没有嫁出去的可能，于是孙绰就去拜访王坦之，要求见见阿智。见到后，就假装说："阿智这人挺不错的，一点儿不像人家所传的那样，怎么到现在还没有婚配？我有一个女儿，还不算差，但我是一个寒士，本不应与您商讨婚事，但我想让阿智娶她。"王坦之高兴地与王述说："孙绰刚才来，忽然说要与阿智结亲。"王述又惊又喜。成婚后，这个女子的愚蠢固执，似乎超过了阿智。王家这才知道孙绰的狡诈。

一三

范玄平为人好用智数，而有时以多数失会。尝失官居东阳，桓大司马在南州，故往投之。桓时方欲招起屈滞，以倾朝廷，且玄平在京，素亦有誉。桓谓远来投己，喜跃非常。比入至庭，倾身引望，语笑欢甚。顾谓袁虎曰："范公且可作太常卿。"范裁坐，桓便谢其远来意。范虽实投桓，而恐以趋时损名，乃曰："虽怀朝宗，会有亡儿瘗在此，故来省视。"桓怅然失望，向之虚伫，一时都尽。

【译文】

范汪为人心计很重，但有时因为错用了心计反而错失了机会。他罢官后曾经住在东阳，桓温大司马在南州，他便去投奔。桓温当时正要征召不得志之士，用来颠覆朝廷，况且范汪在京城，一向有名声。桓温认为他远道前来投奔自己，非常高兴。等到范汪进入庭院，他即伸长脖子探望，两人又说又笑非常高兴。桓温回头对袁虎说："范公暂时可担任太常卿。"范汪才坐下，桓温就感谢他远道来投奔自己的厚意。范汪虽然确实是来投奔桓温的，但怕这样做被当作趋炎附势，会损坏自己的名声，便说："虽然我怀有拜见长官之心，但恰巧我有亡儿埋葬在此，所以前来看望。"桓温听了很失望，刚才自己虚心等待站立许久的热情，一下子都化为乌有。

一四

谢遏年少时，好著紫罗香囊，垂覆手。太傅患之，而不欲伤其意。乃谲与赌，得即烧之。

【译文】

谢玄少年时，喜欢佩戴紫色丝罗香袋，挂着手巾。谢安为此感到担忧，但又不想伤他的心。于是就假借与他打赌，赢得香袋、手巾后就把它们烧掉了。

黜免第二十八

一

诸葛厷在西朝，少有清誉，为王夷甫所重，时论亦以拟王。后为继母族党所谗，诬之为狂逆。将远徙，友人王夷甫之徒诣槛车与别。厷问："朝廷何以徙我？"王曰："言卿狂逆。"厷曰："逆则应杀，狂何所徙？"

【译文】

诸葛厷在西晋时，年纪轻轻就有很好的声誉，得到王衍的推崇，当时的舆论也把他比作王衍。后来他被继母的同族人造谣中伤，诬陷他狂放叛逆。当他将要被流放到远方边地去时，友人王衍等到囚车前与他告别。诸葛厷问："朝廷为什么要流放我？"王衍道："说你狂放叛逆。"诸葛厷说："叛逆就应当处斩，狂放为什么要流放？"

二

桓公入蜀，至三峡中，部伍中有得猿子者，其母缘岸哀号，行百余里不去，遂跳上船，至便即绝。破视其腹中，肠皆寸寸断。公闻之怒，命黜其人。

【译文】

桓温出兵攻蜀，路过三峡时，军中有人捕捉到一只小猿，那只母猿沿岸哀哭号叫，跟着走了一百多里路也不肯离去，最后终于跳上船，一上船马上气绝。剖开它的肚腹看，发现肠子都一寸寸地断裂了。桓温听到此事大怒，下令罢免那个人的职务。

三

殷中军被废，在信安，终日恒书空作字。扬州吏民寻义逐之，窃视，唯作“咄咄怪事”四字而已。

【译文】

殷浩被罢官后住在信安时，整天总是用手指在虚空中写字。扬州的官吏百姓要探寻他在写什么字，便追随着他，偷偷地看，见他只写“咄咄怪事”四个字而已。

四

桓公坐有参军椅烝薤，不时解，共食者又不助，而椅终不放，举坐皆笑。桓公曰：“同盘尚不相助，况复危难乎？”敕令免官。

【译文】

桓温宴席上有一位参军用筷子夹蒸薤吃时筷子被卡住了，怎么都夹不下来，同桌吃饭者又没有帮他一把，而这位参军始终夹个不停，满座的人都笑了起来。桓温说：“同在一个盘子里用餐，尚且不肯相互帮助，何况遇到危难呢？”于是下令罢免同桌吃饭者的官职。

五

殷中军废后，恨简文曰："上人著百尺楼上，儋梯将去。"

【译文】

殷浩被废为庶人后，不满简文帝说："让人登上百尺高楼后，却把梯子拿掉了。"

六

邓竟陵免官后赴山陵，过见大司马桓公。公问之曰："卿何以更瘦？"邓曰："有愧于叔达，不能不恨于破甑。"

【译文】

邓遐被罢官后去参加皇帝的葬礼时，同时拜见了大司马桓温。桓温问他说："你为什么更加消瘦了？"邓遐说："比起孟叔达来我感到惭愧，不能不对破碎瓦器的事感到遗憾。"

七

桓宣武既废太宰父子，仍上表曰："应割近情，以存远计。若除太宰父子，可无后忧。"简文手答表曰："所不忍言，况过于言？"宣武又重表，辞转苦切。简文更答曰："若晋室灵长，明公便宜奉行此诏；如大运去矣，请避贤路。"桓公读诏，手战流汗，于此乃止。太宰父子远徙新安。

【译文】

桓温罢免了司马晞父子的官职后，接着上奏表说："应当割断私情，以保全长远大计。如果除掉司马晞父子就可以免除后患。"简文帝亲自批答奏章说："这是我不忍心说的话，何况做比这些话更加过分的事情呢？"桓温再次上奏章，言辞更加迫切。简文帝又批示说："如果晋朝国运绵延长久，明公就应当奉行这个诏令；如果晋朝国运已尽，请允许我退位，让出贤者进用之路。"桓温读了诏书，两手发抖，满脸流汗，到这时他才放弃了要除掉司马晞父子的打算。司马晞父子俩被远远地流放到了新安。

八

桓玄败后，殷仲文还为大司马咨议，意似二三，非复往日。大司马府听前有一老槐，甚扶疏。殷因月朔，与众在听，视槐良久，叹曰："槐树婆娑，无复生意！"

【译文】

桓玄失败后，殷仲文回到朝廷，担任大司马咨议，心情反复不定，似乎三心二意的样子，不再像过去那样了。大司马府厅堂前有一棵老槐树，枝叶凋零毫无生气。殷仲文依照月初集会，与众人聚集在厅堂上，注视老槐树很久，感叹道："老槐树枝叶随风飘零，不再有生机了！"

九

殷仲文既素有名望，自谓必当阿衡朝政。忽作东阳太守，意甚不平，及之郡，至富阳，慨然叹曰：“看此山川形势，当复出一孙伯符。”

【译文】

殷仲文既然向来就有名望，自认为必定能担当辅佐帝王、主持朝政的重任。如今忽然调他去做东阳太守，心中极为不平，等到了富阳时，他感慨地叹息道：“看这里的山川形势，该当会再出一位孙策那样的人。”

俭啬第二十九

一

和峤性至俭，家有好李，王武子求之，与不过数十。王武子因其上直，率将少年能食之者，持斧诣园，饱共啖毕，伐之，送一车枝与和公，问曰："何如君李？"和既得，唯笑而已。

【译文】

和峤的生性极为吝啬，家里有优良的李树，王济向他要一点儿李子，和峤只给了他不过几十颗。王济就趁着他上朝值班时，带领胃口大的年轻人带着斧头到果园去，大家一起饱吃一顿李子后，把树砍了，送了一车子李树枝给和峤，问道："比你家李树怎么样？"和峤得到这些树枝，只是笑笑罢了。

二

王戎俭吝，其从子婚，与一单衣，后更责之。

【译文】

王戎非常吝啬，他的侄子结婚的时候，他只送了一件单衣，过后又把单衣要了回来。

三

司徒王戎既贵且富，区宅、僮牧、膏田、水碓之属，洛下无比。契疏鞅掌，每与夫人烛下散筹算计。

【译文】

司徒王戎已经做了大官，地位显贵，又有很多财产，房屋住宅、奴婢仆夫、肥沃的土地、舂米的器具之类，洛阳城里没人能与他相比。契约账簿，堆砌繁多，他常与夫人在烛光下摊开筹码来计算。

四

王戎有好李，常卖之，恐人得其种，恒钻其核。

【译文】

王戎有良种李子，在卖李子的时候，怕别人得到良种，总是先在李子核上钻个洞。

五

王戎女适裴頠，贷钱数万。女归，戎色不说。女遽还钱，乃释然。

【译文】

王戎的女儿嫁给裴頠，向王戎借了几万钱。女儿回到娘家时，王戎很不高兴，女儿连忙把钱还给他，王戎不高兴的脸色才算消除了。

六

卫江州在寻阳，有知旧人投之，都不料理，唯饷王不留行一斤。此人得饷，便命驾。李弘范闻之曰："家舅刻薄，乃复驱使草木。"

【译文】

卫展在寻阳时，有一位相知的老朋友来投奔他，他却什么都不做安排，只送给客人一斤"王不留行"草药。客人得到礼物后，就驾车走了。他的外甥李弘范听到后说："我舅舅太刻薄了，竟然驱使草木来为他驱客。

七

王丞相俭节，帐下甘果盈溢不散，涉春烂败。都督白之，公令舍去，曰："慎不可令大郎知。"

【译文】

丞相王导本性节俭，营帐中甘甜的水果堆满了也不分给大家吃，到了春天都腐烂坏掉了。都督禀报王导，王导让他丢掉，说："千万不要让大郎知道。"

八

苏峻之乱，庾太尉南奔见陶公，陶公雅相赏重。陶性俭吝。及食，啖薤，庾因留白。陶问："用此何为？"庾云："故可种。"于是大叹庾非唯风流，兼有治实。

【译文】

苏峻叛乱时，太尉庾亮向南逃跑去投奔陶侃，陶侃非常赞赏推重他。陶侃生性节俭吝啬。到进餐时，吃薤菜，庾亮就留下薤白不吃。陶侃问他："留下这东西有什么用？"庾亮说："还可以种。"于是陶侃大加赞叹，认为庾亮不仅风度优雅，还有治国的实际才干。

九

郗公大聚敛，有钱数千万。嘉宾意甚不同，常朝旦问讯。郗家法，子弟不坐，因倚语移时，遂及财货事。郗公曰："汝正当欲得吾钱耳！"乃开库一日，令任意用。郗公始正谓损数百万许。嘉宾遂一日乞与亲友，周旋略尽。郗公闻之，惊怪不能已已。

【译文】

郗愔大肆搜刮钱财，有钱财几千万。嘉宾对此很不认同，曾经一次嘉宾早晨来问安，郗家的礼法是子弟小辈在长辈前不能坐下来，他就站着说了很长时间的话，说到了钱财方面的事。郗愔说："你只不过要得到我的钱罢了！"于是打开库房一天，让嘉宾任意取用。郗愔开始只是认为损失几百万左右。嘉宾却在一天里把钱给了亲朋友人及有交往的人，钱全都送光了。郗愔听到此事，惊诧不止。

汰侈第三十

一

石崇每要客燕集，常令美人行酒。客饮酒不尽者，使黄门交斩美人。王丞相与大将军尝共诣崇，丞相素不能饮，辄自勉强，至于沉醉。每至大将军，固不饮以观其变。已斩三人，颜色如故，尚不肯饮。丞相让之，大将军曰："自杀伊家人，何预卿事？"

【译文】

石崇每次邀请客人举行宴会，常叫美女斟酒劝客。客人饮酒没有干杯的，就让侍从斩杀劝酒的美人。王导与王敦有一次一同去拜访石崇，王导向来不善喝酒，总是勉强自己喝下去，以至于大醉。每次轮到王敦喝酒时，他坚持不喝以观察石崇到底会怎么做。已经杀了三个人，王敦脸色不变，还是不肯喝酒。王导责备他，王敦说："他杀掉自家的人，关你什么事？"

二

石崇厕，常有十余婢侍列，皆丽服藻饰。置甲煎粉、沉香汁之属，无不毕备。又与新衣著令出，客多羞不能如厕。王大将军往，脱故衣，著新衣，神色傲然。群婢相谓曰："此客必能作贼。"

【译文】

石崇家的厕所里有十多个婢女列队侍奉客人，都穿了华丽新衣，修饰打扮得很漂亮。厕所里放置了甲煎粉、沉香汁之类，美容用品统统都准备好了。又给客人穿上新衣服才让出来，客人们大都难为情不肯到厕所去。王敦去厕所，脱下旧衣服，穿上新衣服，还显出神色傲慢的样子。婢女们相互议论说：“这个客人一定会造反谋逆。”

三

武帝尝降王武子家，武子供馔，并用琉璃器。婢子百余人，皆绫罗绔䙤，以手擎饮食。蒸　肥美，异于常味。帝怪而问之，答曰：“以人乳饮　。”帝甚不平，食未毕，便去。王、石所未知作。

【译文】

晋武帝曾驾临王济家，王济设宴招待，食物全都用琉璃器皿来供奉。婢女一百多人，身上所穿衣裙都用绫罗绸缎缝制，她们用手托举着食物。蒸熟的小猪肥嫩鲜美，与平常吃的味道不同。晋武帝觉得奇怪就问王济是怎么做到的，王济答道：“这是用人奶饲养的。”晋武帝听了很不满意，没有吃完，就走了。这是连当时的大富豪王恺、石崇都不知道的制作方法。

四

王君夫以米台糒澳釜，石季伦用蜡烛作炊。君夫作紫丝布步障碧绫里四十里，石崇作锦步障五十里以敌之。石以椒为泥，王以赤石脂泥壁。

【译文】

王恺用麦芽糖拌合的饭来擦洗锅子，石崇就用蜡烛来烧饭。王君夫用紫丝布做了四十里长的帷幕，石崇则用锦做了五十里长的帷幕与他抗衡。石崇用花椒当作泥来涂墙，王恺就用赤石脂当泥来涂墙壁。

五

石崇为客作豆粥，咄嗟便办。恒冬天得韭蓱虀。又牛形状气力不胜王恺牛，而与恺出游，极晚发，争入洛城，崇牛数十步后迅若飞禽，恺牛绝走不能及。每以此三事为搤腕，乃密货崇帐下都督及御车人，问所以。都督曰："豆至难煮，唯豫作熟末，客至，作白粥以投之。韭蓱虀是捣韭根，杂以麦苗尔。"复问驭人牛所以驶。驭人云："牛本不迟，由将车人不及制之尔。急时听偏辕，则驶矣。"恺悉从之，遂争长。石崇后闻，皆杀告者。

【译文】

石崇为客人做豆粥，很快就做成了。常在冬天吃韭蓱虀。他家的牛外形和力气看上去都不如王恺家的牛，但是与王恺出游，很晚才出发，争着看谁先进洛阳城，石崇的牛跑了几十步后就快得如同飞鸟，王恺的牛极力奔跑也赶不上。王恺常为这三件事而生气，于是他暗中买通石崇手下的管家与驾车人，探问其中的原因。管家说："豆子难以煮烂，只有预先烧成熟烂的碎末，客人来了，烧好白粥放进去。韭蓱虀是将韭菜根捣碎，把麦苗搀进去而已。"再去问驾车人牛跑得快的原因，驾车人说："牛本来跑得不慢，由于驾车人来不及控制它罢了。在紧急的时候，任凭车子偏向一边，车子就行驶得快了。”王恺全都照着做，于是就争得优胜。石崇后来知道了，把泄密者全都杀了。

六

王君夫有牛名八百里驳，常莹其蹄角。王武子语君夫：“我射不如卿，今指赌卿牛，以千万对之。”君夫既恃手快，且谓骏物无有杀理，便相然可。令武子先射。武子一起便破的，却据胡床，叱左右速探牛心来。须臾，炙至，一脔便去。

【译文】

王恺有条牛叫八百里驳，他常把牛的蹄和角磨得晶莹光亮。王济对王恺说：“我射箭本领比不上你，今天指定你的牛当赌注，我用一千万钱来抵你的牛。”王恺便仗着自己手势快箭术精，比射箭不会输，并且认为这样出众的宝物不能被杀掉，便答应下来。他让王济先射。王济一下子就射中靶心，退回去坐在交椅上，命令左右侍从赶快把牛心掏出来。一会儿，烤好的牛心就送来了，王济只尝了一小块就走了。

七

王君夫尝责一人无服余衵，因直，内著曲阁重闺里，不听人将出。遂饥经日，迷不知何处去。后因缘相为，垂死，乃得出。

【译文】

王济曾经责罚一个不穿内衣的人，他借着此人值班的时候，将其关入深宫内室里，不允许别人把他带出去。此人便饿了好几天，迷迷糊糊地不知道该往哪里走。后来靠朋友相帮，在快要死的时候，才得以出去。

八

石崇与王恺争豪，并穷绮丽，以饰舆服。武帝，恺之甥也，每助恺。尝以一珊瑚树高二尺许赐恺，枝柯扶疏，世罕其比。恺以示崇。崇视讫，以铁如意击之。应手而碎。恺既惋惜，又以为疾己之宝，声色甚厉。崇曰："不足恨，今还卿。"乃命左右悉取珊瑚树，有三尺、四尺，条干绝世，光彩溢目者六七枚，如恺许比甚众。恺惘然自失。

【译文】

石崇王恺争斗谁家更富贵，并且用尽华丽鲜亮的东西来装饰车马冠服与各种仪仗。晋武帝是王恺的外甥，常常资助王恺来与石崇斗富。他曾经把一株二尺多高的珊瑚树赐给王恺，此树枝条繁茂纷披，世上少有。王恺拿出来给石崇看，石崇看过后，用铁如意击打珊瑚。珊瑚随手就被打碎了。王恺既惋惜，又认为石崇忌妒自己的宝贝，一时声色俱厉。石崇说："不值得遗憾，现在还给你。"就命左右侍从把家中所有的珊瑚树都拿出来，有高达三尺、四尺的，枝条美丽世上少有，光彩夺目的有六七枚，像王恺的那种样子的珊瑚树就更多了。王恺看了很尴尬，惘然若失。

九

王武子被责，移第北邙下。于时人多地贵，济好马射，买地作埒，编钱匝地竞埒。时人号曰“金沟”。

【译文】

王济被责罚贬了官，把家搬到了北邙山下。当时人多地贵，王济喜欢骑马射箭，就买了地筑起矮墙当跑马场。他用铜钱串连起来围成一圈当矮墙，环绕着整个马场的矮墙都是用钱编起来的。当时人称之为“金沟”。

一〇

石崇每与王敦入学戏，见颜、原象而叹曰：“若与同升孔堂，去人何必有间！”王曰：“不知余人云何？子贡去卿差近。”石正色云：“士当令身名俱泰，何至以瓮牖语人？”

【译文】

石崇与王敦常到太学里面游玩，看到颜回、原宪的画像就感叹说：“如果同他们一起成为孔子的弟子，就可以与他们没有什么差别了！”王敦说：“不知道孔子其他学生怎么样？我看子贡跟你比较像。”石崇脸色严峻地说：“士子应当使身份名位都安泰显达，哪里用得着以贫苦的生活来对人宣扬呢？”

一一

彭城王有快牛，至爱惜之。王太尉与射，赌得之。彭城王曰：“君欲自乘则不论；若欲啖者，当以二十肥者代之。既不废啖，又存所爱。”王遂杀啖。

【译文】

彭城王司马权有一头跑得很快的牛，他极为喜爱珍惜。王衍与他打赌，将这头牛赢走了。司马权说："你如果想自己乘坐就不必说了；如果要吃的话，我会用二十头肥牛来交换它。这样既不妨碍你吃牛肉，又保全了我喜爱的牛。"王衍竟把牛杀了吃掉了。

一二

王右军少时，在周侯末坐，割牛心啖之，于此改观。

【译文】

王羲之年轻的时候，在周顗那里做客时坐在末座，周顗割下牛心给他吃，从此人们就改变了对他的看法。

忿狷第三十一

一

魏武有一妓，声最清高，而情性酷恶。欲杀则爱才，欲置则不堪。于是选百人，一时俱教。少时，果有一人声及之，便杀恶性者。

【译文】

曹操有一名歌女，歌声特别清脆高亢，但是性情极其恶劣。他想杀了她却又爱惜她的才能，想留着却又难以忍受。于是便选了一百人，同时培养。不久，果然有一人的歌声比得上她，于是就杀掉了那位性情恶劣的歌女。

二

王蓝田性急。尝食鸡子，以箸刺之，不得，便大怒，举以掷地。鸡子于地圆转未止，仍下地以屐齿蹍之，又不得，瞋甚，复于地取内口中，啮破即吐之。王右军闻而大笑曰："使安期有此性，犹当无一豪可论，况蓝田邪？"

【译文】

王述性子急躁。曾经吃鸡蛋，他用筷子去戳鸡蛋，没有戳到，就生气把鸡蛋拿起来扔在地上。鸡蛋在地上转个不停，他就跳下地用木屐的齿来踩踏鸡蛋，又没有踩破，他愤怒至极，又把蛋从地上捡起来放到口中，把鸡蛋咬破后立刻吐了出来。王羲之听说此事后大笑道："假使王承有这种性格，尚且丝毫不值得一提，何况是蓝田呢？"

三

王司州尝乘雪往王螭许。司州言气少有牾逆于螭，便作色不夷。司州觉恶，便舆床就之，持其臂曰："汝讵复足与老兄计？"螭拨其手曰："冷如鬼手馨，强来捉人臂！"

【译文】

王胡之有一天冒雪到王恬那里去。王胡之的言语态度稍微有点儿冒犯王恬，王恬便生气很不高兴。王胡之察觉他情绪不好，就搬动坐榻坐到王恬旁边，握住他的手臂说："你难道还值得与老兄我计较吗？"王恬拨开王胡之的手说："冰冷得像鬼手一样，还硬要来抓人家的手臂！"

四

桓宣武与袁彦道樗蒱。袁彦道齿不合，遂厉色掷去五木。温太真云："见袁生迁怒，知颜子为贵。"

【译文】

桓温与袁耽赌博。袁耽掷出的骰子不合自己的心意，便怒气冲冲地把五枚骰子扔了出去。温峤说："看到袁生迁怒于骰子，才知道颜子的可贵。"

五

谢无奕性粗强，以事不相得，自往数王蓝田，肆言极骂。王正色面壁不敢动，半日，谢去。良久，转头问左右小吏曰："去未？"答云："已去。"然后复坐。时人叹其性急而能有所容。

【译文】

谢奕性子粗暴固执，曾因一件事情与王述彼此意见不合，就亲自去责备王述，由着性子肆意攻击谩骂。王述脸色严肃面向墙壁一动不敢动地坐着，坐了半天，谢奕走了。过了很长时间，王述转过头来问左右侍从说："他走了吗？"侍从回答说："已经走了。"然后王述才又坐下。当时人赞叹王述性子虽然急躁却也有对别人宽容的时候。

六

王令诣谢公，值习凿齿已在坐，当与并榻。王徙倚不坐，公引之与对榻。去后，语胡儿曰："子敬实自清立，但人为尔多矜咳，殊足损其自然。"

【译文】

王献之拜访谢安，遇到习凿齿已经在做客，本应与他并排同坐。王献之犹豫着没坐下来，谢安领他坐到习凿齿对面的榻上。王献之走后，谢安对谢朗说："献之实在清高特立，只是他如此过于傲慢固执，特别损害他的自然天性。"

七

王大、王恭尝俱在何仆射坐，恭时为丹阳尹，大始拜荆州。讫将乖之际，大劝恭酒，恭不为饮，大逼强之，转苦，便各以裙带绕手。恭府近千人，悉呼入斋；大左右虽少，亦命前，意便欲相杀。何仆射无计，因起排坐二人之间，方得分散。所谓势利之交，古人羞之。

【译文】

王忱、王恭曾经一起在何澄家做客，王恭当时担任丹阳尹，王忱刚刚受任荆州刺史。到他们快要闹别扭的时候，王忱劝王恭喝酒，王恭不肯喝，王忱就强迫他喝，且越发竭力苦劝他，两人于是就各自用裙带绕在手上做出要武斗的样子。王恭府上随从近千人，全都叫来何澄家中；王忱左右随从虽然少，也叫他们上来，双方的意思要互相攻杀打斗。何澄没有办法，就站起来分开他们坐在两人之间，双方这才得以分散开来。他们之间的关系就是所说的依仗财富和权势的交往，古人认为这是可耻的行为。

八

桓南郡小儿时，与诸从兄弟各养鹅共斗。南郡鹅每不如，甚以为忿。乃夜往鹅栏间，取诸兄弟鹅悉杀之。既晓，家人咸以惊骇，云是变怪，以白车骑。车骑曰："无所致怪，当是南郡戏耳！"问，果如之。

【译文】

桓玄小时候，与堂兄弟们各自养了鹅来互相斗着玩。桓玄的鹅经常斗败，不如其他堂兄弟们的鹅，他非常生气。于是夜里到鹅栏里，把堂兄们的鹅抓来全部杀掉。天亮后，家里人知道后非常害怕，说是鬼怪变异造成的，把这事报告桓冲。桓冲说：“并不是什么妖魔鬼怪弄的，必定是桓玄耍脾气罢了！”一问，果然如此。

谗险第三十二

一

王平子形甚散朗，内实劲侠。

【译文】

王澄外形看上去很潇洒、爽朗，而内心却十分刚烈、狭隘。

二

袁悦有口才，能短长说，亦有精理。始作谢玄参军，颇被礼遇。后丁艰，服除还都，唯赍《战国策》而已。语人曰："少年时读《论语》《老子》，又看《庄》《易》，此皆是病痛事，当何所益邪？天下要物，正有《战国策》。"既下，说司马孝文王，大见亲待，几乱机轴。俄而见诛。

【译文】

袁悦有口才，擅长游说，所说之言颇有精辟之理，最初当谢玄的参军，深受礼遇优待，后来遇父母丧事在家守孝，除丧服回京后，只带了一部《战国策》而已。他告诉别人说："年轻时读《论语》《老子》，后来又看了《庄子》《周易》，这些书说的都是小事，能有什么好处呢？天下重要的书，只有《战国策》。"到了京都后，他去游说司马道子，受到特别的亲近厚待，几乎搞乱了朝廷的正常秩序。不久他就被杀了。

三

孝武甚亲敬王国宝、王雅。雅荐王珣于帝，帝欲见之。尝夜与国宝及雅相对，帝微有酒色，令唤珣。垂至，已闻卒传声，国宝自知才出珣下，恐倾夺其宠，因曰："王珣当今名流，陛下不宜有酒色见之，自可别诏召也。"帝然其言，心以为忠，遂不见珣。

【译文】

孝武帝很亲近敬重王国宝、王雅。王雅向孝武帝推荐王珣，孝武帝想召见他。曾经一天晚上与王国宝、王雅相对而坐，孝武帝脸上略带酒色，命人召王珣来。王珣将到时，已经听到吏卒传报的声音了，王国宝知道自己的才能在王珣之下，害怕他来争夺自己得宠的地位，于是就说："王珣是当今的著名人士，陛下不宜带着酒意召见他，本来可以在别的时候下诏召见他。"孝武帝认为他的话说得对，心里认为他很忠诚，于是没有召见王珣。

四

王绪数谗殷荆州于王国宝，殷甚患之，求术于王东亭。曰："卿但数诣王绪，往辄屏人，因论它事。如此，则二王之好离矣。"殷从之。国宝见王绪，问曰："比与仲堪屏人何所道？"绪云："故是常往来，无它所论。"国宝谓绪于己有隐，果情好日疏，谗言以息。

【译文】

王绪屡次在王国宝面前说殷仲堪的坏话，殷仲堪对这事很忧虑，向王珣请教应对的方法。王珣说："你只要经常去拜访王绪，去了就把其他人支开，接着就谈论其他的事。这样，二王的交情就会疏远了。"殷仲堪就照着王珣的话做了。王国宝看见王绪，问道："近来你与仲堪把别人支开讲些什么？王绪说："只不过是一般的往来，并没有议论什么。"王国宝认为王绪对自己有所隐瞒，果然两人的感情一天天地疏远了，对殷仲堪的谗言因此也平息了。

尤悔第三十三

一

魏文帝忌弟任城王骁壮，因在卞太后阁共围棋，并啖枣，文帝以毒置诸枣蒂中，自选可食者而进。王弗悟，遂杂进之。既中毒，太后索水救之。帝预敕左右毁瓶罐，太后徒跣趋井，无以汲。须臾，遂卒。复欲害东阿，太后曰："汝已杀我任城，不得复杀我东阿！"

【译文】

曹丕忌妒弟弟曹彰勇猛刚强，便趁着在卞太后内阁一起下围棋，并一起吃枣子的机会，曹丕把毒药放在枣蒂中，自己挑选可以吃的枣子来吃。曹彰不知道，于是混杂吃了有毒和没毒的枣子。曹彰中毒后，太后找水来救曹彰。曹丕命令左右侍从把瓶瓶罐罐都打碎了，太后就赤脚跑到井边，却没有任何盛水的器具。一会儿，曹彰就死了。曹丕还想害死曹植，太后说："你已经杀了我的任城儿，不能再杀我的东阿儿啊！"

二

王浑后妻，琅邪颜氏女。王时为徐州刺史，交礼拜讫，王将答拜，观者咸曰："王侯州将，新妇州民，恐无由答拜。"王乃止。武子以其父不答拜，不成礼，恐非夫妇，不为之拜，谓为"颜妾”。颜氏耻之，以其门贵，终不敢离。

【译文】

王浑的后房妻子是琅邪颜家之女。王浑当时担任徐州刺史，颜氏行过交拜礼后，王浑刚要答拜，观看婚礼的人都说：“王浑侯爷是州将，新娘是平民百姓，恐怕没有理由答拜。”王浑就停止了答拜。王济认为父亲不答拜，就不能算完成了婚礼，恐怕就不能成为夫妻，也就不能因此跪拜她，只能称她为“颜妾”。颜氏认为这是耻辱，但因为王家门第高贵，最终不敢离婚。

三

陆平原河桥败，为卢志所谗，被诛。临刑叹曰：“欲闻华亭鹤唳，可复得乎？”

【译文】

陆机在河桥兵败后，受到卢志的陷害，被杀害。他在临死时叹息道：“要想再听听家乡华亭的鹤鸣声，还能听到吗？”

四

刘琨善能招延，而拙于抚御。一日虽有数千人归投，其逃散而去，亦复如此，所以卒无所建。

【译文】

刘琨擅长招揽人才，但是不善于安抚驾驭他们。一天之内虽有几千人来归附投奔他，但是逃散走掉的人也有这么多，所以最终没有什么成就。

五

王平子始下，丞相语大将军："不可复使羌人东行。"平子面似羌。

【译文】

王澄刚从荆州东下建康时，丞相王导对大将军王敦说："不可以再让那羌人到东边来了。"因为王澄的相貌长得像羌人。

六

王大将军起事，丞相兄弟诣阙谢。周侯深忧诸王，始入，甚有忧色。丞相呼周侯曰："百口委卿！"周直过不应。既入，苦相存救。既释，周大说，饮酒。及出，诸王故在门。周曰："今年杀诸贼奴，当取金印如斗大系肘后。"大将军至石头，问丞相曰："周侯可为三公不？"丞相不答。又问："可为尚书令不？"又不应。因云："如此，唯当杀之耳！"复默然。逮周侯被害，丞相后知周侯救己，叹曰："我不杀周侯，周侯由我而死。幽冥中负此人！"

【译文】

王敦起兵作乱，王导与兄弟到朝廷请罪。周顗深为王家人担忧，上朝时，脸上充满忧虑的神色。王导对周顗喊道："我全家百口人的性命全都托付给你了！"周顗径直走过去没有应答。进宫后，他竭力保全援救他们。释免后，周顗十分高兴，喝了酒。等到走出来时，王家人仍然在门口。周顗说："今年杀了那些逆贼，我应当获取斗大的金印挂在肘后。"王敦后攻陷石头城后，问王导说："周顗可以担任三公吗？"王导不回答。王敦又问："可以担任尚书令吗？"王导还是默不作声。王敦于是说："既然如此，只有杀掉他了！"王导又默不作声。等到周顗被杀害后，王导才知道周顗救过自己，就叹息道："我不杀周侯，但周侯却是因为我而死，我在糊涂中辜负了这个人啊！"

七

王导、温峤俱见明帝，帝问温前世所以得天下之由，温未答。顷，王曰："温峤年少未谙，臣为陛下陈之。"王乃具叙宣王创业之始，诛夷名族，宠树同己，及文王之末高贵乡公事。明帝闻之，覆面著床曰："若如公言，祚安得长！"

【译文】

王导、温峤一起去朝见晋明帝司马绍，明帝问温峤前朝能够一统天下的原因，温峤没有回答。过了一会儿，王导说："温峤年轻对这些事不熟悉，臣子为陛下陈述吧。"王导于是讲述了司马懿开始创业时，杀灭名家大族，宠信培植自己的亲信，以及司马昭晚年杀害高贵乡公曹髦等事情。明帝司马绍听后，把脸遮住贴在坐床上说："如果像您所说，晋朝的国运怎么能够长久啊！"

八

王大将军于众坐中曰：“诸周由来未有作三公者。”有人答曰：“唯周侯邑五马领头而不克。”大将军曰：“我与周洛下相遇，一面顿尽。值世纷纭，遂至于此！”因为流涕。

【译文】

王敦在大庭广众中说：“周氏家族中从来没有人做过三公。”有人答道：“只有周侯已经做到接近三公的位置，最后却没有成功。”王敦说：“我与周𫖮在洛阳相遇，初次见面即成知交，彼此倾心相待。遇到世道混乱，竟然落到这样的结局！”于是他为周𫖮流下了眼泪。

九

温公初受刘司空使劝进。母崔氏固驻之，峤绝裾而去。迄于崇贵，乡品犹不过也。每爵，皆发诏。

【译文】

温峤当初接受司空刘琨的委派，让他前去劝说司马睿即位称帝。母亲崔氏坚决阻止他，温峤扯断衣襟就走了。到他升了高官地位尊贵之时，乡里还是不赞同他的做法。因此每当他要升官晋爵时，皇帝都要发布诏书来做解释。

庾公欲起周子南，子南执辞愈固。庾每诣周，庾从南门入，周

从后门出。庾尝一往奄至，周不及去，相对终日。庾从周索食，周出蔬食，庾亦强饭，极欢。并语世故，约相推引，同佐世之任。既仕，至将军二千石，而不称意。中宵慨然曰："大丈夫乃为庾元规所卖！"一叹，遂发背而卒。

【译文】

庾亮想起用周邵做官，周邵坚决推辞，特别固执。庾亮每次去拜访周邵，庾亮从大门进去，周邵就从后门出去。庾亮有一次突然直接来到，周邵来不及离开，两人就面对面坐了一整天。庾亮向周邵要吃的，周邵拿出蔬菜淡饭，庾亮也勉强吃下去，极为高兴。他们一起谈世事，同时约定互相推荐，共同担负辅佐君主之重任。周邵出来任职后，官做到将军、郡守，但他并不称心。在半夜里感叹道："大丈夫竟然被庾元规出卖了！"他一声长叹，背疮发作而死。

一一

阮思旷奉大法，敬信甚至。大儿年未弱冠，忽被笃疾。儿既是偏所爱重，为之祈请三宝，昼夜不懈。谓至诚有感者，必当蒙佑。而儿遂不济。于是结恨释氏，宿命都除。

【译文】

阮裕信奉佛法，虔诚、信奉到了极点。他的大儿子尚未成年，突然患了重病。这个儿子又是他偏爱与看重的，他就为儿子祈祷求请三宝保佑，昼夜坚持不懈地祈求。原以为自己精诚所至，必能感动三宝，必能蒙受护佑。但是儿子终于没有得救。于是他就怀恨佛教，把原来所信奉的善恶相报的宿命之说全都抛弃了。

一二

桓宣武对简文帝，不甚得语。废海西后，宜自申叙，乃豫撰数百语，陈废立之意。既见简文，简文便泣下数十行。宣武矜愧，不得一言。

【译文】

桓温面对简文帝时，不是很会说话。他在废掉海西公后，应当自己去说明情况，于是预先撰写了几百句话，陈述废黜海西公与立简文帝的本意。见到简文帝后，简文帝就泪流不止。桓温感到羞愧，一句话也说不出来。

一三

桓公卧语曰："作此寂寂，将为文、景所笑。"既而屈起坐曰："既不能流芳后世，亦不足复遗臭万载邪？"

【译文】

桓温躺着说道："像这样的无声无息，无所事事，是要被文帝、景帝所耻笑的。"随后他又突然坐起来说："既然不能流芳百世，难道就不能遗臭万年吗？"

一四

谢太傅于东船行，小人引船，或迟或速，或停或待。又放船从横，撞人触岸。公初不呵谴，人谓公常无嗔喜。曾送兄征西葬还，日莫雨，驶小人皆醉，不可处分。公乃于车中手取车柱撞驭人，声色甚厉。夫以水性沉柔，入隘奔激，方之人情，固知迫隘之地，无得保其夷粹。

【译文】

谢安在会稽坐船出行，船夫划船时快时慢，时而停下来时而等待。时而又放任不管，任凭船只横冲直撞，甚至撞到人、触到岸。谢安从不责怪他们，人们都说谢安经常喜怒不形于色。他之前为兄长谢奕送葬回来，天已经黑了，下着雨，驾车人都喝醉了以至于无法驾车。谢安就在车中拿起车柱敲打车夫，声色俱厉。水性本来是深沉柔和的，流入险要之地就会奔腾激荡，对于人的性情来说，当你知道处身于狭窄之地，就不能保持平和纯粹的状态了。

一五

简文见田稻，不识，问是何草，左右答是稻。简文还，三日不出，云："宁有赖其末而不识其本！"

【译文】

简文帝司马昱看见田里的稻子，不认识，问这是什么草，左右侍从回答是稻。司马昱回去后，三天没有出门，说："岂有依赖它的末端稻谷生活却不认识它的根本稻禾的！"

一六

桓车骑在上明畋猎，东信至，传淮上大捷。语左右云："群谢年少大破贼。"因发病薨。谈者以为此死，贤于让扬之荆。

【译文】

桓冲在上明打猎时，东边的信使来送信，传来淝水之战大胜的消息。他对左右侍从说："谢家这些年轻人大败贼人。"于是就发病而死。舆论认为这样死去，远比当年让出扬州刺史到荆州任职更贤明。

一七

桓公初报破殷荆州，曾讲《论语》，至"富与贵，是人之所欲，不以其道，得之不处"，玄意色甚恶。

【译文】

桓玄得到打败殷仲堪的消息时，正好碰到讲解《论语》，讲到"富与贵，是人之所欲，不以其道，得之不处"，桓玄的表情神色十分难看。

纰漏第三十四

一

王敦初尚主，如厕，见漆箱盛干枣，本以塞鼻，王谓厕上亦下果，食遂至尽。既还，婢擎金澡盘盛水，琉璃碗盛澡豆，因倒著水中而饮之，谓是干饭。群婢莫不掩口而笑之。

【译文】

王敦刚娶了公主，去上厕所时，看到漆箱中放了一些干枣，这原本是用来塞鼻孔防止臭味的，王敦以为在厕所内也放置水果，就把干枣吃光了。回到屋内，婢女托着金澡盘盛水，琉璃碗中盛着澡豆，于是就把澡豆倒进水中喝了下去，还认为这些是吃的。婢女们都捂着嘴笑话他。

二

元皇初见贺司空，言及吴时事，问："孙皓烧锯截一贺头，是谁？"司空未得言，元皇自忆曰："是贺劭。"司空流涕曰："臣父遭遇无道，创巨痛深，无以仰答明诏。"元皇愧惭，三日不出。

【译文】

晋元帝第一次召见贺循时，说到三国东吴时的事，问道："孙皓烧红锯子割断了一个姓贺者的头颅，这个人是谁？”贺循不好回答，晋元帝自己回忆道：“是贺劭。”贺循流着眼泪说：“我父亲遭遇无道昏君的酷刑，令我深感悲痛，痛苦深重，所以无法仰答陛下英明的问话。”晋元帝感到惭愧，三天没有出门。

三

蔡司徒渡江，见彭蜞，大喜曰：“蟹有八足，加以二螯。”令烹之。既食，吐下委顿，方知非蟹。后向谢仁祖说此事，谢曰：“卿读《尔雅》不熟，几为《劝学》死。”

【译文】

蔡谟渡江南下，看到彭蜞，非常高兴地说：“蟹有八只脚，加上两个钳子。”叫人把蟹煮熟。吃了以后，上吐下泻，弄得精神萎靡，这才知道吃的不是螃蟹。后来向谢尚说起这件事，谢尚说：“你读《尔雅》读得不熟，几乎被《劝学》害死。”

四

任育长年少时，甚有令名。武帝崩，选百二十挽郎，一时之秀彦，育长亦在其中。王安丰选女婿，从挽郎搜其胜者，且择取四人，任犹在其中。童少时，神明可爱，时人谓育长影亦好。自过江，便失志。王丞相请先度时贤共至石头迎之，犹作畴日相待，一见便觉有异。坐席竟，下饮，便问人云：“此为茶，为茗？”觉有异色，乃自申明云：“向问饮为热、为冷耳。”尝行从棺邸下度，流涕悲哀。王丞相闻之曰：“此是有情痴。”

【译文】

任瞻年轻时，名声很好。晋武帝驾崩时，要选一百二十人担任挽郎，选出来的都是当时的俊秀人才，任瞻也是其中之一。王戎选女婿，就从这些挽郎中寻找才貌俱佳的，暂时选取四人，任瞻也在其中。他在小时候聪明可爱，当时人觉得就连任瞻的影子都很好看。自从渡江南下后，他就神志不清，精神恍惚了。王导请当时先渡江南下的贤达一起到石头城迎接任瞻，还是像以前那样接待他，但一见面就觉得有些不对劲。大家坐下以后，上茶，任瞻就问别人："这是茶，还是茗？"他觉得别人诧异的神色，就自己说明道："刚才我问喝的茶是热的还是冷的而已。"有一次他从棺材店前走过，悲伤地流下眼泪。王导听闻此事后说："这是一位有情的痴子。"

五

谢虎子尝上屋熏鼠。胡儿既无由知父为此事，闻人道痴人有作此者，戏笑之，时道此非复一过。太傅既了己之不知，因其言次，语胡儿曰："世人以此谤中郎，亦言我共作此。"胡儿懊热，一月日闭斋不出。太傅虚托引己之过，以相开悟，可谓德教。

【译文】

谢据曾经爬上屋顶熏老鼠，谢朗当然不知道是父亲做的这件事，所以听人说起有个痴痴呆呆的人做了这样的事，就跟着一起嘲笑，还不止一次地提起这件事。谢安已经明白了胡儿不知道事情的真相，便趁着他讲这件事的机会，对谢郎说："世上的人用这事来诽谤你父亲，还说我也与他一起做了这件事。"谢郎听了十分烦闷，关在家里一个月不出门。谢安假借这件事是自己的过错，用这个办法来开导启发，真可称之为德教。

六

殷仲堪父病虚悸，闻床下蚁动，谓是牛斗。孝武不知是殷公，问仲堪："有一殷，病如此不？"仲堪流涕而起曰："臣进退唯谷。"

【译文】

殷仲堪的父亲生病得了虚悸症，听到床下有蚂蚁的响动，以为是牛在斗。孝武帝不知道生病的人是殷仲堪的父亲，问殷仲堪："有一个姓殷的人，生的病就是这样的吗？"殷仲堪流泪起身说："臣子进退两难，不知怎么回答才好。"

七

虞啸父为孝武侍中，帝从容问曰："卿在门下，初不闻有所献替。"虞家富春，近海，谓帝望其意气，对曰："天时尚暖，鮆鱼虾鲊未可致，寻当有所上献。"帝抚掌大笑。

【译文】

虞啸父担任孝武帝司马曜侍中时，孝武帝很婉转地问道："你在门下省任职时，怎么从来没有听到你进献过什么可行的建议。"虞家在富春，靠近大海，他还以为皇帝要他进贡一些物品，就回答道："天气还暖和，鲫鱼虾鲑等鲜美的鱼类暂时还搞不到，不久应当会有所进献。"孝武帝听了拍手大笑。

八

王大丧后，朝论或云国宝应作荆州。国宝主簿夜函白事云："荆州事已行。"国宝大喜，其夜开阁，唤纲纪。话势虽不及作荆州，而意色甚恬。晓遣参问，都无此事。即唤主簿数之曰："卿何以误人事邪？"

【译文】

王忱死后，朝堂上有人说王国宝应当出任荆州刺史。王国宝的主簿连夜封呈一份文书报告说："荆州刺史的任命已经定下来了。"王国宝很高兴，当天晚上打开衙署的侧门，叫主簿属官来讨论时政。说话的趋势虽然没有说到出任荆州刺史，但神情态度很安适。到天亮时派人去探问，完全没有这回事。他立即叫来主簿数落他说："你为什么耽误人家的事呢？"

惑溺第三十五

一

魏甄后惠而有色，先为袁熙妻，甚获宠。曹公之屠邺也，令疾召甄，左右白："五官中郎已将去。"公曰："今年破贼，正为奴。"

【译文】

魏文帝曹丕的皇后既聪明又有姿色，先前是袁熙的妻子，很受宠爱。曹操攻破邺城屠杀百姓时，下令迅速召见甄氏，左右侍从说："五官中郎已经把她带走了。"曹操说："今年打败袁贼，正是为了她。"

二

荀奉倩与妇至笃，冬月妇病热，乃出中庭自取冷，还以身熨之。妇亡，奉倩后少时亦卒，以是获讥于世。奉倩曰："妇人德不足称，当以色为主。"裴令闻之曰："此乃是兴到之事，非盛德言，冀后人未昧此语"。

【译文】

荀奉与妻子感情很好，冬天里妻子生了热病，他就到庭院在冷风中受冻，回来后用身体紧贴妻子，为她降温。妻子死后，他没多久也死了，为此他受到了世人的嘲笑。

荀粲曾说："妇人有德行没什么值得称赞，应当以美貌为主。"裴楷听到这话后说："这是一时兴起的事，不是德高望重者当说的话，希望后人不要被这话迷惑了。"

三

贾公闾后妻郭氏酷妒。有男儿名黎民，生载周，充自外还，乳母抱儿在中庭，儿见充喜踊，充就乳母手中呜之。郭遥望见，谓充爱乳母，即杀之。儿悲思啼泣，不饮它乳，遂死。郭后终无子。

【译文】

贾充的后妻郭氏妒忌心极重。她有个儿子名叫黎民，出生后刚满周岁时，贾充外出归来，乳母抱着小儿在庭院中，小儿看见贾充高兴得蹦蹦跳跳，贾充就在乳母手中亲吻了儿子。郭氏远远地望见，以为贾充爱上了乳母，随即命人把乳母杀了。小儿思念乳母，悲痛地啼哭，不吃别人的奶，于是饿死了。郭氏后来再也没有生过儿子。

四

孙秀降晋，晋武帝厚存宠之，妻以姨妹蒯氏，室家甚笃。妻尝妒，乃骂秀为"貉子"。秀大不平，遂不复入。蒯氏大自悔责，请救于帝。时大赦，群臣咸见。既出，帝独留秀，从容谓曰："天下旷荡，蒯夫人可得从其例不？"秀免冠而谢，遂为夫妇如初。

【译文】

孙秀归降了晋朝，晋武帝特别地宠信他，把姨妹蒯氏嫁给他为妻，夫妇之间感情很深厚。孙秀妻子曾经妒性发作，就骂孙秀为“貉子”。孙秀心中十分不满，于是就不再进妻子的内室了。蒯氏深感后悔，向武帝寻求帮助。当时正好赶上大赦，满朝臣子都来上朝谒见皇上。退朝后，武帝把孙秀单独留下，很委婉地说：“天下大赦，恩德宽大，蒯夫人是不是也可以像这样从宽发落呢？”孙秀脱帽谢罪，于是夫妇和好如初。

五

韩寿美姿容，贾充辟以为掾。充每聚会，贾女于青琐中看，见寿，说之，恒怀存想，发于吟咏。后婢往寿家，具述如此，并言女光丽。寿闻之心动，遂请婢潜修音问，及期往宿。寿跻捷绝人，逾墙而入，家中莫知。自是充觉女盛自拂拭，说畅有异于常。后会诸吏，闻寿有奇香之气，是外国所贡，一著人则历月不歇。充计武帝唯赐己及陈骞，余家无此香，疑寿与女通，而垣墙重密，门阁急峻，何由得尔？乃托言有盗，令人修墙。使反曰：“其余无异，唯东北角如有人迹，而墙高，非人所逾。”充乃取女左右婢考问，即以状对。充秘之，以女妻寿。

【译文】

韩寿姿态容貌都很美，贾充召他为属官。贾充每次举办聚会的时候，贾充的女儿就在窗格中偷看，有次看到韩寿，就喜欢上了他，心里常常想念他，思念之情在吟咏诗歌时流露出来。后来婢女到韩寿家去，跟韩寿讲了这些情况，并且说到贾充女儿光艳美丽。韩寿听到后动了心，就请婢女暗地里传递消息，约定时间去过夜。韩寿身手矫健敏捷，超过常人，他跳墙进屋，家里没人发觉。从此贾充感觉女儿讲究修饰打扮自己，喜悦舒畅之情与平时不同。后来贾充会见属官，闻到韩寿身上有一股奇特的香气，这种香是外国进贡的，一沾到人身上，几个月也不会消退。贾充记得这种香武帝只赐给自己和陈骞，其余人的家里没有这种香，就怀疑韩寿与女儿私通，但是家里的围墙重叠严密，大门、边门戒备森严，他是怎么进来的呢？于是便借口有盗贼，派人修墙。匠人回来说："其他地方没有什么异常情况，只有东北角好像有人翻墙而入的痕迹，但围墙那么高，不是一般人能够跳得进来的。"贾充就把女儿身边的婢女叫来审问，婢女便把情况说了出来。贾充将此事隐瞒起来，把女儿嫁给韩寿为妻。

六

王安丰妇常卿安丰。安丰曰："妇人卿婿，于礼为不敬，后勿复尔。"妇曰："亲卿爱卿，是以卿卿。我不卿卿，谁当卿卿！"遂恒听之。

【译文】

王戎的妻子经常称王戎为"卿"。王戎说："妇人用'卿'来称呼夫婿，在礼节上是不尊敬，以后不要这样。"妇人说："我亲你爱你，所以才称你为'卿'。我不称你为'卿'，还有谁能来称你为'卿'！"于是王戎就一直任凭她这样称呼自己。

七

王丞相有幸妾姓雷，颇预政事，纳货。蔡公谓之“雷尚书”。

【译文】

丞相王导有一个深得他宠幸的小妾姓雷，很喜欢干预政事，收受贿赂。蔡谟将她叫作“雷尚书”。

仇隙第三十六

一

孙秀既恨石崇不与绿珠，又憾潘岳昔遇之不以礼。后秀为中书令，岳省内见之，因唤曰：“孙令，忆畴昔周旋不？”秀曰：“中心藏之，何日忘之？”岳于是始知必不免。后收石崇、欧阳坚石，同日收岳。石先送市，亦不相知。潘后至，石谓潘曰：“安仁，卿亦复尔邪？”潘曰：“可谓‘白首同所归’。”潘《金谷集诗》云：“投分寄石友，白首同所归。”乃成其谶。

【译文】

孙秀既恨石崇不肯把绿珠赠与他，又恨潘兵过去曾经对自己无礼。后来孙秀担任中书令，潘岳在官署见到他，便叫他道：“孙令，还记得我们以前的交情吗？”孙秀说：“中心藏之，何日忘之？”潘岳这才意识到孙秀对自己的报复是避免不了的了。后来孙秀逮捕石崇、欧阳坚石，同一天也逮捕了潘岳。石崇先被送至刑场，还不知道潘岳的情况。潘岳随后也被押来了，石崇对潘岳说：“安仁，你也这样了吗？”潘岳说：“我们可说是‘白首同所归’。”潘岳在《金谷集诗》序中所写的：“投分寄石友，白首同所归。”这两句诗，竟成了他们遇害的预言。

二

刘玙兄弟少时为王恺所憎，尝召二人宿，欲默除之。令作阬，阬毕，垂加害矣。石崇素与玙、琨善，闻就恺宿，知当有变，便夜往诣恺，问二刘所在。恺卒迫不得讳，答云："在后斋中眠。"石便径入，自牵出，同车而去，语曰："少年何以轻就人宿？"

【译文】

刘玙兄弟二人年少的时候被王恺憎恨，王恺曾经请他们二人到家里留宿，想借此机会暗中杀掉他们。王恺让人挖坑，挖好后，即将害死他们。石崇向来与刘玙、刘琨关系不错，听说他们到王恺家住宿，知道会有危险，就连夜前去拜访王恺，问二刘在哪里。王恺仓促急迫之间无法隐瞒，回答道："在后面书斋中睡觉。"石崇就直接进去，亲自把他们带出来，一同乘车离开，他对刘玙兄弟说："年轻人怎么可以随便到别人家去住宿？"

三

王大将军执司马愍王，夜遣世将载王于车而杀之，当时不尽知也，虽愍王家亦未之皆悉，而无忌兄弟皆稚。王胡之与无忌长甚相昵，胡之尝共游。无忌入告母，请为馔，母流涕曰："王敦昔肆酷汝父，假手世将。吾所以积年不告汝者，王氏门强，汝兄弟尚幼，不欲使此声著，盖以避祸耳。"无忌惊号，抽刃而出，胡之去已远。

【译文】

王敦大将军抓了司马丞，夜里派遣王廙把司马丞装在车里杀害了，当时人们并不知道这件事，就连司马丞的家人也不清楚，而无忌兄弟二人还都年幼。王胡之与无忌长大后互相很亲近，王胡之曾经与无忌一同游玩。无忌进屋告诉母亲，让母亲为他们准备吃的东西，母亲流着泪说：“王敦从前肆意残害你父亲，就是借了世将的手干的。我之所以多年不告诉你，就是因为王氏家族势力这些年强大，你们兄弟尚未成年，我不想把这件事说出来，就是为了避免灾祸罢了。”无忌听了惊讶得号啕大哭，拔出刀来跑出去，王胡之这时已经离开了。

四

应镇南作荆州，王修载、谯王子无忌同至新亭与别。坐上宾甚多，不悟二人俱到。有一客道：“谯王丞致祸，非大将军意，正是平南所为耳。”无忌因夺直兵参军刀，便欲斫。修载走投水，舸上人接取，得免。

【译文】

应詹上任江州刺史的时候，王耆之与谯王司马丞的儿子无忌一起到新亭送别。一起前来宾客很多，不料这二人都到了。有一位客人说：“谯王司马丞遭遇祸害，不是大将军王敦的意思，而是平南将军王廙干的罢了。”司马无忌就夺过值班参军的刀，要冲上去杀了王耆之。王耆之逃跑跳进水里，船上的人把他救起来，才得以免去一死。

五

王右军素轻蓝田。蓝田晚节论誉转重，右军尤不平。蓝田于会稽丁艰，停山阴治丧。右军代为郡，屡言出吊，连日不果。后诣门自通，主人既哭，不前而去，以陵辱之。于是彼此嫌隙大构。后蓝田临扬州，右军尚在郡。初得消息，遣一参军诣朝廷，求分会稽为越州。使人受意失旨，大为时贤所笑。蓝田密令从事数其郡诸不法，以先有隙，令自为其宜。右军遂称疾去郡，以愤慨致终。

【译文】

王羲之向来瞧不起蓝田侯王述。王述晚年的声望不断地提高，王羲之就更加耿耿于怀表示不满。王述在担任会稽内史时母亲过世，留在山阴办理丧事。王羲之代理做会稽内史，几次说要去吊唁，但很长时间都没有去。后来他登门亲自通报去吊唁，但主人哭了以后，他却不进去哭吊就离开了，用这办法来羞辱王述。从此他们便结下了深仇大恨。后来王述出任扬州刺史，王羲之还在会稽郡任内史。刚得到王述出任扬州刺史的消息，就派一名参军前往朝廷，请求朝廷把会稽郡从扬州分离出来，另外设置越州。这位使者接受了他的差遣却没有按他要求的去做，结果大为当时贤达所讥笑。王述暗中秘密地命令属官列举王羲之的诸多不法行为，因为先前有过嫌隙，就让王羲之自己以适宜的方式去处理。王羲之便称身体不适而离职，最终因为愤激感慨而逝世。

六

王东亭与孝伯语，后渐异，孝伯谓东亭曰："卿便不可复测。"答曰："王陵廷争，陈平从默，但问克终云何耳。"

【译文】

王珣与王恭交谈，后来渐渐产生了分歧，王恭对王珣说："你说的话令人难以琢磨。"王珣回答道："王陵在朝中敢于争辩，说出自己的想法；陈平则谨慎，默不作声，只要看最终的结果是什么就好了。"

七

王孝伯死，县其首于大桁。司马太傅命驾出，至标所，孰视首，曰："卿何故趣欲杀我邪？"

【译文】

王恭被处死后，他的首级被挂在朱雀桥上示众。司马道子乘车到悬挂首级的地方，认真地看了看王恭的首级，说："你为什么要迫不及待地杀我啊？"

八

桓玄将篡，桓脩欲因玄在脩母许袭之。庾夫人云："汝等近过我余年，我养之，不忍见行此事。"

【译文】

桓玄将要篡夺王位时，桓脩想趁桓玄在桓脩母亲那里的时候袭击他。桓脩的母亲庾夫人说："你们已接近我快要过完余生的时候了，我抚养桓玄长大，不忍心看见你们做出这样手足相残的事情。"